이담의 시간

지은이 | 류재현
펴낸이 | 권순남
펴낸곳 | 마롱
디자인 | 박소연
편 집 | 연보화
마케팅 | 유소정

1판1쇄 인쇄일 | 2023년 4월 7일
1판1쇄 발행일 | 2023년 4월 21일

등록일자 | 2008년 1월 7일
등록번호 | 제310-2008-00001호

주소 | 서울시 노원구 상계 1동 1049-25 신영산업 BD 602호
대표전화 | 02-2091-0291
팩스 | 02-2091-0290
이메일 | marubooks@mayabooks.co.kr

979-11-368-2897-2 (04810)
979-11-368-2896-5 (set)

값 9,000원

* 저자와 협의하여 인지를 붙이지 않습니다.
* 잘못된 책은 교환하여 드립니다.

이담의 시간

上

류재현 지음
MARONG ROMANCE STORY

차례

서序 7

제1장 초연初緣 23

제2장 도주逃走 65

제3장 반연絆緣 105

제4장 결연結緣 143

제5장 의혹疑惑 179

제6장	동요 動搖	217
제7장	예언 豫言	257
제8장	폭침 爆沈	297
제9장	초야 初夜	335
제10장	증좌 證左	377

서
序

어둠 속에서 불빛이 희미하게 흔들렸다.

황제는 난감한 표정으로 고개를 조아리고 있는 채 신관을 내려다봤다. 모두가 퇴궁한 야심한 시각에 독대를 청해 왔을 때부터 느낌이 썩 좋지 않았다.

"정녕 황도를 떠나겠다는 소린가?"

"황공하오나 그러기를 원하옵니다. 부디 윤허하여 주시옵소서."

"신관이 황궁을 떠난다니 참으로 난감한 일이군."

황제는 극심한 피로감과 함께 안구가 건조해짐을 느꼈다. 그는 손가락으로 눈두덩을 누르며 생각에 잠겼다. 다른 이도 아니고 국운을 점치는 신관의 신분이었기에 당연히 허락할 수 없는 일이었다.

하지만 세상에 유일한 피붙이였던 누이를 갑자기 잃고 신관으로서 환멸을 느꼈을 심정을 알기에 억지로 묶어 둘 수도 없는 노릇이었다. 앞날을 볼 수 있음에도 하나밖에 없는 누이의 죽음도 막지 못했기에 신관의 자리를 내려놓고 싶어 하는 자책과 스스로에 대한 분노가 선명하게 보였다.

황제는 착잡한 용안으로 채 신관에게 마지막으로 물었다.

"짐이 붙잡는다고 하여도 결심을 돌릴 수는 없는 것인가?"

"…황공하옵니다. 이미 심기가 엉망으로 흐트러졌으니 천기를 바로 보지 못하옵나이다. 하여 신이 폐하의 곁에 있는 것이 도리어 누가 될 것입니다. 부디 물러나려 하는 소신의 청을 들어주십시오."

황제는 인상을 찌푸리며 체념하듯 고개를 저었다.

"좋다. 채 신관의 뜻이 그리 확고하니 짐도 더 붙잡지 않겠다. 하나 그동안 국가의 대소사를 점쳤던 채 신관을 잃는 것이 짐과 조정에 얼마나 큰 상실인지 잘 알 것이다. 하여 짐은 신관을 아주 보낸다고 생각하지 않을 것이니 언제든 마음이 바뀌면 돌아와라."

"황은이 망극하옵니다, 폐하."

채 신관이 낮은 자세로 대전에 엎드려 감사 인사를 전했다. 하나 대전 바닥을 응시하는 그의 눈빛에 슬며시 한기가 스몄다. 그는 이내 조금은 다른 색을 띤 눈빛으로 고개를 들었다.

"폐하, 신이 불충하게도 사사로운 일로 폐하를 더 모시지 못하게 된 불경을 저지르게 되었으나 황실의 평안을 위해 마지막으로 예언을 하나 올리겠습니다."

"얘기해 보라."

"아뢰옵기 황공하오나 신의 점괘로 보아 장차 황자들께서 모두 한 여인과 연이 엮여 있습니다."

"그게 무슨 소린가? 황자들이 한 여인을 두고 분쟁이라도 한다는 말인가?"

황제의 짙은 눈썹이 크게 꿈틀거렸다. 심기를 대변하듯 비틀린 입에서 나오는 말투는 더 차가웠다.

"아뢰옵기 황공하오나 여인의 사주에 붉은 기운이 강한 것으로 보아 피바람을 피할 수 없을 것 같습니다. 황자들 중 그 여인을 차지하는 분이 곧 천하를 얻게 될 것입니다."

"대체 그 여인이 누구인가!"

황제의 음성에 한층 더 노기가 서렸다.

"그 여인은… 곧 태어날 백중현 대감의 여식이옵니다."

"뭐라!"

백중현의 여식이라는 소리에 대노하던 황제의 미간에 골이 깊게 패었다. 백중현은 성정이 대쪽같이 곧은 충신이었다.

"백중현 대감의 여식을 두고 황자들끼리 경쟁을 벌인다니 황당하기 그지없군."

"황공하옵니다."

"하면 어찌해야 화를 미리 막을 수 있겠는가? 신관은 그 방도를 알고 있겠지?"

채 신관은 잠시 뜸을 들이다 대답했다.

"화근은 미리 도려내는 것이 좋겠지요."

채 신관의 감정 없는 대답에 황제는 깊게 인상을 찌푸렸다.

"백중현 대감께는 안된 일이지만 그렇게 하는 것만이 차후 조정에 피바람이 부는 것을 막을 수 있습니다. 신이 마지막으로 떠나기 전 충심으로 청하옵건대 부디 대의를 생각하시옵소서."

채 신관의 강한 의견에 황제는 끝내 입을 다물었다.

대전을 나온 채 신관은 묵묵히 걷다 검은 하늘을 빤히 올려다봤다. 잔뜩 흐린 하늘이 찌푸리고 있었다.

'이것이 신관의 직책을 이용해 이 사람이 할 수 있는 복수입니다. 내게 목숨과도 같은 누이를 빼앗았으니 대감께 가장 소중한 이를 빼앗는 것이 공평하지 않겠습니까? 그래야 억울하게 죽은 내 누이가 구천에서 덜 외롭겠지요. 다 자업자득이니 날 원망하지 마십시오.'

허공을 노려보는 채 신관의 눈빛에 적의와 원망이 가득 찼다. 그는 찬 시선을 치켜뜬 채 구름의 움직임을 지켜보다 유유히 발걸음을 옮겼다. 멀어지는 그의 뒷모습에서 다시 돌아보지 않을 단호함이 보였다. 황궁을 폭풍 속으로 몰아넣고 그는 그대로 황궁을 벗어난 후 흔적도 없이 자취를 감춰 버렸다.

다음 날, 산달이 가까워지는 한 부인과 함께 있던 백중현은 황제가 급히 찾는다는 전갈을 받고 부랴부랴 황궁으로 향했다.

대전으로 들어가자 어둠 속에서 황제가 이마를 짚고 앉아 있었다.

"어서 오게, 백 대감."

"폐하, 용안에 수심이 보이십니다. 용체 미령하시옵니까?"

황제는 대답을 하지 않고 손짓으로 백중현을 가까이 불렀다. 그러고는 섣불리 입을 열지 않고 백중현을 보기만 했다.

한 부인을 지어미로 맞은 후 수 해가 지나도록 태기가 없어 마음 졸였던 것을 황제도 알고 있었다. 하늘의 도움으로 귀한 자식을 잉태했는데 그 아이가 장차 황실의 화근이 된다니 이런 난감한 일이 또 없었다.

하지만 황제로서 황실의 안녕을 위해 어쩔 수 없는 선택을 해야 했기에 황제는 굳은 표정으로 입을 열었다.

"한 부인의 산달이 곧이겠군."

"그렇사옵니다."

급히 불러 놓고 묻는 말이 조금은 의외라 백중현은 의아했다. 황제의 표정이 여전히 굳어 있는 것이 묘한 긴장감을 불러왔다.

"사내인가? 여식인가?"

"황공하오나 그것은 신도 아직 알지 못하옵니다. 하나 어느 쪽이 되었든 귀히 키울 것입니다."

"사내여야 할 것이네."

단호한 옥음에 예사롭지 않은 의미가 배어 있어 백중현의 어깨가 움찔 굳었다.

"만일 여식이 태어난다면 짐이 그 아이의 목숨을 거둘 것이야."

"폐, 폐하!"

백중현이 충격을 받은 얼굴로 황제를 올려다봤다.

"어, 어찌 그런 참담한 말씀을 하시옵니까?"

"채 신관의 점괘에 의하면 대감의 여식을 두고 훗날 황자들이 피를 보며 싸운다고 하더군. 대감에게는 안된 일이지만 짐은 황실을 피로 물들게 할 화근을 살려 둘 수 없어."

"신은 용납할 수 없사옵니다. 아직 태어나지도 않은 아이를 두고 그런 점괘를 내놓다니요"

"채 신관의 점괘는 한 번도 틀린 적이 없었다. 신관이 사사로운 감정에 치우치지 않는다는 것을 대감 또한 잘 알 것이야."

"하, 하오나 폐하!"

"억장이 무너지는 대감의 심정을 모르는 것은 아니나 황실의 안녕을 위해 짐으로서도 어쩔 수 없는 선택임을 이해해 주기 바라네."

황제는 반박하려는 백중현의 입을 단호하게 막았다.

"신이 채 신관을 직접 만나 묻겠습니다. 아무리 채 신관이 영험하다 하나 훗날의 일을 어찌 장담할 수 있겠습니까? 소신이 직접 그에게 물을 것이니 채 신관을 불러 주십시오."

"채 신관은 어젯밤 황궁을 완전히 떠났네."

다급하게 지푸라기라도 잡으려던 백중현의 얼굴이 참담하게 일그러졌다.

"자식과의 연은 언제든 다시 이어질 수 있으니 백 대감은 짐의 선택을 받아들여 주기 바라네. 여식이 태어나는 날 짐이 직접 그 아이의 명을 거둘 것이니 그만 물러가게."

그 말을 끝으로 황제는 더 이상 아무 말도 듣지 않겠다는 듯이 자리에서 일어나 나가 버렸다.

홀로 남은 백중현은 대전에 엎드린 채 한동안 움직이지 못했다.

오랜 기다림 끝에 자신을 찾아온 아이를 잃어야 한다는 부당함과 그런 점괘를 내려놓고 사라져 버린 채 신관에 대한 원망과 분노가 들끓었다. 그리고 아이가 태어나기만을 손꼽아 기다리는 한 부인이 겪을 절망이 어깨를 짓눌러 몸이 움직여지지 않았다. 아비가 되어 자식을 살리지 못하는 자신의 무능함에 억장이 무너져 내렸다.

'어찌 이리 가혹할 수 있단 말인가.'

대전 바닥에 뜨거운 눈물이 후드득 떨어졌다. 하나 그는 이내 자리에서 벌떡 일어서서 밖으로 나갔다.

'이럴 수는 없다. 살릴 방도가 있을 것이다. 방도를 찾아야 한다.'

그는 주문을 외우듯 중얼거리며 빠른 걸음으로 대전을 빠져나갔다.

백중현이 돌아오기를 기다리면서 따사로운 햇살을 받으며 마당을 거닐던 한 부인은 시비가 한 승려와 함께 들어오자 의아한 표정을 지었다.

"뉘시냐?"

"이분이 갑자기 공양을 청하십니다, 부인."

한 부인의 시선이 추레한 승려 복장을 한 사내를 살피더니 이내 시비에게 명을 내렸다.

"이분께 곡식을 내어 드리거라."

"예, 부인."

시비가 종종걸음으로 사라지자 삿갓에 얼굴을 가리고 있던 승려가 한 부인의 얼굴을 살폈다.

"베풀어 주신 은혜 잊지 않겠습니다."

"은혜랄 것도 없습니다. 괘념치 마십시오."

승려의 시선이 한 부인의 배에 닿더니 온화하게 미소를 지었다.

"곧 이 댁에 경사가 있겠군요."

출산을 말하는 것임을 알기에 한 부인은 대답 대신 부드럽게 미소로 화답했다.

"오매불망 기다려 온 아이입니다."

"부인께선 사내아이를 원하십니까? 여식을 원하십니까?"

"귀히 얻은 아이라 어느 쪽이든 다 좋습니다. 대사님이 보시기엔 어느 쪽인 것 같습니까?"

"원하시는 대로이실 겁니다."

다소 애매한 대답에 한 부인의 표정에 의아함이 깃들었다. 더 물으려던 찰나 시비가 곡식 자루를 가지고 오자 엷은 미소를 지으며 시비가 곡식 자루를 건네는 것을 지켜봤다.

묵직한 자루를 받은 대사의 입가에 부드러운 미소가 걸렸다.

"역시 인심이 후하시군요."

"이 아이의 장래를 위해 덕을 베풀고 싶습니다. 언제든 필요하시면 또 찾아오십시오."

"부인께서 오늘 소승에게 귀한 나눔을 행하여 주셨으니 소승 또한 답례로 선물을 하나 드리겠습니다."

답례를 원해서 한 일이 아니라 막 거절하려던 한 부인보다 승려가 먼저 말을 이었다.

"무지몽매한 소승의 눈에는 남아와 여아의 기운이 모두 느껴지는군요."

"예? 하면 쌍생이란 말입니까?"

"맞습니다. 둘 중 하나는 태산을 품을 운명을 타고났으나 과히 평탄하지만은 않을 것 같군요. 하나 고난 속에서 제자리를 찾아가는 것 또한 그 아이의 몫이겠지요."

아이의 운명이 평탄하지 않을 거란 말에 한 부인의 표정에 근심이 서렸다.

"혹 액운을 피할 수 있는 방도를 알려 주실 수 있으신지요?"

"그 방도는 백 대감께서 찾으실 겁니다. 하면 소승은 이만 가 보겠습니다."

대사가 정중하게 한 부인에게 고개를 숙이고 돌아섰다. 묘한 이끌림에 한 부인이 다급하게 그를 붙잡았다.

"대사님의 존함과 소속을 알려 주십시오."

"소승의 법명은 현장이라고 합니다. 마음 가는 대로 정처 없이 떠도는 인생이라 따로 의탁하고 있는 곳이 없습니다."

"하면 어디로 가시는 길이신지요?"

"현서로 가 볼까 합니다. 연이 닿는다면 다시 뵐 날이 있겠지요. 보중하십시오."

그대로 대사가 가 버리자 한 부인은 방금 전까지 그가 실제로 있었는지 착각이 들 정도로 기이한 기분이 들었다. 분명 실체가 있었는데 마치 꿈에서 깬 것처럼 한순간에 연기처럼 사라져 버린 것이 무언가에 홀린 것도 같았다.

"참으로 이상한 일이다."

의미심장한 소리에 가슴이 뛰었지만 어찌 된 영문인지 알 수 없으니 답답하기만 했다.

그때 마침 백중현이 돌아오자 한 부인은 얼른 그를 맞았다.

"대감, 안색이 곤해 보이십니다. 황궁에서 안 좋은 일이라도 있으셨습니까?"

"아니오."

황제의 말을 그대로 전했다가는 한 부인이 충격을 받아 잘못될 것임이 뻔하기에 백중현은 일부러 아무렇지 않게 표정 관리를 했다.

"한데 어째서 밖에 나와 있는 것이오?"

"방금 전에 어떤 대사께서 공양을 청하여서 곡식을 내어 드렸는데 좀 이상한 말씀을 하셨습니다."

"이상한 말이라니? 그게 무슨 소리요?"

혹여 무리가 될까 봐 백중현은 한 부인과 함께 안채로 들어갔다.

"복중 태아가 쌍생이라고 하시면서 운명이 순탄하지 않을 거라 하셨습니다. 그리고 대감께서 액운을 피할 답을 찾으실 것이라 하셨습니다."

백중현의 눈동자가 크게 열렸다. 그는 속으로 적지 않게 놀랐다.

"방금 뭐라 하였소? 쌍생이라 하였소?"

"예, 분명 그리 말하였습니다. 실제로 법력이 높으신 분인지 알 수는 없지만 대사의 말투가 예사롭지 않았습니다."

"그 대사가 누구요?"

"현장이라고 하였습니다."

한 부인은 차근차근 현장과 나눴던 대화를 백중현에게 이야기했다.

백중현의 표정이 심각하게 변했다. 그저 구걸하러 온 땡중이 답례차 지껄인 소리라 무시해 버려도 그만이지만 그냥 넘기기엔 그 시기와 내용이 너무 절묘했다.

현장이 던져 놓고 간 숙제를 풀려고 백중현의 머리가 비상하게 돌아가기 시작했다. 오늘 현장이 이곳에 들른 사실이 우연이 아니라면 여식을 살릴 방도가 있을 것이다. 그는 모든 사고를 집중했다. 답을 찾으라 했으니 반드시 찾아야 한다.

'남아도 보이고 여아도 보인다. 쌍생이라, 쌍생……!'

집중하던 백중현의 눈에 힘이 들어갔다.

"그거야!"

기어이 묘책을 끄집어내고 백중현이 손바닥으로 서탁을 내리쳤다. 황궁에서 돌아오는 내내 찾을 수 없었던 방도가 장고 끝에 떠오르자 나락에서 살아 돌아온 기분이었다.

"대감 어찌 그러십니까?"

"아무래도 그 대사께서 우리 아이들에게 귀인인 것 같소."

백중현은 놀라서 보기만 하는 한 부인의 손을 붙잡고 당부했다.

"복중 태아가 쌍생인 것은 부인과 나 외에는 아무도 몰라야 하오. 복중 아이들을 위하는 일이니 명심하여야 할 것이오. 아시겠소?"

"알겠습니다."

한 부인은 여전히 의문이 가득한 얼굴로 고개를 끄덕였다. 그녀는 미간을 찌푸린 채 깊은 생각에 잠겨 있는 백중현을 보며 고개를 모로 기울였다.

신시(申時)에 시작된 산통은 인시(寅時)가 되도록 이어졌다. 아이의 울음소리가 들리지 않자 산실 밖에서 기다리던 백중현은 초조함에 마당을 서성거렸다. 초산인 데다 난산이라 하였으니 한 부인이 잘못될까 봐 불안해 견딜 수가 없었다.

그런 백중현을 지켜보면서 기와지붕 너머 어둠 속에서 산실을 주시하는 눈빛들이 날카롭게 빛났다.

백중현 역시 자신을 주시하는 시선들을 모르지 않았다. 여아가 태어나면 직접 명을 거둔다고 하였으니 황제가 보낸 수하들이 지켜보고 있을 것이다. 그들의 감시를 따돌리고 여식을 살려야 했기에 오장육부가 타들어 가는 것처럼 초조했다.

'제발 사내아이가 먼저여야 한다. 살 운명이라면 반드시 그래야 해. 조금만 힘을 내주시오, 부인.'

밖에서 간절한 마음으로 응원하던 그때 화답하듯 안에서 드디어 아기의 울음소리가 우렁차게 울렸다.

백중현은 산파가 밖으로 나올 때까지 불안함을 감추려 소맷단 안으로 주먹을 움켜쥐었다. 기다리던 산파가 밖으로 나오자 한걸음에 다가갔다.

"어찌 되었는가?"

"감축드립니다, 대감. 건강한 아드님이십니다."
"분명 사내아이라 하였는가?"
백중현은 엿듣는 눈과 귀를 의식하고 일부러 큰 소리로 물었다.
"예예, 사내아이가 맞습니다. 소인이 눈으로 직접 확인하였습니다."
"그래, 그렇단 말이지. 부인께선 어떠하신가?"
"잠시 혼절하셨습니다."
"어서 안으로 들어가서 부인을 살펴 주게. 어서!"
백중현의 재촉에 산파가 안으로 들어가자 백중현은 양손을 맞잡으며 안도의 숨을 내쉬었다.
조금 지나자 그의 곁으로 수하 무사인 익현이 다가와 조용하게 아뢰었다.
"아들임을 확인하고 지켜보던 눈들은 모두 사라졌습니다."
"다행이구나."
그때 다시 안에서 한 부인의 비명 소리와 함께 아이의 울음소리가 들리자 백중현은 산실 앞으로 바짝 다가갔다.
잠시 후 문이 열리고 산파가 품에 아이를 안고 나오자 그는 눈짓으로 산파의 입을 막았다. 그리고 곧장 아이를 건네받아 품에 안았다. 울다 지쳐 잠든 핏덩이를 보는 그의 눈에 안타까움과 미안함이 담겼다.
'이렇게라도 살리려 함이니 아비를 너무 원망하지 마라.'
한 부인의 유모였던 초덕이 조용히 익현의 곁에 서자 그는 곧바로 아이를 초덕에게 넘겼다.
"누구에게도 들키지 말아야 하네."

"염려 마십시오. 이년 목숨을 걸고 아기씨를 지키겠습니다."

초덕과 함께 익현이 사라지자 백중현은 옆에서 눈치를 보고 있는 산파에게 고개를 돌렸다.

"부인께서 쌍생을 출산한 사실은 죽을 때까지 함구해야 할 것이네."

"이, 이를 말씀이십니까? 소인은 오늘 그저 사내아이만을 받았을 뿐입니다."

"비밀에 부치기 위해 자네를 이 자리에서 죽일 수도 있지만 그런 일로 피를 보고 싶지 않아 청하는 것이네. 하나 만일 발설한다면 자네와 식솔들까지 무사하지 못할 것이네."

엄중한 겁박에 산파가 바들바들 떨었다.

"평생 먹고 살 수 있게 재물을 내어 줄 것이니 사흘 내로 황도를 떠나게. 그리고 다신 황도 근처로 얼씬거리지 말아야 할 것이네. 할 수 있겠나?"

"시키시는 대로 하겠습니다. 소인이 함부로 주둥이를 나불거리면 그땐 죽어도 좋습니다."

"좋네. 내 자네를 믿겠네. 조용히 돌아가게. 내 말 명심하게."

끝까지 주지시키는 소리에 산파는 거듭 고개를 조아리며 사라졌다. 혹여 백중현이 생각이 바뀌어 비밀을 지키려 자신을 죽일지도 몰랐기에 그녀는 꽁지가 빠져라 백가에서 달아났다.

여식을 보내야만 하는 사실을 모르고 의식을 잃은 한 부인이 딱해 백중현의 미간에 깊게 주름이 졌다. 하지만 어쩔 수 없는 선택이었으니 그녀 역시 받아들이는 수밖에 없을 것이다.

그는 황제가 있는 곳으로 길게 시선을 던졌다.

'신의 불충을 용서하시옵소서, 폐하. 신 아무리 생각해도 채 신관의 말만 믿고 여식의 목숨을 내어 드릴 수 없사옵니다. 신의 여식은 귀족으로 태어났으나 귀족으로 자라지 못할 것이니 훗날 세 분의 황자들과 부딪칠 일은 없을 것입니다. 하오니 부디 신의 여식을 잊어 주십시오.'

지금쯤이면 황제에게 사내아이가 태어난 사실이 보고되었을 것이다. 황제가 어떤 표정을 지을지는 관심 없었다. 황제로서는 어쩔 수 없는 선택이었다 할지라도 일개 신관의 말만 믿고 여식의 명을 거둬 가려는 황제의 결단에 서운함이 없을 리 없었다.

백중현은 동이 터 오는 새벽을 한참 바라보고 서 있다 안으로 들어갔다. 그는 한동안 말없이 서탁 앞에 앉아 있다 지필묵을 꺼내 황제에게 사직 상소를 쓰기 시작했다.

제1장

초연
初緣

   십 년 후 시온사(施溫寺).

   부리부리한 한쪽 눈을 감고 있는 힘껏 고무줄을 늘여 사냥감을 노려보고 있는 사내아이의 표정이 사뭇 진지했다.

   '조금만 더 가까이 와. 조금만 더, 옳지.'

   죽을 자리인 줄도 모르고 사정거리 안으로 다가오는 꿩을 보며 사내아이는 곧 사냥에 성공할 기쁨을 미리 만끽했다. 이윽고 충분히 잡고도 남을 자리에 들어오자 그는 이내 팽팽하게 당겨진 고무줄을 놓으려고 했다.

   "에라이, 이 화상아!"

   "억!"

   방심했던 사이 픽 소리가 나게 뒤통수를 가격당한 충격에 사내아이는 고무줄을 놓쳤다. 그 소리에 놀란 꿩이 혼비백산하여 날아가 버리자 사내아이는 잔뜩 골이 난 얼굴로 뒤통수를 가격한 상대에게 고개를 돌렸다.

"어떤 놈이 죽을라고 용을 쓰는 것이냐!"

"나다."

바짝 독이 올라 있던 사내아이의 표정이 상대를 확인하고 순식간에 변했다.

"이, 이담아."

쏘아붙이는 눈빛에 겁에 질린 사내아이의 눈동자가 불안하게 흔들리며 어깨가 움츠러들었다. 독기는 온데간데없이 재빠르게 낮은 자세로 태세 전환을 했지만 양쪽 허리에 팔을 짚고 씩씩거리는 이담의 화를 누그러뜨리기엔 역부족이었다.

"양장세, 너야말로 뒈질라고 용을 쓰는 것이냐? 사찰에 사는 놈이 감히 사찰 코앞에서 살생을 하려고 하다니 제정신이냐 이 말이야. 이걸 확 주지 스님께 일러 버려, 말아?"

"아, 아니다. 오해다. 절대 해칠 생각은 아니었다. 그냥 정신 차리라고 경고만 해 주려던 것이다."

"경고는 개뿔. 야야! 아까 날아간 꿩이 웃겠다. 잔말 말고 그 새총 이리 내."

"사실이라니까 그런다. 제발 주지 스님께는 아무 말 말아 다오. 또 탑돌이 하면 죽는단 말이다."

커다란 덩칫값을 못하고 싹싹 비는 장세를 꼬나보다 이담이 한쪽 눈썹을 슬며시 들어 올렸다.

"하면 내가 시키는 대로 할 것이냐?"

"당연하지. 뭐든 말만 해라. 시키는 대로 다 할 것이니."

"좋아, 그럼 나랑 행궁에 가자."

"헤, 행궁이라니! 그곳은 사 황자께서 피접을 나와 계시는 곳이 아니냐?"

장세가 귀신을 본 듯한 얼굴로 눈을 댕그랗게 떴다.

"맞다. 태자 전하를 제외한 세 분 황자들께서 모두 오셨다는데 당연히 구경을 가야지. 우리가 평생 언제 그리 높은 분들을 볼 수 있겠냐?"

"아서라, 이담아. 주지 스님께서 아시면 죽는다. 그 근처엔 얼씬도 하지 말라 신신당부하셨잖아."

"그러니 주지 스님 몰래 가자는 거잖아. 그리고 명색이 주지 스이신데 우릴 정말 죽이기야 하시겠어? 그냥 아무도 몰래 먼 발치에서 구경만 하고 오자는 거야."

"아, 안 되는데……."

"그럼 달밤에 탑돌이를 할래?"

"그것도 안 되는데……."

질기기가 쇠심줄보다 질긴 이담에게 약점이 잡힌 터라 장세는 이러지도 저러지도 못하고 우물거렸다. 애초에 상대가 되는 싸움이 아니었다.

"그럼 가는 거다?"

"무윤이도 가는 거지?"

"아니. 우리 둘만 갈 거야."

"아니, 왜에! 당연히 무윤이도 가야지."

"고지식한 무윤이 놈이 알면 골치 아파져. 그냥 조용히 둘만 샥 다녀오는 거야. 찬성?"

"아니."

"이걸 확!"

"차, 찬성."

잔뜩 심통이 난 얼굴로 강하게 도리도리를 하며 버텼지만 주먹으로 한 대 치려는 이담의 손짓에 장세는 하는 수 없이 고개를 끄덕일 수밖에 없었다.

"진즉에 그럴 것이지. 가자, 동무야."

신이 난 얼굴로 이담이 장세의 어깨를 툭 치며 앞장서자 장세는 땅이 꺼져라 한숨을 내쉬고 이담을 따라갔다.

사찰에서 그리 멀지 않은 산자락 끝, 새로 지은 행궁이 위치했기에 찾아가는 것은 어렵지 않았다. 행궁이 지어지기 전부터 숱하게 다녔던 곳이라 어디에 숨어야 할지도 너무 잘 알고 있었다.

이담은 능숙하게 지름길을 찾아 산으로 연결되는 행궁의 후원에 숨어들었다.

"너무 깊이 들어온 거 아니냐? 들통 나면 뼈도 못 추릴 텐데 그만 나가자."

잔뜩 불안한 얼굴로 소맷단을 잡아끄는 장세를 눈짓으로 응징해 주고 이담은 명당자리를 찾아 몸을 숨겼다.

"풍경도 좋고 바람도 좋으니 누군가는 나오겠지."

"진심으로 때로는 네 간이 배 밖에 나온 건지 의심스럽다. 어찌 그렇게 무서운 것이 없냐?"

"시끄러우니까 그만 종알거리고 지켜보기나 해."

한 소리 듣고 풀이 죽은 장세가 입을 다물자 이담은 후원에 누군가 나오기만을 기다렸다.

하지만 반 시진이 지나도록 아무도 볼 수 없자 한쪽 입술을 실룩이기 시작했다.

"칫! 오늘은 글러 먹은 모양이다."

"그래, 그러니 그만 가자. 나 오줌 마렵단 말이다."

"하, 자식이 꼭 결정적일 때 초를 친단 말이야."

하는 수 없이 철수를 하려던 그때, 누군가 후원으로 나오자 약속이라도 한 듯 두 사람의 고개가 수풀 속으로 쏘옥 내려갔다.

나무에 몸을 숨기고 고개만 슬쩍 내민 이담의 눈이 가늘어졌다. 한 사내가 천천히 후원을 걷고 있었다.

'행색을 보아하니 분명 황자들 중 한 명인데 정말 잘 빚어 놓은 조각상 같구나. 천자의 아들이라 그런가. 몸에서 빛이 나는 것 같잖아.'

이담은 무심한 표정으로 하늘을 올려다보는 황자를 홀리듯 바라봤다. 지학(志學)쯤 되어 보이는 앳된 얼굴이지만 강한 수컷의 기운이 느껴졌다.

'황자들은 다 저런가?'

결코 가볍지 않은 걸음과 진중한 표정에서 단호함이 보였다. 이담은 장담할 수 있었다, 십 년 후 그가 장성하면 세상에서 가장 멋진 사내가 될 것이라고. 그녀는 홀리듯 달빛 속에서 생각에 잠겨 있는 황자를 실컷 감상했다.

그 순간 수풀 어딘가에서 미미한 움직임을 발견하고 이담의 눈빛이 날카롭게 변했다. 이담은 재빨리 장세에게 숨도 쉬지 말라 주의를 주고 수상한 움직임이 있는 곳을 확인했다. 그러고는 이내 눈을 댕그랗게 떴다. 놀랍게도 복면을 한 사내가 황자에게 활을 겨누고 있었다.

더 생각할 겨를도 없이 몸이 먼저 움직이고 있었다. 그녀는 장세에게 뺏은 새총을 힘껏 당겨 황자 쪽으로 쐈다. 새총에서 발사된 돌은 멀리 날아가진 못했지만 바스락 소리가 주의를 끌기엔 충분했다.

"어떤 놈이냐!"

일촉즉발의 상황에서 놀란 황자가 재빨리 몸을 피함과 동시에 화살이 그의 곁을 스쳐 지나갔다. 조금만 늦었더라면 화살에 목숨을 잃었을 것이라 생각하니 늦지 않아 참으로 다행이란 생각이 들었다.

황자를 노린 검은 복면이 일이 실패하기 무섭게 사라지자 황자를 지키던 무사들이 그를 쫓았다. 호위 무사로 보이는 사내 하나가 황자를 살폈다.

"괜찮으십니까?"

"난 무사하니 소란 피우지 마라."

무슨 대화를 하는지 잘 들리진 않았지만 이담은 씨익 미소를 지었다. 멋진 용모만큼이나 들리는 목소리 또한 중후했다. 일면식도 없는 사이지만 그가 다치지 않아서 다행이다.
 그때 장세가 소매를 잡아당기자 이담이 돌아봤다.
"제발 좀 가자!"
"그래, 그러자."
 이담은 마지막으로 홀리듯 황자를 한 번 돌아봤다. 황자의 시선이 자신에게 닿자 이담은 그대로 굳었다. 혹시 들킨 건가 싶어 심장이 급속도로 뛰기 시작했다.
 잠시 자신이 있는 곳을 빤히 바라보던 황자가 고개를 돌리자 이담은 조심스럽게 안도의 숨을 내쉬었다. 그리고 게거품을 물기 직전인 장세와 함께 조심스럽게 물러났.
 행궁에서 완전히 벗어난 산길에 접어들자 놀라 죽을 뻔한 장세가 입을 댓 발이나 내밀고 투덜거렸다.
"하마터면 심장 멎는 줄 알았잖아. 하여간 너 때문에 내가 제명에 못 산다."
"무사히 나왔으니 됐잖아. 벽에 똥칠할 때까지 살게 해 줄 것이니 그만 종알거려."
"거기가 어디라고 그렇게 나서는 거야? 그러다 걸리면 개죽음을 당할지도 모르는데."
"하면 사람을 죽이려고 하는 것을 두고만 보란 말이냐? 그 꼴을 보고 나면 두 다리 뻗고 잘 수 있을 것 같으냐? 자고로 새총은 이럴 때 쓰라고 있는 것이다."

"본의 아니게 목숨 빚을 졌군."

중저음의 목소리와 함께 한 사내가 앞을 가로막고 서자 두 사람은 경기하듯 놀라 굳었다.

눈앞에 선 사내를 확인한 이담의 눈이 충격으로 벌어졌다. 그는 다름 아닌 자신이 목숨을 구해 준 황자였다. 먼발치에서 본 모습과 달리 가까이에서 본 황자의 모습은 훨씬 크고 강해 보였다.

이담은 긴장으로 꼴깍 마른침을 삼켰다. 누구 앞에서도 이리 긴장해 본 적이 없었는데 사내의 기에 압도되는 느낌이었다. 마치 사냥감이 된 기분이 들었다.

황자가 바로 앞에 다가와 서자 온몸의 피가 더 빠른 속도로 돌기 시작했다. 그녀는 잔뜩 굳은 얼굴로 앞에 선 사내를 쳐다봤다.

황자의 시선이 두 사람을 살피더니 이담이 쥐고 있는 새총에 닿았다. 그리고 이내 이담을 똑바로 쳐다봤다.

"무슨 생각으로 그런 짓을 한 거지?"
"생각을 하고 한 행동이 아니었습니다. 그저 누군가 노리고 있었기에 손이 저절로 움직였습니다."
"네가 죽을 수도 있었다."

걱정을 하는 건지 나무라는 것인지 모호한 소리에 이담은 속으로 대답을 골랐다.

"하나, 같은 상황이 벌어지면 또 같은 행동을 할 겁니다."

조금 긴장한 듯 보였지만 자신의 앞에서 위축되지 않고 또박또박 대답하는 이담이 마음에 들어 황자는 시선을 가늘게 뜨고 이담을 살폈다. 잘 봐야 열 살 정도로 보이는 사내놈이 제법 의기가 넘친다.

"혹 그자에게 얼굴을 들켰나?"

"일이 실패하기 무섭게 꽁지가 빠져라 도망갔으니 저희를 보진 못했을 겁니다."

"다행이군."

그 말을 끝으로 황자가 빤히 보기만 하자 이담은 혹여 너무 당돌하게 굴었나 싶어 뻣뻣해졌다. 아까부터 옆에서 숨소리도 들리지 않는 것으로 보아 덩치에 비해 과히 간덩이가 작은 장세는 선 채로 기절한 상태일 것이다.

"이름이 무엇이냐?"

"이담이라고 합니다. 이쪽은 동무 장세이옵니다."

"좋다, 이담. 네가 마음에 든다. 내 목숨을 구해 주었으니 답례를 하겠다. 원하는 것을 말해라."

"답례를 바라고 한 일이 아니니 원하는 것은 없습니다. 다만……."

"다만 무엇이지?"

"만일 그자가 누군지 알고 노린 것이라면 앞으로 더 조심하시는 것이 좋겠습니다."

"내가 걱정이 되는가?"

묻는 음성과 표정이 제법 부드러웠다. 선머슴처럼 굴던 이담의 볼에 살짝 열이 올랐다.

"누구에게나 목숨은 소중하니까요."

"내 이름은 신유다."

"황자 전하시지요?"

"눈썰미가 제법이군. 그렇다. 삼 황자다."

'역시.'

기품 있는 표정이며 강인한 기운이 예사롭지 않더니 예상이 틀리지 않았다. 평생 스치듯이라도 만날 일 없을 황자와 마주 서 있다니 꿈인가 싶었다.

그때 누군가 다가오는 기척을 느꼈는지 신유의 눈매가 매의 것처럼 날카롭게 빛났다. 눈 깜짝할 새 무복을 입은 사내가 달려와 신유 앞에 서자 이담과 장세는 기절할 듯이 놀랐다.

신유가 낭패한 무사의 표정을 읽었다.

"놓친 모양이군."

"황공하옵니다."

"누구의 장난인지 대충 감이 오니 상관없다. 돌아가자."

막 돌아서려다 신유는 이담에게 시선을 던졌다.

"명일 이 시각에 이곳으로 나와라. 오늘의 빚을 갚겠다."

"그러지 않으셔도……."

"혹 사정이 생겨 어긋나게 되면 십 년 후 장성해서 날 찾아와라. 널 곁에 두고 싶다."

'에……?'

뭐라 대답해야 할지 몰라 이담은 마른침만 꿀꺽 삼켰다.

"이 황자 전하께서 찾아 계시니 서두르십시오."

호위 무사인 시도가 재촉하자 신유는 어린 이담을 눈에 담듯이 보더니 그대로 돌아섰다.

그가 사라질 때까지 이담은 땅바닥에 발이 붙은 것처럼 서 있었다. 그러다 옆구리를 손가락으로 찌르는 감각에 장세를 돌아봤다.

"내일 정말 나올 거냐?"

"나도 모르겠다. 주지 스님께서 아시면 경을 치실 텐데 다리가 무사할지도 모르겠고, 그렇다고 삼 황자 전하의 명을 따르지 않을 수도 없으니 난감하네."

"십 년 후에는 정말 찾아갈 거냐?"

"미쳤냐?"

"삼 황자께서 널 호위 무사로 두시려는 것 같은데 출셋길이 열린 것이 아니냐?"

"그리 좋으면 너나 가든지. 난 이 몸뚱어리 지키기도 벅차다. 그리고 황자 전하께서 내 진면목을 모르니까 그리 말씀하신 거겠지."

"하긴 그렇긴 하다. 네가 사내가 아닌 걸 아셨으면 그리 말씀하지 않으셨을 것이다."

이담을 슬쩍 쳐다보고 장세는 쉽게 수긍했다.

"늦었으니 서두르자. 주지 스님 뿔나셨겠다."

"이제야 그런 생각이 드는 거냐! 내 그래서 행궁에 가지 말자고 하지 않았느냐!"

장세가 새삼 억울해하며 가는 내내 툴툴거렸다. 그러거나 말거나 이담은 한 귀로 듣고 한 귀로 흘리며 바쁘게 걸음을 옮겼다.

문득 누군가 뒤통수를 끌어당기는 것 같은 느낌에 그녀는 뒤를 돌아봤다. 숲속에 황자와 자신이 마주 서 있는 모습이 환영처럼 보였다가 이내 사라졌다. 햇살 가득한 숲을 보니 좀 전까지 펼쳐졌던 일이 마치 환상인 것도 같았다. 그녀는 그와 마주 섰던 곳을 길게 눈에 담았다.

  이담이 사찰에 도착하기 무섭게 밖에서 서성이고 있던 무윤이 달려왔다.
"왜 이제 오는 것이냐!"
"왜 그래? 주지 스님께서 화가 많이 나셨냐?"
"대감께서 오셨다. 벌써 반 시진이나 기다리고 계신단 말이다."
"헉! 연통도 없이 오셨단 말이냐?"
"부인께서 함께 와 계시니 얼른 들어가 봐라. 얼른!"
"아, 알았다."
  이담이 양손으로 머리를 쓸어내리며 급히 매무새를 정돈하고 안으로 들어갔다. 장세가 고개를 갸웃거리며 무윤에게 다가왔다.
"아무래도 모르겠단 말이다. 백중현 대감께서는 어째서 이담일 계속 찾는 것이냐?"
"알 거 없어."
  무윤이 찬바람을 일으키며 가 버리자 장세가 그의 뒤통수를 노려보며 입술을 실룩거렸다.
"저놈이 또 나만 따돌리고 가네. 콱 저걸!"
  장세는 무윤의 뒤통수에 주먹을 올려붙였다가 조용히 다시 내렸다. 덩치는 저보다 작지만 싸움 실력이 한 수 위이기에 행여 무윤이 돌아볼까 무서워서였다. 그러다 이내 이담이 바삐 사라진 쪽으로 고개를 돌렸다.

"분명 뭔가 이상하단 말이야."
 하지만 단순한 성정처럼 궁금해한다고 한들 답을 얻을 곳이 없기에 그는 고개를 저으며 의문을 털어 버렸다.

"이담이옵니다."
 아뢰는 소리와 함께 조심스럽게 문이 열리고 이담이 들어오자 주지 설상과 함께 앉아 있던 백중현과 한 부인이 고개를 들었다.
"어서 오너라."
 사내 행색을 한 이담을 본 한 부인의 눈이 빠른 속도도 젖어 들었다. 그녀는 백중현이 몰래 손을 잡아 주자 빠르게 눈을 깜박거리며 평정을 찾으려고 했다.
 목숨을 살리기 위해 낳자마자 품에 안아 보지도 못하고 보내야만 했던 여식을 이리 궂은 곳에서 살게 두어야 하는 사실에 가슴이 미어지는 것 같았다. 귀족으로 태어났으나 귀족으로 살지도 못하고 사찰에서 사내아이로 숨어 지내는 것을 볼 때마다 억장이 무너졌다.
"아버지 어머니, 절 받으십시오."
 이담이 설상의 눈치를 보며 최대한 조신하게 두 사람에게 절을 올린 후 자리에 앉았다.
"그새 또 많이 자랐구나. 어디 불편한 곳은 없느냐?"
"주지 스님께서 조석으로 탑돌이를 시켜 주셔서 건강하게 잘 지내고 있습니다."
"으흠!"

매번 사고를 친 벌로 탑돌이를 시켰기에 설상은 헛기침을 하며 이담을 째려봤다. 그러면서도 백중현의 눈치를 살폈다. 혹여라도 여식을 구박한다고 오해할까 봐 긴장했다.

　다행히 두 사람은 오랜만에 보는 여식을 보기에 바빠 눈치를 채지 못한 것 같았다. 그는 일부러 점잖게 이담을 추궁했다.

"네 어디를 쏘다니다 이제야 돌아오는 것이냐?"

"실은 세 분 황자들께서 오셨다고 하여 행궁에 살짝 구경 다녀왔습니다."

"뭐라!"

　백중현이 놀라 소리쳤다. 별 뜻 없이 사실대로 대답했을 뿐인데 방 안의 공기가 삽시간에 얼어붙자 이담은 도리어 당황했다.

　백중현은 심각한 얼굴로 한 부인과 마주 봤다. 황자들과 만날 싹을 아예 자르려고 사찰에서 자라게 했는데 이담이 황자들이 있는 곳에 다녀왔다는 소리에 머리카락이 쭈뼛 섰다.

　우연으로라도 스치지 않게 하려고 일부러 황도에서 떨어진 사찰에 기거하게 하였는데 하필 잔병치레가 잦은 사 황자를 위해 황제가 이곳에 행궁을 지을 줄 몰랐다. 그는 설마 하는 눈빛으로 이담에게 물었다.

"설마 황자들을 본 건 아니겠지?"

"세 분을 다 뵙지는 못하였고 삼 황자 전하만 뵈었습니다."

"뭐! 어떻게 그랬단 말이냐!"

"그것이, 몰래 엿보기만 하고 돌아올 생각이었는데 누군가 삼 황자 전하를 활로 겨누고 있었습니다. 그래서 그냥 둘 수 없어서 소녀가 새총으로 방해를 하였습니다."

"삼 황자께선 무사하신 것이냐?"

"제 덕에 간발의 차로 화살을 피하셨습니다."

"그것이 다냐?"

백중현이 다급하게 물었다. 삼 황자가 행궁에서 저격을 당했다는 사실보다 이담이 삼 황자의 목숨을 구했다는 사실이 더 신경이 쓰였다.

"장세랑 몰래 돌아오고 있었는데 갑자기 전하께서 나타나셨습니다."

"하면 전하께 들켰단 말이냐!"

"예."

불길한 예감에 백중현의 표정이 딱딱하게 굳었다.

"전하와 무슨 말을 하였느냐?"

"그저 목숨을 구해 주어 고맙다는 말씀을 하셨습니다. 하옵고 명일 다시 나오면 답례를 하겠다 하셨습니다. 그게 다입니다. 한데 아버지, 어디 편찮으십니까? 안색이 좋지 않으십니다."

이담이 걱정이 가득한 눈빛으로 묻자 백중현은 애써 평정을 찾으려 했다. 그는 호흡을 가다듬고 이담에게 단호하게 이야기했다.

"명일은 물론 다신 황자들과 만나선 아니 된다. 근처에 가서도 아니 될 것이다."

"어째서 그래야 합니까?"

'아이고, 화상아.'

그냥 알겠다고 대답하면 될 것을 분위기 파악 못 하고 도리어 연유를 묻는 그녀에게 설상이 한쪽 눈을 찡긋하며 신호를 주었다.

"주지 스님께서도 눈이 불편하십니까?"

설상은 끝내 이담이 눈치 없이 굴자 체념하듯 눈을 감았다. 평소 눈치라면 누구에게도 뒤지지 않은 아이가 저리 나올 땐 일부러 그러는 것임을 알기에 그는 속으로 나무아미타불을 읊었다.

이담은 해맑은 표정으로 굳게 입을 다물고 있는 백중현의 대답을 기다렸다.

백중현은 잠시 한 부인과 눈빛을 주고받다 눈을 감고 있는 설상을 힐끔 쳐다봤다. 그의 표정에서 이제 이담도 그 이유를 알아야 할 때가 온 것이라는 뜻이 그대로 읽혔다.

"황자들과 만나선 안 된다 하는 것은 너를 살리기 위함이다."

"그게 무슨 말씀이십니까?"

궁금증이 가득한 눈빛으로 보는 이담의 표정에 백중현은 체념한 듯 입을 열었다.

"십 년 전 네가 태어나기도 전에 신묘한 기운을 가진 신관 하나가 폐하께 이상한 점괘 하나를 아뢴 후 종적을 감췄다. 그의 예언에 의하면 네 사주를 둘러싼 붉은 기운이 상서롭지 않아 장차 황자들이 너를 얻기 위해 조정에 피를 불러올 것이라 하였다."

"예에? 그게 말이 된다 생각하십니까?"

너무 기도 안 차 이담은 인상을 찌푸렸다.

"아니, 하늘처럼 높은 황자 전하들 곁이 온통 어여쁜 꽃밭일 텐데 하찮은 저 때문에 싸우다니요. 소녀 태어나서 들은 소리 중 가장 황당하옵니다."

"이 아비 역시 채 신관의 말을 믿지 않는다. 하나 폐하께서 채 신관의 말을 맹신하는 것이 문제다. 그래서 널 태어나자마자 죽이라 명하셨다."

제법 심각한 표정으로 경청하는 이담에게 백중현은 십 년 전의 일을 상세하게 알려 주었다. 그녀가 조금 더 장성하면 알려 주려 하였으나 이미 말귀를 알아들을 나이가 되었고, 다시 황자들과 부딪치지 않게 미리 주의를 주는 것이 좋을 거라 판단했다.

황제가 자신을 죽이려 무사들을 보냈으나 하늘이 도우사 쌍생으로 태어난 덕에 그 화를 면했다. 하나 황제께서 아시면 살려 두지 않을 것임을 알기에 이곳에서 귀족도 아닌 신분으로 지내야 한다는 소리에 이담의 입에서 헛바람이 새어 나왔다.

귀족가의 여식으로 태어났음에도 사찰에서 자라야 하는 것이 늘 의아했는데 이런 말도 안 되는 이유 때문이었다니.

"사람의 명은 하늘의 소관인데 고작 신관 나부랭이가 지껄인 소리만 믿고 저를 죽이라 명하신 폐하를 이해할 수가 없습니다. 막말로 그 신관이 아버지에게 원한을 품고 일부러 그리 떠든 것인지도 모르지 않습니까?"

사찰에서 자유분방하게 자란 탓에 화를 고스란히 담아 걸러지지 않은 말투가 거침없이 흘러나왔다.

"이 아비가 황명을 어기면서까지 널 살린 건 널 평생 황자들과 엮일 일 없이 살게 할 자신이 있었기 때문이었다."

"한데 소녀가 삼 황자 전하를 만나 버렸으니 그리 경계하시는 것이군요."

이제야 양친의 반응이 이해가 되어 이담은 잔뜩 못마땅한 표정이 되었다. 입술을 비죽이며 찡그린 표정에서 불편한 심기가 그대로 드러났다.

"하면 소녀는 폐하의 눈을 피해서 평생 이곳에서 살아야 하는 겁니까?"

"이 아비가 반드시 네 자리를 찾아 줄 방도를 강구할 것이다. 그러니 그때까지는 답답하더라도 버텨야 한다."

"사실 이곳에서 지내는 것은 좋습니다. 이곳엔 좋은 동무들도 있고 훌륭한 주지 스님도 계시니까요. 언제든 자유롭게 뛰어놀 수 있으니 또한 나쁘지 않습니다. 하나 이곳에서 살아야 하는 이유는 정말 마음에 들지 않습니다."

열 살 소녀의 말이라고는 믿어지지 않을 정도로 성숙한 대답들이 흘러나왔다. 백중현은 한 부인과 눈으로 대화를 나눴다. 확실히 여식은 예사롭지 않았다.

"심려를 끼쳐 드려 송구합니다, 아버지. 소녀가 황자들과 다시 만날 일은 없을 것이니 걱정하지 마십시오. 설령 연이 스친다고 하여도 소녀가 피해 갈 것이니 그 또한 염려 마십시오."

"그리 말해 주니 마음이 놓이는구나."

"두고 보십시오. 소녀 오래 살아남아서 그 신관의 말이 틀렸음을 증명해 보일 겁니다."

입을 앙다물고 다짐하는 이담의 표정이 사뭇 진지해 보여 백중현은 조금 안도했다.

백중현과 한 부인이 담소를 나누고 돌아가자 이담은 그들을 배

웅한 후 뒷마당으로 걸어갔다. 설상이 이담의 눈치를 살피며 물었다. 천방지축으로 사고를 칠 때마다 속이 뒤집혀 가만히 있기를 바라다가도 막상 이렇게 말이 없으면 더 신경 쓰이고 무서웠다.

"야밤에 뭘 하려는 것이냐?"

"수행이 덜 됐는지 자꾸 쌍욕이 튀어나오려고 해서 말입니다. 탑이나 돌면서 어떤 놈 욕 좀 하러 갑니다."

이담이 쌩하고 가 버리자 설상은 아직 어린 뒷모습을 보며 느리게 고개를 저었다.

무작정 탑을 돌면서 이담은 신유를 떠올렸다.

'다시 만나선 안 되는 운명이란 말이지.'

거짓말처럼 그와 마주 섰던 순간이 생생하게 떠올랐다. 자신을 보던 그의 표정까지도. 하지만 이젠 모두 지워 버려야 한다.

'행궁에 가는 것이 아니었어. 내 팔자에 황자라니 지나가는 개가 웃을 일이잖아.'

명일 나오라는 신유의 말이 떠오르자 탑을 도는 발걸음이 조금 더 빨라졌다.

'저를 기다리지 마십시오. 십 년 후에 제가 전하를 찾아갈 일도 없을 겁니다. 그저 왔다가 흔적도 없이 사라지는 바람처럼 저를 잊으십시오.'

그녀는 신유를 만났던 기억을 모두 떨쳐 내 버리려 밤새 탑을 돌았다.

다시 십 년 후 삼 황자궁.

집무실에서 서책을 읽고 있는 신유의 곁으로 시도가 다가왔다.

"이번에 황실 무관 선출에 지원한 자들의 명단입니다."

신유는 시도가 건넨 종이를 펼쳐 누군가의 이름을 찾았다. 찬찬히 살펴보았지만 그가 찾는 이름은 명단에 없었다. 그의 눈동자가 실망으로 가라앉았다.

"오지 않은 모양이군."

누구를 지칭하는 것인지 알기에 시도가 조심스럽게 물었다.

"혹시 무관을 선출한다는 방을 보지 못한 것이 아닐까요?"

"그랬다고 하더라도 이미 의미 없다. 연이 될 요량이었다면 십 년 전 내가 했던 말을 기억했을 테니까. 모처럼 마음에 차는 놈을 만나 세오와 네 일을 좀 덜어 주려 했는데 아쉽게 됐다."

"소신들은 괜찮습니다."

시도가 얼른 대답했다.

하지만 신유의 마음은 편치 않았다. 노골적으로 경계하는 이 황자궁의 눈치를 보느라 호위 무사들을 늘릴 수 없는 실정이었기에 상대적으로 다른 황실 무사들과 달리 시도와 세오가 가중 업무에 시달리고 있었다.

명단을 한쪽으로 밀어 두고 신유는 십 년 전에 행궁 근처 숲에서 만났던 당돌한 소년을 떠올렸다. 어린 나이답지 않게 배짱과 의리가 두둑하고 언변 또한 훌륭한 사내아이가 욕심났다. 하여

아이에게 이른 대로 다음 날 같은 시각에 아이를 만나러 나갔지만 아이는 나오지 않았다.

그리고 열 번의 해가 지날 때 때때로 어디선가 조금씩 건장한 사내로 자라고 있을 아이를 떠올리곤 했다.

자신의 목숨을 맡기고 생사고락을 함께할 연을 만나는 것은 쉽지 않았다. 하여 그 아이가 더 생각났다. 다시 만나게 되면 꼭 곁에 두고 싶었다. 그런 이유로 금년은 매해 시행하는 황실 무관 선출에 유독 관심을 가지고 있었다.

어떻게 자랐는지 몹시 궁금했는데 결국 기억 속에 남아 있던 아이의 이름은 찾을 수 없었다.

혹여 올 수 없는 무슨 사정이 생긴 건지 아니면 이미 약조를 잊어버렸는지 알 수 없지만 이상하게 서운했다. 혼자만 일방적으로 아이와의 재회를 기다리고 있었나 싶어 씁쓸함도 일었다.

그때 동 내관이 급히 문을 열고 들어왔다.

"이 황자 전하께서 오셨습니다."

"형님께서 갑자기 무슨 일이시지?"

신유는 급히 이담에 대한 생각을 접고 밖으로 나갔다. 뜻밖에도 무복을 입은 이 황자 강유가 버티고 서 있었다.

신유가 먼저 묻기도 전에 성질 급한 강유가 용건을 꺼냈다.

"재유에게 갈 것이다. 아바마마께 윤허를 받았으니 어서 준비해라."

"지금 당장 말입니까?"

"그래. 날이 저물면 사냥할 수 없으니 서둘러라."

사 황자인 재유는 태어나면서부터 허약해 자주 피접을 나갔다. 그를 위해 황제는 직접 시온 행궁을 지어 주었고 다행히 차도를 보여 행궁을 찾는 일이 뜸해졌다. 하지만 근자 들어 다시 어지럼증이 심해지면서 행궁으로 나가는 횟수가 늘었다.

피접 나간 아우를 보러 가면서 사냥을 하려는 발상부터 어이가 없었지만 신유는 토를 달지 않고 강유가 시키는 대로 했다. 늘 경계와 회유를 모호하게 섞어 자신을 떠보는 이 황자에게 시비를 걸 빌미를 주고 싶지 않았기 때문이었다.

시온 행궁으로 가는 길에 강유가 말머리를 나란히 하며 떠보듯이 물었다.

"이번 황실 무관에 지원한 자들 중 원하는 자가 있느냐?"

"어찌 그런 걸 물으십니까?"

"삼 황자궁에 무사들이 상대적으로 부족한 듯 보여서 말이다. 혹여 달리 눈여겨본 자가 있다면 특별히 삼 황자궁으로 배정을 해 주겠다."

"부족하면 부족한 대로 지낼 수 있으니 이대로 괜찮습니다. 마음 써 주셔서 감사합니다, 형님."

"그래? 네가 그리 말하니 더 권하지 않겠다."

강유는 힐끗 신유의 표정을 쳐다보다 정면을 응시했다. 역시나 쉬이 걸려들지 않는다.

도통 알 수 없는 표정 속에 무슨 속내를 품고 있는지 모르니 은근히 짜증이 났다. 그는 허공을 차갑게 노려보다 앞으로 치고 나가기 시작했다.

시온사로 돌아가다 이담은 묵직한 자루를 어깨에 둘러멘 장세를 곁눈질로 봤다.

"무거우면 같이 들어 줄까?"

"아서라. 어깨 나간다."

"그래, 둘 다 죽느니 그냥 너 혼자 드는 것이 낫겠다."

"흥, 처음부터 같이 들 생각이 없었던 걸 모를 줄 아느냐?"

"계집애처럼 그만 좀 종알거리고 조용히 가자."

말로는 이길 수가 없어 장세가 입술을 비죽거리며 이담을 째려봤다. 주지 설상의 명으로 마을에 내려가 공양미를 받아서 시온사로 돌아오는 길이었다.

"무윤이 놈은 왜 하필 오늘 같은 날 없는 것이냐?"

"따지려거든 주지 스님께 따져. 스님께서 따로 심부름을 보내신 거잖아."

"흥, 지금 편드는 것이냐?"

"사실을 말하는 거야, 이 화상아. 왜 사사건건 무윤일 못 잡아먹어서 안달이야? 붙으면 이기지도 못하면서."

"누가 그래! 옛날에야 한 수 접었지만 지금은 전혀 아니거든!"

"웅, 아니거든요. 힘으로야 누를 수 있겠지만 대신 넌 느리잖아. 잡아야 눌러나 보지. 무식하게 힘만 센 게 다 무슨 소용이냐고."

하는 소리마다 뼈마디를 때려 장세는 골이 났다.

"암튼 무윤이한테 괜히 시비 걸지 말고 잘 지내 봐."

"그 말은 무윤이 놈한테나 해. 그놈이 항상 나를 무시하고 너만 감싸고도는 거잖아."

"그게 다 내 성정이 너무너무 좋아서 그런 거 아니겠냐?"

"진지하게 말하는데 쌀자루에 한번 맞아 볼 테냐? 어디서 거짓부렁을 하는 것이냐? 너처럼 괄괄한 성정이 어딨다고. 주지 스님도 두 손 두 발 다 드셨잖아."

"이게 뒈질라고 어디서 함부로 날 모함하는 거야?"

한마디도 지지 않고 서로 투덕대다 갑자기 수상한 움직임을 느끼고 두 사람은 약속이나 한 듯 경계 태세를 취했다.

그때 수하 무사들과 함께 사냥감을 발견하고 조심스레 접근하고 있는 강유를 본 이담의 눈에 불이 번쩍거렸다.

"이곳은 황명으로 엄연히 사냥이 금지된 곳인데 감히 어떤 우라질 놈이 사찰 근처에서 사냥을 하는 거야!"

역시나 성질을 이기지 못하고 이담이 버럭 역정을 냈다.

"너 먼저 돌아가."

"너는 어쩌려고?"

"어쩌긴 막아야지. 저들이 온이를 노릴지 모르잖아. 시간 없으니 먼저 간다."

추진력이 타의 추종을 불허하는 성정답게 이담이 눈 깜짝할 새 사라져 버리자 장세는 발만 동동 굴렀다.

"지금 노루가 문제가 아니란 말이다. 귀족이라고 밝히지도 못할 거면서 성질 더러운 귀족들에게 잘못 걸렸다가 큰 화라도 당하면 어쩌려고 저리 물불을 안 가리난 말이야!"

온이는 발목을 다쳐 죽을 뻔한 것을 이담이 손수 치료해서 돌봐 준 후 방사한 노루였다. 제 목숨을 살려 준 것을 아는지 한 번씩 이담의 앞에 나타나 이담이 손수 이름도 지어 주고, 그 후로 둘만의 교감을 하는 특별한 존재였다.

그런 온이가 죽을까 염려하는 마음은 충분히 알겠지만 황명을 어기고 사냥까지 하는 무리들이라면 보통 신분이 아닐지도 모르기에 속이 타들어 갔다.

"저게 사내 행세를 한다고 정말 사내라도 되는 줄 아나. 안 되겠다. 더 큰 사달이 나기 전에 주지 스님께 알려야지."

장세는 빠르게 주변을 둘러보다 곡식 자루를 숲속에 보이지 않게 숨겨 두고 죽을힘을 다해 시온사를 향해 달렸다.

"전하, 북동쪽에 노루가 있습니다."

호위 무사 혁치가 은밀하게 알려 준 곳에 연한 갈색 털이 아름다운 온이 있었다.

생각처럼 사냥이 되지 않자 약이 올라 잔뜩 벼르고 있던 강유는 입맛을 다시고 조심스레 활시위를 당겼다.

'꼭 잡고야 만다.'

완벽한 명중을 확신하며 막 화살을 놓으려던 순간 갑자기 삐이익 소리가 정적을 깼다. 그 소리에 놀란 온이 혼비백산하여 달아났다.

"이런 젠장!"

눈앞에서 다 잡은 사냥감을 놓치자 강유는 격분하여 방해의

근원지를 노려봤다. 그러다 숲속 저편으로 미미하게 멀어지는 움직임이 포착되자 그는 곧바로 활을 당겼다. 누구든 방해한 대가를 치르게 하고 싶었기에 짐승이든 사람이든 상관없이 쏠 작정이었다.

하나 그때 신유가 활을 가로막고 서자 강유는 매섭게 눈을 치켜떴다. 그러고는 화살로 신유를 겨냥했다.

지켜보던 호위 무사들이 숨을 죽였지만 신유는 동요하지 않았다. 두 사내가 서로를 응시하는 눈빛에서 불꽃이 일었다.

일촉즉발의 긴장된 순간이 흐르고 강유가 먼저 활을 내렸다. 그는 짜증 섞인 투로 신유를 나무랐다.

"어째서 못 쏘게 하는 것이냐?"

"혹여 사냥감이 아닐 수도 있으니 조심하는 것이 좋습니다."

"사냥감인지 아닌지는 잡아서 확인해 보면 될 것이 아니냐?"

"이곳은 황명으로 사냥이 금지된 곳입니다. 구설수에 올라서 좋을 것이 없습니다. 이미 사찰에 너무 가까이 왔으니 그만 돌아가시는 것이 좋겠습니다."

입바른 소리를 하는 것이 못마땅했지만 틀린 말도 아니었기에 강유는 숲을 노려봤다.

"날 방해한 것이 사람인지 짐승인지 궁금하단 말이지."

"소제가 직접 확인하고 아뢰겠습니다. 형님께선 먼저 행궁으로 돌아가십시오. 곧 날이 질 겁니다."

"그렇게 하겠다."

돌아서다 말고 강유가 의미심장한 표정으로 운을 띄웠다.

"다음부턴 함부로 내 화살을 막아서지 마라. 그러다 실수로라도 화살을 놓아 버리면 큰 낭패가 아니냐?"

"명심하겠습니다."

충분히 의미를 둔 말에 신유가 순순히 대답하자 강유는 차가운 눈빛으로 그를 쏘아보다 멀어져 갔다. 호위 무사들이 일제히 그를 따라 움직였다.

혼자 남게 되자 신유는 수상한 움직임이 포착됐던 곳으로 시선을 돌렸다. 한 곳을 한동안 응시하다 그는 곧바로 어디론가 몸을 날렸다.

잠시 후 사위가 고요해지자 온이를 구해 주려다 이 황자에게 사냥당할 뻔했던 이담이 조심스럽게 모습을 드러냈다. 그녀는 좀 전에 있었던 일을 떠올리며 진저리를 쳤다.

'어떤 인간인지 성질 한번 더럽게 고약하네. 사냥 좀 방해했다고 정말 화살을 쏘려고 들다니, 뭐 저런 얼어 죽을 인간이 다 있어? 대체 어떤 신분이기에 저리 안하무인인 거야?'

따르는 무리들이 예사롭지 않은 것으로 보아 권세 좀 있는 세도가의 망나니 아들인 것도 같았다. 온이를 살리려다 하마터면 골로 갈 뻔했던 일이 소름 끼쳐 이담은 고개를 절레절레 흔들었다. 생각할수록 분하고 짜증이 나 활로 쏘려고 했던 사내에게 속으로 입에 담지도 못할 쌍욕을 있는 대로 날려 줬다.

"어쨌든 온이도 나도 무사하니 되었다."

그러다 이담은 위험을 무릅쓰고 화살을 가로막고 서서 자신을 살려 준 사내가 누군지 궁금했다. 멀리 있어서 대화는 들을 수 없었지만 두 사람의 분위기에서 묘한 긴장감이 느껴졌었다.

'뉘신지 모르오나 덕분에 살았습니다. 부디 천복 받으시기를.'

그녀는 얼굴도 모르는 은인에게 인사를 올리고 빠르게 돌아섰다. 발을 동동 구르고 있을 장세가 떠올라서였다. 하지만 몇 걸음 떼기도 전에 앞에 누군가 서 있자 그대로 굳어 섰다.

'헉! 떠난 것이 아니었나?'

그가 떠나는 척하면서 자신이 모습을 드러내길 기다렸다는 생각이 들자 이담의 머릿속이 바쁘게 돌아가기 시작했다. 분명 자신을 활로 쏘려는 자에 맞서 살리려던 사내다. 적대감은 느껴지지 않았다.

이담이 숨을 죽이고 서 있자 신유는 이담을 탐색하듯 쳐다봤다. 서로를 탐색하는 눈빛에 서늘한 기운이 깃들었다.

"어째서 그렇게 위험한 짓을 한 거지?"

"온이, 아니 노루를 살려야 했으니까요."

"네 목숨과 바꿔서라도 말인가?"

"둘 다 살리려는 것이었습니다. 한데 뉘신지 모르오나 이곳은 황명으로 사냥이 금지된 곳입니다. 살생을 금기시하는 사찰 근처에서 버젓이 살생을 하려고 하다니 너무 무도한 짓이 아닙니까?"

순간 욱해서 울분을 토해 내고 이담은 아차 싶었다. 그녀는 재빨리 신유의 눈치를 살폈다.

그러다 그녀는 살짝 미간을 찌푸렸다. 분명 초면인데 초면이 아닌 것 같은 요상한 기분이 들었다. 그러고 보니 목소리도 귀에 익다. 대체 이게 무슨 조화란 말인가.

'뭐지? 어디서 본 적이 있었던가?'

어디서 스쳤나 머리를 쥐어짜다 정말 느닷없이 뒤통수를 후려치며 떠오르는 생각에 이담은 기함하듯 놀라 재빨리 시선을 피했다.

'설마, 설마 삼 황자 전하?'

심장이 빠르게 두근거리기 시작했다. 말이 안 된다 생각하면서도 이상하게 납득이 됐다. 황자들이기에 이렇게 간이 배 밖으로 나오는 짓도 할 수 있을 것이다.

키가 훤칠하게 자랐고 숱이 많은 눈썹과 속을 알 수 없는 표정들이 어렴풋이 십 년 전의 기억을 소환하고 있었다. 십 년 전에 사내가 되어 가던 황자는 십 년이 흐르자 완벽한 사내로 장성했다. 그에게서 그때와는 비교도 할 수 없는 위엄과 거부할 수 없는 강한 수컷의 기운이 느껴졌다.

위험신호를 감지한 이담의 머리가 더 바삐 돌아가기 시작했다. 그가 자신을 알아보기 전에 달아나야 한다.

"제법이군."

꽤 당돌하게 맞받아치는 소리에 이담을 보는 신유의 눈빛이 날카롭게 빛났다. 만일 이 소리를 이 황자의 앞에서 떠들었다간 성한 몸으로 돌아가지 못할 것이다.

하지만 신유는 거침없이 이 황자의 과오를 지적하는 그의 당당함과 배짱이 마음에 들었다. 아주 잠시지만 꽤 오래전의 신선했던 기억 한 자락이 다시 들춰지는 기분이었다.

갑자기 그는 눈을 가늘게 뜨고 이담을 응시했다. 그에게서 묘한 기시감이 느껴졌다. 어딘지 익숙한 무언가가 신경을 건드렸다.

십 년 전과 비슷한 장소, 의롭고 당돌한 사내아이, 장성했다면 아마도 이런 모습일 것 같은…….

'혹시.'

이담을 똑바로 보는 그의 눈빛에 바짝 힘이 들어갔다.

"소인의 말이 불편하셨다면 송구하옵니다. 그리고 아까 목숨을 구해 주신 건 정말 감사합니다. 일행이 기다리고 있으니 그만 돌아가 보겠습니다."

행여 삼 황자가 자신을 알아볼까 봐 이담은 정신없이 말을 쏟아 내며 홱 돌아섰다.

"서라."

'헉!'

그에게 등을 지고 있는 이담의 눈동자가 바쁘게 돌아다녔다. 하나 돌아설 때는 완벽하게 표정을 정리한 후였다.

"이름이 무엇인가?"

"무윤이라 하옵니다."

주저 없이 나온 대답에 신유는 힘이 빠졌다. 기대했던 이름이 아니다. 혹시나 그때의 아이인가 싶어 잠시나마 설렜는데 동일인이 아니었다. 참 비슷한 느낌이었는데… 손가락 사이로 바람이 새어 나가듯 상실감이 느껴졌다.

"나는 삼 황자 신유다."

'역시.'

이렇게 그를 다시 만날 줄은 몰랐기에 이담은 적잖이 당황했다. 하지만 어설프게 굴었다간 들키기 쉽기에 최대한 동요 없이 목소리를 깔았다. 절대 황자들과 만나서는 안 된다고 당부하신 아버지의 목소리가 산신령의 것처럼 울리는 듯했다.

"높으신 분을 몰라뵈었습니다."

이담이 고개를 숙여 인사를 올렸다.

"십 년 전 이곳에서 당당하게 할 말을 다 하던 사내아이를 만난 적이 있다."

"……."

"널 보니 그 아이가 생각난다."

"꽤 당돌한 아이였나 봅니다."

"당당하다는 표현이 더 맞을 것 같군."

두둔하는 소리에 뭐라고 반응을 해야 할지 몰라 표정 관리가 되지 않았다. 그래도 그에게 나쁘지 않은 기억으로 남아 있다는 사실에 괜스레 웃음이 나오려 했다.

막 이담에게 더 물으려다 신유는 수상한 기가 가까워지는 것을 감지하고 날카롭게 눈을 치켜떴다. 마음이 다시 변했나. 분명 자신을 감시하라고 강유가 보낸 수하들일 것이다.

어쨌거나 강유의 사냥을 방해한 무윤을 저들에게 들키게 해서 좋을 일이 없을 것이다.

"돌아가야 할 시각이군."

드디어 그에게서 놓여나나 싶어 이담은 속으로 안도의 한숨을 내쉬었다.

"만나서 반가웠다, 무윤. 네 이름을 기억하겠다. 내가 사라지면 반대쪽으로 길을 잡아라."

"예? 어째서 그리해야 합니까?"

"쓸데없는 잡음을 피하고자 함이니 시키는 대로 해라. 네가 사냥을 방해한 이는 내 형님이시다."

'형님이라면 병중에 계신 태자는 아닐 테고 이, 이 황자?'

보아하니 성질이 거지 같던데 제 소행임을 알면 물고를 낼지 모르기에 이담은 잠시 식은땀이 흘렀다.

하지만 그 말을 끝으로 신유가 황급히 사라져 버리자 조금 서운해졌다. 들킬까 봐 심장이 조이듯 불편하면서도 알 수 없는 긴장감도 있었다. 과히 나쁘지 않은… 뭐라고 규정지을 수 없는 양 갈래의 감정들……. 좀 이상하다.

"어쨌든 고비는 넘긴 거 맞지? 얼른 돌아가자."

신유의 말대로 그가 사라진 반대쪽으로 돌아서다 이담은 땅에 무언가 떨어져 있는 것을 발견했다. 가까이 가서 들어 보니 한눈에도 귀해 보이는 벽옥이었다. 분명 삼 황자의 것이다.

'급히 가시느라 떨어트리신 것 같은데 어쩌지?'

다시 찾으러 올지 모르니 그냥 두고 갈까 싶다가도 땅바닥에 버리고 가는 것이 걸렸다. 귀한 정표일지도 모르는데 혹 다른 이의 손을 탈까 봐 염려가 되었다.

'아이고, 난감하게 하필 왜 이런 걸 흘리고 가셨을까.'

옥패를 어찌할까 한참을 고민하다 이담은 품에 갈무리했다. 행궁으로 장세를 보내 돌려줄 생각이었다.

"아무튼 내가 누군지 들키지 않았으니 나는 오늘 삼 황자를 만난 적이 없는 거다."

스스로 합리화를 시키며 이담은 신유가 떠난 반대쪽으로 사라졌다.

볕이 유난히 좋은 날, 오찬을 마친 계수 황후는 황제가 그녀를 위로하기 위해 특별히 지어 준 계양각에서 귀비들과 차를 마시고 있었다.

"역시 황후 폐하께서 내어 주신 차 맛은 일품이옵니다."

찻잔을 내려놓으며 사 황자 재유의 친모인 함 귀비가 입에 발린 소리를 했다.

"고산지대에서 매년 소량만 얻을 수 있으니 더 가치가 있지. 함 귀비의 입맛에 맞다니 다행이네. 원한다면 내 차를 따로 내어 주겠네."

"아니옵니다. 혼자 즐기면 그 깊은 맛이 덜할 것 같으니 황후 폐하와 함께 이곳에서 즐기도록 하겠습니다."

입에 발린 소리로 황후의 비위를 맞추는 함 귀비를 속으로 비웃으며 강유의 친모인 도 귀비가 끼어들었다.

"사 황자가 또 피접을 나갔으니 함 귀비 자네의 속이 말이 아니겠구먼."

"왜 아니겠습니까? 매일 피가 마릅니다. 사 황자만 건강하다면 소첩은 아무것도 바랄 것이 없습니다."

동조하는 눈빛으로 고개를 끄덕이며 도 귀비는 속으로 코웃음을 쳤다.

'과연 그럴까? 개가 똥을 참지. 욕심이 턱까지 찬 것이 빤히 보이거늘 아닌 척 굴기는.'

하지만 속내와 달리 도 귀비는 속상해하는 함 귀비를 위로하는 척했다.

"이 황자께서 낙심해 있을 사 황자를 위로하고자 삼 황자와 함께 행궁으로 갔으니 큰 힘이 될 걸세."

"이 황자 전하께서는 역시 그릇이 다르시지요. 황자들끼리 우애가 좋아 참 다행입니다."

서로 주거니 받거니 공치사를 해 대면서 두 귀비는 찬 시선을 치켜뜨는 황후의 눈치를 살폈다.

"사 황자도 사 황자지만 무엇보다 태자 전하께서 어서 쾌차하셔야지요."

"이를 말인가. 모두 한마음으로 태자 전하께서 일어나시기를 바라고 있으니 곧 훌훌 털고 일어나실 것이네."

돌아가면서 한마디씩 거들었지만 계수 황후의 굳은 표정은 좀처럼 펴지지 않았다.

"황자들처럼 귀비들도 사이가 좋으니 보기 좋군."

계수 황후가 의미심장하게 던진 말을 이번에도 함 귀비가 날름 받았다.

"이 넓은 궁에서 서로 의지하면서 살아야 할 처지니 당연히 잘 지내야지요. 한 사람만 제외하고는 후궁전은 아무런 문제가 없사옵니다."

"수 귀비는 아직도 몸이 많이 불편한 모양이군."

"그런 듯싶습니다. 감모기가 심하다고 들었으니 마음에 담아 두지 마십시오, 황후 폐하."

"몸도 불편하고 이 자리도 불편했겠지."

계수 황후가 노골적으로 불쾌함을 표출하자 도 귀비와 함 귀비는 황후의 눈치를 봤다.

도 귀비가 눈짓으로 하지 말라고 저지시키자 함 귀비는 눈치껏 입을 다물었다. 황후의 앞에서 수 귀비를 두둔해서 좋은 말을 들을 리 없으니 괜한 소리로 황후의 눈 밖에 날 필요는 없었다.

"괘씸한 것 같으니."

계수 황후의 눈가가 노여움으로 차가워졌다. 찬물을 끼얹듯 분위기가 가라앉자 함 귀비와 도 귀비는 당연히 좌불안석이 되었다.

자리를 파하고 계양각에서 나온 함 귀비와 도 귀비는 갈림길까지 함께 걸었다. 도 귀비가 먼저 불만을 토출했다.

"수 귀비는 대체 무슨 생각인 건가? 오늘 같은 날은 못 이기는 척 나와서 황후 폐하의 기분을 풀어 드릴 생각을 해야지 감모를 핑계대고 불참이라니. 수 귀비 때문에 괜히 우리만 눈치를 보고 왔잖은가."

"누가 아니랍니까? 황후 폐하께서 수 귀비가 이뻐서 불렀겠습니까? 폐하께서 하도 잘 지내라고 말씀하시니 못 이기는 척 자리를 마련하셨는데 오지 않다니 정말 무슨 배짱인지 그 속을 들여다보고 싶습니다."

"황후 폐하께 납작 엎드려 죄를 빌어도 모자랄 판국에 저리 뻣뻣한 태도라니 참. 그 대단한 성정 때문에 언젠가 피눈물을 크게 쏟고 말지."

도 귀비가 굽힐 줄 모르는 수 귀비를 나무라며 인상을 찌푸렸다.

"뭐, 수 귀비가 황후 폐하의 눈 밖에 나는 것이 우리에겐 나쁠 것이 없으니 열 올릴 필요는 없지요."

"그건 그렇네. 수 귀비 때문에 황후 폐하께서 삼 황자까지도 못마땅해하시니 말이야. 그러고 보면 수 귀비 저게 참 똑똑한 거 같으면서도 생각이 짧단 말이야."

도 귀비가 한심하단 눈빛으로 고개를 젓다 갈림길에 도착하자 함 귀비보다 먼저 돌아섰다.

함 귀비는 등을 꼿꼿이 세우고 멀어지는 도 귀비의 뒤통수를 꼬나보며 비웃었다.

'이 황자를 등에 업고 위세 떨기는. 네가 병중인 태자가 일어나기를 바라지 않는 건 삼척동자도 다 아는데 가식을 떠느냐. 훗날 태자가 저대로 사그라들면 태후 자리를 노리고 있겠지만 황후가 멀쩡하게 버티고 있으니 가당할 리 없지. 또 마지막에 누가 웃을지는 아무도 모르는 일이니 너무 자만하지 않는 게 좋을 거야.'

함 귀비는 서늘한 눈빛으로 도 귀비를 쏘아보다 처소를 향해 발길을 옮겼다.

강유가 보낸 수하들을 유인한 후 여유롭게 따돌리고 행궁으로 돌아온 신유는 곧바로 강유를 찾아갔다. 재유와 함께 장기를 두고 있던 강유가 찬 시선으로 물었다.

"늦었구나. 그래, 사람인지 짐승인지 확인했느냐?"

"확인하지 못했습니다."

장기말을 내려놓다 말고 강유가 미간을 찌푸렸다.

"놓쳤단 말이냐?"

"예. 송구합니다, 형님."

"네 실력에 놓쳤다니 믿음이 가지 않는구나. 혹 놓아준 것이냐?"

"아닙니다. 이미 흔적을 지운 상태였습니다."

강유는 일부러 빤히 신유를 쳐다봤다. 하지만 미동도 없는 표정에 곧 흥미를 잃고 장기판을 노려봤다.

"형님이 두실 차롑니다."

"알고 있다."

장기판을 노려보며 수를 읽던 강유가 다소 공격적인 곳에 장기말을 내려놨다. 그 수만으로도 지금 그의 심기가 별로 좋지 않다는 것을 읽었기에 재유는 이 상황이 조금 불편해졌다.

"그래도 형님들이 와 주셔서 힘이 납니다."

"사내놈이 어찌 행궁을 자주 들락거린단 말이냐? 얼른 털고 일어나야지."

"그러게 말입니다. 소제도 형님들처럼 강해지고 싶은데 마음처럼 되지 않으니 속이 상합니다."

태어나기를 약하게 태어나 잦은 피접을 다녔기에 자연히 의기소침해졌었다. 하고 싶은 것도 많고 야망도 있는데 자꾸 발목을 잡는 병증이 원망스럽기까지 했었다. 거기까지 생각하다 재유는 조용히 입술 꼬리를 말아 올렸다.

"그래도 소제는 낫지요. 저보다 큰형님의 병증이 위중한 것이 더 큰 일이 아닙니까? 어째서 차도가 전혀 없는지 모르겠습니다."

"인명은 재천이라 하였으니 하늘에 맡겨야지. 형님께서 정녕 천자가 되실 운명이라면 금방이라도 털고 일어나실 거니까 네 몸이나 살피거라."

다분히 뼈가 있는 소리가 거슬려 신유는 조용히 밖으로 나갔다. 막 장기말을 내려놓으려던 강유의 눈빛이 날카롭게 빛났다.

처소로 돌아와 무복을 벗으려다 신유는 소매 안에서 옥패가 잡히지 않자 미간을 찌푸렸다. 친모인 수 귀비가 액운을 물리치기 위해 몸에 꼭 지니고 있으라 당부했던 것인데 잃어버렸으니 이런 낭패가 없다.

샅샅이 뒤졌으나 끝내 보이지 않자 그는 골똘히 자신의 발자취를 더듬었다.

'산에서 흘린 건가?'

사냥 도중에도 있는 걸 확인했으니 그 후에 흘렸을 것이다. 그렇다면 무윤이라는 사내를 만난 이후일 가능성이 크다.

이 황자의 수하들을 급히 따돌리느라 그랬다지만 옥패가 떨어지는 것도 몰랐다니 헛웃음이 나왔다. 이런 말도 안 되는 실수를 범하다니 꼭 뭐에 홀린 것 같은 기분이다.

그는 무윤을 떠올렸다. 혹 그가 옥패를 발견했다면 그냥 버려두진 않았을 거란 밑도 끝도 없는 확신이 들었다.

'사찰에 있다고 했던가?'

십 년 전에 봤던 사내놈은 아니라고 해도 그 아이처럼 마음이 가는 사내였기에 조금 더 붙잡고 얘기를 나누고 싶었다. 하지만 이 황자의 무사들 때문에 그렇게 할 수 없어서 아쉬웠다.

행동의 민첩함이나 기지가 있어 보이는 눈매, 임기응변이 능한 언변까지 곁에 두면 소용이 많을 것 같아 은근히 탐이 났다. 십 년 전의 그 아이 이후로 처음 갖는 욕심이었다.

'한 번 더 보면 확실히 내 사람인지 알 수 있겠지.'

옥패를 빌미로 한 번 더 무윤을 만날 생각을 하며 신유는 조용히 미소를 지었다.

다음 날 차를 마시던 강유가 다소 어이없다는 표정으로 되물었다.

"옥패를 잃어버렸단 말이냐?"

"예, 형님. 어머니가 주신 것이라 직접 찾아야 할 것 같습니다."

"그런 것을 흘리다니 너답지 않구나. 요즘 다른 곳에 신경 쓸 일이 있는 것이냐?"

"아닙니다. 그저 소제의 불찰입니다."

신유의 표정을 살피는 강유의 눈빛이 가늘어졌다.

"수 귀비께서 주신 것이니 응당 찾아야지. 대신 늦지 않게 돌아와야 할 것이다."

"그리하겠습니다."

신유가 곧바로 밖으로 나가자 강유는 혀를 쯧쯧 찼다. 옆에서 두 사람의 대화를 가만히 듣고 있던 재유가 빙긋이 웃었다.

"옥패를 잃어버리다니, 셋째 형님도 저런 실수를 하나 봅니다."

"저도 신이 아닌 이상 소중한 것을 흘릴 때가 있겠지."

"수 귀비께서 주신 것이라면 무척 귀한 것일 텐데 과연 찾을 수 있을까요?"

"글쎄다. 두고 보면 알겠지."

성의 없이 대답을 툭 던져 놓고 강유는 눈짓으로 수하들에게 신유를 뒤따르라 명했다. 명을 알아들은 수하들이 금세 먼지처럼 사라졌다. 재유는 그 상황을 눈치채고도 모르는 척했다.

행궁을 나온 신유는 호위 무사들과 함께 전일 이담을 만났던 숲속을 향해 달려갔다. 몇 번이고 기억을 되짚어 봤지만 분명 그와 헤어진 후로 분실된 것이었다.

하지만 이담과 마주 보며 섰던 장소에서는 아무것도 찾을 수 없었다. 낭패한 표정으로 인상을 쓰던 그의 눈빛이 다른 기를 느끼고 칼처럼 날카로워졌다.

"이리 수고로운 짓을 하는 걸 보니 형님께선 여전히 날 믿지 못하는 모양이군."

"소신이 따돌리겠습니다."

세오가 조용히 아뢰었다.

"좋다. 조용히 다녀올 곳이 있으니 저들을 속여 먼저 행궁으로 돌아가라."

"예, 전하."

세오가 시도와 눈짓을 주고받더니 일부러 요란한 기척을 내며 숲속으로 급히 사라졌다. 신유에게 들킬까 봐 감히 모습을 드러내지 못하고 소리에만 집중하던 무사들이 다급하게 세오를 따라 사라졌다.

그들을 완전히 따돌린 것을 확인한 후에 신유는 곧바로 시도와 함께 자리를 떴다.

제2장

도주
逃走

 뒷마당을 비로 쓸던 승려 하나가 누군가 투덕거리는 소리에 문 쪽으로 고개를 돌렸다.
 "한 번만 다녀오라니까 그러네."
 "싫단 말이다."
 "삼 황자 전하께 직접 전하란 말이 아니잖아. 행궁에 가서 아무나 붙잡고 그냥 전해만 주고 오면 된다니까?"
 "그럴 거면 네가 다녀와도 되잖아."
 "내가 가면 들킬지도 모르니까 그러지."
 "암튼 난 싫어."
 끝내 장세가 고개를 도리도리 저으며 거부하자 이담은 속이 부글부글 끓었다.

"야! 양장세! 너 진짜 치사하게 나올 거야!"

"그러게 왜 사고는 치고 와서 날 괴롭히는 거야?"

"온이 살리려고 어쩔 수 없었잖아! 그 사람들이 황자들인 줄 알았으면 내가 나섰겠냐!"

"넌 아마 나섰을걸?"

바로 반박하려다 이담은 주춤했다. 어쨌건 온이를 죽게 놔두진 않았을 것이 분명했다.

"뭐! 다른 방법을 찾았을 테지. 그건 그렇다 치고, 암튼 이거 바로 돌려 드리지 않으면 내가 훔친 게 되잖아."

"그러게 그냥 두지 왜 가지고 와선 그래? 그렇게 중한 것이었으면 바로 찾으러 가셨을 것이 아니냐."

"중한 것 같은데 혹여 다른 손을 탈까 봐 그런 거지."

"하여간 그놈의 오지랖은. 암튼 난 몰라. 너도 알다시피 내가 덩치만 컸지 담이 콩알인데 무사들이 천지인 행궁에 어찌 혼자 다녀오라는 게야? 심장 떨려서 못한다. 무윤이 시키란 말이다."

"무윤이가 있으면 말귀도 안 통하는 너한테 이렇게 사정하고 있겠냐?"

무윤이 하필 주지 스님의 심부름으로 장거리로 출타 중이었기에 한숨이 절로 나왔다. 어르고 겁박도 해 봤지만 도통 바위처럼 꼼짝도 하지 않는 장세에게 부아가 난 이담은 그의 뒤통수를 후려쳤다.

"에라, 이 야박한 자식아. 넌 이제부터 동무도 아니야. 앞으로 나한테 아쉬운 소리 하기만 해. 주둥이를 확!"

이담이 양손으로 입을 벌리는 시늉을 하며 위협하자 겁에 질린 장세가 양손으로 방어 자세를 취했다.

장세에게 분풀이를 해 댔지만 옥패를 치울 뾰족한 수가 떠오르지 않자 이담은 애물단지가 된 옥패를 노려보며 머리를 굴렸다.

그때 밖에서 백중현이 찾아왔다 알려 주는 소리에 이담은 옥패를 품에 갈무리하고 장세를 째려봤다. 탁 소리가 나게 문을 세게 닫고 이담이 나가 버리자 장세는 홀로 투덜거렸다.

'저게 꼭 사고를 치고 와서 나를 잡는단 말이야.'

덩치에 맞지 않게 겁이 많아 이담의 청을 끝내 물리친 것이 가시처럼 걸려 장세는 풀이 죽었다.

밖으로 나온 이담은 간만에 만나는 양친에게 공손하게 예를 갖췄다. 자신의 정체를 감춰야 했기에 다른 이들 앞에서는 양친을 귀한 신분으로 깍듯하게 모셔야 했다.

한 부인이 눈으로 이담의 위아래를 훑어보며 무사한지 살폈다. 그러고는 온화한 얼굴로 이담의 앞에 섰다.

"네게 줄 것이 있으니 네 처소로 가자꾸나."

이담은 궁금증이 가득한 얼굴로 한 부인을 따라 처소로 들어갔다. 그 모습을 흐뭇하게 지켜보던 백중현의 곁으로 설상이 다가왔다.

"오셨습니까?"

"그동안 무탈하셨습니까? 이담이도 무탈해 보입니다."

가식적인 미소를 짓고 있는 설상의 얼굴 근육에 경련이 일었다.

'이담인 무탈하나 소승의 속은 전혀 무탈하지 않습니다.'

목구멍까지 치고 올라오는 말을 꾸욱 눌러 참으며 그는 입에 바른 소리를 했다.
 "다 대감의 염려 덕분이지요. 바람이 차니 안으로 드십시오."
 백중현을 자신의 처소로 안내하면서 설상은 그동안 이담이 저질렀던 크고 작은 사고들을 떠올리며 속으로 나무아미타불을 몇 번이고 되뇌었다.

 한 부인이 조심스럽게 펼치는 비단 보 안에 가지런히 놓여 있는 귀족 의복을 본 이담의 눈동자가 의문으로 가득 찼다.
 "어머니, 이건 여인의 옷이 아닙니까?"
 "맞다."
 "한데 어찌 이걸 내어 주시는 겁니까?"
 "입어 보아라."
 "예에? 여인의 옷을 입으란 말씀이십니까?"
 "그래, 입어 보아라."
 "하지만 갑자기 어째서……."
 태어나서 여인의 의복이라고는 한 번도 입어 본 적이 없어서 이담은 빛깔이 고운 비단옷이 낯설면서도 거북했다.
 "제게는 맞지 않을 것 같은데 꼭 입어야 합니까?"
 "본디 넌 이런 옷들을 입고 살았어야 했다. 내게 생각이 있어서 그러는 것이니 어서 입어 보아라. 처음이야 어색해서 불편하겠지만 곧 익숙해질 것이다. 어미는 네가 이 옷을 입은 모습이 너무 보고 싶구나."

내키지 않았지만 한 부인의 간곡한 청에 이담은 하는 수 없이 여인의 의복을 집어 들었다. 그러면서도 갑자기 왜 이러는지 영문을 알 수 없으니 살짝 긴장도 됐다.

이담이 어설프게 의복을 갖춰 입자 한 부인이 그녀의 매무새를 단정하게 정돈하여 주었다.

"역시 곱구나."

투박한 사내 복장을 벗어 버리고 처음으로 본모습을 찾은 딸아이를 보니 울컥 눈물이 나오려고 했다.

"내 이런 모습을 보길 얼마나 기다렸는지 아느냐?"

"하지만 저는 이렇게 조심해야 하는 옷보다는 마구 움직여도 되는 옷이 좋습니다."

"처음엔 당연히 불편할 것이다. 하나 익숙해지면 또 적응이 될 것이니 좀 견뎌 보아라. 그보다 예 앉아 보아라."

이담이 얌전히 앉자 한 부인은 높게 틀어 올려 감춘 이담의 긴 머리카락을 풀었다. 자유를 얻은 검은 머리카락이 찰랑거리며 아래로 흘러내렸다.

한 부인은 정성스럽게 이담의 머리를 빗겨 주었다. 제대로 관리가 되지 않았을 텐데도 모발에 윤기가 흘렀다.

사내처럼 투박한 행색을 하고 다녔지만 날이 갈수록 드러나는 여인의 태를 모두 감출 수는 없었다. 어느덧 스무 해가 되었으니 더 이상 딸아이를 이런 모습으로 살게 둘 수는 없었다.

"이만하면 되었으니 아버지를 뵈러 가자. 무척 고대하고 계실 것이다."

"예."

 묻고 싶은 것은 많았지만 곧 알게 될 것이니 이담은 얌전히 한 부인을 따라나섰다. 잠시나마 자신을 보고 눈물을 훔치는 어머니의 감흥을 깨고 싶지 않다는 기특한 생각이 들었다.

 막 문을 열고 나서자 마음이 불편해 이담이 나오기만을 기다리고 있던 장세가 입을 떡 벌렸다.

 "뭐냐? 그 얼 나간 표정은? 못 볼 거라도 봤느냐? 턱 빠지겠다."

 앙금이 남은 이담이 이죽거렸지만 장세는 귀족 여인의 의복을 차려입은 이담의 모습에 놀라 입을 다물지 못했다.

 이렇게 고운 여인일 줄은 몰랐다. 늘 투박한 사내 복장에 정제되지 않은 날것 그대로의 말만 입에 담았을 땐 전혀 몰랐는데, 막상 고운 의복을 입고 입을 다물고 있으니 거짓말처럼 귀족가의 여식 같았다. 새삼 이담이 자신이 함부로 할 수 없는 신분의 여인이라는 사실이 새롭게 다가왔다.

 서운함이 덜 풀려 장세를 무시하고 보란 듯이 고개를 꼿꼿이 들고 걷던 이담은 치맛자락 끝을 밟고 하마터면 넘어질 뻔했다.

 다행히 재빨리 중심을 잡아 개망신을 당할 참사를 면하고 안도하던 그녀는 막 사찰 안으로 들어오는 사내를 보고 기함할 듯 놀라 고개를 돌렸다. 거짓말처럼 삼 황자가 다가오고 있었다.

 '설마 옥패를 찾으려고 직접 오신 건가? 하필 이런 때에 오시다니 환장하겠네. 설마 알아보진 않겠지?'

 콩닥콩닥 이담의 심장이 제멋대로 뛰면서 머리가 바쁘게 돌아가고 있었다. 왜 저 사내와는 매번 이렇게 예측 못 할 일만 벌어지는지 얄궂기 그지없었다.

"어찌 그러느냐?"

장세가 눈치 없이 묻자 이담은 얼른 눈빛으로 눈치를 줬다. 삼 황자가 가까이 다가오기 전에 가서 막으라는 눈치였는데 역시나 눈치를 어젯밤 국에 말아 먹은 장세는 기어이 삼 황자가 올 때까지 기다렸다.

자신을 사내로 알고 있기에 지금 여인의 행색을 하고 있는 것이 다행인 건지 판단이 서지 않았다. 만약 그가 알아본다면 줄줄이 거짓말을 한 것까지 들통이 나는 것이라 온몸의 솜털이 쭈뼛거리고 섰다.

그녀는 의아한 눈빛으로 신유를 보고 있는 한 부인에게 작은 소리로 속삭였다.

"어머니, 가요."

"그, 그래"

이담은 신유가 지척까지 오기 전에 그에게서 돌아섰다. 그때 장난처럼 바람 한 줄기가 그녀의 머리카락을 날리자 신유의 시선이 이담의 얼굴에 닿았다.

순간 당황한 이담이 돌아보다 그의 눈빛과 정면으로 부딪쳤다. 속으로 파도가 바위에 부서지듯 심장이 부서지는 소리가 들렸다. 찰나의 순간이지만 서로를 빨아들일 듯이 응시하는 눈빛이 집요하게 얽혔다.

얼굴이 금방이라도 터질 것처럼 열이 오르자 놀란 이담이 얼른 시선을 돌렸다. 혹 그가 알아보고 붙잡을까 봐 다리가 후들거려 걸음을 내딛기 어려웠다.

요행히 다시 치마를 밟을까 봐 극도로 조심하는 걸로 오해한 한 부인이 팔을 잡아 주어 위기를 모면할 수 있었다.

'이런 곳에 여인이라니. 어느 가문의 여인이지?'

신유가 살짝 의아한 눈빛으로 계속 이담을 응시했다. 찰나였지만 여인의 눈빛이 깊은 인상을 남겼다. 생면부지의 여인인데 이상하게 어디선가 본 듯한 기분이 들었다.

그의 시선이 이담의 뒷모습에서 떨어질 줄 몰랐다. 그때 장세가 다가와 고개를 숙이자 신유는 그제야 시선을 돌렸다.

한눈에도 귀한 신분으로 보이는 신유에게 장세가 정중하게 물었다.

"무슨 용무가 있으신지요?"

"무윤이라는 사내를 찾고 있다."

무윤이라는 말에 잘 가다 이담은 하마터면 다시 치맛자락을 밟을 뻔했다.

"송구하오나 무윤인 지금 사찰에 없습니다. 주지 스님의 명을 수행하러 멀리 나갔습니다."

"언제 돌아오지?"

"명일에야 돌아올 겁니다. 한데 무윤인 어찌 찾으시는지요?"

"그자가 내 잃어버린 물건을 가지고 있는지 확인해야 한다."

"물건이라 하오시면?"

"옥패다."

'오, 오, 옥패! 하면 이분은!'

옥패라는 소리에 둔한 장세의 눈이 튀어나올 듯이 커졌다. 그는 댕그랗게 커다란 눈으로 앞의 사내를 확인하고 곧바로 막 안으로 들어가는 이담을 돌아봤다.

앞에 선 사내가 삼 황자라는 사실을 깨닫는 순간 장세는 부들부들 떨었다. 하지만 이담이 옥패를 가지고 있다는 사실을 들켰다간 무사하지 못할 줄을 알기에 최대한 담담한 척 굴었다.

"기거하시는 곳을 알려 주시면 무윤이 돌아오는 즉시 확인해 보겠습니다."

장세가 용기를 쥐어짜 내 대답했다. 하지만 신유는 일이 꼬이자 미간을 찌푸렸다.

"난감하게 됐군."

의심이 가는 자를 만날 수 없으니 옥패의 행방을 모른 채 돌아서는 것이 영 마뜩잖았다. 하필 이렇게 엇갈리다니. 운이 좋지 않다. 그는 제 앞에서 바짝 얼어 있는 장세의 정수리를 서늘한 눈빛으로 쏘아봤다.

"오늘은 그만 돌아가야겠군. 나는 삼 황자 신유다. 무윤에게 옥패를 찾으러 다시 올 것이라 전해라."

"사, 삼 황자 전하시라고요? 주지 스님을 모셔 오겠습니다."

"내 용무는 끝났으니 번거롭게 굴 필요 없다. 무윤이라는 자에게 내 말을 꼭 전해라. 그 옥패는 내게 무척 소중한 것이다."

"며, 명심하겠습니다."

돌아서려다 말고 신유는 이담이 들어간 곳으로 시선을 던졌다. 인적이 드문 곳에 위치한 사찰에 귀족가의 여인이라니 상당히 이색적이었다.

"아까 그 여인은 누구지?"

"예? 이곳에 여인이 있을 리가… 헉, 여, 여인이요?"

얼이 나간 표정으로 되묻던 장세가 이담을 떠올리고 당황해서 버벅거렸다.

"아, 예, 그게, 그러니까 그 여인은… 사, 사찰에 치성을 드리러 오신 귀족가의 아씨이십니다."

"어느 가문인가?"

"그, 그것까지는 소인도 잘 모르겠습니다. 송구하옵니다."

"되었다."

굳이 무얼 확인하려고 묻는 건지 스스로에게 어이가 없어 속으로 헛웃음이 나왔다. 당황해서 식은땀이 범벅인 장세를 흘깃 보다 신유는 곧바로 돌아서서 멀어져 갔다.

신유가 사찰을 나가는 것을 확인하고서야 장세는 한숨을 내쉬었다. 손으로 땀을 훔치면서 장세는 이담이 있는 곳을 향해 도끼눈을 치켜떴다.

"이담이 저게 기어이 사달을 내고야 마는구나."

그는 한 시진 전에 무윤이 보이지 않는다고 투덜댔던 것을 후회했다. 무윤이 지금 없는 것은 천운이었다. 만일 무윤이 있었다면 이담의 거짓말이 바로 들통났을 것이다.

삼 황자에게 정체를 들켜선 안 되기에 어쩔 수 없었겠지만 하마터면 다 들통날 뻔했으니 다시 생각해도 간담이 서늘했다. 모르긴 몰라도 이담 역시 안에 있으면서도 온통 신경은 이곳에 쏠려 있었을 것이다.

 암튼 천둥벌거숭이 같은 백이담 때문에 하루도 다리 뻗고 살 수가 없다. 그는 많이 놀란 스스로를 달래며 종종걸음으로 사라지려 했다.

 그때 이담이 들어간 처소의 문이 벌컥 열렸다.

 "들어오너라."

 설상의 지엄한 목소리에 장세는 낭패한 표정으로 안으로 들어갔다.

 "방금 누가 다녀간 것이냐?"

 무의식중에 장세는 한쪽 귀퉁이에 앉아 있는 이담을 힐끔거렸다. 이담이 빠르게 머리를 흔들며 말하지 말라는 신호를 보냈다.

 하지만 그녀의 청을 들어줄 수는 없었다. 어차피 밖에서 하는 대화를 모두 듣고 확인차 부른 것임을 알기 때문이었다.

 "삼 황자 전하께서 다녀가셨습니다."

 '저 눈치 없는 자식이!'

 이담이 눈을 부라릴 것이 선해 장세는 일부러 그녀 쪽으로 눈길을 주지 않았다.

 "삼 황자라니!"

 아니나 다를까 백중현에게서 거친 반응이 튀어나왔다.

 "예사 신분이 아니어 보였는데 삼 황자 전하셨구나."

 신유를 직접 본 한 부인이 우려 섞인 표정으로 미간을 찌푸렸다.

 "삼 황자께서 이곳엔 어인 용무로 오신 것이냐?"

"어제 잠깐 이야기를 나눌 때 옥패를 잃어버리셨다는데 혹 무윤이 가져간 것인지 물으셨습니다."

"무윤?"

"그게… 정확히 말씀드리면 무윤이라 둘러댄 이담을 찾으시는 것이었습니다."

'나가 죽어! 양장세!'

이담은 쓸데없는 소리를 술술 부는 장세의 입을 한 대 치고 싶은 충동을 느꼈다. 그러다 백중현이 홱 돌아보는 시선을 느끼고 움찔했다.

"황자들과 엮이지 말라 하지 않았느냐!"

"엮인 적 없습니다. 그저 어쩔 수 없는 상황이었습니다."

"황자들을 모두 보았느냐?"

"어쩌다 삼 황자 전하만 뵈었습니다. 이 황자 전하의 사냥감이 될 뻔한 저를 삼 황자 전하께서 구해 주셨습니다."

"이 황자께서 널 쏘려고 했단 말이냐!"

"아마 절 보지 못하셔서 오해하셨을 겁니다."

"삼 황자 전하께 큰 은혜를 입었구나."

한 부인이 놀라 이담을 다시 살폈다. 하지만 백중현의 표정은 여전히 펴지지 않았다.

"아버지, 삼 황자께서는 제 이름이 무윤이고, 여인인지도 모르고 계시니 너무 심려치 마십시오."

"그리 간단하게 넘어갈 문제가 아니다. 다시 황자들과 엮이는 것이 걸리는 것이다. 앞으로 어떻게 연이 엮일지 모르니 널 이곳에 계속 두는 것은 너무 위험하다."

"하면 제가 이곳을 떠나야 하는 겁니까? 전 싫습니다, 아버지."

이담이 사정했지만 백중현은 굳은 얼굴로 여인의 의복을 입은 이담을 훑어보더니 설상에게 결심을 꺼냈다.

"아무래도 주지 스님의 의견대로 하는 것이 좋을 듯싶습니다."

"소승의 의견도 그렇습니다. 불안한 요소는 아예 싹을 자르는 것이 좋은 방법이지요."

"오늘 보니 이담이 더 이상 사내 행세를 하며 사는 건 불가능할 것 같습니다. 이미 사내의 태가 아니니 말입니다."

두 사람이 주거니 받거니 주고받는 대화에 불길함이 느껴져 이담은 온 신경을 곤두세웠다.

"송구하오나 두 분께서 무슨 말씀을 하시는 건지요?"

백중현이 이담의 단정하게 풀어 내린 긴 머리와 여인의 태를 드러내 보이는 비단옷을 잠시 감상하다 대답했다.

"얼마 전부터 주지 스님과 네 거취에 대해서 계속 방도를 강구하였다. 하여 널 혼인시키는 것이 가장 좋겠다고 결론 내렸다."

이담은 말할 것도 없이 장세까지 크게 놀라 눈이 휘둥그레졌다.

"호, 혼인이요! 제가 말입니까?"

예상대로 이담은 즉각 반응했다. 길 가다 모르는 이에게 뒤통수를 후려 맞아도 이렇게 기가 막히진 않을 것이다. 아닌 밤중에 홍두깨도 아니고 갑자기 혼인이라니.

이담은 분기탱천한 눈빛으로 설상을 쳐다봤다. 하지만 이담의 반응을 예상한 설상은 눈을 감고 모르는 척했다.

"아버지, 말도 안 됩니다. 혼인이라니요!"

"네 나이 올해로 스물이니 벌써 혼인을 하고도 남을 나이다."

"그래도 소녀, 혼인은 싫습니다. 제발 다시 생각해 주십시오."

"싫다고 하여 물릴 일이 아니다. 혹시 모를 위험 때문에 널 집으로 들일 수도 없고, 무슨 일이 벌어질지 모르니 이곳에 두는 것도 마음이 놓이지 않는다. 하여 널 다른 가문에 입적시켜 유서 깊은 귀족가의 자제와 맺어 주기로 네 어머니와 마음을 모았다. 그래야 신관의 예언을 빗겨 갈 수 있을 것이다."

"그렇지 않아도 그 말을 하려고 온 참이었는데 삼 황자 전하와 다시 만난 것을 보니 더 확고해지는구나."

한 부인까지 보태고 나오자 이담은 점차 낭떠러지에 몰리는 기분이었다. 어쩐지 난데없이 여인의 의복을 가지고 오셨을 때부터 이상했는데 이런 기막힌 일이라니. 이담은 양친의 결심을 돌리려 필사적으로 설득했다.

말로 상대를 구워삶는 것은 이담이 가장 자신 있는 필살기였다. 하지만 삼 황자가 사찰까지 찾아온 일로 온통 신경이 곤두서 있는 백중현 내외에게 먹힐 리 없었다.

"그동안의 세월을 보상해 줄 좋은 사내를 구해 줄 것이니 아비를 믿어라. 혼처가 정해지면 연통을 넣을 것이니 그리 알고 조용히 지내고 있어라."

"이러실 거면 차라리 어릴 적에 저를 다른 귀족가에 입적을 시키시지 그러셨습니까?"

"그 생각도 했다만 폐하의 감시가 그 후로도 수 해 동안 계속 되어 그럴 수 없었다."

"아버지, 전 정말 싫습니다."

이담이 끝까지 거부했지만 백중현은 귀를 닫고 일어나 자리를 떠 버렸다. 이담은 아버지를 따라 나가려는 한 부인을 붙잡고 사정했다.

"어머니, 아버지를 말려 주세요. 전 정말 혼인하고 싶지 않습니다."

"다 널 위해서 그러는 것이니 그리 거부하지만 말고 우리의 마음도 헤아려 주렴. 넌 귀족가의 여식이야. 이제라도 제자리를 찾아야지."

한 부인이 자애로운 소리로 다독이고 나가자 이담은 절망했다. 모사를 꾸민 설상이 이담의 눈을 피해 눈치껏 사라지자 장세가 어쩔 줄을 몰라 했다.

"이담이 너, 정말 혼인을 하는 것이냐?"

"이게 다 너 때문이잖아, 이 멍청아!"

부글부글 끓어오른 화를 기어이 장세에게 터뜨렸다. 그러고도 속이 안 풀려 이담은 치마폭으로 고개를 묻어 버렸다.

신유를 미행하라 보냈던 수하들이 세오와 함께 행궁으로 돌아오자 강유는 짜증이 났다. 모르는 척 굴지만 자신이 감시를 하고 있다는 것을 눈치챘을 것이다. 때때로 그가 자신보다 한 수 높은 곳에서 내려다보는 듯한 기분이 들 때마다 화가 치밀어

올랐다.

그는 막 안으로 들어오는 신유를 곱지 않은 시선으로 쳐다봤다.
"그래, 옥패는 찾았느냐?"
"아직 찾지 못하였습니다."
"그거 낭패로구나. 그러다 영 못 찾는 것이 아니냐?"
"반드시 찾을 겁니다."
"물론 그래야겠지."

비아냥댔지만 신유는 그에게 묵례를 한 후 처소로 들어가 버렸다. 강유의 눈초리가 매섭게 그가 사라진 곳을 쏘아봤다.

처소에서 한동안 눈을 감고 생각에 잠겨 있던 신유는 시도가 돌아오자 눈을 떴다.

"신이 알아본 바에 의하면 무윤이라는 사내가 사찰에서 기거하는 것은 맞지만 승려는 아니라고 합니다. 그자 외에도 두 명의 사내가 어릴 때부터 함께 사찰에서 자랐다고 하온데 세 명의 사이가 아주 돈독하다고 하였습니다."

"사내가 셋이라고?"
"예, 분명 그리 들었습니다."
"그중 하나가 오늘 내가 본 덩치 큰 자겠군. 승려도 아닌 사내들이 사찰에서 산다니 예사롭지 않은 일이군. 그럴 만한 다른 사연이라도 있는 건가?"

생각할수록 의아한 기분이 들어 신유는 골똘히 생각에 잠겼다. 승려들만 기거한다는 사찰에 사내들이라니, 그 사연이 무엇인지 갑자기 호기심이 생겼다. 그리고 그 여인······.

백색 상의에 옥색 치마를 받쳐 입고 결 좋은 까만 머리를 길게 풀어 늘어뜨린 여인의 모습이 자꾸 신경을 잡아끌었다. 여인이 돌아서는 바람에 자세히 보지는 못하였지만 눈이 마주쳤던 순간은 선명하게 기억에 남았다. 마치 자신이 누군지 알고 보는 것처럼 느껴지던 그 눈빛이 계속 떠올랐다.

그러다 신유는 다시 피식 웃었다. 사찰에 다녀온 이후로 필요 이상으로 잠시 스친 여인에 대해서 신경을 쓰고 있는 자신에게 헛웃음이 났다.

'여인에게 이리 마음을 쓰다니, 마음에 담기라도 할 참인가.'

제 앞날이 어찌 될지도 모르는 판국에 여인에게 관심이라니, 스스로가 한심해 짜증이 났다. 그는 자꾸 고개를 드는 여인의 모습에 인상을 쓰며 생각을 털어 버렸다.

"전하, 혹 그자를 눈여겨보고 계십니까?"

시도가 넌지시 물었다.

"그래 보이나?"

"옥패를 찾으러 신을 보내셔도 되었을 겁니다."

"그런데도 내가 친히 사찰까지 간 이유가 궁금한 것이군. 제대로 봤다. 그자를 마음에 두고 있다."

황실 무관대회에서 선발된 무사들을 삼 황자궁으로 배정해 주겠다는 이 황자의 호의를 물린 것은 그들이 이미 이 황자의 사람들이기 때문이었다.

태자가 오랫동안 병석에 있어 국본의 역할을 수행하지 못하는 틈을 타 강유가 태자 노릇을 대신하고 있는 실정이었다. 계수 황후의 서슬이 없었다면 태자는 벌써 강유로 바뀌었을 것이다.

도 귀비가 황제를 쥐락펴락하는 계수 황후의 눈 밖에 나지 않으려 극도로 조심하면서 뒤로는 태자의 자리를 노리고 있는 것이 빤히 보였다. 그래서 강유의 영향력이 미치지 않은 숨은 실력자들을 은밀히 찾고 있었다.

그런 이유로 연고가 없는 무윤을 더 눈여겨봤었다. 사찰에서 봤던 덩치 큰 사내 역시 순박하면서도 듬직하고 호기가 있어 보였다.

"세 명 모두 제대로 한번 보고 싶군."

"삼 황자궁으로 들이고 싶으신 겁니까?"

"맞다. 내 목숨을 맡겨도 될 자들인지 직접 확인을 해 보고 싶다."

"전하께서 다시 사찰을 찾으신다면 이 황자 전하께서도 관심을 보이실 겁니다."

"이곳에서 숨어 사는 쥐들에게 먹잇감을 던져 줄 필요는 없으니 조심하는 것이 좋겠지. 형님께 아직 그자를 보여 주고 싶진 않다."

시도는 사람을 곁에 두는 데 무척이나 신중한 삼 황자가 마음을 준 무윤을 다시 떠올렸다. 어쩐지 멀지 않은 날에 그자를 다시 볼 것 같은 예감이 들었다.

다음 날 설상이 시킨 일을 마무리하고 사찰로 돌아온 무윤은 설상의 처소에서 나와 곧바로 이담의 처소로 건너갔다.

굳게 닫힌 문 앞에서 막 안으로 들어가려던 그를 장세가 붙잡고 끌고 갔다.

"이담이 지금 생병이 나서 드러누웠으니 건드리지 마라."

"무슨 일 있었냐?"

"너 없는 동안 어마어마한 일이 있었다. 그래서 이담이가 지금 죽기 직전이다."

"소상하게 얘기해 봐."

미간을 찌푸리며 재촉하는 소리에 장세는 이담이 우연히 삼 황자와 맞닥뜨렸고, 삼 황자가 사찰까지 찾아오는 바람에 백중현 내외가 이담을 혼인시키려고 한다는 자초지종을 얘기해 주었다.

잠자코 듣고 있던 무윤이 아무 말 없이 이담의 처소를 돌아봤다. 장세 또한 가라앉은 표정으로 걱정했다.

"죽어도 혼인하지 않겠다고 버티던데 저게 무슨 사달을 낼지 몰라 불안해 죽겠다."

"대감께서 그리 결정하셨으면 자식으로서 따르는 것이 도리지."

"감정 고자 아니랄까 봐 무뚝뚝하기는. 이담이 성정에 일면식도 없는 사내와 혼인을 할 거 같냐?"

"아니면 그보다 좋은 방법이 있냐? 이제라도 제자리를 찾아가는 것이잖아. 귀족가의 혼인은 다 그렇게 하는 법이다."

무윤이 정색하며 반문하자 장세는 말문이 막혀 뚱한 표정을 지었다.

"그걸 누가 모르냐? 이담이 하도 경기하듯이 싫어하니까 그러는 거지. 갑작스럽게 삼 황자를 만나지만 않았어도 이 사달은 없었을 텐데 일이 고약하게 꼬여 버렸잖아. 그러고 보면 그 신관 말대로 황자들과 엮일까 봐 혼인을 강요하시는 백 대감의 심정도 이해가 가고. 정말 모를 일이다."

"우리는 그냥 지켜보면 될 일이니 좋지도 않은 머리로 고민하지 마라."

담담하게 대답은 했지만 이담을 너무 잘 알기에 무윤의 눈가에 그늘이 졌다.

그때 사찰로 무복을 입은 사내들이 들어오자 두 사람은 대화를 중단했다. 신유를 알아본 장세의 눈이 커다랗게 커졌다.

"사, 삼 황자 전하 오셨습니까?"

삼 황자라는 소리에 무윤의 눈빛이 날카롭게 신유를 주시했다. 그는 장세와 함께 신유에게 고개를 숙여 예를 갖췄다.

"무윤은 아직 돌아오지 않은 건가?"

진짜 무윤을 앞에 두고 무윤을 찾는 소리에 장세는 당황해서 얼음이 되었다. 이담이 사고를 친 것을 무윤이 모르기에 그가 먼저 입을 열까 봐 식은땀이 흘렀다.

다행히 입이 무겁고 진중한 성정답게 무언가 이상한 기미를 눈치챈 무윤이 장세를 힐끔 쳐다봤다. 어떻게 된 사연인지 눈으로 묻고 있었다.

장세는 당황해서 얼굴이 시뻘겋게 달아올라 저도 모르게 이담이 있는 문 쪽으로 고개를 돌렸다. 그때 거짓말처럼 이담이 문을 열고 밖으로 나왔다.

"전하의 옥패입니다."

"역시 네가 가지고 있었군."

"그날 산에 떨어져 있는 걸 주웠습니다. 귀한 것인 듯하여 가지고 왔습니다."

"신세를 졌군."

"그리 생각지 마십시오. 전하께서 소인의 목숨을 구해 주신 것에 비할 바가 아닙니다."

좋지 않은 일이 있었는지 기분이 가라앉아 보였지만 공치사를 하지 않는 것이 마음에 들었다. 신유는 이담을 찬찬히 바라봤다. 그리고 무윤과 장세도 평가하듯 돌아봤다.

이담은 신유의 시선이 부담스러워 눈길을 피했다. 그와 자꾸 만나게 되는 것이 거슬리고 싫은데 심장은 이상하게 엇박을 내며 두근거린다. 오장육부 중 심장 하나만 제 것이 아닌 것처럼 굴어 당혹스러웠다.

벅벅 말도 안 된다고 우겼지만 정말 그와 자꾸 만나게 될 운명인가 싶어 슬슬 무섭기도 했다. 그러면서도 아직은 의지로 할 수 있으니 정신 차리라고 스스로를 다그쳤다.

"네가 마음에 든다. 나와 함께 가지 않겠나? 원한다면 네 동무들도 함께 가도 좋다."

갑작스런 제안에 이담의 눈에 놀라움이 들어찼다.

"소인에게 어찌 그런 제안을 하시는 겁니까?"

"널 내 곁에 두고 싶으니까."

당연히 호위 무사로서 곁에 두고 싶다는 말임을 알면서도 이성이 삐거덕거리며 심장이 제멋대로 북을 쳐 댔다. 혹 그에게 들릴까 봐 이담은 숨도 크게 쉬지 않았다.

그녀는 다시 한번 속으로 다짐했다.

'아직은 운명으로부터 달아날 수 있어.'

이담은 무윤과 장세의 시선을 느끼며 신유를 똑바로 쳐다봤다.

"송구하오나 소인은 원치 않습니다."

삼 황자의 청을 단번에 거절하는 소리에 장세가 입을 떡 벌리며 신유의 눈치를 봤다. 시도와 세오 역시 놀란 눈으로 주인의 기분을 살폈다.

어쩐지 쉽지 않을 것 같다는 생각이 들었는데 막상 거절의 대답을 듣고 보니 더 실망스러워 신유의 미간에 골이 졌다.

"이유는?"

"소인은 지금 이대로 사는 것이 좋습니다. 입신을 바라지 않습니다."

사내로 태어나 입신양명을 바라지 않는다는 대답을 들을 줄 몰랐기에 신유는 조금 당황스러웠다. 하지만 이담의 결심이 너무 확고해 보여 그는 가만히 이담을 보기만 했다.

"네 뜻이 그러하다면 강요하지 않겠다. 하지만 널 기다리고 있겠다. 언제든 마음이 바뀌면 찾아와라."

"그럴 일은 없을 겁니다."

이담이 딱 잘라 대답하자 신유의 눈가가 굳었다. 그는 조금 서늘한 눈빛으로 이담의 얼굴을 쳐다봤다.

"마치 나와는 다시 만날 일이 없을 것처럼 말하는군."

"소인의 처지에 황자 전하를 다시 뵐 확률은 하늘의 별을 따는 것과 같으니까요."

"하지만 지금 넌 나와 마주 보고 서 있다."
"평생의 기회를 다 쓴 것이겠지요."
"그래서 다시 만날 일은 없을 것이다? 어쩐지 예측이 아니라 의지처럼 들리는군."

정곡을 짚는 소리에 이담은 딸꾹질이 나오려는 것을 참았다.

이담이 자신을 다시 만나고 싶어 하지 않는다는 마음을 읽고 신유의 표정이 서늘해졌다.

"네 뜻을 존중하겠다. 원치 않는 사람을 억지로 곁에 두는 건 나 역시 바라지 않는다."
"송구하옵니다."
"네 뜻대로 옥패를 찾아 준 대가는 갚은 것으로 하겠다. 이것으로 서로에게 남은 빚은 없다."

신유는 마지막으로 이담을 응시한 후 미련 없이 돌아섰다. 그가 움직이자 시도와 세오가 뒤를 따랐다.

신유의 모습이 보이지 않자 이담은 다리에 힘이 풀려 그대로 주저앉을 뻔했다. 무윤이 재빨리 그녀를 부축했다.

"괜찮냐?"
"괜찮…을 리가 있겠냐."

이담은 솔직하게 대답했다. 그와의 연을 어떻게든 끊어내려 모질게 말했지만 마음은 스스로를 지옥으로 몰아넣고 있었다. 불손한 말을 제 입으로 쏟아 내 놓았음에도 차갑게 돌아서는 그의 눈빛이 비수처럼 가슴에 박혔다. 생각보다 묵직하고 큰 통증에 숨을 쉬기가 괴로웠다. 이게 대체 무슨……

장세가 옆에서 한숨을 내쉬었다.

"삼 황자 전하께 그런 말을 하다니 간덩이가 부은 것이냐? 전하께서 크게 화를 내실까 봐 얼마나 조마조마했는지 모른다."

"전하께서 원하신 건 나뿐만이 아니니 너희들은 언제든 가도 좋아."

"나는 가지 않아."

무윤이 먼저 잘라 대답했다. 눈치를 보던 장세가 옆에서 보탰다.

"이게 우릴 뭐로 보고. 셋이 함께 갈 것이 아니면 생각 없으니까 혼자 잘난 척 좀 하지 마. 멋있는 척하다가 막상 우리가 간다면 배신자니 어쩌니 욕이나 퍼부을 거면서."

"이게 너야말로 나를 뭐로 보고!"

"아니냐?"

"…맞아."

"백이담 어디 안 가지."

잠깐이나마 평소의 그녀로 돌아온 것이 좋아 장세가 피식 웃었다.

"골치 아픈 큰일이 남았으니 난 들어갈란다."

무윤과 장세를 두고 이담이 돌아섰다. 축 처진 어깨를 보며 무윤이 물었다.

"밥은 먹은 것이냐?"

"입맛 없어."

"혼인은 어차피 버틴다고 달라질 것 없으니 생각을 바꿔 봐라."

홱 고개를 돌린 이담이 인상을 쓰며 째려봤지만 말할 기운도 없는지 손만 휘휘 젓고 그냥 안으로 들어가 버렸다.

"저거 봐. 밥이라면 환장하는 백이담이 입맛이 없다잖아. 얼마나 심각한지 이제 이해가 되지?"

장세가 종알거렸지만 무윤에게선 반응이 없었다. 그의 눈길은 하루 새에 눈에 띄게 살이 내린 이담의 모습만 좇고 있었다.

방바닥에 풀썩 앉아서 이담은 다시 신유를 떠올렸다. 그에 대한 기억을 털어 버려야 하는데 잔뜩 건조한 날 의복에 들러붙은 먼지처럼 좀처럼 떨어지지 않았다.

차갑게 돌아서던 그의 마지막 표정이 계속 뇌리에 남았다. 그런 말을 해 버렸으니…….

어째서 어울리지도 않게 상실감이 드는지 모를 일이다. 생각보다도 훨씬 마음이 좋지 않다.

'잘된 일인데 이렇게도 이상한 감정이 들다니 뭔가에 씐 게 틀림없어.'

스스로도 알 수 없이 자꾸만 가라앉는 기분에 입가에서 긴 한숨이 새어 나왔다. 역시 위험한 사내임이 분명하다.

눈을 가늘게 뜨고 머리를 굴리고 있던 도 귀비는 강유가 들었다는 소리에 반갑게 그를 맞았다.

"어서 오너라, 이 황자."

"어머니 무슨 근심이라도 있으십니까? 혈색이 좋지 않아 보이싶니다."

"이 어미한테 근심이 한 가지밖에 더 있겠느냐?"

무슨 소린지 모르지 않기에 강유는 덤덤하게 도 귀비를 다독였다.

"마음을 좀 편히 가지세요. 형님께서 저리 자리보전하고 계시고 소자가 이 황자인데 무슨 걱정이십니까? 삼 황자궁을 잘 지켜보고 있으니 소자를 믿으세요."

"응당 이 황자를 믿지만 신녀의 소리가 가시처럼 걸려서 말이다. 삼 황자의 사주에서 용이 보인다는 헛소리를 지껄여 대니 영 거슬리지 않느냐?"

"천기를 제대로 읽지도 못하는 늙은 신녀의 소리를 맹신하실 필요는 없습니다."

"그렇다고 하더라도 그런 소리는 그냥 넘어갈 수 없다. 이십 년 전에 황궁을 떠난 채 신관도 이상한 소리를 하지 않았느냐?"

채 신관이라는 말에 강유는 미간을 찌푸리며 냉소했다.

"채 신관이 백가에 황자들에게 문제를 일으킬 여아가 태어날 거라 호언장담했지만 결국 남아가 태어났으니 그 예언은 담아 둘 가치도 없습니다."

"그건 그렇지만 삼 황자가 저리 버티고 있는 한 끝까지 마음을 놓을 수는 없다. 몸이 허약하다곤 해도 사 황자의 존재 역시 무시할 바 아니다. 황위에 오르기 전까지는 잠시도 마음을 놓아선 아니 된단 말이다."

뜻을 굽히지 않는 도 귀비에게 강유는 피로감을 느꼈다. 모든 것이 아들인 자신을 황제로 만들기 위함인 것을 너무 잘 안다. 하지만 그녀가 병적으로 신유와 재유를 경계하는 것이 때때로 자신이 못 미더워서 그러는 것인가 싶어 썩 유쾌하지 않기도 했다.

"그래서 말인데 말이다. 이 황자."

"말씀하십시오."

도 귀비가 주변을 살피더니 강유에게 조용한 소리로 입을 열었다.

"듣자니 근자 들어 서율국의 움직임이 심상치 않다더구나."

"반란군의 수장이 바뀌면서 자국의 조정뿐 아니라 그곳에 주둔하고 있는 아국의 군사들까지 위협한다는 건 소자도 알고 있습니다."

"동맹국인 서율국에서 내란이 일어나 아국에 적대적인 반란군에게 정권이 넘어갈 것을 막기 위해 아군의 군사가 서율국의 조정을 돕고 있는 것이 벌써 다섯 해가 넘었다."

"그렇지요. 아마도 아군의 군사가 아니었다면 서율국은 벌써 반란군에게 정권이 넘어갔을 겁니다. 한동안 소강상태였는데 이번에 호전적인 인물이 반군의 수장이 되면서 다시 국경지방인 현서에 긴장감이 고조되고 있습니다. 하여 서율국의 요청으로 아바마마께서 반란군을 상대할 이로 누구를 새로 파견할지 고심 중이라 들었습니다."

원하는 대로 대화가 흘러가자 도 귀비의 붉은 입술에 호선이 그려졌다.

"이 어미가 그곳으로 삼 황자를 보낼 생각이다."

"신유를 현서지방으로 보낸단 말씀입니까?"

"맞다. 이 기회에 눈엣가시인 삼 황자를 변방으로 치워 버릴 것이다. 함 귀비는 물론이거니와 황후 폐하께서도 흔쾌히 허락하실 것이다."

묘책을 얘기하느라 들떠 보이는 도 귀비와 달리 강유의 표정은 떨떠름했다.

"위기가 때때로 기회가 되는 법입니다. 그러다 신유가 변방에서 공이라도 세우면 어찌시려고 그러십니까?"

"삼 황자에게 위기는 있겠지만 기회는 없을 것이니 염려할 필요 없다."

"무슨 말씀이십니까?"

"현재 변방에 주둔해 있는 장수들과 그곳의 유지들이 우리 손안에 있는데 삼 황자에게 어떻게 기회가 있겠느냐? 공은커녕 삼 황자는 그곳에서 다시 황궁으로 돌아올 수 없을 것이다."

강유의 눈빛에 힘이 바짝 들어갔다.

"신유를 없앨 생각이십니까?"

"너 또한 원하는 바가 아니냐? 아니라곤 하지만 똑똑하고 능력이 출중한 삼 황자가 신경 쓰이고 거슬리는 건 이 어미보다 덜하지 않다는 걸 잘 알고 있다. 그래서 어미가 십 년 전에 행궁에서 삼 황자를 죽이려 할 때도 말리지 않은 것이 아니냐?"

정곡을 찌르는 소리에 이 황자의 입술이 움찔거렸다.

"이 어미는 내 아들을 누구보다 잘 안다. 그래서 이 어미가 네게 걸림돌을 치워 주려는 것이야. 이번 궂은일은 아마도 수 귀비를 미워하는 황후께서 손수 처리해 주실 것이니 우린 구경만 하면 될 것이다. 이거야말로 절묘한 이이제이가 아니겠느냐?"

"쉽진 않을 겁니다."

"당연히 쉬울 리 없을 테지. 하나 이번 변방에서의 소란은 삼 황자를 제거할 수 있는 아주 좋은 기회. 공식적으로 삼 황자는 아국에 불만을 품은 서율의 반란군에 의해 전사하는 것이 될 테니 삼 황자와 함께 재수 없는 수 귀비까지 한 번에 치워 버릴 수 있는 절호의 기회란 말이다. 아니 그러하냐?"

스스로의 계책이 마음에 드는지 도 귀비가 깔깔 소리를 내며 웃었다. 다소 굳은 얼굴로 앉아 있던 강유 역시 도 귀비의 계략이 마음에 드는지 스르르 표정이 풀렸다.

"이담은 아직도 처소에 틀어박혀 있는 것이냐?"

이담의 처소 앞을 지키고 있는 장세를 손짓으로 부른 설상이 넌지시 물었다. 늘 사고만 치던 이담이 잠잠하니 불안하고 걱정이 되는 참이었다. 백중현에게 이담의 혼사를 제안한 것이 자신이라 이담에게 배신자로 낙인이 찍혔으니 말도 못 붙이고 있는 실정이었다.

"예, 혼자 무슨 궁리를 그리하는지 끙끙 앓고만 있습니다."

"그만 포기하고 따르면 될 것을 고집불통 같으니."

"이담의 성정상 받아들이기 쉽지 않겠지요."

"지금이라도 제자릴 찾아 주겠다는데 뭐가 그리 싫다고 저러는지, 원."

처소로 돌아가며 설상은 혀를 끌끌 찼다.

"나도 모르겠다."

장세는 고개를 절레절레 흔들었다. 이담을 생각하는 설상의 마음도 이해가 가고 갑작스런 혼인을 거부하며 식음을 전폐하는 이담의 마음도 이해가 갔다.

그때 무윤과 함께 이도가 사찰로 들어오자 그는 얼른 이도에게 가서 허리를 굽혔다. 이담과 한날한시에 태어난 오라비이기에 그의 방문이 어느 때보다 반가웠다.

"오셨습니까?"

"그래, 오랜만에 보는구나."

이도가 신뢰의 눈빛으로 장세의 인사를 받았다. 귀하디귀한 누이가 무뚝뚝한 승려들만 있는 사찰에서 자라는 것이 늘 마음에 걸렸는데, 그가 이담과 늘 투덕대면서도 누구보다 아끼고 위해 주는 동무임을 알기에 보는 눈빛에 무한한 호의와 고마움이 담겼다.

"이담이는 안에 있습니다."

장세가 알리기도 전에 밖의 기척을 들은 이담이 문을 벌컥 열었다.

"오라버니!"

"역시 얼굴이 많이 상하였구나."

"어서 들어오세요."

이담이 재촉하자 이도는 서둘러 안으로 들어갔다. 장세가 무윤에게 작은 소리로 물었다.

"공자께선 편을 들어 주러 오신 거냐, 설득하러 오신 거냐?"

"목소리 크니 입 다물어."

핀잔을 들은 장세가 입을 비죽 내밀며 고개를 돌렸다.

이도가 자리에 앉기 무섭게 이담은 그동안의 설움을 풀어냈다.

"오라버니, 전 정말 혼인하기 싫습니다. 갑자기 귀족으로 돌아가는 것도 숨이 막힐 거 같은데 생면부지인 사내와 혼인을 하라니요."

"보통의 여인들은 다 그렇게 하니 너무 밀어내지만 말고 생각을 좀 바꿔 봐."

"아이참, 오라버니도 그렇게 나오면 나 다시는 오라버니 안 볼 거예요. 우리가 누굽니까. 한날한시에 태어난 의리의 쌍생 아닙니까? 그 어렵다는 것을 해냈으니 하늘이 두 쪽 난다고 해도 오라버니는 내 편을 들어 줘야지요."

이담이 반 겁박조로 나오자 이도는 작게 고개를 흔들었다. 그러다 이내 난감한 표정을 지었다. 눈치 빠른 이담이 놓칠 리 없었다.

"뭡니까? 뭔가 있는 거지요? 돌려 말하지 말고 얼른 술술 불어요."

"실은 말이다. 어머니께서 네 혼처를 정하신 것 같다."

"벌써요! 아니, 무슨 번갯불에 콩 구워 먹는 것도 아니고 이럴 수는 없지요!"

예상대로 이담이 흥분해서 떠들어 댔다.

"혼인이 그리 싫은 것이냐?"

"당연히 싫습니다."

"이제라도 귀족 여인이 되는 것인데 이리 사는 것보다는 낫지 않겠느냐?"

"오라버니께서는 이해하지 못하시겠지만 전 이리 사는 것이 좋습니다. 이곳에는 좋은 스승도 있고 좋은 동무도 있으니까요."

"널 이리 살게 하고 눈물로 세월을 보내시는 어머니 마음도 헤아려 주어야지."

"제 팔자가 이러한 걸 어떡합니까? 그 신관인지 뭔지의 세 치 혀 때문에 귀족으로 났어도 귀족으로 살지도 못하게 되었으니 어쩔 수 없지요. 그래도 개똥밭에 굴러도 이승이 좋다고 죽는 것보다는 이리 사는 것이 더 좋습니다. 하지만 마음에도 없는 사내와 혼인을 하면 산송장이 될 것 같단 말이에요."

애당초 설득이 들어 먹힐 거라고 생각한 것은 아니지만 이담의 거부가 생각보다 심해 이도는 그녀를 설득하길 포기했다. 그녀의 말대로 그에게는 쌍생인 이담의 행복이 더 중요했다.

"하면 어찌할 것이냐? 어머니와 아버지께서는 네 혼인을 절대 포기하지 않으실 것이다."

신중하게 묻는 소리에 이담의 입이 굳게 다물렸다. 이도는 진중한 표정으로 이담에게 집중했다. 한일자로 입을 앙다물고 미간을 찌푸리며 생각에 잠길 때는 그녀가 무척 진지하고 심각한 상태일 때 보이는 모습이었다.

"결정했어요."

"무엇을 말이냐?"

"이젠 정말 어쩔 수 없잖아요."

"하면 혼인을 받아들이겠단 말이냐?"

"아뇨! 그럴 수는 없어요."

"하면 어찌겠다는 것이냐?"

결심이 확고해 보이는 눈빛에 이도는 벌써 불안해졌다. 무슨 생각을 하고 있는지 대답을 듣는 순간도 조마조마했다.

그의 마음을 아는지 모르는지 이담이 낭랑한 소리로 선언했다.

"오라버니, 저 이곳을 떠날 거예요."

"떠나다니? 어디로 간단 말이냐?"

"현서로 갈 거예요."

"현서?"

"예, 우리가 태어나기 전에 어머니를 찾아왔다던 대사님을 찾아갈 거예요. 그때 현서로 가셨다고 했잖아요."

너무 엉뚱하고 상상 밖이라 떡 벌어진 이도의 입이 다물릴 줄 몰랐다.

"너무 무모하다. 벌써 이십 년 전의 일인데 그 대사께서 아직 살아 계시는지도 모르고 현서에 계시는 것도 모르는데 무작정 가는 건 너무 위험해."

"그 대사께서 돌아가셨는지 살아 계시는지 알 수 없으니 확인을 해 봐야지요. 그때 죽을 운명인 절 살릴 방도를 알려 주신 분이니 제 사주에 얽힌 화도 풀어 주실 것 같아요."

"다시 생각해라. 타지는 위험하다. 게다가 현서는 변방이라 특히 더 위험하다. 그곳은 서율국의 반란군 무리들이 때때로 공격해 오는 곳이야. 그런 곳에 절대 널 보낼 수는 없어."

다른 지역도 아니고 서율의 반란군이 언제 위협을 가할지 모르는 곳으로 이담을 보낼 수 없어 이도는 완강하게 말렸다. 하지만 이미 결심을 굳힌 이담은 포기하지 않았다.

"여기서 얼굴도 모르는 사내와 혼인할 바엔 차라리 현서로 가는 것이 나아요."

"안 된다고 하였다. 넌 하나밖에 없는 내 누이야. 널 잃을 수는 없어."

"걱정하지 말아요, 오라버니. 제가 죽을 운이었다면 이십 년 전 태어나자마자 죽었을 거예요. 설령 운이 나빠 현서에서 죽는다고 하여도 예언과 달리 황자의 난이 일어나지 않으니 또한 나쁠 것이 없어요."

"이담아!"

"이곳에 있으면 언제 또 황자들과 부딪힐지 모르니 떠나야 해요. 현서에서는 황자들과 우연으로라도 만날 일이 없잖아요. 그리고 그 대사께서 살아 계신다면 내가 어찌 살아야 신관이 말한 운명을 피해 갈 수 있는지 알려 주실 거예요. 이상하게 저는 그 대사님이 꼭 살아 계실 것 같아요."

확고하게 결심을 굽히지 않는 걸로 보아 즉흥적으로 떠날 결심을 한 것이 아님이 보였다. 이도는 착잡한 표정으로 이담을 응시했다.

"부모님께서 아시면 크게 상심하실 것이다."

"부모님께는 오라버니께서 잘 말씀드려 주세요. 현장 대사님을 찾지 못하면 돌아와 얌전히 혼인을 올릴 거라고요. 하지만 어차피 혼인을 해야 한다면 그 상대는 제가 찾을 거라 말씀 올려 주세요. 돌아올 때는 반드시 지아비가 될 사내와 함께 올 것이니 염려 말라 꼭 전해 주세요."

"지금 그걸 말이라고……."

"어차피 오라버니의 말이라면 부모님께서 믿으실 테니 오라버니만 믿어요."

"내가 끝까지 말린다고 하여도 굽히지 않을 셈이냐?"

"제 성정 잘 아시잖아요. 오라버니께서 말리시면 오라버니에게도 소식을 전하지 않을 거예요."

"숫제 겁박이구나."

"살려 달라는 것이지요."

넉살 좋게 헤헤 웃는 얼굴에 이도는 한숨이 나왔다. 고집이 쇠심줄이라 어차피 설득이 먹힐 리 없었다.

이도는 심각하게 생각에 잠겼다. 강제로 혼인을 하는 것보단 제 운명을 개척하러 떠나겠다는 것이 더 백이담다웠다.

"너 혼자는 보낼 수 없다. 밖에 무윤이 있으면 들어와라."

이도의 말이 떨어지기 무섭게 문이 열리고 무윤이 들어왔다.

"부르셨습니까?"

"이담과 함께 현서로 가라."

"알겠습니다."

"절대 이담의 곁에서 떨어지지 마라."

"명심하겠습니다."

"저도 가겠습니다!"

밖에서 우렁찬 소리와 함께 문이 벌컥 열리고 장세가 들어와 섰다. 이담이 고개를 저었다.

"장세 넌 여기 있어."

"웃기지 마! 나만 두고 둘만 떠나는 꼴은 못 본다."

"이 멍충아! 놀러 가는 거 아니거든!"

"그러니까 나도 간다는 것이다. 무윤이 놈한테만 널 맡길 수는 없어. 넌 내가 지켜 줄 거야."

"아, 예예. 퍽도 지키겠다. 그냥 있으라니까!"

"나만 떼 놓고 가면 바로 주지 스님께 이를 거다."

"이 자식이 진짜. 치사하게 그럴 거야!"

이담이 버럭했지만 장세는 물러서지 않았다.

"둘보다는 셋이 나을 테니까 함께 가자. 우린 늘 셋이 함께였잖아. 이제 와 배신하면 안 되지."

"으이그, 저 바보. 하여간 고집불통!"

"함께 가는 거다?"

"알았으니까 목소리 좀 낮춰! 주지 스님 방까지 들리겠다."

"헤헤, 알았다."

"좋단다, 아주."

떼를 써서 당과를 얻은 아이처럼 금세 헤벌쭉 웃는 장세에게 이담이 소리 없이 구시렁거렸다.

"오라버니, 아버지 어머니께 너무 놀라시지 않게 말씀 잘 올려 주세요."

"대신 꼭 무탈해야 한다. 그리고 언제든 돌아와도 된다. 알겠느냐?"

"예, 명심할게요."

이담이 씩씩하게 웃으며 대답했다.

하지만 이도는 웃을 수 없었다. 언제쯤 누이가 제자리를 찾아 마음 편히 당연한 제 것을 누리며 살 수 있을지, 생각만 하면 가슴이 답답했다. 집으로 돌아가는 내내 그는 이담이 무사하기를 기도했다.

 계수 황후가 신유를 현서로 보내라 주청했다는 소리를 듣고 수 귀비는 곧장 계수 황후를 찾아갔다.

 계수 황후는 노기를 감추지 않고 뻣뻣하게 구는 수 귀비에게 불편한 심기를 드러내며 비아냥댔다.

"몸이 성치 않다고 하더니 참으로 어려운 걸음을 하였구먼."

"삼 황자를 현서로 보내시려는 연유가 뭡니까?"

 수 귀비가 직설적으로 묻자 계수 황후 역시 직설적으로 대답했다.

"그 대답 또한 알고 있을 것이 아닌가?"

"저에 대한 감정은 제게만 푸십시오. 삼 황자를 건드리지 마시란 말입니다."

"재밌군. 삼 황자가 아니었다면 네년이 그런 짓을 했을 리 없었을 텐데 삼 황자는 건드리지 말라?"

"소첩은 맹세코 태자 전하를 저주한 적이 없습니다!"

"태자전에 해괴한 저주 물건을 묻은 궁녀가 수 귀비전으로 사라졌고 그날 이후로 네년이 부리는 미향이라는 계집이 종적을 감췄는데 아직도 발뺌을 할 셈이냐!"

 오래전의 앙금이 터진 처소 안에 살벌한 공기가 감돌았다.

"미향이 소첩이 부리는 아이는 맞사오나 공교롭게도 그날 이

후로 보이지 않아 실제로 태자전에 갔는지 알 수가 없습니다."

"흥, 네가 시킨 짓이 탄로 날까 봐 그 아일 죽여 입막음을 한 것이 아니냐?"

"그리 우기실 것이면 소첩이 시켰다는 증좌를 대십시오."

"뭐라!"

계수 황후가 노기 띤 얼굴로 손바닥으로 서탁을 내리쳤다. 하지만 수 귀비는 눈 하나 깜박하지 않고 맞섰다.

"그때 귀비전을 샅샅이 뒤졌어도 의심할 만한 증좌는 하나도 나오지 않았습니다. 다만 사라진 미향이 소첩이 부리는 아이였다는 사실만으로 소첩을 태자 전하를 방자한 파렴치한으로 몰고 갔습니다. 하나 소첩의 대답은 그때나 지금이나 같습니다. 저는 그런 짓을 사주한 적이 없습니다."

"터진 입이라고 잘도 둘러대는구나. 폐하께서 그 당시 네게 눈이 멀지만 않았어도 너와 삼 황자는 무사하지 못했을 것이야."

"폐하께서 소첩을 살려 주신 건 소첩이 결백하다는 것을 믿으셨기 때문이지요."

"끝까지 뻔뻔하게 구는구나. 독한 년 같으니."

"하지 않은 일을 했다고 할 수는 없으니까요. 태자 전하를 저주한다고 하여 삼 황자가 태자가 되는 것도 아닌데 소첩이 누구 좋으라고 그리 위험한 짓을 하겠습니까?"

수 귀비가 지지 않고 맞받아치자 계수 황후는 금방이라도 찢어 버릴 것처럼 매서운 눈초리로 수 귀비를 노려봤다.

"내 언젠가는 네 가면을 반드시 벗기고야 말 것이다."

"얼마든지 그리하십시오."

수 귀비가 당당하게 맞섰지만 황후의 독설은 그녀에게서 끝나지 않았다.

"삼 황자 또한 앞날이 평탄치 않을 것이다."

"삼 황자는 건드리지 말라 청하였습니다."

"삼 황자를 건드리는 것이 널 괴롭히는 것이니 네 청을 들어줘야 할 이유가 없다."

"황후 폐하!"

"삼 황자가 현서에서 살아서 돌아올지 아닐지는 관심 없다. 하나 삼 황자가 잘못된다면 네 그 뻣뻣한 면상이 제대로 일그러질 것이니 그건 볼만하겠구나."

일부러 표독스러운 말로 상처를 주려는 걸 알기에 수 귀비는 피가 나게 입술 속살을 깨물었다.

"황후 폐하께서 원하시는 일은 일어나지 않을 겁니다."

수 귀비는 계수 황후를 노려보다 밖으로 나갔다.

하나밖에 없는 태자가 갑작스럽게 위중한 병에 걸려 일어날 가능성이 희박했기에 계수 황후의 원한은 골수에 사무쳤다. 그리고 그 원망은 고스란히 수 귀비와 삼 황자에게 쏠렸다.

그렇지 않아도 도 귀비와 이 황자의 경계 속에 하루하루가 가시밭길인 삼 황자를 변방으로 보내야 하는 심정이 괴로워 수 귀비는 돌아가면서 가슴을 틀어쥐었다.

수 귀비가 나간 후에도 계수 황후는 한동안 문을 노려보며 분을 누르지 못했다.

"건방진 것. 뭘 잘했다고 감히 내게 눈을 똑바로 뜨고 대드는 것이야."

잘한 것도 없는 주제에 제 앞에서 늘 고개를 뻣뻣이 들고 있는 꼴에 울화가 치밀었다. 태자의 저주 사건으로 철천지원수가 되었지만 그 일을 떠나서라도 다른 귀비들과 달리 자신에게 잘 보이려고 고개를 숙이지 않는 것이 마음에 들지 않았다.

"삼 황자가 무사히 돌아올지는 두고 보면 알겠지."

악담을 퍼부어 놓고 계수 황후는 수 귀비가 했던 말을 곱씹었다. 태자가 죽는다고 하여 삼 황자가 태자가 되는 것이 아니란 말이 신경을 잡아끌었다. 고운 아미를 접으며 한동안 생각에 잠겨 있던 계수 황후의 표정이 차갑게 굳었다.

"발칙한 것."

그녀는 수 귀비에게 욕설을 한 후 눈을 가늘게 떴다.

제3장

반연
絆緣

 귀비전으로 돌아온 수 귀비는 신유가 기다리고 있다는 소리에 얼른 표정 관리를 하고 안으로 들어갔다.
 "왔느냐?"
 "황후전에 다녀오셨습니까?"
 "화딱지가 나서 가만히 앉아 있을 수 없었다."
 "소자는 괜찮습니다."
 신유의 대답에도 수 귀비는 고개를 저었다.
 "아군도 믿을 수 없는 곳인데 어찌 괜찮단 말이냐? 분명 황후와 도 귀비의 사주를 받은 놈들이 언제든 널 해할 기회만 찾고 있을 것이다."
 "소자는 쉬이 당하지 않습니다. 십 년이 넘게 목숨의 위협을 받아 왔으니 새삼스러울 것도 없습니다. 저들이 소자를 죽이려 들면 소자 역시 저들을 죽일 겁니다. 전장은 그래서 오히려 더 낫지요."

"황자로 태어나지 않았더라면 좋았을 것이다."

"그리 생각지 마십시오."

"태자가 아닌 황자들은 죽을 때까지 목숨의 위협을 받아야 한다. 하필 탐욕스럽고 포악한 이 황자가 네 손위라 그게 한이구나. 이 어미가 네 형을 사산하지만 않았어도……."

설움이 북받쳐 말을 잇지 못하는 수 귀비의 손을 잡으며 신유가 다독였다.

"이미 지난 일에 미련을 두실 필요 없습니다. 어머니께는 소자가 있고 소자는 어떤 위협에도 살아남을 겁니다. 그러니 마음을 좀 편히 가지세요. 소자 변방에서 좋은 경험을 한다 생각하겠습니다."

"부디 무탈하여야 한다."

"맹세하겠습니다. 하오니 소자를 믿고 마음 졸이지 마십시오."

"그래, 그럴 것이다. 나는 내 아들을 믿는다."

수 귀비는 애써 약한 모습을 떨쳐 내고 신유에게 힘을 실어 주었다.

수 귀비를 위로하며 오랜 시간 담소를 나누고 신유는 느지막하게 삼 황자궁으로 돌아왔다. 세오와 시도가 조용히 뒤를 따르고 있었다.

문득 멈춰 서서 그는 하늘 높이 치솟은 나무숲 사이에 떡하니 버티고 있는 만월을 한동안 바라봤다.

거짓말처럼 그 순간 왜 이담이 떠오르는지 모를 일이다. 다듬어지지 않은 날것 그대로의 의협심과 당당함이 마음에 들어 곁에 두려 하였건만 보기 좋게 거절당하고 말았다. 곱씹을수록 괘씸하면서도 웃음이 났다.

'험한 곳으로 끌고 가지 않아서 도리어 다행인지도 모르겠군.'

현서로 가게 된다는 사실을 미리 알았더라면 그런 말도 하지 않았을 것이다. 어쩐지 다치게 하고 싶지 않았으니까.

'내 손을 뿌리친 것은 아주 잘한 일이었다, 무윤.'

이담을 떠올리며 잠시 느슨해진 표정이 이내 차갑게 굳었다.

"내일 현서로 출발한다. 쉽지 않은 여정이 될 것이니 오늘 밤은 푹 쉬도록 하라."

"존명!"

시도와 세오의 입에서 동시에 대답이 흘러나왔다. 현서로 간다는 것이 어떤 의미인지 알기에 그들은 목숨을 걸고 주인을 지킬 결심을 새롭게 다졌다.

대전에서 고심하던 황제의 고개가 번쩍 들렸다.

"방금 뭐라 하였느냐? 누가 돌아왔다고?"

"채 신관이 돌아왔습니다."

늙은 내관이 아뢰는 소리에 황제의 용안에 반신반의의 기색이 깃들었다.

"어서 들라 하라."

내관이 서둘러 나가고 곧 채 신관이 들어오자 황제는 확인하듯 그를 거듭 봤다. 그러고는 그제야 크게 기뻐했다.

"정말 채 신관이군. 아주 돌아온 것인가?"

"소신 폐하의 명을 받들어 이렇게 돌아왔습니다. 늦어서 황공하옵니다."

"스무 해가 지났으니 늦어도 한참 늦었다. 하나 이리 돌아와 주어 기쁘다. 그동안 어찌 지냈는가?"

"한동안 모든 것을 내려놓고 속세를 떠나 유유자적하였습니다."

참담한 얼굴로 황궁을 떠날 때와는 많이 다른 표정에 황제는 흐뭇하게 고개를 끄덕였다.

"짐이 네 자리를 비워 두었으니 이젠 짐의 곁을 지켜라."

"황은이 망극하옵니다."

채 신관이 조용히 황제의 용안을 살폈다.

"용안에 수심이 있으십니다. 태자 전하 때문에 용심이 편치 않으십니까?"

"병석에 누워 있는 태자가 좀처럼 일어날 기미를 보이지 않는데 황자들의 세는 갈수록 강해지고 있으니 마음이 편치 않다."

황제의 고뇌를 알면서도 채 신관은 아무 말도 할 수 없었다. 자신이 보기에도 태자의 명운이 또렷하지 않기 때문이었다.

"짐은 채 신관이 이십 년 전 황궁을 떠나기 전에 했던 말을 아직 기억하고 있다. 다행히도 채 신관의 예언과 달리 백가에서 사내아이가 태어났기에 망정이지 그렇지 않았다면 지금쯤 크게 골머리를 썩고 있었을 것이야."

대전 바닥을 응시하고 있던 채 신관의 눈동자에 한기가 들어찼다.

"백가에서 사내아이가 태어났다고 하셨습니까?"

"그렇다. 짐이 수하들을 보내 직접 확인한 사실이니 한 치의 오차도 없다. 백가에서 태어난 아이는 사내아이가 유일하다. 그리고 짐은 그 일로 백중현이라는 충신을 잃었다."

여아가 태어나면 황실을 위하여 목숨을 거두겠다고 선언한 일로 백중현이 사직한 일은 황제에게도 큰 손실이었기에 두고두고 걸렸다. 아무리 조정을 위한 일이라 하나 어렵게 얻은 귀한 자식을 죽이겠다는 황명이 서운하지 않을 리 없기에 그의 사직을 막을 길이 없었다.

가만히 눈을 감고 생각에 잠겨 있던 채 신관이 조용히 눈을 떴다. 얼음처럼 차가운 눈빛이 산자의 것이 아닌 듯 보였다.

"정말로 백가에서 여아가 태어나지 않았다면 백중현 대감께서 극구 사직을 하실 필요는 없었을 겁니다."

"무슨 말이 하고 싶은 것인가?"

"아뢰옵기 황공하오나 소신의 점괘는 틀리지 않았습니다."

호언장담하는 소리에 황제의 오른쪽 눈썹이 크게 꿈틀거렸다.

"그 말은 백가에서 여아가 태어났단 말인가? 하나 그런 일은 있을 수 없다. 백가에서 아이가 태어난 것은 이십 년 전 한 번뿐이고 분명 사내아이였다."

"이십 년 전 사내아이가 태어난 것은 맞습니다. 그리고… 그것이 다가 아니었습니다."

"지금 무슨 소리를 하고 싶은 것인가?"

"그날 백가에서 아이의 울음소리가 터진 것은 두 번이었습니다."

"뭐라! 하면 쌍생이 태어났단 말인가!"

"황공하오나 그렇습니다, 폐하."

황제의 표정이 사색이 되었다.

"마, 말도 안 된다. 어떻게 그런 일이! 채 신관은 지금 한 말에 책임을 질 수 있는가! 사실이 아니라면 목숨을 내놓아야 할 것이다."

"신이 어느 안전이라고 거짓을 올리겠습니까? 신이 올린 말씀은 모두 사실입니다. 그리고 이를 증명해 줄 증인 또한 있습니다."

"증인이라니! 누구인가?"

"이십 년 전 백가에서 쌍생을 받은 산파이옵니다."

채 신관의 당당한 주장에 황제는 말문이 막혔다. 황자들의 난을 일으킬 여아가 태어났고 백중현이 자신을 속이고 여식을 빼돌렸다는 사실에 황제는 노기를 감추지 않았다.

"채 신관은 어떻게 그 사실을 안 것인가?"

"실은 신이 몇 해 전부터 정처 없이 지방을 떠돌며 천기를 살피고 있었사온데 우연히 한 산파가 떠드는 소리를 들었습니다. 하여 산파를 겁박하여 확인한 사실이옵니다. 분명 그날 남아가 태어난 후 바로 여아가 태어났다고 하였습니다. 그 사실을 알고 가만히 있을 수가 없어 신이 이렇게 돌아온 것입니다."

"백중현, 이자가 감히 짐을 속였단 말인가!"

황제는 노기를 감추지 못하고 손바닥으로 어탁을 내리쳤다. 대전 안에 진노한 황제의 옥음이 쩌렁쩌렁 울렸다. 거친 숨소리에 황제의 수염이 바르르 떨렸다.

"하면 그 여식은 지금 어디에 있는가?"

"아마도 백 대감께서 몰래 빼돌리셨을 겁니다. 하나 백 대감의 성정상 죽이신다고 하셔도 입을 열지 않을 겁니다."

"흥. 그런다고 짐이 못 찾아낼 거라 생각한다면 오산이지. 짐이 그동안 내심 백중현에게 마음의 빚이 있었거늘 이리 짐을 속이다니 괘씸한지고. 이젠 짐이 여식을 어찌하든 할 말이 없을 것이다."

"백 대감을 당장 잡아들이실 겁니까?"

"네 말대로 백 대감의 성정상 여식의 행방을 실토할 리 없으니 그를 잡아들여서 얻는 것이 없다. 짐이 직접 그 아이를 찾아 처리할 것이다. 가뜩이나 황자들의 분위기가 수상한데 불을 붙일 수는 없지."

"하나 백중현은 폐하를 기망하였습니다. 죄를 물으심이 마땅합니다."

"그 사실은 용서할 수 없으나 짐이 여식을 죽이려 하였으니 한 번만 그대로 넘어가 줄 것이다."

백중현을 벌하지 않겠다는 황제의 의지에 채 신관은 입 안이 썼다.

황제는 곧바로 대전 호위 무사들을 불러 명을 내렸다.

"은밀히 백중현의 집을 감시해야 할 것이다. 저들을 미행해 숨겨 놓은 여식을 찾아서 없애라."

"존명!"

수하들이 곧바로 모습을 감추자 황제는 불편한 심기로 어탁을 손가락으로 톡톡 쳤다.

그 모습을 지켜보던 채 신관의 입꼬리가 희미하게 올라갔다.

'이십 년 전에는 운 좋게 위기를 넘겼을지 몰라도 제가 돌아온 이상 그 운도 끝입니다, 대감.'

허공을 응시하는 채 신관의 눈 속에 서릿발처럼 차가운 냉기가 들어찼다.

이담에게 혼사에 관한 이야기를 하려고 막 채비를 하는 한 부인을 이도가 막아섰다.

"가지 마십시오, 어머니."

"어찌 그러느냐?"

"이담이는 사찰에 없습니다."

"그게 무슨 소리냐? 이담이가 사찰에 없다니?"

안에서 흘러나온 소리를 듣고 놀라서 들어온 백중현이 이도를 채근했다. 두 사람이 자리에 앉자 이도는 사실대로 이야기했다.

"뭐라! 이담이가 현서로 떠났단 말이냐!"

당연히 백중현 내외의 반응은 격하게 터져 나왔다. 백중현은 이도를 크게 나무랐다.

"넌 대체 뭐 하는 놈이냐! 오라비라는 놈이 그 말을 듣고도 그 아일 말리지 않았단 말이냐!"

"송구합니다, 아버지. 결심이 워낙 확고해 말릴 수 없었습니다."

"안 된다. 사내도 아닌 아이가 그곳이 어디라고 겁도 없이 간단 말이냐!"

한 부인이 금방이라도 쓰러질 것처럼 하얗게 질려 비틀거렸다. 백중현이 그녀를 부축해 위로했지만 먹힐 리 없었다.

"무윤과 장세가 함께 갔으니 괜찮을 겁니다."

"그놈이 대체 어쩌자고 이렇게도 속을 썩인단 말인가."

홧김에 이도를 나무랐지만 제 오라비보다 고집도 세고, 겁도 없는 이담의 성정을 너무 잘 알기에 백중현은 골치가 아팠다. 어떻게든 귀족가로 출가시켜 자리를 찾아 주려 했는데 싫다는 의견을 묵살하고 억지로 밀어붙였더니 결국 이런 사달이 나고야 말았다.

"벌써 이십 년도 전의 일인데 현장 대사를 어찌 찾겠다고 그리 무모한 짓을 한단 말인가."

생사도 모르는 사람을 찾아 위험한 지방으로 떠난 여식에 대한 걱정으로 한 부인은 아예 앓아누워 버렸다.

"무윤에게 당부를 해 두었으니 소자가 은밀히 뒤를 지켜볼 겁니다. 현장 대사를 찾지 못하면 바로 돌아올 것이니 너무 걱정하지 마십시오."

"어찌 걱정을 하지 않을 수 있겠느냐? 사내도 아니고 여식이다."

"소자는 이담이를 믿습니다. 그리고 자신의 운명을 바꾸려는 그 아이의 심정도 믿습니다. 그러니 아버지께서도 이담이를 믿어 주십시오. 이담인 반드시 무사히 돌아올 겁니다."

쌍생으로 태어났으나 함께 자라지 못한 것에 늘 누이에게 미안하고 안쓰러운 마음을 가지고 산 아들이었다. 하여 누구보다도 이담에게 지극한 마음인 것을 알고 있었다.

이미 사찰을 떠나 버린 역식이었기에 따로 할 수 있는 일도 없어 백중현은 땅이 꺼져라 한숨을 내쉴 뿐이었다.

"사찰을 떠났으니 황자들과 다시 부딪힐 일은 없겠구나."

행궁에 드나드는 황자들과 이담이 만날까 봐 불안했기에 그거 하나는 위안이 되었다.

"아비는 신관의 예언 따윈 믿지 않는다."

"소자 역시 믿지 않습니다. 설령 황자의 난이 일어난다고 하여도 그건 이담이 때문이 아니라 황자들의 욕심 때문이겠지요."

"가여운 네 누이를 반드시 지켜야 한다."

"그리하겠습니다, 아버지."

이도는 아버지 앞에서 맹세했다. 신관의 예언 때문에 평생 밖으로만 떠돌아야 하는 가여운 누이를 꼭 지킬 것이라 다짐하며 그는 주먹을 있는 힘껏 움켜쥐었다.

객잔 이 층에서 간단한 요기를 하면서 이담은 밖으로 시선을 던졌다.

"변방이라 그런지 확실히 사람들이 별로 안 보이는 것 같네."

"서율국의 반란군들이 심심찮게 문제를 일으키는 곳이라 사람들이 해를 당할까 봐 밖으로 안 돌아다녀서 그런다 들었다."

"반란군들이 간덩이가 부은 모양이다. 감히 아국의 백성들을 건드리다니."

"저들의 수장이 바뀌고부터 움직임이 심상치 않다고 하더라. 하여 반란군들을 제압하러 황궁에서 새로운 책임자가 내려온다고 하더라."

"다들 싫어하는 변방까지 오다니, 분명 황제의 눈 밖에 난 사람일 테지. 누가 내려올지 몰라도 그야말로 똥 밟은 것이 아니냐?"

"또, 똥이라니. 지금 식사 중인 거 안 보여?"

장세가 국을 뜨다 말고 이담에게 눈을 부라렸다.

"자식이 소만 한 덩치답지 않게 까탈스럽게 굴긴. 알았으니까 얼른 밥 먹어."

물을 한 모금 마시면서 이담이 한숨을 내쉬었다.

"오라버니에게 큰소리를 뻥뻥 치고 오긴 했는데 그 대사님을 어디서 찾아야 할지 막막하네. 도사님이시니까 살아는 계시겠지?"

그때 옆을 지나가던 노인이 발을 헛디뎠는지 자신에게 넘어지려고 하자 이담이 얼른 노인을 부축했다.

"괜찮으세요, 할아버지?"

"괜찮소. 실례를 범해 미안하오."

백발을 휘날리며 한눈에 보기에도 뼈만 앙상하게 남은 삐쩍 마른 체구였지만 눈빛만큼은 형형한 노인이었다. 이담은 사과를 하고 이내 밖으로 사라지는 노인의 뒷모습이 쓸쓸해 보여 연민의 시선을 던졌다.

"가자. 어두워지기 전에 마을을 한번 둘러보자."

식사를 마친 장세가 일어나자 이담도 자리에서 일어섰다. 그러다 그녀는 황당한 얼굴이 되었다.

"어라?"

"왜 그러냐?"

"내 돈주머니가 없어졌다."

"뭐라고! 아니, 어디서 떨어뜨린 것이냐?"

"떨어뜨린 적 없어. 분명 방금 전까지 가지고 있었단 말이다."

"참이냐?"

"그래, 틀림없어. 분명 좀 전까지……."

그 순간 약속이나 한 듯 세 사람의 시선이 한데 모였다.

"그 노인!"

"맞아, 그 노인이 일부러 너한테 쓰러지는 척하면서 돈주머니를 훔쳐 간 것이 틀림없어."

"아니, 그 노인네가 망령이 났나. 벼룩의 간을 빼 먹지. 감히 내 돈을 훔치다니. 어떻게 이런 기막힌 일이 다 있어!"

"이제 어떡할 거냐?"

"어떡하긴! 잡아야지. 객지에서 피 같은 돈을 홀라당 뺏길 수는 없잖아. 멀리 가진 못했을 것이다. 내 이 영감탱이를 확!"

그 말을 끝으로 이담이 화살처럼 튀어 나가자 무윤과 장세도 다급하게 그녀를 따라갔다.

노인이 사라진 방향으로 화급하게 달려간 이담은 다행히 얼마 가지 않아 돈주머니를 들고 웃고 있는 노인을 발견했다.

이담이 눈에 쌍심지를 켜고 노인을 향해 달려가자 하필 눈치를 챈 노인이 전속력으로 도망가기 시작했다. 이런 일이 다반사였는지 달리는 속도가 노인의 것이 아니었다. 하지만 산에서 자라 뛰어다니는 건 이골이 난 이담 역시 만만치 않았다.

'놓칠 줄 알고? 내 돈을 훔치다니 이 못된 노인네 오늘 잘못 걸렸어.'

노인을 잡으려 이담은 가을 독사처럼 독이 바짝 올라 전속력으로 노인의 뒤를 쫓았다. 현서로 온 첫날부터 재수 없게 도둑을 만나다니 일진이 사나웠다. 그녀는 속으로 욕을 한 사발 퍼부으며 노인이 사라진 골목 귀퉁이를 향해 몸을 틀었다.

그때였다. 쉬이잉! 날카로운 금속성 소리와 함께 단검 하나가 그녀를 향해 날아왔다. 너무 다급하게 벌어진 일이라 미처 피할 길이 없었다.

타지에 온 첫날부터 개죽음을 당하나 싶은 찰나 갑자기 단단한 몸에 힘껏 밀리며 바닥을 나뒹굴었다. 간발의 차이로 귓가를 스치고 지나간 단검이 벽에 꽂혔다.

"이담아!"

뒤늦게 쫓아온 무윤과 장세가 큰 소리로 이름을 부르는 소리가 아득하게 들렸다.

사지가 멀쩡한 걸 깨닫는 순간 이담은 큰 숨을 토해 냈다. 그러다 그녀는 문득 자신이 누군가의 품에 안겨 있다는 사실을 깨달았다.

 누군가 자신을 구하려 몸을 날렸던 것이다. 무척이나 단단한 가슴과 강인한 팔이 고스란히 느껴졌다. 분명 건장한 사내일 것이다. 급박한 상황이었지만 난생처음 사내의 품에 안겨 뒹굴다 보니 놀란 심장이 두근거리며 난리를 쳤다.

 볼이 화끈하게 달아오르고 단단한 사내의 가슴에 제대로 치인 심장이 좀처럼 진정하지 않자 이담은 살짝 찡그린 표정으로 평정을 찾으려 애썼다. 하지만 여전히 사내와 처음 몸이 닿은 충격으로 불이 붙은 가슴은 쉬이 진정할 기미를 보이지 않았다.

 겨우 떨림을 진정시킨 후 자신의 목숨을 구해 주고 친절하게 일으켜 준 은인이 누군지 확인하기 위해 이담은 인사를 건네며 수줍게 고개를 들었다.

 "구해 주셔서 고맙……!"

 뒷말은 충격으로 하지 못했다. 입을 벌린 채로 이담은 그대로 굳었다. 귀신을 본다고 해도 이렇게 놀라지는 않을 것이다. 자신을 놓아주고 빤히 보고 있는 사내는 다른 이도 아닌 삼 황자였다.

 어떻게 이런 일이 있을 수 있을까. 순간 이담은 하늘이 운명으로부터 벗어나려는 자신을 비웃는다 여겼다. 그렇지 않고서는 지금의 상황이 납득이 되지 않았다.

 '아니, 이게 무슨 말도 안 되는 상황이야. 삼 황자께서 어째서 이곳에…….'

 황궁에 있어야 할 삼 황자가 눈앞에 있다는 사실에 놀라 이담은 순간 얼음이 되었다. 신유의 시선에 꽁꽁 묶이면서도 머릿속에는 삼 황자가 왜 여기 있는지에 대한 의문만이 어지럽게 돌아다녔다.

무윤과 장세 역시 이 상황이 놀랍기는 마찬가지라 두 사람은 차마 다가오지도 못하고 신유의 눈치만 살폈다. 화가 난 듯한 삼 황자의 눈빛에 그들은 바짝 긴장했다.

이담을 보는 신유의 눈빛에 서늘한 책망이 담겼다.

"너 이담이었나?"

뚫어지게 보는 눈빛에 그대로 타 버릴 것 같아 이담은 마른침만 삼켰다.

순간 이담은 그에게 무윤이라 거짓말했던 일을 깨닫고 머릿속이 복잡해졌다. 갑자기 당한 일에 뇌가 마비라도 된 건지 뭐라고 둘러대야 할지 생각이 나지 않았다.

이담은 흘깃 신유의 눈빛과 마주 봤다. 그의 눈빛이 잠시 흔들리는 것 같더니 금방이라도 속을 꿰뚫을 것처럼 날카롭게 변했다. 어설프게 거짓말을 해 봤자 먹힐 것 같지 않았다. 이럴 땐 사실대로 부는 것이 상책이다.

"송구합니다."

"어째서 무윤이라고 거짓말을 한 거지?"

"그게… 들키고 싶지 않아서였습니다."

"내게 무얼 들키고 싶지 않은 것이냐?"

"소인이 십 년 전에 전하와 만났던 사실을 들키고 싶지 않았습니다. 다음 날 나오라는 명을 따르지 않았고 십 년 후에 찾아오라는 명 또한 따르지 않았으니 전하께서… 소인을 알아보실까 봐……."

 신유는 끝말을 우물거리는 이담을 알 수 없는 눈빛으로 응시했다.
 "그것이 다인가?"
 "예?"
 "내게 들키고 싶지 않은 것이 그것이 다이냐고 물었다."
 '뭐가 또 남았나?'
 이담의 머리가 바쁘게 돌아갔다. 하나 더 짚이는 것이 없어 그녀는 당당하게 신유를 바라봤다.
 "그것이 다입니다."
 신유는 눈을 가늘게 뜨고 이담을 살피며 뭔가 말하려다 화제를 돌렸다.
 "십 년 전엔 어째서 나오지 않은 것이지?"
 "주지 스님께 혼이 나 나갈 상황이 아니었고 또……."
 "또 뭐지?"
 "나가고 싶지 않았습니다."
 '저게 좀 돌려서 말하지.'
 입을 앙다물고 솔직하게 대답하는 이담에 놀란 장세가 곁눈질로 삼 황자의 눈치를 살폈다. 삼 황자가 금방이라도 버럭 화를 낼까 봐 가슴이 조마조마했다.
 "곁에 두고 싶다는 내 말이 부담스러웠던 모양이군."
 "아니라곤 못 하옵니다."
 "지독하게 솔직하군. 그때나 지금이나."
 "송구하옵니다."

"송구할 것 없다. 그땐 몰랐으나 이젠 이유를 알 것도 같으니까."

의미심장한 말에 이담의 눈빛에 경계의 색이 드리워졌다. 무슨 말인지 묻고 싶었지만 차마 입이 떨어지지 않았다. 아까부터 시선을 놓아주지 않는 집요한 눈빛에 발가벗겨지는 기분이 들어 조금씩 속이 타들어 갔다.

"그런데 이곳엔 어쩐 일이지?"

"누군가를 찾으러 왔습니다."

"단 셋이서 말인가?"

신유의 시선이 처음으로 무윤과 장세를 돌아봤다. 이담은 다분히 미덥지 않다는 시선이 부당해 반박하고 싶은 것을 참았다.

"이곳은 네가 살던 곳과는 비교할 수 없이 위험한 곳이다."

"알고 있습니다. 하나 제 몸 하나는 지킬 수 있으니 염려하지 않으셔도 됩니다."

"장담하지 마라. 좀 전에 내가 아니었다면 너는 검을 피하지 못했다."

"그건……."

"이곳에 얼마나 머물 건지 몰라도 빨리 볼일을 마치고 돌아가는 것이 좋을 것이다."

할 말을 마치고 신유가 돌아섰다. 그는 자신이 타고 온 은빛 갈기를 휘날리는 백마에 올라타 이담을 내려다봤다.

내리꽂히는 시선이 하도 뜨거워 이담은 몸이 조금씩 달궈지는 것 같았다.

"나와 다시 마주치는 일이 없어야 할 것이다."

서늘한 경고를 던진 신유가 수하들과 함께 멀어지자 이담은 그제야 길게 한숨을 내쉬었다. 긴장이 풀리자 스르르 다리에 힘이 풀렸다.

호다닥 달려온 무윤과 장세가 그녀를 살폈다.

"괜찮은 것이냐?"

대답 대신 이담은 담에 꽂힌 단검을 노려보며 중얼거렸다.

"망할 놈의 영감탱이."

"첫날부터 이게 무슨 일이라냐. 갑자기 검이 날아오다니, 하마터면 골로 갈 뻔했잖아. 삼 황자 전하가 아니셨으면 정말 큰일 날 뻔했다."

"나한텐 삼 황자 전하가 더 큰 일이거든!"

괜히 장세에게 투덜거리며 이담은 오만 인상을 찌푸렸다.

"그런데 정말 삼 황자 전하께서 이곳엔 어쩐 일이시지?"

"글쎄 말이다. 갑자기 뿅 하고 나타나셔서 귀신을 보는 줄 알았다. 기껏 황자들을 피해 왔는데 떡하니 다시 만나다니, 대체 이게 무슨 조화란 말이냐."

무윤과 장세가 주고받는 대화를 들으면서 이담은 신유가 사라진 곳을 응시했다. 이곳에서 삼 황자를 다시 만날 줄이야. 꿈에도 생각하지 못한 일이었다. 달아나려고 죽어라 발버둥 쳐도 결국 정해진 운명은 피할 수 없는 것인가.

괜스레 속만 시끄러워져 그녀는 고개를 세차게 저어 가라앉는 기분을 털어 냈다.

"아오! 그놈의 영감탱이 다시 만나기만 해 봐."

돈주머니를 훔쳐 간 노인에게 씩씩거리며 이담은 도망치듯 화급히 자리를 떴다.

황제의 명이 떨어지기 무섭게 아무에게도 알리지 않고 조용히 현서로 내려온 탓에 삼 황자가 왔다는 소리에 공관이 발칵 뒤집혔다. 느닷없는 삼 황자의 출현에 혼비백산한 수하들은 서둘러 공관을 정리하기에 바빴다.

새 책임자가 내려오기 전까지 임시로 공관의 책임을 맡고 있던 장수 구자청이 한가롭게 늘어져 있다 버선발로 달려와 신유를 맞았다.

"사, 삼 황자 전하! 어찌 연통도 없이 오셨습니까?"

"괜히 소란을 피우고 싶지 않아 조용히 내려온 것이니 시끄럽게 하지 말게."

"송구하옵니다. 쉬실 곳을 바로 정리하도록 하겠습니다."

구자청이 후다닥 달려가 부리는 이들을 닦달할 동안 신유는 공관 집무실로 들어갔다. 서탁 위에 아무렇게 널브러져 있는 서책들을 힐긋 쳐다보다 그는 자리에 앉았다.

차를 가지고 온 시비가 조심스럽게 차를 내려놓고 나가자 그는 말간 차를 내려다봤다. 찻잔 안에서 하나의 얼굴이 보였다.

"이곳에서 누굴 찾겠다는 거지?"

마음 쓰는 대상이 누군지 알기에 곁에 있던 시도가 넌지시 물었다.

"신경이 쓰이십니까?"

"신경이 쓰인다기보다 거슬린다는 것이 맞겠군."

"여전히 그자들이 욕심나십니까?"

그자들이라고 물었지만 삼 황자가 욕심을 내는 사람은 이담 한 사람임을 모르지 않았다.

"욕심이 난다라……."

찻잔을 들다 말고 신유는 허공을 쳐다봤다. 당황한 얼굴로 할 말을 다 하는 이담의 모습이 눈앞에 아른거렸다.

"어쩌면 그럴지도."

다시 무언가 골똘하게 생각하는 삼 황자를 지켜보며 시도는 세오와 시선을 주고받았다.

"하지만 이젠 처음과는 다른 의도로 욕심이 난다는 것이 맞겠군."

알 수 없는 대답을 내뱉으며 신유의 입술 꼬리가 희미하게 말려 올라갔다.

"시도, 이곳의 상황에 대해서 알아봐라. 공식적인 상황은 구 장군에게 보고를 받겠지만 그보다 정제되지 않은 실질적인 상황 파악을 원한다. 이곳 백성들의 소리도 은밀히 듣는 것이 좋을 것이다."

"명 받들겠습니다."

시도가 밖으로 나가자 세오가 가까이 다가와 섰다.

"이담의 무리를 은밀히 지켜보라 할까요?"

자신이 신경 쓰는 부분을 정확히 짚어 내는 소리에 신유는 잠시 대답이 없었다. 하지만 이내 서늘한 답변이 흘러나왔다.

"사사로운 곳에 신경을 분산할 필요는 없다. 그보다는 이곳에 있는 관리와 장수들 중 도 귀비나 함 귀비와 관련이 있는 자들이 누구인지 알아봐라."

"알겠습니다."

세오가 밖으로 나가자 신유는 양손으로 창문을 열어젖혔다. 시원한 바람이 얼굴과 몸을 서늘하게 식히자 그는 눈을 감고 바람을 느꼈다.

제 얼굴을 똑바로 보며 싫다는 소리를 들어서인지 이상하리만치 당돌한 얼굴이 사라지지 않았다. 자신을 보기만 하면 불편해하는 것이 괘씸해 더 마음이 쓰였다. 그냥 무시하면 될 일인데 어째 감정이 의지를 역행하는지 모를 일이다.

'걱정이 되는 건가.'

언제 어떻게 적들의 공격을 받을지 모르는 위험한 곳에서 재회한 것이 자꾸 신경 줄을 잡아당겼다. 그러면서도 내심으로는 의도치 않게 다시 만나게 된 것이 반갑기도 했다.

'다시 볼 일이 없을 줄 알았는데 결국 이렇게 다시 만나게 되는군.'

그는 오른손을 가만히 펼쳐 보았다. 아직 채 사라지지 않은 여운이 열기가 되어 남아있었다. 손바닥에 남아 있는 감촉의 온기는 분명… 사내의 것이 아니었다.

생각할 겨를도 없이 몸을 날려 그녀와 함께 땅바닥을 뒹굴었던 기억이 한 폭의 그림처럼 펼쳐졌다. 먼 곳을 응시하는 그의 시선이 조금 가늘어졌다.

'여인이라……'

이담이 욕심이 났던 건 수하로 곁에 두고 싶었기 때문이었다. 그녀가 여인이라는 사실은 전혀 생각지 못한 변수였다.

그녀를 여전히 원하느냐 묻는다면 대답은 같다. 하지만 처음과 같은 이유로 원하는 것이냐 묻는다면 쉬이 대답이 나오지 않는다.

짧은 순간 자신의 극적인 심리 변화에 그는 크게 당황했다. 그녀가 여인이라는 사실에 생각보다 더 동요하고 있는 자신이 낯설었다. 그러면서도 이담이 여인의 몸으로 이런 위험한 곳에 있는 것이 더 신경 쓰이고 걱정이 되었다.

그녀가 사내가 아닌 여인이기에 당연히 더 신경이 쓰이는 것이라 치부했지만, 마음속 깊은 곳에서는 명쾌하게 정리되지 않은 감정들이 작은 소용돌이를 만들고 있었다.

한 가지 분명한 건 그녀를 원하는 마음이 더 커졌다는 사실이다.

'네 원대로 나와 다시 만나는 일이 없어야 할 것이다. 다시 만나게 되면 내가 널 어떻게 욕심낼지 나도 알 수가 없으니 말이야.'

서늘한 기운이 야금야금 한기로 돌변할 때까지도 그는 찬 바람을 맞고 서 있었다.

노인을 쫓아가다 단검의 공격을 받은 그녀를 구하려고 함께 바닥을 굴렀을 때 그녀가 사내가 아니라는 사실을 알았다. 그래서 그녀가 사내가 아닌 여인이라 더 걱정되는 것이라 치부했다.

하지만 단지 여인이라서가 전부가 아니란 걸 깨닫는 덴 오랜 시간이 필요하지 않았다. 이담이 잔악한 사내들에게 둘러싸여 다칠 뻔한 상황을 보자 이성이 날아가 버렸으니까.

도 귀비가 급히 부른다는 소리에 강유는 도 귀비의 처소로 건너갔다.

"무슨 일이십니까, 어머니?"

"긴히 할 말이니 이리 가까이 다가와 앉거라."

도 귀비의 표정이 사뭇 진지해 강유는 그녀에게 바짝 다가가 앉았다.

"방금 대전에 심어 둔 여관에게서 들은 소식인데 이십 년 전에 황궁을 떠난 채 신관이 돌아왔다는구나."

"그 채 신관이 돌아왔단 말입니까?"

"분명 그렇다고 들었다. 하나 지금 중요한 것은 그것이 아니다."

도 귀비가 주변을 살피더니 한층 더 작은 소리로 여관에게 들은 이야기를 꺼냈다.

"채 신관이 이십 년 전에 폐하께 고했던 예언 말이다. 백중현의 여식을 두고 황자들이 다툼을 벌일 것이고 그 여인을 차지하는 황자가 곧 천자가 될 것이라 했었다."

"소자도 기억하고 있습니다. 하나 백가에서 태어난 것은 남아가 아니옵니까? 그 때문에 채 신관의 신력에 의문을 갖는 이들이 많았었지요."

"그런데 아니라는구나."

"아니라니요? 그게 무슨 소립니까?"

"이십 년 전 백가에서 쌍생이 태어났는데 백중현이 여식을 살리고자 몰래 빼돌렸다는구나."

"그게 사실입니까?"

강유의 눈빛이 형형하게 빛났다.

"쌍생을 받았던 산파가 실토한 사실이라 하였다."

"하면 그 여식이 어딘가에 살아 있다는 말이군요."

"그래서 진노하신 폐하께서 은밀히 수하들을 보내 백중현의 집을 감시하여 그 여식을 찾아 없애라 명하셨다고 하는구나."

강유와 도 귀비의 눈빛이 약속이나 한 듯 의미심장하게 마주쳤다.

"채 신관의 예언이 묘하게 맞아떨어지지 않느냐? 예언대로면 태자는 이대로 영영 일어나지 못한다는 말이 되는 것이다. 그리고 태자 자리를 두고 황자들이 경합을 벌인다는 말이 아니겠느냐? 흥! 당연히 이 황자인 네가 태자가 되어야 하는 것인데 말이다."

"아직 벌어지지 않은 일이니 미리 흥분하지 마십시오, 어머니."

"어쨌거나 삼 황자를 현서로 보낸 것은 기막힌 한 수였다. 무슨 일이 있어도 삼 황자가 황궁으로 다시 돌아오는 일은 없어야 해."

"그도 그렇지만 백중현의 여식 말입니다."

"어찌 그러느냐?"

도 귀비는 눈빛을 빛내는 강유에게 집중했다.

"아바마마께서 찾기 전에 소자가 먼저 찾아야겠습니다."

"먼저 찾아 취할 셈이냐?"

"예언대로라면 그 여인을 얻는 자가 천하를 얻는다고 하였으니 그 일이 더 쉽지 않겠습니까? 찾기만 한다면 취하는 건 일도 아니지요."

"하나 폐하께서 아셔서는 아니 될 것이다."

"당연히 그래야지요. 아바마마 몰래 소자가 먼저 그 여식을 찾을 것입니다."

"그래, 그래야지. 이 사실을 삼 황자나 사 황자는 알 리 없으니 은밀히 백가를 감시해야 할 것이다. 백가에서 부리는 아랫것들을 돈으로 매수하는 방법 또한 먹힐 것이다."

"명심하겠습니다."

모처럼 도 귀비는 화사하게 웃었다. 어쨌든 송장처럼 누워서 태자의 자리를 놓지 않고 있는 태자가 저대로 저승에 가 주기만 한다면 이 황자를 태자로 만드는 일은 어렵지 않았다.

오랜 세월 병석에 누워 국본의 구실도 못하는 태자의 직위를 그대로 두는 것이 못마땅했지만 계수 황후의 눈치를 보느라 속만 끓이던 참이었다.

태자가 저대로 죽으면 강유를 태자로 책봉하는 데 황후의 힘이 절대적으로 필요했기에 납작 엎드리고 있지만 태후의 자리까지 넘겨 줄 생각은 추호도 없었다.

'어차피 태자가 죽으면 황후의 위세도 끝이야.'

숨겨 둔 야망을 드러내며 도 귀비의 붉은 입술이 위험하게 호선을 그렸다.

객잔에서 하루를 보내고 밖으로 나온 이담은 사흘 내내 저자를 돌아다니며 현장 대사에 대해 수소문했다. 하지만 이십 년도 지난 일인 데다 그에 대한 명확한 정보 하나 없이 찾기란 턱없이 어려운 일이었다. 혹시 몰라 현서 외곽에 있는 사찰들을 모두 찾아가 봤지만 현장 대사를 아는 이를 만날 수 없었다.

며칠 내내 허탕을 치고 저자를 걸으면서 이담은 지나가는 노인들을 눈여겨봤다. 함께 다니던 장세가 바람 빠진 소리를 냈다.

"이십 년이나 지났으니 이곳에 왔다가 벌써 다른 곳으로 간 것 아니냐?"

"이제 시작일 뿐이니 벌써부터 김빠지는 소리 하지 마라. 애당초 쉽게 찾을 수 있을 것이라 생각한 적 없지 않느냐?"

무윤이 이담의 기분을 살피며 장세에게 핀잔을 주자 장세의 입이 댓 발이나 나왔다.

"배고픈데 요기나 하고 가자."

무윤이 기운 없이 걷는 이담에게 제안했으나 이담은 피죽 한 그릇 못 얻어먹은 목소리로 우물거렸다.

"내가 돈을 잃어버리는 바람에 너희들한테 민폐를 끼치는구나. 난 밥 먹을 자격도 없으니 너희나 먹어라."

"야! 야! 안 어울리니까 집어치워! 내가 돈을 잃어버렸으면 넌 나를 굶길 셈이냐?"

장세가 어깨를 탁 치며 나무라자 이담은 기다렸다는 듯이 멋쩍은 얼굴로 빙긋 웃었다.

"그, 그렇지?"

빠른 태세 전환에 장세가 눈을 흘겼다.

"이게 처음부터 굶을 생각도 없었으면서. 백이담이 밥을 마다하다니 개가 똥을 참지."

"드런 놈이 꼭 비유를 해도."

"내 말이 틀렸냐? 괜히 미안하니까 해 본 거지, 진심도 아니었잖아. 정말 저 두고 먹으면 의리가 있네, 마네 난리를 칠 거면서."

"미안하니까 그러지."

"돈을 훔쳐 간 도둑놈이 나쁜 거지 네가 잘못한 건 아니잖아. 훔치자고 작정하고 덤벼들면 재수 없이 당하는 거지 별수 있어? 그냥 지나가다 똥 밟았다 생각하고 잊어버려."

"어떻게 하는 말마다 다 똥으로 이어지냐. 지린다, 양장세."

그러면서도 장세의 의리에 기분이 좋은지 이담이 실실거리며 앞장서 객잔 안으로 들어갔다. 무윤이 막 이담을 따라 안으로 들어가려던 장세의 어깨를 잡았다.

"왜?"

"이담의 몸에 함부로 손대지 마라."

"뭐, 뭐?"

"이담은 우리 동무지만 우리가 지켜야 할 분이기도 하다. 그리고 여인이다. 그러니 아씨에게 함부로 무례를 범하지 마라."

"나, 나는 그냥······."

"어쩔 수 없는 사정 때문에 함께하지만 이담이 함부로 해선 안 되는 귀한 신분이라는 사실을 잊지 마라."

입바른 소리를 하는 무윤에게 부아가 난 장세가 툴툴거렸다.

"함부로 하는 것이 아니니 가르치려고 들지 좀 마. 아씨라고 깍듯하게 모시면 아마 바로 내 정강이를 걷어차려고 들걸? 다른 사람들 눈도 있으니 함께 있는 동안은 그저 동무로만 대하는 것이 이담이에게도 더 좋을 거란 말이야. 그러니 나는 하던 대로 할 거니까 말리지 마."

무윤에게 눈을 흘기며 들어가다 장세가 홱 돌아봤다.

"그렇다고 계속 어깨를 만지겠다는 건 아니다."

쌩하니 들어가 이담에게 말을 거는 장세를 지켜보며 무윤은 낮게 고개를 저었다.

허기가 져 국밥을 야무지게 먹다가 이담은 옆자리에 앉은 사내들이 은밀하게 주고받는 이야기에 귀를 쫑긋 세웠다.

"이곳 책임자로 삼 황자가 내려왔단 말인가?"

"그렇습니다. 사흘 전에 불시에 공관으로 내려와 구자청 장군이 깜짝 놀랐다고 합니다."

"한물간 늙은 장수나 내려올 줄 알았는데 삼 황자라니. 폐하께서 서율국 반란군의 움직임을 용납하지 않겠다는 의지이신 건가."

"꼭 그런 이유만은 아닙니다."

"폐하께서 삼 황자를 변방으로 내려보낸 이유가 따로 있단 말인가?"

대답을 하려다 말고 검은 의복을 입은 귀족 사내가 눈으로 주변을 훑다 더 작은 소리로 이야기했다.

이담은 귀를 더 바짝 세웠다. 삼 황자가 이곳에 우연히 내려온 것이 아니라는 사실도 놀라웠지만 그에 대한 사연이 신경을 잡아끌었다.

이상하게 구는 그녀에게 막 뭐라 하려던 장세를 무윤이 툭 건드렸다. 그제야 장세는 심상치 않은 분위기에 바쁘게 눈알을 굴렸다.

"삼 황자를 이곳으로 보내라 주청하신 분은 황후 폐하십니다. 하지만 실상은 도 귀비께서 수 귀비를 미워하시는 황후 폐하를 움직이신 것입니다."

"하면 도 귀비께서 이 황자에게 걸림돌인 삼 황자를 제거하기 위해 일부러 변방으로 보낸 거란 말인가?"

"맞습니다."

"허, 그런 사연이 있었군. 굳이 삼 황자께서 이곳까지 어찌 내려왔나 궁금하던 참이었는데."

검은 의복의 사내가 다시 주변을 살피더니 조심스럽게 이야기를 풀었다.

"그 일로 실은 어제 은밀히 서신을 하나 받았습니다."

"도 귀비전으로부터 말인가? 그래, 무슨 서신인가?"

"도 귀비께서는 삼 황자께서 영원히 황도로 돌아오시기를 원치 않으신다 하였습니다."

"뭐? 하면!"

황의를 입은 사내가 놀란 눈으로 얼른 주변을 살폈다.

"언제 아군이 적군으로 둔갑할지 모르는 곳이 바로 이곳이 아닙니까? 반란군을 핑계로 무슨 일을 저질러도 진상을 알 수 없으니 소란한 틈을 타 일을 도모하기 쉽지요."

"삼 황자를 변방으로 보낸 것으로 끝이 아니라는 말이군. 반란군의 소행인 척 삼 황자를 제거할 모략을 세우다니, 허허! 도 귀비와 이 황자가 참으로 무서운 이들일세."

"그만큼 황자들 중에서도 삼 황자의 자질이 뛰어나기 때문이지요."

"그렇다고 하더라도 이건 너무 과한 처사가 아닌가? 자넨 어찌할 셈인가?"

"제겐 선택권이 없습니다. 이곳에 있는 관리들 중 도 귀비나 함 귀비와 연결되어 있지 않은 자들이 얼마나 될 것 같습니까? 어차피 제가 아니더라도 다른 이들이 삼 황자를 노릴 겁니다. 그러니 대감께서는 저와 함께하지 않으시려거든 침묵하십시오."

귀비들과 유착 관계를 유지하면서 약점이 잡히지 않은 이들이 없기에 그들을 움직이기란 손가락을 까딱하는 것만큼이나 쉬운 일일 것이다.

"따지고 보면 황실보다 더한 전장은 없으니 어쩔 수 없겠지."

그 또한 태자로 태어나지 못한 황자들의 숙명이니 어쩔 수 없었다. 태자가 건재하지 않으면 그 자리를 노리는 이들이 발톱을 드러내는 것은 당연한 현상이다. 그들 모두 황자로 태어난 순간부터 황제가 되길 꿈꿔 왔을 테니까.

차라리 자질이 떨어지면 견제라도 덜 받아 목숨을 부지하기 쉬울 텐데 삼 황자처럼 특출하면 당연히 손위인 이 황자에겐 제거해야 할 우선 표적이 될 수밖에 없다.

황의를 입은 사내는 먼발치에서 본 적이 있는 신유를 떠올렸다. 다소 성정이 급하고 과격한 이 황자보다는 훨씬 이성적이고 냉철해 보였다. 표정만으로는 좀처럼 속내를 알 수 없으니 상대하기 꽤 고약한 상대였다. 그만큼 강한 상대이기도 하다. 그런 삼 황자를 도 귀비가 노리고 있다.

과연 삼 황자가 도 귀비가 사방에 파 놓은 덫을 잘 피할 수 있을지 자못 궁금했다. 곁에 있는 자들 중 적과 아군을 빨리 구분하지 못하면 필시 크게 당할 수밖에 없을 것이다.

"삼 황자의 운명이 어찌 될지 몹시 궁금하군."

"곧 아시게 될 겁니다."

그 뒤로도 한참 신유에 대해 떠들다 두 사람이 조용히 일어나며 눈치를 보자 이담은 이미 다 먹은 사발을 들고 들이켜는 척했다. 두 사람이 완전히 객잔 밖으로 나간 후에야 이담은 자리에서 일어났다.

"나가자."

국밥값을 치르고 밖으로 나간 세 사람은 약속이나 한 듯 말이 없었다. 그러다 장세가 조심스럽게 입을 열었다.

"전하께 알려 드려야 하는 것이 아니냐?"

"닥치고 가자."

이담이 주의를 주었지만 장세는 듣지 않았다.

"전하께서 위험하신데 조심하시라고 알려 드려야 하는 것이 도리가 아니냐?"

"응, 아니야. 그러다 너부터 죽어."

"그래도 우리가 모르는 사이도 아니잖아?"

"우리 같은 나부랭이들은 삼 황자 전하와 당연히 모르는 사이다. 그러니 괜한 일로 명 재촉하지 말고 못 들은 걸로 해. 전하의 옆에는 호위 무사들도 있고 충신들도 있을 거니까 알아서 화를 잘 피하실 것이다. 설령 그렇지 못한다고 하여도 그 또한 그분의 운명이다."

"너 정말로 그렇게 생각하는 거냐? 전하께서 간신들에게 죽어도 아무 상관이 없단 말이야?"

집요하게 파고드는 장세에게 이담은 한쪽 눈썹을 치켜올렸다. 실상은 삼 황자가 죽어도 상관없냐는 말에 심장이 철렁 내려앉았기 때문이었다.

"이 자식이 왜 갑자기 삼 황자의 충신처럼 굴고 난리야?"

"내가 직접 봤기 때문이다."

"뭔 소리야?"

"내가 본 삼 황자 전하는 네가 버릇없이 굴었어도 화를 내지 않으셨다. 아랫사람에게도 권위적이지 않고 수하들을 아끼는 좋은 분이셨어. 그래서 이곳에서 화를 당하게 할 수는 없단 말이다."

"갑자기 골수 충신 납시셨네."

이담이 고개를 절레절레 흔들며 앞서 가 버리자 장세가 따라가며 계속 징징거렸다. 장세의 설득을 한 귀로 흘리며 이담은 미간을 찌푸렸다. 차라리 듣지 말 것을 괜한 소리를 들어 마음만 심란했다.

'황자로 태어났다고 좋은 것만은 아니구나.'

귀족으로 났으나 귀족으로 살지 못하고 쫓기는 자신처럼 황자로 났으나 적들의 표적이 되어 한 치 앞을 내다볼 수 없는 삼 황자의 운명이 겹쳐 보여 마음이 편치 않았다.

십 년 전 행궁 후원에서 삼 황자가 누군가에게 화를 당할 뻔했던 일까지 떠오르자 걱정이 더 깊어졌다. 하지만 그런다고 해 줄 수 있는 일은 없었다.

'나와 다시 마주치는 일이 없어야 할 것이다.'

이곳을 빨리 떠나라면서 했던 말을 떠올리며 이담은 약해지는 마음을 바로잡으려고 애썼다. 그에게 위험을 알려 주고 싶은 마음이 크면서도 그와 다시 엮이는 것이 두려웠다. 그냥 듣지 말 걸 그랬다. 괜한 소리를 들어서 속만 시끄러우니 죽을 맛이다.
"귀 아프니까 그만 좀 떠들어!"
장세가 떠드는 소리를 듣지 않으려고 이담은 양손으로 귀를 틀어막으며 빠른 속도로 걸었다.
무윤이 이담을 붙잡으려는 장세의 팔을 잡았다.
"이거 놔! 이담이 저거 독한 것 좀 보라고. 어떻게 끝까지 모른 척하자는 거야!"
"독해서 그러는 것이 아니니 몰아세우지 마라. 삼 황자와의 연을 피하려고 하는 이담이 입장을 몰라서 그러는 것이냐? 이담이 이곳까지 도망 온 이유를 생각하란 말이다."
인정머리 없다고 씩씩대던 장세의 기세가 그제야 누그러졌다.
"하면 이대로 모른 척해야 한단 말이냐?"

"이담이에게 생각이 있을 것이다. 이담이가 언제 그런 걸 모른 척 넘어간 적이 있었냐?"

"그, 그건 아니지."

늘 오지랖 넓게 나서서 불의를 해결하던 그녀의 성정을 알기에 장세는 입을 다물었다.

장세를 진정시키며 무윤은 심란해 보이는 이담의 뒷모습을 보며 한숨을 내쉬었다.

"두 사람 연이 참 지독하게도 이어지는구나."

다시 하루를 허탕 치고 객잔으로 돌아가는 발걸음이 무겁기 그지없었다. 무윤이 잠시 볼일을 보러 간 사이 장세가 투덜거렸다.

"이쯤 되면 현장 대사께서 이곳에 오지 않은 것이 분명하다. 아니면 어찌 머리카락 한 올조차 단서를 찾지 못한단 말이냐?"

"머리카락이 없으신지도 모르지."

"재미없거든."

"어쨌든 난 빈손으로 돌아갈 수 없어. 이곳에서 현장 대사를 찾지 못한다면 대신 혼인할 사내라도 찾아가야 해."

"네 눈에 들어오는 사내가 있기는 하는 거냐?"

"나도 여인인데 당연히 있을 테지."

이담이 장담했지만, 장세는 콧방귀를 뀌었다.

"내가 다섯 손가락을 걸고 장담하건대 넌 절대 다른 사내를 찾지 못할 것이다."

"아주 악담을 하는구나. 타지에서 죽고 싶은 거냐? 옛정을 생각해서 양지바른 곳에 묻어 주마."

이담이 으르렁거렸지만, 장세는 확신에 찬 눈빛으로 고개를 저었다.

"네가 쉬이 사내에게 반할 성정도 아니고 혼인은 더더욱 말도 안 되지."

"야! 나도 할 수 있어."

"천만에, 네 머릿속엔 아예 삼 황자 전하 정도는 되어야 네 사내 될 자격이 있다고 아예 박혀 있을걸. 아니냐?"

삼 황자라는 말에 이담은 뒤통수를 한 대 얻어맞은 얼굴이 되었다. 스스로도 깨닫지 못한 사실인데 이상하게 속이 까발려진 것처럼 얼굴이 화끈거렸다. 당황함을 덮으려고 그녀는 버럭 화를 냈다.

"왜 말끝마다 삼 황자 타령이야!"

"흥분하니까 더 수상한데? 내가 정곡을 찌른 것이냐?"

"아오! 저놈의 주둥이를 확! 너 이리 와."

"내가 바보냐? 오란다고 가게. 헉!"

갑자기 장세가 화들짝 놀라는 시늉을 하자 이담이 눈을 부릅뜨고 그의 뒷덜미를 잡았다.

"어디서 수작이야!"

"사, 삼 황자 전하시다."

"놀고 있네. 이게 어디서 거짓부렁이야?"

"참이라니까. 삼 황자 전하께서 오고 계신단 말이다."

"이게 진짜 입만 열면 거짓말을……!"

반신반의하며 고개를 돌리던 이담의 눈이 댕그랗게 커졌다. 실제로 신유가 시도와 함께 걸어오고 있었다.

"잘됐다. 이리 마주친 김에 전하께 객잔에서 들은 소리를 전해 드리자."

장세가 달려 나가려고 하자 이담은 그의 뒷덜미를 있는 힘껏 꽉 쥐고 옆길로 끌고 갔다.

"캑! 이것 좀 놓으란 말이다."

뒷덜미를 제대로 잡힌 장세가 덩칫값을 못하고 이담에게 질질 끌려갔다.

저자를 둘러보던 신유의 시선이 이담과 장세가 사라진 쪽으로 향했다. 그는 살짝 미간을 접으며 옆길을 응시했다.

"아직도 떠나지 않은 건가."

"혹 이담 일행을 보셨습니까?"

시도가 조심스럽게 물었지만 신유는 대답 없이 이담이 자신을 피해 사라진 곳을 보기만 했다. 다시 눈앞에 보이지 말라고 했으면서도 막상 달아나는 걸 보니 기분이 썩 좋지 않았다. 이담이 아직까지 위험한 곳에 있는 것도 신경을 긁었다.

"정말 거슬리는군."

이담이 위험천만한 곳에 있는 것이 거슬리는 건지, 그녀를 무시하지 못하고 자꾸만 신경을 쓰는 자신이 거슬리는 건지 알 수 없어 그의 표정이 딱딱하게 굳었다.

신유가 시도와 함께 멀어지자 담에서 이담이 고개를 빼꼼 내밀며 모습을 드러냈다. 그가 완전히 멀어진 걸 확인하고 그녀는 장세에게 도끼눈을 부릅떴다.

"한 번만 더 물불 안 가리고 나서기만 해."

"좋은 기회였잖아."

"좋은 기회 같은 소리 하고 있네. 그때 하는 말 못 들었어? 도귀비 세력이 쫙 깔렸다고 하는데 이렇게 보는 눈이 많고 사방이 뻥 뚫린 곳에서 나섰다간 뒈지기 딱 좋은 기회란 말이야, 이 멍청아!"

"그럼 어떡하란 말이냐! 그들이 손을 쓰기 전에 알려 드려야 할 것이 아니냐? 미적거리다 전하께서 잘못되시기라도 하면 평생 악몽에 시달릴 것이다."

"나도 생각하고 있으니까 좀 기다리란 말이다."

이담이 생각하고 있다는 소리에 장세의 표정이 급속도로 풀렸다.

"생각하고 있었어? 진즉에 말하지. 역시 백이담. 내 그럴 줄 알았다."

"무윤이 기다리겠다. 서둘러 가기나 하자."

"그래그래."

단순한 장세가 금세 헤벌쭉 웃었다.

고지식하고 순박한 그를 째려보며 이담은 고개를 잘게 흔들었다. 그러다 저자 귀퉁이에서 누군가를 발견하고 이담의 동공이 활짝 열렸다. 분명 얼마 전에 자신의 돈주머니를 훔쳐 간 노인이었다.

바닥에 자리를 깔고 앉아 중년의 여인에게 열심히 중얼거리고 있는 것을 본 이담의 눈이 먹이를 찾은 매처럼 위험하게 빛났다.

"저 영감탱이가 또 누구한테 사기를 치려고."

"무슨 소리를 하는 거냐?"

이담의 시선을 따라가던 장세 또한 눈을 크게 떴다.

"저 노인은 네 돈을 훔쳐 간 그 도둑이 아니냐?"

"왜 아니겠냐? 아주 딱 걸렸어."

노인을 본 이담의 양쪽 눈에서 쌍불이 활활 타올랐다. 그녀는 양 소매를 걷어붙이고 성큼성큼 노인을 향해 걸어갔다.

제4장

결연
結緣

"소승이 보기엔 자부가 될 여인이 요절할 팔자니 그 혼인은 피하는 것이 좋을 것 같습니다."

"에구머니, 정말입니까?"

중년의 여인이 깜짝 놀라 간절하게 다시 물었다.

"악담도 정도껏이어야지. 이 노인 말 다 사기니 믿지 마세요."

"어떤 우라질 놈이야!"

갑자기 튀어나와 훼방을 놓는 소리에 눈알을 부라리며 돌아보던 노인이 이담을 발견하고 눈을 댕그랗게 떴다. 놀랐던 것도 잠시, 그는 곧 오만 인상을 찌푸렸다.

"사기라니? 대사님, 이게 다 무슨 소립니까?"

"대사님이요? 아닙니다. 사기라니까요. 이 노인은 대사님이 아니라 사흘 전 제 돈주머니를 훔쳐 간 도둑이라고요."

"뭐라고! 하이고, 이런. 하마터면 큰일 날 뻔했네."

여인이 돌변하여 자리를 털고 일어나 노인을 흘겨보며 입술을 씰룩거렸다.

"재수가 없으려니, 어디서 사기를 치고 앉았어! 곱게 늙어요!"

"사기가 아니오. 내가 한 말은 사실이니 그 혼인은 반드시 막아야 하오!"

노인이 여인의 뒤통수에 거듭 얘기했지만 이미 불신에 찬 여인은 옷자락을 크게 휘날리며 멀어지고 있었다.

다 된 밥에 재를 뿌린 이담에게 화가 난 노인이 앙칼지게 노려보자 이담이 눈에 바짝 힘을 주고 맞받았다.

"너 뭐야! 뭔데 갑자기 튀어나와서 남의 밥줄을 끊어?"

"뭐긴요! 할아버지한테 돈주머니 털린 사람이죠. 남의 돈 훔친 것으로도 모자라 사기까지 치다니, 그 나이에 부끄럽지도 않으세요?"

"사기라니! 네가 뭘 안다고 함부로 지껄이고 난리야! 저 집안에 난리 나면 네가 책임질 거야!"

"남의 집 난리에 내가 책임을 왜 져요! 빨랑 내 돈이나 내놓으라고요!"

일부러 세게 나갔는데도 이담이 지지 않고 맞서자 노인은 재빨리 머리를 굴렸다. 독하고 질기게 구는 것이 아무래도 상대를 잘못 고른 것 같았다.

"없어."

"그걸 말이라고 해요!"

"말이 아니면 방구야? 없으니까 없다고 하는 거지. 돈이 있으면 내가 찬 바닥에 이러고 앉아 있겠어?"

"뭐, 이런 철면피 노인이 다 있어!"

비쩍 마른 몸이 안돼 보여 짠하다 생각도 했건만 이제 보니 얼굴에 덕지덕지 심술만 붙은 못된 노인이 따로 없다.

"없으니까 배 째."

"그런다고 그냥 봐줄 줄 알아요?"

"그럼 어쩔 건데? 언제 저승 갈지 모르는 노인넬 치기라도 하겠다는 거야?"

도리어 큰소리를 치는 노인을 노려보며 이담이 이를 갈았다. 미안하다고 납작 엎드리면 못 이기는 척 넘어가 주려고 했건만 노인의 하는 양이 괘씸해 오기가 생겼다.

"일어나요."

"왜!"

"왜긴요! 관아에 가서 할아버지가 내 돈을 훔치고 스님을 사칭해 사기를 치고 있다고 고발하려고 그러는 거죠."

"사기 아니야. 나 정말 승려 맞아."

이담이 콧방귀를 뀌었다.

"아, 예. 그러세요? 그럼 법명이 어찌 되시나요?"

"삼장이야."

"쌈장이요?"

"삼장이라니까! 그리고 사기가 아니라 다 사실이거든!"

"삼장이든 쌈장이든 내 알 바 아니니 관아에 가자고요!"
"조그만 게 참 뻑뻑하게 구네. 그 돈 갚아 주면 될 거 아니야!"
"방금 한 푼도 없다면서 무슨 수로 갚는다는 거예요?"
"무슨 수를 쓰든 갚아 준다고!"

노인이 뻔뻔하게 큰소리를 치자 이담은 입을 앙다물고 노인을 노려봤다. 두 사람이 하도 살벌하게 대치하는 바람에 눈치만 보고 있던 장세가 이담의 소매를 슬쩍 잡아당겼다.

"돈 찾긴 글렀는데 그만 가자."
"미쳤어? 세상에 공짜가 어딨어!"
"어린것이 독하기는."

노인이 다 들게 구시렁거리자 이담이 찌릿 눈을 흘겼다. 노인은 재빨리 딴청을 피웠다.

그때 퍼뜩 머리를 스치고 지나가는 생각에 이담의 눈이 형형하게 빛났다.

"좋아요. 심부름 하나만 해 주면 훔쳐 간 돈 다 까 줄게요."
"정말이지? 말만 해. 뭘 해 줄까?"

노인이 실실 웃으며 물었다. 태세 전환이 그야말로 극적이었다.

"공관에 가서 삼 황자 전하께 은밀히 말만 전해 주세요."

빚을 탕감해 준다는 소리에 활짝 웃던 노인의 안면근육이 그대로 굳었다.

"사, 삼 황자를 내가? 이 몰골로?"
"싫으면 관아로 같이 가시든가요."

이담이 야박하게 돌아서자 노인이 다급하게 붙들었다.

"은밀히 말만 전해 주면 되는 거지?"

골치 아픈 일을 털어 버릴 홀가분함에 이담은 장세를 보며 씨익 웃었다. 장세가 양쪽 어깨를 들어 올리며 고개를 내저었다.

"고혹이 전사하고 그 뒤를 이어 반란군의 수장이 된 인물이 이밀이라는 자인데 상당히 급하고 호전적입니다. 특히 서율국 조정에서 외세를 끌어들여 서율국의 백성들을 핍박하고 있다고 선동하고 있습니다. 아주 간계가 뛰어난 자입니다."

신유는 구자청의 보고를 가만히 듣고만 있었다.

"이밀의 아비가 역모를 꾀한 죄로 참형을 당한 후로 서율국 조정에 대한 반감이 극도로 심한 데다 서율국을 돕는 아군을 증오하여 이곳으로 쳐들어오기도 하였습니다."

"백성들의 피해는 어느 정도였소?"

"불시에 허를 찔린 탓에 피해가 꽤 컸습니다. 가옥 열두 채가 불에 탔고 삼십여 명이 목숨을 잃었습니다. 여인들의 피해 또한 적지 않았습니다."

"저들이 그리 날뛰는 동안 공관에서는 무얼 하고 있었던 것이오?"

"그, 그것이 저들이 서율국 안에서만 문제를 일으켜서 이곳을 공격하리라고는 미처 예상하지 못해서……."

"이곳은 서율국과 국경을 맞대고 있는 곳이니 당연히 저들의 기습에 대비했어야지. 너무 안일하게 대처한 것이 아니오?"

정곡을 찌르며 신유가 추궁하자 구자청은 진땀을 흘렸다. 현서는 서율국의 영토에서 서율국의 병사들과 함께 반란군과 대치하는 아군의 부대에 물자를 조달하는 역할을 했다. 하여 전장과는 한발 떨어진 곳이라 여유를 부리다 한 방 크게 맞은 일이라 삼 황자의 지적에 변명의 여지가 없었다. 그는 눈알을 도르륵 굴리며 신유의 눈치를 보기 바빴다.

소문대로 냉철하고 바늘귀 하나 들어가지 않을 정도로 철두철미해 보였다. 도 귀비와 이 황자가 어찌 그리 경계를 하는지 알 것 같았다.

"서율국의 수장은 어떤 인물이오?"

"타로라는 젊은 장수인데 지략이 뛰어나고 용맹하여 서율국 황제의 총애를 받는 자입니다. 하나 아국이 엄연히 서율국을 돕고 있음에도 뻣뻣하게 굴어 아국의 장수들은 그를 썩 달가워하지 않습니다."

대충 어떤 상황인지 이해가 간 신유는 말없이 고개를 끄덕였다.

"오늘 보고는 이쯤하겠소. 이밀의 무리가 다시 이곳을 소란스럽게 해서는 안 될 것이니 그들의 움직임을 철저히 파악해야 할 것이오."

"명심하겠습니다."

"나가 보시오."

"예, 전하."

막 구자청이 문을 열고 밖으로 나가자 시도가 들어왔다. 조용히 아뢰는 소리에 구자청의 눈빛이 날카롭게 빛났다.

"전하, 웬 노인이 뵙기를 청하고 있습니다."

"무슨 일이지?"

"은밀히 전해야 하는 말이 있다고 하였습니다. 만나지 않으시겠다면."

"무슨 말인지 궁금하니 노인을 데리고 와라."

"예."

시도가 나가고 얼마 되지 않아 삼장이 안으로 들어왔다.

신유는 눈치를 보는 삼장을 가만히 살폈다. 겉으로 보기엔 노쇠하고 야윈 노인 같지만, 눈빛만큼은 예사롭지 않았다.

"내게 할 말이 무엇인가?"

"소승은 삼장이라고 하옵고 소승이 여기에 온 것은 전하께 다른 이의 말을 전하기 위함입니다."

"다른 이의 말이라니?"

"도 귀비의 무리가 전하의 목숨을 노리고 있으니 조심하라고 전하라 하였습니다."

생각지도 않은 소리에 신유의 미간이 좁혀졌다. 시도 역시 놀란 눈으로 신유의 눈치를 살폈다.

"그 말을 전하라 한 자가 누구인가?"

"아, 그것은 말하지 말라고 하였사온데······."

"누군지 말하라."

삼장은 자신의 이름을 절대로 알려 줘선 안 된다고 신신당부하던 이담을 떠올리며 고민했다. 당연히 모른다고 해야 맞지만 속을 꿰뚫어 보는 듯한 삼 황자의 눈빛을 보니 거짓말이 통할 것 같지 않았다. 그렇다면 사실대로 고하는 수밖에 없다.

"이담이라는 자이옵니다."

"지금 이담이라 하였는가?"

"네, 그렇습니다. 객잔에서 우연히 하는 말을 들었다고 하였습니다."

"어째서 이담이 직접 오지 않은 것이지?"

"그것이, 사연이 좀 있사온데 소승이 그 아이에게 아주 살짝 빚진 것이 있어서 그 빚을 갚는 대신으로 온 것입니다."

"알았네, 알려 줘서 고맙다 전하게."

"그리 전하겠습니다. 그럼 소승은 다리가 후들거려서 이만 돌아가겠습니다."

삼장이 얼른 밖으로 나가자 신유의 눈빛이 차갑게 식었다. 그는 곧바로 시도에게 명했다.

"따라붙는 자들이 있을지 모르니 노인의 뒤를 살펴라."

"알겠습니다."

혼자 남게 되자 신유는 못마땅한 표정으로 허공을 노려봤다. 도 귀비의 패거리들이 자신을 노린다는 말도 거슬렸지만, 그보다 이담이 아직 이곳에 남아 있는 사실이 더 거슬렸다.

그렇지 않아도 이방인이라 튀는 데다 자신은 인지하지 못하는 것 같지만 사람들의 시선을 잡아끌기에 충분한 외양이니 반란군의 표적이 되기 쉬웠다.

'다칠까 봐 불안한 것인가.'

그녀와 현서에서 만난 이후로 반갑고 끌리는 마음과 동시에 불안하고 신경이 쓰였다. 스스로 생각해도 필요 이상의 관심과 걱정이었다. 그녀가 하루라도 빨리 이곳을 떠나기를 바라는 마음과 동시에 눈앞에 두고 싶은 모순이 정신을 어지럽혔다.

"미칠 노릇이군."

뭔가 속에 크게 도적이 들 것 같은 기분에 그는 눈을 감아 버렸다.

공관에서 떨어진 민가에 숨어 이담은 장세를 닦달했다.

"그만 가자니까!"

"확실하게 전했는지 확인을 해야 할 것이 아니냐. 잠시만 기다려라. 저기 온다!"

장세가 손을 흔들자 주변을 두리번거리던 삼장이 두 사람에게 종종걸음으로 다가왔다.

"시키는 대로 전하였다."

"삼 황자께서 뭐라 하셨어요?"

이담이 시큰둥한 사이 장세가 흥분해 물었다.

"별로 크게 놀라는 것 같진 않더라. 마치 이미 예상하셨다는 듯이 덤덤하시던데? 그보다는 이담이 보냈다는 말에 더 반응하시더라."

"내가 시켰다는 말은 하지 말랬잖아요!"

이담이 버럭 소리를 지르자 삼장이 화들짝 놀라 귀를 막았다.

"화통을 삶아 먹었나. 연약한 노인에게 왜 그리 소리를 지르고 지랄이야!"

"왜 시키지도 않은 말을 하냐고요!"

"그럼 삼 황자께서 물으시는데 나더러 거짓을 고하란 말이야!"

견원지간처럼 만났다 하면 으르렁대는 두 사람에게 피곤해져 장세는 넌덜머리가 났다.

"아무튼 시키는 대로 말을 전했으니 돈은 다 갚은 거다."

"으이그, 내가 상대를 말아야지."

이담이 홱 돌아서 가 버리자 장세가 어설프게 삼장에게 인사를 건네고 이담을 따라갔다.

신유에게 자신이 시킨 사실을 들킨 것이 화가 나 한참을 씩씩거리고 걷던 이담은 장세가 자꾸 뒤를 돌아보자 인상을 찌푸렸다.

"뭐 떨어뜨린 사람처럼 자꾸 왜 그러는 거야?"

"그, 그게 말이다, 이담아."

대답 대신 장세가 고갯짓을 하자 이담은 뒤를 돌아보다 눈을 부릅떴다. 계속 따라오고 있었는지 삼장이 서 있었다.

"볼일 끝났는데 왜 따라와요!"

"네 볼일은 끝났지만 내 볼일은 안 끝났어."

"무슨 볼일이요?"

"네가 난리를 치는 바람에 사기꾼으로 소문나서 밥벌이를 못하게 됐잖아. 그러니 책임져야지."

"뭐, 뭐라고요!"

얼굴에 철판을 깔아도 유분수지 노인의 적반하장에 이담은 기가 막혔다. 세상에 이리 뻔뻔하게 우기기 잘하는 노인이 또 있을까?

"할아버지하고 농할 시간 없으니 빨리 가던 길이나 가세요."

이담이 최대한 화를 누르며 말했지만 먹힐 리 없었다.

"내가 손주뻘 되는 놈 붙잡고 농이나 하게 생겼어? 너 때문에 오늘 하루 종일 굶었단 말이야."

"그게 왜 나 때문이에요? 할아버지가 사기 치다 들킨 거잖아요."

"사기 아니라니까 왜 자꾸 우겨? 내가 얼마나 사주나 관상을 잘 보는데. 그 자부 될 여인이 요절하는지 두고 보면 될 거 아냐!"

"예예, 아예 악담을 하세요. 아무튼 나도 돈 없으니까 귀찮게 하지 말고 갈 길 가세요."

이담이 휙 돌아서 빠른 걸음으로 멀어지기 시작했다. 하루 종일 굶었다는 노인이 걸려 장세가 품에서 돈을 꺼내서 삼장의 손에 쥐여 주었다.

"저희도 가진 것이 많지 않으니 이걸로 요기나 하세요."

장세가 재빨리 이담을 따라가자 삼장이 곧바로 두 사람을 뒤따랐다.

진드기를 떨어뜨리려 달리다시피 걷던 이담이 안도하며 뒤를 돌아보다 오만상을 찌푸렸다.

"아, 또 왜 따라오는 거예요! 밥값 드렸잖아요!"

"잘 데도 없어."

얼굴을 똑바로 보며 당당하게 하는 대답에 이담은 벙찐 표정이 되었다.

객잔에 먼저 도착해 이담과 장세가 돌아오기를 기다리던 무윤이 의아한 얼굴로 두 사람과 함께 오는 노인을 쳐다봤다. 분명 이담의 돈주머니를 훔쳐 간 노인이었다.

"저 노인은 어찌 같이 오는 것이냐?"

"나도 몰라. 짜증 나!"

이담이 투덜거리며 자리에 앉았다. 무윤은 장세에게 답을 구하듯 쳐다봤다.

"사연이 좀 길다. 이따 천천히 얘기해 주마."

"배고파. 밥 좀 시켜 줘."

노인이 뻔뻔하게 요구하자 이담이 확 째려봤다. 장세가 이담을 진정시키며 국밥을 시켰다.

멀건 국물에 건더기도 별로 없는 국밥을 노인이 게 눈 감추듯 허겁지겁 먹기 시작했다. 게걸스럽게 먹는 모습에 인상을 찌푸리다 이담이 숟가락을 내려놓고 국밥 그릇을 슬쩍 옆으로 밀었다.

"그거 남기는 거냐?"

"할아버지 때문에 입맛 뚝 떨어졌어요."

"까탈스럽긴. 그런다고 아까운 밥을 남기면 쓰나."

묻지도 않고 삼장이 이담의 그릇마저 가지고 가서 정신없이 먹기 시작했다.

무윤과 장세는 눈을 마주 보며 피식 미소를 지었다. 백이담이 밥을 남기는 일은 있을 수 없는 일이었다. 겉으론 노인을 구박하고 툴툴거리면서도 막상 노인을 위해 일부러 국밥을 남긴 것을 모르지 않았다.

괜히 물만 벌컥 들이켜다가 이담은 생전 처음 밥을 먹는 사람처럼 정신없이 밥을 욱여넣는 삼장을 물끄러미 쳐다봤다.

"진짜 승려 맞으세요?"

"맞아."

"진짜 법명이 쌈장이에요?"

"삼장이라니까!"

"어쨌든 같은 장이잖아요. 뭐, 아무튼. 그럼 혹시 현장 대사라는 승려도 아세요?"

"현장?"

그릇을 비스듬히 기울여 놓고 바닥을 긁고 있던 삼장이 고개를 갸웃거리며 기억을 더듬었다.

"들어 본 것도 같고 아닌 것도 같고……."

"무슨 대답이 그래요?"

"진짜로 아는 것도 같고 모르는 것도 같고 그런다니까."

"으이그, 내가 말을 말지."

바닥까지 싹싹 긁어먹고 꺼억 소리를 내던 삼장이 다시 물었다.

"그런데 현장이라는 승려는 왜 찾는 건데?"

"신묘한 분이시라는데, 뭐 물어볼 게 있어서요."

"그런 거면 나한테 물어보라니까."

"됐거든요. 밥 다 먹었으면 그만 가세요."

"야박하긴, 이 추운 날 밖에서 자면 입 돌아가."

"입이 돌아가든 눈이 돌아가든 내 알 바 아니니 그만 좀 갈 길 가시라고요."

이담이 벌떡 일어나 제 객실로 쏘옥 들어가 버리자 삼장이 뒤통수를 째려보다 무윤과 장세를 공략했다.

"나 재워 줄 거지?"

세상 불쌍한 표정으로 사정하는 걸 차마 뿌리칠 수 없어 두 사람은 고개를 절레절레 흔들었다.

잠이 오지 않아 내 뒤척이다가 이담은 밖으로 나왔다. 찬 바람을 쐬면서 객잔 주변을 서성이는데 객잔에서 무윤이 나오는 것이 보였다. 자신을 보고 나온 것을 알기에 이담은 조용히 그가 다가오는 것을 지켜봤다.
"잠이 오지 않는 것이냐?"
"심란해서 말이다."
두 사람은 약속이나 한 것처럼 나란히 걸었다.
"처음부터 쉬울 거라 생각하고 온 게 아니니까 미리 실망하지 마라."
늘 오라비처럼 다독이는 소리에 이담은 피식 웃었다.
"하지만 이곳에 더 있는다고 현장 대사를 찾을 것 같진 않아."
"그럼 어쩔 셈이냐?"
"혼인을 피해 등 떠밀리다시피 이곳으로 온 것이니 다른 지방으로 넘어가든지 해야지. 이대로 사찰로 돌아갈 수는 없잖아."
"이곳은 위험이 도사리고 있는 곳이니 떠나는 건 나도 찬성이다."
"그럼 내일 장세랑 의논해 보자. 근데 그 얼굴 두꺼운 할아버지는 가신 거냐?"
"코를 드르렁 고시면서 주무신다."
이담의 입에서 긴 탄식이 새어 나왔다.
"에휴, 가지고 있는 돈도 떨어져 가는데 혹까지 붙었으니 첩첩산중이 따로 없네."

"쉬이 가실 것 같진 않아 보이는데 어쩔 셈이냐?"

"나도 모르겠다. 얄밉다가도 모질게 굴어지지가 않아."

"네가 선해서 그런 것이다."

"내가 못되게 툴툴거리는 거 봤으면서도 그런 소리가 나오냐?"

"진심이 아니란 거 다 안다. 노인께서도 아실 것이다."

내심 무윤이 칭찬해 주는 것이 싫지만은 않아 이담의 입술 꼬리가 소리 없이 올라갔다. 그러다 으슥한 주변을 눈으로 훑었다.

"이곳은 유독 밤이 일찍 찾아오는 거 같다. 아주 늦은 시간도 아닌데 사람들을 찾아볼 수가 없잖아."

"아무래도 위험한 곳이니까 밖으로 나오지 않는 거겠지."

"아녀자들은 특히 더 조심해야겠다. 대충 어우러져 살면 될 것을 사내들은 왜 그렇게 서로 싸우는지 모르겠다. 도대체 전쟁은 왜 하는 것이냐?"

"너 같은 여인들을 지키기 위함이다."

"뭐?"

"소중한 가족을 지키기 위해서란 말이다."

"말은 좋다. 전쟁을 일으키는 놈들은 결국 남의 땅따먹기에 맛들여서 그러는 것이 아니냐?"

이담이 입술을 비죽 내밀며 토를 달려다가 희미하게 들려오는 소리에 그대로 멈춰 섰다. 무윤 역시 긴장하며 이담과 마주 봤다.

"들었지?"

"분명 여인의 비명 소리였다."

"서둘러야 해."

이담이 소리가 나는 쪽으로 달려가자 무윤이 곧바로 따라갔다.

"꺄아악!"

여인의 비명 소리가 다시 들리자 이담은 검을 꺼내 들고 더 속력을 냈다. 그리고 무윤과 함께 도착한 곳에서 벌어진 광경을 보고 그대로 굳었다.

땅바닥에 주저앉아 있는 여인 하나를 두고 험상궂게 생긴 사내 다섯이 몰이를 하고 있었다. 사냥감을 몰듯이 여인을 둘러싸며 희롱하는 모습을 보니 이담의 눈에서 불이 일었다.

"제, 제발 살려 주세요."

겁탈을 하기 전 사내들의 장난 짓에 저고리 매듭이 잘려 나갔는지 앞섶을 두 손으로 부여잡으며 눈물범벅인 여인의 눈이 공포로 젖어 있었다. 뒤로 물러나다 치맛단이 올라가 여인의 다리가 보이자 사내들의 눈이 음심으로 번들거렸다.

"내가 먼저다."

"무슨 소리! 어린 계집의 첫 속살 맛을 양보할 수는 없지."

서로 여인을 먼저 겁탈하려고 쌈질을 하는 소리에 토악질이 나오려고 했다.

"지랄하고 있네."

"뭐, 뭐야. 어떤 놈이야!"

사내들이 경계하며 주춤하는 사이 무윤이 튀어 나가 사내들 앞에 섰다. 그새를 틈타 이담은 얼른 여인을 부축해 일으켰다.

갑자기 튀어나온 두 사람에게 놀란 사내들이 단둘뿐인 걸 확인하고서는 수적 우세를 믿고 버럭 화를 냈다.

"머리에 피도 안 마른 것들이 어디서 훼방질이야! 죽고 싶어!"

"닥쳐! 이 개자식들아."

이담이 눈을 부라리며 욕설을 갈기자 한 방 맞은 사내들이 이내 금방이라도 잡아먹을 듯이 이담을 노려봤다.

"계집처럼 생긴 놈이 죽고 싶어 환장을 했나, 제법 입이 걸구나."

그러다 이담의 얼굴을 자세히 본 사내가 눈을 번쩍 떴다.

"오호라, 제법 면상이 반반한 것이 서율국에 팔면 꽤 값을 쳐 줄 것 같구나. 너 오늘 잘 걸렸다."

와들와들 떨고 있는 여인을 뒤로 감추고 이담이 검으로 사내를 겨눴다.

"더러운 주둥이 닥치라고 했어."

"오냐, 내 오늘 네 험한 말버릇부터 고쳐 주마."

사내들이 일제히 무기를 꺼내 달려들자 무윤이 이담의 앞을 막아서며 사내들의 공격을 받았다. 이담은 여인을 뒤로 보호하며 사내들과 맞섰다.

하지만 수적으로 불리한 데다 일부러 여인을 노리며 달라붙는 자들을 상대하려니 몸이 자유롭지 않았다.

무윤이 두 명의 사내들을 상대하고 이담이 자신에게 공격을 퍼붓는 사내들을 상대하는 사이 사내 하나가 여인에게 손을 뻗어 잡으려고 했다.

"꺄아악!"

겁에 질린 여인의 비명 소리가 들리자 이담이 몸을 돌려 매섭게 사내의 오른팔을 베어 버렸다. 하지만 그 순간 자신을 공격하던 자들에게 뒤를 보이면서 치명타를 입을 위기에 처했다. 무윤이 다급하게 오려고 했지만, 여유가 없었다.

빈틈을 놓칠 리 없는 사내들이 이담의 등을 노리고 회심의 일격을 가하려던 찰나 어디선가 날아온 단검을 맞고 두 놈이 바닥으로 나뒹굴었다.

꼼짝없이 당했다 싶었는데 극적으로 자신을 구해 준 이들이 누군지 확인한 순간 이담은 얼음이 되었다. 뜻밖에도 그들은 삼 황자의 호위 무사인 시도와 세오였다. 그들은 곧바로 무윤을 도와 사내들을 상대하기 시작했다.

상황을 이해하려 이담의 머릿속이 바쁘게 돌아가기 시작했다. 삼 황자의 호위 무사들이 갑자기 어떻게 이곳에 있을 수 있는지 잘 납득이 되지 않았다.

그때 바닥에 쓰러졌던 사내가 마지막 발악을 하며 이담을 향해 달려들었다. 여인을 옆으로 밀고 사내를 상대하려던 이담은 갑자기 뒤에서 허리를 감는 강한 힘에 의해 옆으로 돌려졌다.

놀랄 틈도 없이 앞을 가로막고 선 사내가 달려드는 사내를 한 방에 제압했다. 이담은 눈을 동그랗게 뜬 채 제 허리를 붙잡고 있는 사내의 얼굴을 쳐다봤다.

'삼 황자께서 어찌 여기에……'

그에게 반쯤 안기다시피 기대 있는 제 모습에 당황해 이담은 얼굴이 화르르 달아올랐다.

신유가 천천히 돌아서더니 그녀를 놓아주었다.

무슨 말이라도 하고 싶은데 한번 거칠어진 호흡이 진정되지 않아 이담은 아무 말도 할 수 없었다.

"상한 곳이 있는가?"

"어, 없습니다."

이담을 눈으로 살피며 신유는 깊게 미간을 찌푸렸다. 지금 이 상황이 참을 수 없이 화가 났다. 그녀보다 덩치가 두 배는 더 커 보이는 험악한 사내들에게 겁도 없이 나서는 것이 그의 신경을 바짝 예민하게 만들었다.

"무모한 것인가, 무지한 것인가?"

"예?"

"둘이서 저들을 상대할 수 있다고 판단한 것인가?"

차갑게 나무라는 소리에 이담은 당황했다. 하지만 자신의 행동이 잘못되었다 생각하지 않기에 당당하게 대답했다.

"지지 않을 거라 생각했습니다."

"저자들은 그냥 왈짜패들이 아니다. 변방이 혼란스러운 틈을 타 아녀자들을 겁간하고 살인멸구하는 잔악무도한 자들이란 말이다. 여인을 보호하면서 자유롭지 못한 몸으로 단둘이서 상대할 수 있는 자들이 아니었다."

이담을 몰아세우면서 신유는 속으로 짜증이 났다. 조금만 늦었다면 저들에게 이담이 다쳤을지도 모른다는 생각이 자꾸 화를 부추기고 있었다. 어쩔 수 없는 상황이라는 것을 알면서도 뒷일을 생각하지 않고 의기만 앞서 자신의 안전을 우선으로 돌보지 않는 것이 화를 돋우었다.

"하지만 여인이 위험한 걸 알면서도 모른 척할 수는 없었습니다."

"어째서 네가 위험해질 거라는 건 생각하지 않는 거지? 내가 오지 않았다면 여인도 구하지 못했고 너 역시 위험했다. 의협심은 이럴 때 발휘하는 게 아니다."

신유가 신랄하게 짚어 주자 이담은 입을 다물고 그를 쳐다봤다. 갑자기 나타나 구해 준 것은 고맙지만 화가 난 듯 보이는 표정에 마음이 불편했다.

"뒤를 생각하지 않고 그들 앞에 나선 건 사실입니다. 전하의 말씀대로 위험했던 것도 사실이고요. 하지만 지금 여인도 구했고 저도 무사합니다."

"그래서 다음에도 같은 상황이면 같은 행동을 할 것이다?"

"만일 제가 저만을 생각해 나서지 않았더라면 이 여인은 무사하지 못했을 것이고 저 역시도 죄책감으로 평생을 자책했을 겁니다."

끝까지 위험을 무릅쓰겠다는 소리에 이담을 쳐다보는 신유의 눈빛에 찬바람이 일었다.

이담의 뒤에서 잔뜩 주눅이 들어 서 있는 여인과 이미 상황을 정리한 무윤과 호위 무사들이 두 사람의 대화를 숨죽여 지켜봤다.

시도와 세오는 평소와 달리 불편한 심기를 그대로 드러내는 삼 황자의 표정에 주목했다. 삼 황자가 이렇게 감정을 드러내는 건 처음이라 이담을 보는 두 사람의 시선이 예사롭지 않았다.

신유는 속이 들여다보일 것처럼 맑은 이담의 눈을 똑바로 쳐다보며 말했다.

"난 네가 무모하게 나서는 걸 원치 않는다. 다시는 같은 상황을 만들지 마라."

"하지만 위험에 처한 여인을 외면할 수는 없습니다."

"너는 네가 진짜 사내라도 된다고 생각하나?"

지지 않고 맞서던 이담의 표정이 그대로 굳었다. 그녀는 자신을 뚫어지게 바라보고 있는 신유의 눈빛에 당황해서 아무 말도 하지 못했다.

"어, 어떻게 아셨습니까?"

"모를 거라 생각하는 것이 더 어이없군. 아무리 사내 행색을 하고 다닌다고 하여도 여인과 사내는 엄연히 다르다."

그가 자신을 사내가 아닌 여인으로 보고 있었다는 말에 이담은 그의 앞에서 발가벗고 서 있는 기분을 느꼈다. 갑자기 얼굴에 열이 오르자 그녀는 그의 앞에서 벗어나기를 시도했다.

"전하께 큰 은혜를 입었습니다. 도와주셔서 감사합니다."

이담이 무윤에게 눈짓을 하며 여인과 함께 돌아서려고 했다.

"어째서 아직까지 이곳에 남아 있는 거지?"

"아직 찾아야 할 이를 찾지 못했습니다."

"찾아야 할 이가 누구인지 말하면 내가 찾아 줄 수도 있다."

"아닙니다. 쉬이 찾을 인물이 아닙니다. 다른 일로도 다망하신 전하께 그런 폐까지 끼칠 수는 없습니다."

"나는 네가 이곳에 있는 것이 싫다."

면전에서 싫다는 소리를 듣자 이담은 심장을 한 대 두들겨 맞은 것처럼 아찔해졌다. 그녀는 동요를 들키지 않으려고 아랫입술을 질끈 깨물었다.

"송구합니다. 다시는 전하의 눈에 띄지 않도록 하겠습니다."

"그게 날 더 미치게 하는 것이다."

"예?"

"네가 이곳을 떠나지 않는 한, 눈에 보이지 않으면 더 불안하다는 말이다."

그가 무슨 의도로 하는 말인지 파악하려고 이담은 미간을 찌푸렸다.

"제가 어찌하기를 바라시는 겁니까?"

"널 내 눈앞에 두어야겠다는 말이다."

"예에?"

"널 공관으로 데려갈 것이다. 누구를 찾는지 모르지만 내 눈앞에서 해라."

제대로 놀란 이담의 눈이 댕그랗게 커졌다. 그가 자신을 싫어하는 것이 아니라 걱정하는 사실에 안도하면서도 그런 속내에 탄식했다. 도통 무슨 마음인지 스스로도 알 수 없는 심리에 짜증도 일었다. 그의 제안에 설레면서도 그와 엮여선 안 된다는 이성이 제동을 걸었다.

"송구하지만 그럴 수는 없습니다."

이담이 곧바로 대답했지만 신유는 그녀의 반응을 예상했다는 듯 덤덤한 표정이었다.

"네 대답을 듣고자 한 말이 아니다."

"하오나 전하."

"내가 널 공관에 두려고 하는 이유는 두 가지다. 첫 번째는 객잔에서 봤다는 자들이 누구인지 확인이 필요하기 때문이고, 두 번째는 공관의 피해를 보상받기 위함이다."

"그게 무슨 말씀이십니까? 공관의 피해라니요?"

이담이 이해할 수 없다는 표정으로 물었다.

"네 일행인 노인이 공관의 중요한 물건을 훔쳤다."

"예에?"

기가 탁 막혀 이담은 무의식중에 무윤과 마주 봤다. 너무 어처구니없는 일에 화가 났지만, 지금은 해명이 먼저였다.

"오해가 있사옵니다. 그 노인은 제 일행이 아닙니다. 그러니 저와는 상관이 없습니다."

"이제 와 발뺌을 하겠단 말인가?"

"사실을 말씀드리는 겁니다. 그 노인이 제 돈주머니를 훔쳐 갔는데 다시 잡았을 땐 이미 돈을 다 써 버린 후였습니다. 하여 그 대가로 공관에 심부름을 보낸 겁니다. 믿어 주십시오. 저희들과 노인은 모르는 사이나 마찬가지입니다. 저도 피해자입니다."

"하면 어째서 아직도 노인과 함께 있는 거지?"

"그, 그것은……."

말을 할수록 말리는 기분이 들어 이담은 난감한 얼굴이 됐다. 다른 이들에게 말로는 지지 않을 자신이 있었는데 그의 앞에서 바보처럼 자꾸 말문이 막히는 것이 기가 찼다. 제 버릇 개 못 준다고 공관의 물건까지 훔친 노인에게도 울화통이 터지기 직전이었다.

"저는 정말 노인과 아무런 연관이 없습니다."

신유는 잔뜩 찌푸린 표정으로 결백을 주장하는 이담의 얼굴을 가만히 바라봤다.

"좋다. 네 말을 믿어 주지. 관의 물건에 함부로 손을 댄 죄는 그냥 넘어갈 수 없으니 노인에게만 죄를 묻겠다."

그리 던져 놓고 신유는 이담의 반응을 살폈다. 역시나 마냥 좋아하는 표정이 아니었다.

"뭔가 마음에 안 든다는 표정이군."

"관의 물건을 훔친 죄로 노인은 어떤 벌을 받게 되는 겁니까?"

"곤장 스무 대를 맞은 후 공관에서 훔친 물건만큼의 노역을 하게 될 것이다."

"곤장을 스무 대씩이나요? 아니, 무슨 절도죄에 노인을 죽게 패는 건가요?"

이담이 화들짝 놀라 되물었다. 모질지 못하고 정 많은 그녀를 응시하는 신유의 눈빛이 부드럽게 휘었다.

"법대로 할 뿐이다. 아무 상관 없는 노인이라고 하더니 걱정되나? 연루되기 싫으면 모르는 척 가면 될 것이다."

"그건 그래야 하지만… 살날이 얼마 남지 않은 노인입니다. 선처해 주실 수는 없으신지요?"

"법은 만인에게 평등해야 하니 예외를 둘 수는 없다."

"하지만 그래도 그 몸에 곤장을 버티지 못할 텐데……."

"하면 네가 대신 갚을 것이냐?"

"제가요?"

"네가 대신 갚겠다면 곤장은 감해 줄 용의가 있다."

순간 무언가 말린 기분이 들어 이담의 눈가에 힘이 들어갔다.

"하면 그냥 곤장을 감해 주셔도 되는 거 아닙니까?"

"그렇게는 할 수 없다."

그제야 처음부터 그의 목적이 자신을 공관에 데려가는 것이었다는 것을 간파하고 이담은 지그시 그를 노려봤다.

"꼭 이렇게까지 하셔야 합니까?"

"선택은 네가 하는 것이다."

"정말 고약하십니다."

"갈 것이냐? 말 것이냐?"

"다른 길은 이미 없애신 것이 아닙니까?"

"현명하군."

이미 답을 정해 놓고 몰아가는 그를 쏘아보며 이담은 속으로 사고뭉치 노인에게 욕을 바가지로 해 댔다. 잘 알지도 못하는 사고뭉치 노인 따위 그냥 모른 척하면 그만이라 생각하면서도 곤장을 맞다 죽을까 봐 매몰차지지 않는 것이 화가 났다.

어쩌다 귀찮은 노인과 엮여, 이리 꼬이는지 기가 막힐 노릇이다. 일단은 삼 황자를 따라갔다가 적당한 때를 봐서 빠져나올 방법을 강구해야 할 판이다.

"하면 노인이 훔친 물건값을 갚을 때까지만 공관에서 지내겠습니다. 그리고 청이 있습니다. 동무들도 함께 갈 수 있게 해 주십시오."

"당연하다."

"그리고……."

이담이 구명줄처럼 제 옷자락을 잡고 있는 여인을 돌아봤다.

"원한다면 함께 가도록 하지."

신유의 시원한 대답에 이담이 여인을 돌아보며 웃었다. 와들와들 떨고 있던 여인이 처음으로 안도하는 것이 보였다.

"시도, 객잔에 가서 남은 일행을 공관으로 데리고 와라."

"예, 전하."

"돌아간다."

신유가 앞장서자 세오가 그의 뒤를 지켰다. 무윤이 조용히 이담의 곁에 섰다.

"가진 돈이 얼마 없으니 공관에서 지내는 것도 나쁜 선택은 아니다. 대신 전하와는 최대한 거리를 두면 될 것이다."

"그래, 좋게 생각해야지."

그러면서 이담은 그제야 여인을 똑바로 쳐다봤다.

"혹 달리 갈 곳이 있다면 데려다줄게요."

"아니요, 아니에요."

여인이 격하게 고개를 젓자 이담은 그녀의 손을 잡으며 안심시켰다.

"그래요. 그럼 우리와 함께 가요."

일이 왜 자꾸 꼬이는지 모르겠지만 지금은 어쩔 도리가 없었다. 삼 황자와 가까이 있는 것이 걱정되고 두려웠지만 오래 머물진 않을 것이니 괜찮을 것이다.

그와 마주 설 때마다 가슴이 비정상적으로 뜀박질을 하는 것이 거슬렸지만 최대한 마주치지 않으면 될 것이라 위안을 했다. 그러면서도 부아가 치밀었다.

'아오! 그 영감탱이!'

기어이 사고를 쳐 일을 이리 만든 노인에게 짜증이 나 그녀는 가는 내내 구시렁거렸다.

공관으로 돌아오자 신유는 이담을 돌아보지도 않고 곧바로 처소로 들어갔다. 세오가 이담의 일행이 머물 곳을 안내해 주었다.
얼마 지나지 않아 시도를 따라온 장세와 삼장이 어리둥절한 표정으로 영문을 물었다.
이담은 뻔뻔하게 모르쇠로 일관하는 삼장에게 소리를 질렀다.
"공관의 물건을 훔치다니 제정신이에요!"
"내, 내가 뭘 훔쳤다고 그래?"
"어디서 발뺌이에요! 할아버지 때문에 죄다 죄인처럼 끌려왔는데. 훔친 건 그새 어쨌어요!"
삼장이 훔친 물건을 돌려주면 정상 참작을 해 주지 않을까 싶어 이담은 삼장을 추궁했다.
"그, 그게 잃어버렸어."
"아오!"
이담은 화를 누르려 눈을 감고 손으로 뒷목을 잡았다.
"흥분하지 말고 내 말 좀 들어 봐. 어쨌든 내 덕에 이곳에 있는 동안 안전하게 공관에서 지낼 수 있으니 더 잘된 거잖아. 고마워해야지."
"장세야."
이를 악물고 낮은 목소리로 부르는 소리에 장세가 눈치를 보며 돌아봤다.

"나 사고 치기 전에 저 할아버지 입 좀 틀어막아 주라."
"아, 알았다."

금방이라도 터지기 직전인 이담의 상태를 눈치채고 장세가 막 입을 열려는 삼장을 말렸다. 그는 눈치껏 삼장을 데리고 밖으로 나갔다.

삼장이 나간 문을 씩씩거리며 노려보던 이담이 구석에서 눈치를 보고 있는 여인에게 다가갔다.

"이름이 뭐예요?"
"미류예요."
"나는 이담이라고 해요. 나와 얼추 나이가 비슷할 거 같은데."
"올해 스물이에요."
"나와 같네. 하면 동무해도 되겠다. 한데 이곳 사람이 아닌 거야?"
미류는 대답 대신 고개를 끄덕였다.
"그럼 어쩌다 이렇게 험한 곳까지 오게 된 거냐?"
"그게……."

무언가 사연이 있어 보이는데 쉬이 입을 열지 못하는 것 같아 이담은 강요하지 않았다. 짐승만도 못한 놈들에게 큰 화를 당할 뻔해 제정신이 아닐 것이니 밀어붙이고 싶지 않았다.

"말하고 싶지 않으면 안 해도 된다. 이곳은 안전하니까 불안해하지 않아도 돼."

이담이 안심시켰지만 미류는 여전히 불안한 눈빛을 풀지 않았다. 이담은 미류가 진정할 수 있도록 일부러 말을 시키지 않고 앞으로 어찌해야 할지에 대해서 머리를 굴렸다.

"저기…….."
"어찌 그러느냐?"
미류의 겁먹은 눈동자가 이담을 똑바로 응시하고 있었다.
"아까 그분이 정말 황자이시냐?"
"맞다. 삼 황자 전하시다. 이곳 상황이 어수선해서 전하께서 얼마 전에 이곳으로 부임해 오신 모양이다."
"그, 그래. 그럼 황궁에서 오셨겠구나."
"그렇지. 우리 같은 것들이 전하를 직접 만나다니 믿기지 않은 것이냐?"
"으응."
미류가 고개를 끄덕이며 대답했다. 이담이 다시 돌아앉아 생각에 잠기자 미류는 스스로를 보호하듯 두 손으로 무릎을 꽉 끌어안았다.

신유의 처소 앞에 서서 대기하고 있던 세오는 공관 뒷마당에 있는 처소에 장세와 삼장을 안내하고 돌아오는 시도를 맞았다.
"전하께서는?"
"안에 계신다."
평소 필요한 말 외에는 거의 하지 않는 두 사람이 약속이나 한 듯 눈빛을 교환했다. 시도가 먼저 피식 웃었다.
"나와 같은 생각인 거냐?"
"그런 것 같다. 전하께서 노인이 공관의 물건을 가지고 간 걸 아시면서도 내버려 두라 하셔서 의아했는데 이런 생각을 하실 줄 몰랐다."

"애당초 노인에게 곤장을 칠 생각도 없으셨을 것이다."

"맞는 말이다. 어차피 이담을 잡는 덫일 뿐이었으니."

한마디씩 주고받다 두 사람은 다시 궁극적인 물음에 도달했다. 이번엔 세오가 먼저 물었다.

"전하께서 처음에 이담을 곁에 두시려고 했던 건 그를 호위무사로 삼고 싶으셨기 때문이셨다. 하지만 지금은 그 이유 때문이 아닐 거란 생각이 든다. 그렇지 않냐?"

"이담이 여인인 것을 알고 계신 이상 그 이유 때문은 아니겠지."

"귀족가의 규수들에게도 눈길 한 번 주지 않는 전하께서 이담을 어떤 눈으로 보고 계시는지 조금 걱정이 된다. 어떻게든 전하를 흠집 내려고 안간힘을 쓰는 자들에게 물어뜯을 거리를 줄까 봐 말이야."

"전하께서 여인에 빠져서 중심을 잃으실까 봐 염려가 되는 것이냐?"

"전하를 믿지 못해서 하는 말은 아니다."

"하면 그냥 믿고 따르면 되는 것이다. 설령 이담을 여인으로 마음에 담는다고 하셔도 전하께서는 우릴 결코 실망시키지 않으실 것이다."

"그래, 네 말이 맞다."

두 사람은 다시 약속이나 한 듯 말없이 정면을 응시했다. 근 십 년이 넘도록 신유의 곁을 지켜 왔기에 어떤 상황이 온다고 하더라도 신유에 대한 충심은 흔들리지 않았다.

안에서 구자청이 가지고 온 일지를 읽고 있던 신유의 시선이 흔들리는 붉은 불빛을 응시했다.

공관 어딘가에 이담이 있다는 사실에 이상하리만치 마음이 평온해졌다. 스스로도 이해할 수 없을 정도로 날카로웠던 신경이 거짓말처럼 느슨해지는 것이 신기할 정도였다.

이쯤 되자 이담에 대한 마음의 실체를 인정하지 않을 수 없었다. 그동안 인정하고 싶지 않았지만, 이담이 혹 불순한 무리들의 표적이 될까 봐 계속 마음이 쓰였었다.

그리고 오늘 그녀가 잔악한 사내들에게 둘러싸여 다칠 뻔한 상황을 보자 이성이 날아가 버렸다.

그녀를 해치려는 자에게 인정을 두지 않을 정도로 화가 치솟는 순간 그녀에 대한 감정 또한 실체를 드러냈다. 단순히 그녀가 여인이어서 걱정이 되었던 것과는 차원이 다른 감정이었다.

자신도 여인이면서 스스로를 돌보지 않는 그녀에게 화를 내는 동안도 감정은 꾸준히 그 색을 선명하게 덧칠하고 있었다.

그래서 노인을 핑계 삼아 억지를 써서 기어이 그녀를 공관으로 데리고 왔다.

'이제 그녀를 어떻게 하고 싶은 것이냐?'

스스로에게 물음을 던졌지만 확실한 답을 얻을 리 없었다. 이런 시기에, 이런 곳에서, 이런 감정이 생긴다는 것 자체가 달갑지 않았지만, 처음으로 제 의지로 되지 않는 것이 있다는 것을 인정해야 했다.

그는 자리에서 일어서서 창문을 열고 이담이 있는 쪽 하늘을 응시했다.

'빠져나갈 궁리를 하고 있을 테지? 하지만 쉽지 않을 것이다.'

제 울타리 안에 그녀가 있다는 사실에 안도하며 신유는 한참 동안 까만 밤을 응시했다.

차를 내려놓는 나인의 태를 눈으로 훑으면서 수하인 혁치가 아뢰는 소리에 강유는 인상을 찌푸렸다.

"시온사?"

"예, 백중현 대감의 뒤를 밟았사온데 시온사라는 사찰을 찾았습니다. 그곳 승려의 말로는 백 대감 내외가 그곳을 종종 찾았다고 합니다."

"시온사라면 행궁에서 가까운 사찰이 아닌가? 내외가 같이 찾았다면 치성을 드리러 가는 일 말고 다른 목적이 있었단 건가?"

"백중현 대감께서 부인과 함께 달포에 한 번씩은 시온사를 찾았다는데 그곳의 주지와 길게 담소를 나누었다고 합니다."

"그것이 여식과 무슨 상관이란 말이냐?"

원했던 소식이 들리지 않자 강유의 목소리에 슬며시 날이 섰다. 어찌나 쉬쉬하는지 백중현의 아랫것들조차 포섭하기가 쉽지 않아 정보를 캐내는 것이 더더 짜증이 나던 참이었다.

차를 따르다 화들짝 놀란 나인이 하마터면 찻물을 엎을 뻔했다. 혹여 자신에게 불똥이 튈까 싶어 나인은 극도로 위축이 되었다. 차를 따르는 손길이 덜덜 떨렸다.

겁을 먹고 밖으로 나가는 나인을 힐끗 쳐다보다 혁치가 본론을 꺼냈다.

"실은 그때마다 주지의 처소에 다른 이가 한 명 더 들었다고 합니다."

"다른 이라면 그곳의 승려란 말인가?"

"사찰에 승려가 아닌데 기거하는 이가 셋 있었답니다. 셋 다 주지가 젖먹이 때부터 거둔 아이들이라는데 승려로 키우진 않았다고 합니다."

"조금 이상하긴 하군. 사찰에서 불쌍한 아이들을 거둔 것이면 어째서 승려로 만들지 않았지? 다른 용도로 쓸 참이었나?"

"하온데 전하, 그중 하나가 사내 행색을 하고 있지만, 사실은 여인이라고 합니다."

"뭐?"

시큰둥한 태도로 일관하던 강유의 눈빛에 처음으로 호기심이 담겼다.

"여인이 사찰에서 기거한단 말이냐?"

"그렇다고 합니다. 사찰에 있는 승려들도 그 사실을 최근에야 알았다고 합니다."

"하면 백중현 내외가 사찰을 찾을 때마다 그 여인을 불렀단 말이지?"

"예, 전하."

"그렇다면 그 여인이 백중현이 빼돌린 여식일 수도 있겠군."

"확실하진 않지만 그럴 가능성이 농후합니다."

"그래? 모처럼 좋은 소식이구나. 백중현이 감쪽같이 여식을 빼돌려 사찰에 감춰 놓고 있었을 것이다. 시온사라면 행궁에서 지척인데 들르지 못하고 온 것이 아쉽군."

생각보다 백중현의 여식을 쉽게 찾을 것 같아 강유는 승리의 미소를 지었다.

그러다 문득 행궁에 갔을 때 신유가 백중현의 여식을 만났을지도 모른다는 의문이 들었다. 분명 잃어버린 옥패를 찾으러 사찰에 다녀왔다고 했었다. 추측만으로도 그에게 진 것 같은 기분에 강유는 한쪽 눈썹을 치켜올렸다.

"그 여인이 백중현의 친여식인지 직접 확인해 보면 알겠지."

"아뢰옵기 황공하오나 그 세 명이 갑자기 사찰을 떠났다고 합니다."

"무슨 소리를 하는 게야! 사찰을 떠났다니. 어디로 갔단 말이냐!"

"그건 알 수 없다고 합니다. 백 대감 내외께서 다녀가신 지 얼마 지나지 않아 주지에게도 언급 없이 세 명이 동시에 사라지는 바람에 사찰이 발칵 뒤집혔다고 합니다. 그 뒤로 주지가 입을 굳게 다물고 있어 사찰 분위기가 몹시 가라앉은 상태라고 하였습니다."

"대체 무슨 일이기에 세 명이 갑자기 떠났단 말인가?"

금방이라도 손에 잡힐 것 같았는데 바람이 새듯 손아귀를 빠져나간 것이 허무해 강유는 인상을 찌푸렸다.

"무슨 수를 써서라도 그 세 명이 어디로 떠났는지 알아내야 한다. 그리고 이 이야기가 밖으로 새어 나가지 않게 각별히 입단속을 해야 할 것이다. 남의 밥을 노리는 쥐새끼들의 귀에 들어가선 안 된다 이 말이다."

"명심하겠습니다."

"만일 그 여인이 백중현의 여식이 맞다면 누구보다 내가 먼저 찾아야 한다."

심증만으로는 확신할 수 없어 강유는 초조해졌다.

"신유는 어찌하고 있지?"

"특별한 움직임 없이 구 장군의 보고만 듣고 있다고 합니다."

"그자들은 언제 움직일 예정이지?"

"의심을 사지 않게 적정한 때를 보고 있다고 하였습니다."

"삼 황자에게 어설픈 수는 통하지 않을 것이니 확실하게 처리해야 할 것이다."

"그리 전하겠습니다."

"백 장군의 여식이 살아 있다는 사실을 알기 전에 현서로 떠났으니 그에게 기회는 없겠군."

이담이 현서로 간 것을 꿈에도 알 리 없기에 강유는 아무것도 모르고 위기를 맞게 될 신유를 동정하며 혀를 끌끌 찼다.

그때 밖에서 숨도 쉬지 않고 두 사람의 대화를 듣고 있던 인영이 조용히 사라졌다. 그리고 주위를 살피면서 바삐 함 귀비를 찾아갔다.

"하면 사라진 여인이 백중현의 여식이라는 말이냐?"

"아마도 그런 것 같습니다."

"갑자기 종적을 감췄으니 이 황자가 꽤 열이 받았겠구나."

함 귀비의 웃음소리가 처소 안에 울렸다. 그리고 그녀의 앞에는 방금 전까지 벌벌 떨며 강유에게 차를 따르던 나인이 앉아 있었다.

"내가 알고 있는 줄은 꿈에도 모르고 아무도 몰래 백중현의 여식을 찾고 있을 도 귀비를 생각하니 헛웃음이 나오는구나. 늘 제가 가장 똑똑한 줄 알겠지만, 실상은 내 손바닥 위에서 놀고 있으면서 말이야. 내가 이 황자를 감시하고 있는 줄은 상상조차 못 할 테지. 수고하였다."

기분이 좋아진 함 귀비가 서랍을 열어 노리개를 하나 던져 주었다. 익숙한 듯 나인이 노리개를 재빨리 소맷단에 갈무리하고 밖으로 나갔다.

함 귀비는 검지로 서탁을 톡톡 건드리며 중얼거렸다.

"백중현의 여식을 찾아야 하니 사 황자에게 이제 그만 환궁하라 하여야겠구나."

죽은 줄 알았던 백중현의 여식이 살아 있고 황제가 그녀를 찾아 없애라고 명했다는 사실을 대전에 심어 둔 여관으로부터 들었다. 그리고 도 귀비 역시 그 사실을 알고 은밀히 백중현의 집을 감시하고 있는 것도 알았다.

하여 일부러 나서지 않고 아무것도 모르는 순진한 얼굴로 도 귀비와 이 황자가 하는 양을 지켜본 참이었다.

'삼 황자는 이 황자가 알아서 치워 줄 것이니 신경 쓸 것 없고, 백가의 여식을 먼저 찾는 사람이 임자이니 진짜 승부는 이제부터다, 도 귀비.'

사 황자가 태자가 되는 모습을 상상하며 양쪽으로 올라간 함 귀비의 입가가 내려올 줄 몰랐다.

제5장

의혹
疑惑

 다음 날 신유가 부른다는 소리에 이담은 그의 집무실로 건너갔다. 집무실에서 막 나오던 구자청이 이담을 품평하듯 쳐다보며 고개를 갸웃거렸다. 삼 황자가 무슨 연유로 부르는지 가늠이 되지 않는 눈치였다.
 "들어가라."
 시도가 문을 열어 주자 이담은 쭈뼛거리며 안으로 들어갔다. 탁자에 앉아 있던 신유가 빤히 보고 있자 그녀는 속으로 긴장하지 말자며 스스로를 다독였다.
 "앉아라."
 이담이 건너편에 앉자 신유는 이담의 안색을 살폈다.
 "잠자리가 불편했던 모양이군."

"아닙니다."

"얼굴이 편해 보이지 않으니 아닌 척할 필요 없다."

사람 속을 들여다보는 눈이라도 가졌나, 하는 말마다 족집게 같아서 이담은 자신을 들키지 않으려 더 경계했다.

"하온데 저희는 명확하게 언제까지 여기에 있어야 합니까?"

"그건 네가 하기에 달렸다."

어제 공관으로 데리고 온 두 가지 이유를 떠올리고 이담은 직접적으로 물었다.

"물건값은 어찌 변상하면 됩니까?"

"이곳에 있는 동안 공관의 허드렛일을 도우면 될 것이다."

상관도 없는 노인 때문에 왜 그래야 하는지 부당했지만, 그 정도쯤이면 크게 힘들 것 같지 않아 그냥 수긍하고 말았다. 가만히 있느니 몸을 움직이는 게 잡생각을 없애는 데 더 좋을 것이다.

"객잔에서 들은 이야기를 자세하게 설명해 봐라."

진지하게 묻는 음성에 이담은 그날 객잔에서 두 명의 사내가 은밀하게 주고받았던 이야기를 자세하게 풀어놓았다.

이야기가 끝난 후에 이담은 그의 눈치를 살폈다. 입을 꼭 다물고 말은 없지만 속이 말이 아닐 것 같아 덩달아 마음이 편치 않았다.

"그자들의 얼굴을 보면 알아볼 수 있겠나?"

"의심을 살까 봐 자세히 인상착의를 보진 못하였지만 목소리와 뒷모습은 확실히 기억합니다."

"잘됐군. 공관에 드나드는 자들을 주의 깊게 보고 혹 그자를 찾거든 지체하지 말고 알려라."

"알겠습니다. 한데 괜찮으십니까?"

조심스럽게 묻는 소리에 신유가 피식 웃었다.

"내가 걱정이 되나?"

"아니라고는 못 하겠습니다. 누가 절 죽이겠다고 하면 분해서 잠이 안 올 것 같습니다."

"솔직하군. 당연히 나 역시 기분이 좋지 않다."

"처음이 아니신 거지요?"

"왜 그렇게 묻지?"

"십 년 전 행궁에서도 공격을 받으셨으니까요."

"기억력이 좋군."

"전하를 처음 만난 날이니까요."

신유는 잠시 말없이 이담을 응시했다.

"나 역시 그때의 널 잊지 않았다. 그땐 사내인 줄 알았는데."

"일부러 속이려던 건 아닙니다."

"상관없다. 네가 사내이든 여인이든 달라질 건 없으니까"

"무슨 말씀이신지……."

묻는 음성이 떨리는 걸 들킬까 봐 이담은 끝말을 우물거렸다. 심장이 또 발작 병이 도진 것처럼 쿵쾅쿵쾅 뛰고 있었다. 둘만 있는 처소 안의 공기가 더워 문이라도 열고 싶은 심정이었다.

"널 사내로도 여인으로도 곁에 두고 싶다는 말이다."

"절 호위 무사로 원한다는 말씀이십니까? 하지만 전 그럴 정도로 실력이 안됩니다."

"사내인 줄 알았을 때는 분명 호위 무사로 두려 했었다. 하지만 여인을 호위 무사로 두진 않는다."

고요한 가슴에 파문을 일으켜 놓고 신유가 똑바로 보기만 하자 이담은 당황해서 슬쩍 그의 시선을 피했다.

"송구하오나 스스로를 여인으로 생각하고 살아오지 않았습니다. 그러니 절 여인으로 보지 않으셨으면 합니다."

"재밌군. 그럼 널 사내로 보란 말이냐? 넌 이미 여인인 것을 내게 들켰고 난 널 사내로 볼 생각이 없다."

과하게 솔직한 사내의 대답에 애써 평정을 찾으려던 노력이 물거품이 되어 버렸다. 감히 올려다볼 수도 없는 황자인 그가 자신에게 왜 그런 말을 하는지 아무리 머리를 굴려도 이해가 되지 않았다. 그런데도 물색없는 심장은 자꾸 멋대로 방아를 찧어 대고 있었다.

아무리 벗어나려고 바동거려도 결국 그에게 끌릴 수밖에 없는 운명인가 싶어 겁도 났다. 달아나야 하는데 모순되게 그의 진심을 확인하고 싶은 어리석은 여심이 발바닥을 땅에 붙여 놓고 있었다.

"내가 널 억지로 어떻게 할 것 같아 두려운 건가?"

"그건 아닙니다."

"여인으로 보지 말아 달라며, 어찌 단정하지?"

"전하께서 여인을 함부로 하실 것 같지 않으니까요. 제 느낌이 틀리지 않다고 생각합니다."

신유는 대답 없이 이담을 보기만 했다. 당연히 여인을 함부로 할 생각은 없다. 싫다는 여인의 마음을 강요할 생각도 없다. 그런데… 왜 그녀는 강제로라도 곁에 두고 싶은 걸까.

"한 가지 묻고 싶은 게 있다."

"하문하십시오."

"묻지 않으려 했는데 알아야겠다. 왜 나를 피하는 것이지?"

"왜 그렇게 생각하셨는지요?"

"널 숲에서 다시 만났을 때부터 그런 기분을 떨쳐 버릴 수 없었다. 지금도 그렇다. 아니라고 할 셈인가?"

몰아세우는 질문에 이담은 대답을 골랐다. 그런 적이 없다고 발뺌을 하기에는 그동안의 행동들이 너무 확연히 보여 둘러댈 수도 없었다.

"저랑은 맞지 않는 분이시니까요."

"맞지 않는다라……."

"전하께서 절 어찌 보고 계시는지는 제게 중요하지 않습니다. 제가 전하의 곁에 설 일은 없을 거니까요."

"어찌 그리 확신하지?"

"당연한 거 아닙니까? 감히 함께 설 수도 없는 차이가 분명한데 그걸 모른다는 것이 이상한 거지요. 그러니 절 희롱하시는 것이 아니라면 그런 말씀은 삼가 주십시오."

다소 불손한 대답에 화가 난 것인지 신유가 아무 말도 하지 않자 이담은 가시방석에 앉아 있는 기분이었다.

"또 담을 쌓는군."

"……."

"이상하단 말이야."

"무슨······."

"네가 내게 담을 쌓을 때마다 깨부수고 싶은 충동이 생긴다. 내게서 거리를 두려고 할 때마다 달아나지 못하게 확 잡아 버리고 싶은 충동이 생긴단 말이다."

그가 상체를 가까이 기울여 다가오자 이담은 바짝 긴장했다. 그의 숨결이 가까이서 전해지자 속이 타들어 가 그녀는 마른침을 삼켰다.

이담의 눈동자를 빤히 들여다보던 신유의 시선이 이담의 입술을 배회하다 그 아래로 내려갔다. 그는 제 시선을 피하며 긴장해 있는 이담의 발그레해진 볼을 손가락으로 쓰다듬듯이 쓸어내렸다. 이담이 움찔하며 숨을 참는 것이 느껴졌다.

"모르겠나, 이담? 네가 내게서 멀어지려고 하는 것이 날 더 자극하는 것이다."

"무슨 말씀이신지 잘 모르겠습니다."

감정이 요동치는 것을 숨기려 이담은 거짓말을 했다. 아니, 어쩌면 이 믿을 수 없는 현실을 그의 입으로 다시 확인받고 싶은 건지도 모르겠다.

"내가 황자라고 하여 널 희롱하려는 것이 아니다. 다만 나는 네가 나를 싫어하는 것이 싫을 뿐이다."

이담이 고개를 들자 그의 시선이 사로잡았다.

"처음이다. 여인 때문에 집중력이 흐트러진 것은."

"···싫어하지 않습니다."

"하면 어째서 날 보면 피했던 것이지?"

"제게 말 못 할 사정이 좀 있습니다."

이담이 눈길을 피하며 대답하자 신유의 눈빛이 부드럽게 풀렸다. 자신을 싫어하지는 않는다는 대답이 불안했던 마음을 어루만져 주었다. 감추는 사정이 무엇인지 묻고 싶은 마음이 굴뚝같지만 말해 줄 것 같지 않아 더 몰아붙이지 않았다.

"불편하게 만들고 싶지 않으니 네 사정을 묻지 않겠다. 현서에 온 목적이 누군가를 찾기 위해서라고 하였으니 요령껏 찾도록 해라."

"알겠습니다."

"대신 내 눈앞에서 해라. 이곳을 떠나지 말란 말이다."

이담이 바로 대답하지 않자 신유의 눈에 힘이 들어갔다. 이담의 입에서 낮은 한숨이 새어 나왔다.

"알겠습니다."

"네 분명 약조하였으니 지킬 것이라 믿겠다."

"나가 보겠습니다."

이담은 그에게 꾸벅 고개를 숙이고 돌아섰다. 더 그와 함께 있다가는 쿵쾅거리는 심장 소리를 들킬 것만 같았다.

"이담."

막 밖으로 나가려다 이담이 그를 돌아봤다.

"난 네가 위험한 것이 싫다. 그러니 내 시선을 피하고 싶으면 널 위험하게 만들지 마라."

심장이 철렁하고 내려앉는 느낌에 이담은 한쪽 눈을 찡그렸다.

문을 닫고 그녀는 달음박질하고 있는 심장을 진정시키려 가슴을 쏠었다. 무슨 소리를 듣고 나온 건지도, 그 말을 곧이곧대로 믿어야 할지도 판단할 겨를이 없었다.

 사내인 줄 알았는데 여인이라 걱정을 하는 건지 아니면 그 이상의 감정으로 자신을 보고 있는 건지도 헷갈렸다. 도대체 그는 자신을 어떤 이름으로 곁에 두고 싶은 걸까. 너무 궁금했지만 감히 추측할 수도 없었다.

 혼란스러운 생각들을 털어 내려 이담은 고개를 세차게 저었다. 하지만 된통 흐트러진 마음은 쉬이 정돈이 되지 않았다.

 삼 황자의 말을 곧이곧대로 믿어선 안 된다고 이성이 노래를 부르면서도 그의 말에 가슴이 설레는 것을 부정할 수 없었다. 심장 주머니를 흔드는 소리에 영혼까지 탈탈 털리는 소리가 들렸다.

 '이건 정말 위험한 징조야.'

 끝을 알고 있기에 그의 솔직한 고백이 살 떨리게 좋으면서도 불안했다. 제 마음이 스스로 제어가 되지 않는 상황이 되기 전에 뭔가 조치가 필요했다.

 이러지도 저러지도 못하고 갈등하다 이담은 문득 자신을 보고 있는 시도의 시선을 느끼며 얼른 달아나듯 자리를 떴다.

 '저 계집 같은 놈은 누구지?'

 먼발치에서 그녀를 지켜보던 구자청이 눈을 날카롭게 뜨며 인상을 찌푸렸다.

 '가만, 진짜 계집이잖아. 계집이 삼 황자의 집무실엔 무슨 일이지?'

 구자청은 이담이 사라진 곳을 다시 돌아보며 고개를 갸웃거렸다.

여전히 의식 없이 누워 있는 태자를 오랫동안 지켜보다 황후전으로 돌아가는 계수 황후의 표정이 어둡기 그지없었다.
 가슴이 답답해 그녀는 곧장 후원으로 나가 정자에 앉았다. 제법 찬기가 느껴지는 바람이 불었지만 답답함을 후련하게 씻겨 주진 못했다.
 완전히 건강하진 않았어도 병색은 없었던 태자가 갑자기 가슴을 틀어쥐고 쓰러진 지 벌써 삼 년이 넘었다. 원인을 알 수 없다는 황의의 말에 하늘이 무너지는 절망이 매 순간 고통스럽게 했다.
 하여 제 앞에서는 온갖 입에 발린 말로 태자를 가슴 아파하면서 뒤로는 몰래 자신의 자식들을 태자로 밀려는 귀비들의 가증스런 행태에 분노를 삭이는 중이었다.
 한동안 눈을 감고 들끓던 속을 식히던 계수 황후가 서늘한 눈빛으로 허공을 응시했다.
 "그래서 도 귀비와 함 귀비가 백중현의 여식을 몰래 찾고 있단 말이지?"
 "그렇습니다. 행궁에 나가 있던 사 황자께서도 환궁하셨다고 합니다."
 오랫동안 황후의 곁을 지키는 맹 여관이 가까이 다가와 답했다.
 "병 때문에 피접을 나간 지 얼마 되지도 않아 환궁이라니 참으로 시기가 교묘하군."
 계수 황후가 코웃음을 치며 냉소했다.

"태자가 아직 살아 있는데도 신관의 예언만 믿고 그런 짓들을 하고 있단 말이지. 괘씸한 것들 같으니."

황후는 고운 입술을 이로 물며 불편한 심기를 토해 냈다.

"수 귀비는 어찌하고 있는가?"

"수 귀비전의 움직임은 특별한 것이 없습니다. 다만 수 귀비께서 여전히 미향이라는 궁녀의 행방을 찾고 있다고 합니다."

"뭐 하자는 수작이지? 제가 죽여 놓고 찾다니 우스운 일이 아닌가?"

"하오나 미향이 사라진 지 삼 년이 지났는데 아직까지 포기하지 않는 것으로 보아 그저 보여 주기 위한 시늉만은 아닌 것 같습니다."

맹 여관이 조심스럽게 하는 소리에 황후는 수 귀비가 자신이 미향을 사주한 적이 없다고 꼿꼿하게 주장하던 때를 떠올리고 눈을 날카롭게 떴다.

"맹 여관, 은밀하게 모든 후궁전의 나인들 중 미향이라는 계집과 친분이 있었던 아이들이 있는지 조사해 보게."

"알겠습니다."

"수 귀비도 백중현의 여식을 찾고 있는 것인가?"

"수 귀비전에 심어 둔 나인 아이의 말로는 그와 관련해서 아무런 움직임이 없다고 하였습니다."

"몰라서 움직이지 않는 것인가, 아니면 알고도 움직이지 않는 것인가?"

"수 귀비 마마께서 워낙 움직임이 적으시고 말씀 또한 많지 않으셔서 의도를 파악하기가 쉽지 않습니다."

"수를 읽히지 않는 것이 더 무서운 법이지."

"하나 삼 황자 전하께서 현서지방으로 떠나신 후에 일어난 일이라 두 분은 모르실 가능성이 크지 않을까 싶습니다."

계수 황후가 늙은 여관을 돌아봤다.

"맹 여관은 오랫동안 나를 보필했으니 잘 알 것이네. 세 명의 귀비들 중 태자가 일어나기를 진심으로 바라는 사람은 없을 거라는 걸 말이야."

"망극하옵니다."

"하면 세 명의 황자들 중 태자의 자리에 가장 어울리는 이가 누구인 것 같은가?"

"소, 소인이 감히 어찌……."

맹 여관이 고개를 조아리며 어쩔 줄을 몰라 했다.

"내 마음이 허하여 자네에게 실언을 했군."

"황공하옵니다. 태자 전하께서 비록 병중이시지만 아직 건재하시니 소인이 감히 불충을 저지를 수는 없습니다. 다만 소인의 어리석은 잣대로 감히 세 분의 황자들을 평가할 수는 없지만 태자 전하께 가장 진심이신 분이 누구신지는 알 수 있습니다."

"그게 누구지?"

"삼 황자 전하십니다."

계수 황후의 한쪽 눈썹이 마뜩잖다는 듯 경사를 그렸다.

"삼 황자? 무슨 근거로 그런 소리를 하는 건가?"

"본 의도가 무엇인지는 소인이 알 수 없으나 태자 전하께서 병석에 누우신 후 현서로 내려가실 때까지 매번 꾸준히 찾으셨던 분이 삼 황자 전하십니다."

"정말인가?"

"그렇습니다, 황후 폐하."

"삼 황자가 그런 줄은 몰랐군. 다른 꿍꿍이라도 있는 건가?"

수 귀비에 대한 앙금 때문에 계수 황후가 여전히 삼 황자에게 마음을 열지 않는 것을 알기에 맹 여관은 황후의 눈치만 살피고 말을 아꼈다.

갑자기 계수 황후는 말없이 생각에 잠겼다. 그리고 한참 후에야 입을 열었다.

"만일 말이야. 백중현의 여식이 살아 있다는 것을 수 귀비와 삼 황자가 알게 되면 어찌할 것 같은가?"

"수 귀비 마마께서 어찌 나오실지는 알 수 없으나 삼 황자 전하께서는 현서에서 황명을 수행하시느라 다른 데 신경을 분산하실 수 없을 것 같습니다. 또 삼 황자께서는 예전부터 여인에 관심이 없으시다 들었습니다."

"과연 그럴까? 삼 황자는 황위에 대한 욕심이 없단 말인가?"

"소인이 그것까지는……."

"직접 지켜보면 알 수 있겠지."

서늘한 미소를 지으며 하는 소리에 맹 여관은 황후의 심기를 살폈다.

"무슨 생각을 하고 계시는 겁니까?"

"세 명의 황자들이 출발선이 다르다는 건 어쩐지 공평하지 않다는 생각이 들어서 말이야."

"하오면……."

"수 귀비와 삼 황자에게 넌지시 백중현의 여식이 살아 있다고 알려 주는 것도 재미있을 것 같단 말일세."

"아뢰옵기 황공하오나 황후 폐하, 태자 전하께서는 반드시 일어나실 겁니다."

"그러니 저 괘씸한 것들의 가증스러운 가면을 벗기고자 함이야. 수 귀비와 삼 황자가 어찌 나올지도 궁금하고 말이야."

계수 황후의 목소리가 어느 때보다 싸늘하게 흘러나왔다. 엄연히 살아 있는 태자를 미리 죽은 이 취급하는 두 귀비를 결코 용서하지 않을 것이다. 만일 수 귀비 역시 같은 행보를 보인다면 혹독하게 그 대가를 치르게 할 것이다. 그녀는 허공을 노려보며 차갑게 눈을 치켜떴다.

새삼 황후가 얼마나 냉철하고 무서운 사람인지 깨달으며 맹 여관은 고개를 숙였다.

혹여 태자가 잘못되면 황후의 위세도 끝날 거라 여기겠지만 그거야말로 오산일 것이다. 혈기 왕성한 황자들을 믿고 때를 노리고 있겠지만 귀비들은 결코 황후를 넘어설 수 없을 것이다.

"오늘따라 바람이 차군."

계수 황후가 속을 식히려는 듯 일어서서 후원을 거닐었다. 맹 여관은 묵묵히 그녀의 뒤를 따랐다.

아무도 없는 집무실 탁자를 걸레로 닦다 말고 이담이 한숨을 내쉬었다. 함께 바닥을 닦던 미류가 다시 고개를 돌렸다.
"무슨 고민이 있는 거냐?"
"응? 아니다."
"벌써 세 번째 땅이 꺼져라 한숨만 내쉬고 있는 건 아니냐?"
"내가 그랬냐?"
반쯤 넋이 나간 얼굴로 묻자 미류가 피식 웃었다.
"왜?"
"날 구하려고 그 험상궂은 사내들에게 호통을 치던 모습하고 너무 상반돼서 말이다. 너 지금 딱 소금에 절여져 숨이 다 죽은 배추 같다. 큰 도움은 안 되겠지만 답답하면 털어놔라. 들어주는 건 할 수 있다."
"나도 그러고 싶다."
마음 같아선 훌훌 털어놓고 싶지만 삼 황자의 애매한 말 때문에 고민이라고 한다면 정신이 나갔다고 볼 것이 뻔했다. 천자의 아드님이신 고귀하고도 고귀하신 황자께서 그런 소리를 했다고는 아무도 믿지 않을 것이니까.
마음에 담아 두지 말자 하면서도 내내 그 생각만 하고 있으니 미칠 노릇이다.
"휘유."
"또!"
미류의 지적에 이담은 헤헤 멋쩍게 웃을 뿐이었다.
고개를 저으며 바닥을 훔치던 미류가 다시 힐끗 이담을 쳐다봤다.
"삼 황자 전하와는 어찌 아는 사이냐?"

"으응?"

신유에 대한 생각을 하다 그에 대한 질문을 받자 이담은 화들짝 놀랐다.

"삼 황자 전하와 초면이 아닌 것 같아서 말이다."

"그게 좀 사연이 있다. 사 황자께서 피접 오신 행궁이 내가 기거하던 사찰과 가까워서 우연히 그렇게 됐다. 사연이 좀 있는데 삼 황자 전하께서 날 구해 주셨어."

"그랬구나."

미류가 조용히 수긍했다.

"좋으신 분 같더라."

"내가 불손하게 굴었는데 크게 경을 치지 않으신 것으로 보아 나도 그렇게 생각해. 권위적이지 않으시고 아랫사람들을 존중해 주시는 것 같아."

"전하께선 어쩐지 한 여인만 바라보실 것 같다."

이담의 고개가 슬쩍 돌아왔다. 미류의 볼이 살짝 붉어진 것 같기도 했다.

"전하가 마음에 드는 것이냐?"

"어? 아니다, 그런 거. 감히 어찌 그런 분을 마음에 품겠느냐? 그저 그렇다는 것뿐이다."

미류가 파르르 손사래를 치며 물리는 것이 다행이면서도 현실을 깨워 주는 것 같아 씁쓸했다.

"황도에 계셔야 할 분이 이런 오지에 계시다니 안타까운 일이지."

"수 귀비 마마께서 상심이 크시겠다."

'으응?'

순간 머리를 스치고 지나가는 이상한 생각에 이담은 바닥을 훔치고 있는 미류를 돌아봤다.

"네가 수 귀비 마마를 어찌 아느냐?"

미류의 어깨가 눈에 띄게 움찔거리며 굳는 것이 보였다. 당황해서 굳은 채 돌아보는 얼굴이 어색하기 짝이 없었다.

"우, 우연히 주워들었을 뿐이다. 내가 그 높으신 분을 어찌 알겠느냐?"

"혹 황도에서 살았느냐?"

"아니다. 그런 적 없다."

더 캐물을까 봐 바짝 긴장하는 것이 눈에 보여 이담은 그냥 넘어가 주는 척했다. 내내 말이 없다가 요즘에야 겨우 자신에게만 편하게 말을 하는 그녀를 다시 경계 태세로 만들고 싶지 않았다.

하지만 좀 이상하긴 했다. 우연히 들었다고 치기엔 수 귀비 마마를 잘 아는 것 같은 말투였다.

'전하 때문에 내가 너무 예민하게 받아들이는 건가?'

그녀는 두 팔을 앞으로 죽 밀어 바닥을 닦고 있는 미류를 보며 살짝 고개를 기울였다.

청소를 마치고 신유가 돌아오기 전에 얼른 집무실 밖으로 나가려다 이담은 막 밖으로 나가는 세 명의 사내들을 보고 눈을 날카롭게 떴다.

'저 사내는!'

"왜 그러냐?"

"확인할 것이 있으니 먼저 가라."

미류의 손에 걸레를 쥐여 주고 이담은 후다닥 사내들이 나간 곳으로 달려갔다. 순식간에 일어난 일이라 걸레를 든 채 미류는 멍한 표정으로 지켜보기만 했다.

이담은 들키지 않게 거리를 두고 딱 붙어서 이야기를 나누며 멀어지는 사내들을 뒤따라갔다.

'가운데 있는 사내, 분명 객잔에서 봤던 사내다. 얼굴을 봐야 해.'

조금씩 거리를 좁혀 막 사내들의 얼굴을 확인하려는 그때였다.

"너 지금 어디를 가는 것이냐?"

갑자기 묻는 소리에 이담은 화들짝 놀라 돌아봤다. 뜻밖에도 구자청이 눈을 부릅뜨고 서 있었다. 이담은 힐끗 사내들을 쳐다봤다. 이미 사정권 밖으로 사내들이 멀어지자 그녀는 속으로 잔뜩 구시렁거렸다.

"어디를 가는 거냐고 묻질 않느냐? 왜 대답을 않는 것이냐!"

날카롭게 채근하는 소리에 그녀는 구자청에게 고개를 숙였다. 어쩐지 자신을 꾸짖는 목소리에 달갑지 않음이 잔뜩 묻어 있었다.

"그게 잠시 볼일이 있사와……."

"그 볼일이라는 게 무엇이냐?"

"그건……."

이담이 미적거리자 구자청이 험상궂게 인상을 찌푸렸다.

"네년이 감히 삼 황자 전하를 믿고 방자하게 구는 것이냐?"

"그럴 리가요. 아니옵니다."

"하면 어디를 가는지 왜 대답을 않는 것이냐?"

기어이 답을 듣고야 말겠다는 투로 완강하게 밀어붙이는 통에 이담은 진땀을 뺐다.

"무슨 일이오? 구 장군."

구세주처럼 들려온 소리에 이담의 고개가 빠르게 돌아갔다. 역시나 신유가 가까이 다가오고 있었다.

이담을 스윽 보던 신유의 시선이 구자청에게 멈췄다.

"이 아이를 어찌 잡고 있는 건지 물었소."

"이 계집이 수상하게 바삐 어디론가 가고 있어서 붙잡았는데 행방을 말하지 않아서 추궁하던 참입니다."

신유는 이담의 정수리를 지그시 응시하다 구자청에게 찬 시선을 떴다.

"말하지 말라 하였으니 말하지 못했을 테지."

"예? 전하, 그게 무슨 말씀이십니까?"

"내가 이 아이를 몰래 불렀단 말이오."

"전하께서 어째서 이 아이를……."

"내가 구 장군에게 그 이유까지 설명해야 하오?"

뒷말을 자르는 싸늘한 말투에 구자청이 얼른 고개를 조아렸다.

"아, 아니옵니다. 황공하옵니다."

신유는 구자청을 노려보다 이담에게 서늘한 투로 명했다.

"따라와라."

신유가 돌아서자 이담이 팽하니 그를 따라갔다. 두 사람의 뒷모습을 쳐다보며 구자청이 오만 인상을 찌푸렸다.

'어째서 삼 황자가 저런 하찮은 계집을 가까이에 두시는 거지?'

갑자기 공관에 이담의 무리들이 눌러앉아 신경에 거슬리던 참이었는데 삼 황자가 이담을 감싸고도는 것이 더 거슬렸다. 사내치곤 선이 가늘다 생각했는데 여인인 것을 안 이후로 더 보는 눈에 날이 섰다.

삼 황자가 신분도 천한 계집에게 다른 마음을 가질 리도 없고 분명 모종의 목적이 있을 것이기에 이담의 무리들이 더 마뜩잖았다.

공관 안으로 쏘옥 들어간 이담의 뒤통수를 노려보며 구자청의 입술이 비틀려 올라갔다.

집무실에 들어간 후에야 신유는 이담을 돌아봤다.

"어딜 가려던 참이었지?"

"공관에서 객잔에서 봤던 사내를 본 듯하여 얼굴을 확인하려고 뒤따라가던 참이었습니다."

"혼자서 말인가?"

다소 탓하는 말투에 이담은 살짝 긴장했다.

"쉬이 잡을 수 있는 기회가 아니기에 어쩔 수 없었습니다."

이담의 해명에도 신유는 마음에 들지 않는다는 표정으로 인상을 찌푸렸다.

"위험한 건 싫다고 했거늘."

"그저 얼굴만 확인하려고 했습니다. 그래야 전하를 노리는 자들이 누군지 알 수 있으니까요."

"날 위해서 네가 위험해지는 건 더 원치 않는다. 이곳에서도 누가 널 주시하고 있을지 모르는 일이야."

"누가 저를 눈여겨볼 줄은 몰랐습니다."

"시절이 심히 수상하니 타지인들을 고운 시선으로 볼 리 없지."

그가 하는 말이 일리가 있어 이담은 쉽게 수긍했다.

"조심하겠습니다."

"좀 전에 본 사내가 그날 객잔에 있던 사내가 맞는가?"

"맞습니다. 한데 얼굴을 보지 못하였습니다. 세 명의 사내들 중 한 명이었습니다."

"시도, 들어와라."

말이 끝나기 무섭게 시도가 안으로 들어왔다.

"오늘 등청한 자들 중 좀 전에 나간 자들이 누구인지 알아봐라."

"예, 전하."

시도가 나가자 이담도 슬그머니 밖으로 나가려 했다.

"소인도 나가 보겠습니다."

"이곳에서 찾고 있는 자가 누구지?"

"현장 대사라는 분입니다."

"처음 듣는 법명인데, 어떤 연유로 이곳까지 와서 그 대사를 찾는 것이냐?"

"그건 말씀드릴 수 없습니다."

벌써 두 번째 말할 수 없다고 딱 자르는 것이 마음에 들지 않았지만 신유는 더 묻지 않았다.

"원한다면 내가 찾아 줄 수 있다."

아주 순간이지만 그 말을 덥석 받아들일까 싶었지만 참았다.

자신과 운명이 얽힐 거라고 꿈에도 생각 못 하고 있을 텐데 괜히 긁어 부스럼을 만들 필요는 없었다.

"단서조차 없이 시작한 일이라 그냥 소인이 알아서 하는 것이 더 나을 것 같습니다. 송구합니다."

"네 뜻이 그렇다면 강요하지 않겠다. 하면 현장 대사만 찾으면 이곳을 떠나는 것이겠지?"

"일단은 그렇습니다."

무언가 다른 것이 더 있는 것 같은 말투에 신유의 눈이 가늘어졌다. 그녀에 대해서는 의복에 묻은 먼지 한 톨까지도 다 알고 싶은데 자꾸만 연막을 치는 것 같아 조바심이 났다.

"나가도 좋다."

이담이 주저하지 않고 바로 나가자 신유는 그녀가 나간 곳을 뚫어지게 응시했다. 그러다 바닥에 무언가 떨어져 있는 것을 발견하고 손으로 주웠다.

'이건.'

섬세하게 장식된 작은 옥패를 보며 그는 의아한 표정이 되었다.

막 처소로 돌아가다 이담은 공관으로 돌아오는 무윤과 장세를 보고 후다닥 다가갔다.

"다녀들 왔냐?"

"오늘도 허탕이니 기대하지 마라."

"기대 안 했으니 걱정 마라."

도리어 두 사람을 다독이다 이담은 뒤에서 나타나는 삼장을 보고 눈살을 찌푸렸다.

"할아버지는 왜 혹처럼 계시는 거예요?"

"갈 데가 없다고 했잖아. 여기서 밥도 주고 재워도 주는데 이 좋은 델 두고 어딜 나가?"

"저희 지금 객잔에 있는 거 아니거든요. 제발 정신 좀 차리세요."

"이게 말끝마다 구박만 하고, 당최 노인 공경할 줄을 몰라."

"할아버지 때문에 여기 묶여 있는데 지금 공경하게 생겼어요?"

"내 덕에 돈도 아끼고 좋잖아. 여기서 안전하게 있으면서 현장인지를 찾으면 더 좋지 뭘."

"내가 말을 말아야지."

뻔뻔하게 나오는 노인과 입씨름을 해 봤자 입만 아플 것 같아 이담은 고개를 절레절레 흔들었다.

"곤장을 맞게 됐어야 하는데… 내가 등신이지."

"쓸데없이 튈 생각 하지 말고 국으로 엎어져 있어."

"뭘 엎어져 있어요? 국으로 엎어져만 있으면 찾아야 할 사람들을 어찌 찾아요?"

결국 참지 못한 이담이 툴툴거렸다.

"현장이라는 땡중은 찾아서 뭐 하게? 뭐 궁금한 거 있으면 나한테 물어보니까 그러네. 이래 보여도 나 많이 용해."

"용하긴 개뿔. 사기에나 용하시겠지."

"어허! 믿으라니까 그런다."

만나기만 하면 투덕대는 두 사람을 지켜보다 장세가 슬그머니 끼어들었다.

"현장 대사님 아니어도 이담이가 찾아야 할 사람이 또 있어요."

"빚이라도 졌어? 뭔 놈의 찾을 사람들이 그리 많아? 이번엔 또 누군데!"

"혼인할 사내요."

"뭐? 혼인?"

삼장이 살짝 믿기지 않는다는 표정으로 보자 이담은 기분이 나빠졌다.

"그 눈초리 뭐예요? 나는 혼인 못 한다 이거예요?"

"그리 말한 적 없는데, 스스로 생각해도 어렵다 느끼나 봐?"

"이 영감님이!"

"가만 있어 봐. 내가 봐줄게."

이담이 씩씩거리든 말든 삼장은 이담의 관상을 보며 뭐라고 중얼거렸다.

"비 맞은 중처럼 뭐라 중얼거리는 거예요? 기분 나쁘게."

불신이 가득한 눈초리로 이담이 쏘아붙였지만 삼장은 그녀를 보며 씨익 웃었다.

"제대로 왔어. 이곳에서 찾고자 하는 이들을 다 찾을 운이야."

"그 말이 맞는지 어떻게 알아요?"

"두고 보면 알 거야."

"순 거짓말."

이담이 끝내 믿지 않자 삼장이 발끈했다.

"이게 왜 오래 산 늙은이 말을 안 믿고 그러는 거야? 이곳에서 현장인지 하는 땡중도 만나고 혼인할 사내도 만난다니까. 아니라면 내 다섯 손가락에 장을 지져도 좋아."

"이왕 걸 거면 열 손가락 다 걸어요."

"통 크게 놀기는. 도대체가 노인 공경할 줄을 몰라. 기어이 다 지져야겠냐?"

"안 지질 거예요?"

"지지면 되잖아!"

어린아이들처럼 한 치의 양보도 하지 않고 서로 으르렁대는 두 사람을 지켜보며 무윤과 장세가 고개를 저었다.

그러면서도 그들은 미소를 지었다. 잡아먹을 듯이 굴면서도 이담이 실제로 노인을 많이 생각하고 있는 걸 모르지 않았다. 삼장 역시 자신을 살리고자 이담이 이곳에 있다는 걸 알기에 그녀를 친손녀처럼 생각하는 것이 보였다.

"너, 혼인할 사내를 찾고 있었나?"

뒤에서 들려오는 서늘한 소리에 다들 화들짝 놀라 돌아봤다. 삼장과 티격태격하던 이담 역시 갑작스런 신유의 등장에 놀라 굳었다.

신유가 장세와 무윤의 사이를 가르고 걸어와 이담의 앞에 섰다. 이담이 혼인할 사내를 찾고 있다는 소리에 심장이 철렁 내려앉았다. 우습게 마치 배신을 당한 기분도 들었다.

그는 찬 시선으로 이담을 쳐다보더니 집무실에서 주운 옥패를 보여 주었다.

"네 것인가?"

"아! 그걸 어찌 전하께서."

이담이 얼른 소매 춤으로 손을 넣어 뒤졌지만 옥패가 잡히지 않았다.

"집무실에 떨어뜨리고 갔다."

"제 것입니다. 고맙습니다."

신유가 건네준 옥패를 이담은 얼른 소매 속으로 갈무리했다. 그 모습을 지켜보는 신유의 눈빛이 서늘하게 빛났다.

"귀한 물건인가?"

"예. 어머니께서 주신 것입니다."

"모친이 살아 계시는 건가?"

"…예."

"모친이 계시는데 사찰에서 자라야만 하는 이유가 무엇인지 궁금하군."

예리하게 파고드는 질문에 이담은 말문이 막혔다. 방금 전에 했던 대답을 주워 담고 싶지만 이미 어쩔 수 없었다.

삼 황자의 날카로운 지적에 뒤에 서 있는 무윤과 장세도 덩달아 바짝 긴장했다.

"그 옥패는 귀족가의 여인들이 지니는 것이다. 그걸 네가 어떻게 가지고 있지?"

당혹스런 질문을 던져 놓고 대답을 기다리는 표정에 이담은 마른침을 삼켰다. 좀처럼 빠져나갈 구멍을 주지 않고 몰아세우는 그에게 완전히 갇힌 기분이 들었다.

"사정이 있습니다."

"그 사정이 무엇이지?"

이담이 대답하지 않고 난감하다는 표정으로 일관하자 신유의 표정이 딱딱하게 굳었다.

"역시 말할 수 없는 사정이라는 건가?"

"…그렇습니다."

또다시 제 앞에서 담을 쌓는 모습에 신유는 입술을 한일자로 굳게 다물었다. 무슨 사연인지 예사롭지 않은 것이 분명한데 잔뜩 불편한 표정을 짓고 있으니 더 몰아붙일 수 없었다.

그녀에게 신경 더듬이가 박혀 있어서 그런가. 그녀가 귀족 여인들이나 지니는 옥패를 지니고 있는 것도, 어머니가 있으면서 사내들만 있는 사찰에서 자란 것도 죄다 이상하기 짝이 없었다. 그런데도 속 시원하게 사연을 알 수 없으니 궁금하면서도 답답해 화가 났다.

아니, 솔직히 가장 답답하고 화가 나는 것은 그녀가 혼인할 사내를 찾으러 이곳에 왔다는 사실이었다. 대체 무슨 사연이기에 이 변방으로 혼인할 사내를 찾으러 온단 말인가.

신유는 시선을 내리깔고 서 있는 이담의 정수리를 쏘아보다 그대로 돌아섰다. 그녀에게서 멀어지는 걸음걸음에 못마땅함이 가득 묻어 있었다.

그녀가 혼인을 하고도 남을 나이기에 그 상대를 찾는 것이 이상할 것도 없지만 왜 이리 밑도 끝도 없이 화가 치밀어 오르는지 모를 일이다. 마치 무슨 큰 잘못이라도 저지른 것처럼 화를 내고 있는 자신이 우습기도 했다.

그러다 그는 문득 오른손을 심장에 가져다 댔다.

'질투를 하는 건가.'

여인을 한 번도 가슴에 품어 본 적이 없어서 이런 제멋대로인 반응이 심히 당황스러웠다.

여인인 것을 알고 난 후로 그녀가 위험할까 봐 자꾸 신경이 분산됐을 때부터 뭔가 잘못되고 있음을 느꼈다. 하지만 그만둬야겠다는 결심과 달리 마음은 늘 엇박자를 내며 그널 찾고 있었다.

'결국은 이렇게까지 되어 버린 건가.'

그녀가 다른 사내와 혼인을 하든 말든 자신과는 아무 상관이 없는 일이었다. 그러니 이런 마음이 들면 안 되는 것이다.

황자인 자신이 귀족도 아닌 그녀를 마음에 담았다고 한들 어떻게 할 수 있는 것도 아니면서 제 마음 하나 제어하지 못하는 의지가 실망스러워 그는 잔뜩 인상을 찌푸렸다.

굳은 얼굴로 돌아선 신유의 뒷모습을 지켜보던 장세가 역시나 굳어 있는 이담을 쳐다보다 무윤에게 속삭였다.

"전하께서 화가 많이 나신 것 같지 않으냐?"

"어쩔 수 없는 일이 아니냐? 사실대로 얘기할 수는 없는 일이니."

"그렇긴 하지만 전하께서 저리 무서운 표정은 처음이시라 걱정이 된다. 혹 다른 불똥이 떨어질까 말이다."

"그런 분은 아니실 것이다."

"저기, 이담이 사연이 뭔지 나한테 살짝 알려 줘 봐."

삼장이 슬그머니 끼어들자 장세가 그의 팔을 지그시 밀었다.

"제발 눈치 좀 챙기세요, 영감님."

그러고는 장세가 검지를 코에 가져다 대며 조용히 하라 주의를 주었다.

이담이 일그러진 얼굴로 가 버리자 삼장은 고개를 기우뚱했다.

"하, 이거 좀 수상한 냄새가 난단 말이야."

"개 코도 아니면서 괜한 냄새 맡으려 하지 마시고 오늘은 이담이 건들지 마세요. 진짜 다치시는 수가 있어요."

장세가 경고했지만, 이상한 분위기를 눈치챈 삼장은 신유와 이담이 갈라진 곳을 번갈아 보며 눈을 가늘게 떴다.

"흠, 가까이하기엔 너무 먼 당신이란 말이야."

그러면서도 삼장은 의미심장한 눈빛으로 한쪽 눈썹을 들어올렸다.

한 부인의 처소 앞에서 이도는 시비가 막 탕약 그릇을 들고 오는 것을 봤다.

"내가 가지고 갈 것이니 이리 내어라."

시비가 건네주는 탕약 그릇을 들고 안으로 들어가자 한 부인이 머리에 흰 천을 두르고 누워 있었다. 이담이 사라진 지 열흘이 지나자 걱정으로 자리에 누워 버린 어머니의 표정이 창백하기 그지없었다.

"어머니, 탕약입니다."

"되었으니 물리거라."

"드셔야지요."

"이담이 어찌 지내는지도 모르는데 탕약은 먹어 뭐 할 것이냐?"
"이담인 잘 지내고 있으니 염려 마십시오."
돌아누워 있던 한 부인이 벌떡 상체를 일으키며 이도를 잡았다.
"방금 뭐라 하였느냐?"
"이담이가 무탈하다고 하였습니다."
"네가 어찌 아느냐?"
"좀 전에 무윤이가 보낸 전서구를 받았습니다."
"사, 사실이냐? 정말 이담이가 무사하단 말이지?"
"예, 그렇습니다. 그러니 어머니께서도 어서 기운 차리셔야지요."
"언제 돌아온다고 하더냐?"
"그건 잘 모르겠습니다. 예상대로 현장 대사는 찾지 못하였다고 하는데 현서에서 돌아올 상황이 아닌가 봅니다."
한 부인의 고운 아미에 주름이 접혔다.
"어째서 돌아올 상황이 아니란 게야? 혹 혼인이 하기 싫어서 그러는 거라면 강요하지 않을 테니 그만 돌아오라고 하렴."
"그보다는 다른 사정이 좀 있나 봅니다."
"아는 이도 하나 없는 변방에서 다른 사정이 있을 게 무어야?"
"소상히는 소자도 잘 모르겠습니다. 하나 이담이 무사한 것은 확실하고 앞으로도 종종 무윤이 소식을 전해 올 것이니 너무 염려 마시고 어머니 몸부터 추스르십시오. 탕약도 거르지 마시고요."
이도가 옆에 둔 탕약 사발을 들어 건네자 한 부인은 순순히 사발을 비웠다.
그 모습을 지켜보던 이도의 눈빛에 그늘이 졌다. 이담이 그곳에서 삼 황자를 만나 공관에 있다는 말을 꺼냈다간 또 걱정으로 자리보전할 것이 뻔해 차마 사실대로 말씀드리지 못했다.

기껏 황자들을 피해 간 곳인데 그곳으로 삼 황자가 내려갈 줄이야. 정말 정해진 운명은 어쩌지 못하는 것일까 싶어 마음이 심란했다.

그래도 다행인 건, 삼 황자가 여인에 대해선 전혀 관심을 주지 않는 인물이라는 사실이었다. 또한 여인을 그저 사내를 빛나게 하는 장신구쯤으로 여기는 이 황자나 여느 여인들에게 골고루 관심을 주는 사 황자와 떨어져 있다는 사실이었다. 이 황자와 사 황자가 현서로 내려갈 일은 없으니 도리어 나을지도 모른단 생각도 들었다.

'어차피 얽혀야 할 운명이라면 피하는 것만이 능사는 아닐지도 모른다. 그러니 한번 힘껏 부딪쳐 보아라. 오라비는 널 믿는다.'

그는 늘 씩씩하게 웃던 이담을 떠올리며 그녀의 무사와 행운을 빌었다.

도 귀비와 차를 마시고 있던 강유가 짜증스럽게 눈살을 찌푸렸다.
"방금 현서라고 하였느냐?"
"분명 현서라고 하였습니다."
"백중현의 여식이 현서에 있다 이 말이지?"
"예, 제가 두 귀로 분명히 들었습니다."

사찰에서 사라진 여식의 행방을 찾으려고 백중현의 집을 몰래 감시하던 수하가 확신에 찬 소리로 대답했다.

도 귀비가 어이가 없다는 표정으로 찻잔을 내려놨다.

"하! 이렇게 공교로울 수가. 백중현의 여식이 삼 황자와 같은 지방에 있다니 이 무슨 웃기지도 않은 일이란 말인가."

"우연히 그리되었겠지요. 신유는 백중현의 여식이 살아 있는 걸 모르니 찾을 생각조차도 하지 않을 겁니다."

"그게 더 기분 나쁜 징조란 말이다. 아무리 우연이라고 하여도 그 많은 지역 중 하필 삼 황자가 있는 곳에 백중현의 여식이 있다니 뭔가 운명처럼 이어지는 것 같아 더 찜찜하단 말이다."

도 귀비가 신경질적으로 파고들자 강유는 그녀를 달랬다.

"너무 비약하지 마십시오, 어머니. 현서는 넓고 상황도 여의치 않으니 두 사람이 만날 가능성은 거의 없습니다. 공관에만 있을 신유가 평민 행세를 하는 백중현의 여식과 스칠 가능성은 극히 희박하단 말입니다."

"아무리 그렇다고 해도 거슬리는 건 거슬리는 것이다. 수 귀비 그것이 내게 그러더니 삼 황자 또한 사사건건 내겐 걸림돌이구나. 진즉에 치워 버렸어야 했어."

"말씀을 삼가십시오."

강유가 주의를 주자 흥분했던 도 귀비가 입술을 비틀어 올렸다.

"이제 어찌할 셈이냐?"

"신유는 여인에게 관심이 없습니다. 두 사람이 접점이 있을 리 없습니다."

"하나 신관의 예언이 맞다면 두 사람은 어떻게든 만나게 될 것이다. 삼 황자 또한 혈기 왕성한 사내인데 아직 마음에 든 여인을 보지 못해서 흔들리지 않았을 뿐이지, 백중현의 여식에게 어떤 반응을 보일지는 모르는 일이야. 관망만 하고 있을 일이 아니란 말이다. 대체 삼 황자를 처리하겠다고 한 자들은 지금까지 무얼 하고 있는 게야!"

다시 도 귀비가 신경질적인 반응을 보이자 강유는 미간을 찌푸렸다.

"한 번 실패하면 끝나는 일이니 적당한 때를 보고 있겠지요. 소자가 한번 현서로 가 봐야겠습니다."

강유를 시국이 불안정한 현서로 보내는 것이 마음에 들지 않았지만 만에 하나 삼 황자가 백중현의 여식과 만나게 될까 봐 불안해 도 귀비는 잠시 생각에 잠겼다.

"손위 형으로서 삼 황자가 어찌하고 있는지 직접 보고 오는 것도 괜찮겠지. 물론 진짜 목표는 백중현의 여식을 찾는 것이지만 말이다."

"채비를 하겠습니다."

"눈치 빠른 삼 황자가 의심하지 않게 명분을 잘 세워야 할 것이다."

"염려 마십시오."

"부디 조심해라, 이 황자."

강유가 밖으로 나가자 도 귀비는 손톱을 이로 물어뜯었다.

"하필 현서라니……."

삼 황자라면 이가 갈릴 지경이라 그녀는 초조함을 감추지 않았다.

"밖에 황 여관 있으면 들어오게!"

서슬 파란 소리에 황 여관이 얼른 들어와 앉았다.

"부르셨습니까?"

"근래 수 귀비전에 수상한 움직임이 있었나?"

"어떤 움직임을 말씀하시는 겁니까? 미향이라는 나인을 찾고 있는 것 외에는 별다른 움직임은 없습니다."

도 귀비의 인상이 불편한 듯 일그러졌다.

"삼 년 전에 죽은 계집을 무슨 재주로 찾겠다는 건지 원. 혹 수 귀비가 백중현의 여식이 살아 있다는 사실을 아는 눈치인가?"

"수 귀비전에 심어 둔 아이의 말로는 전혀 모르는 눈치라 하였습니다."

"그렇단 말이지?"

그제야 도 귀비의 구겨진 인상이 조금 펴졌다.

"하긴 폐하께서도 극비리로 찾고 계시니 소문에 둔감한 수 귀비가 알 리 없겠지. 하나 함 귀비 고것은 의심이 간단 말이야. 워낙 음흉해서 뒤로 무슨 꿍꿍이를 벌이고 있는지 모르니 말이야."

"소인이 보기에도 행궁으로 내려갔던 사 황자 전하께서 갑자기 환궁하신 것이 조금 이상하긴 합니다."

"뱀처럼 교활한 것이 앞에선 입 안의 혀처럼 굴면서 언제 뒤통수를 칠지 모르니 조금도 감시를 게을리해선 안 될 것이네."

"명심하겠습니다."

황 여관이 나가자 도 귀비는 허공을 노려봤다.

"네년들이 아무리 설쳐 대도 태자 자리는 이 황자의 것이야.

그리고 태후 자리 또한 이 도 귀비의 것이란 말이지."
 태후가 되는 생각만으로도 가슴이 벅차 도 귀비의 입가에 짙은 웃음이 걸렸다.

 늦은 밤 황제가 찾아왔다는 소리에 계수 황후는 정중하게 황제를 맞았다. 안으로 들어온 황제는 계수 황후의 안색부터 살폈다.
"야심한 시각에 어인 걸음이십니까, 폐하?"
"황후께서 아직 침수에 들지 않았을 것 같아 찾아왔소."
"황은이 망극하옵니다."
 황제는 어두운 불빛 속에서도 얼굴이 상해 보이는 황후를 안쓰럽게 쳐다봤다. 드센 귀비들을 확 휘어잡으며 내명부를 쥐락펴락하는 여걸이지만 내심은 병중에 있는 태자 때문에 속이 문드러졌을 것이다.
"태자가 얼른 털고 일어나야 황후의 고운 얼굴이 펴질 텐데 안타깝구려."
 황제의 위로에 계수 황후는 울컥하며 눈시울이 젖었다. 하지만 눈물을 흘렸다가는 금방이라도 무너질 것 같아 그녀는 입술 속살을 있는 힘껏 깨물며 버텼다.
"태자가 저리 누워 있는 것이 벌써 삼 년이 지났습니다. 국본의 구실을 하지 못하는 불충을 저지름에도 태자의 이름을 거두지 않으신 은혜가 하해와 같사옵니다."

"짐은 태자를 믿소. 그리고 그것이 태자 때문에 마음속이 천 길 지옥일 황후에 대한 짐의 마음이오."

"황은이 망극하옵니다, 폐하."

황제는 계수 황후의 손을 붙잡고 위로하듯 어루만졌다.

"지성이면 감천이라 하였으니 황후의 정성을 위해서도 태자는 반드시 일어날 것이오."

황제의 커다랗고 따스한 손길을 느끼며 계수 황후는 자꾸만 터져 나오려는 감정을 추슬렀다.

그리고 애써 담담한 말투로 그동안 가슴에 담아 두었던 이야기를 꺼냈다.

"폐하, 신첩 또한 태자가 거짓말처럼 일어나기를 누구보다 바라고 있습니다. 하오나……."

계수 황후는 잠시 숨을 크게 쉬며 감정을 골랐다. 황제는 연민이 가득한 얼굴로 황후가 말을 이을 때까지 기다려 주었다.

"태자가 저대로 일어나지 못할 때 또한 대비하셔야 할 것입니다."

끝내 계수 황후의 어깨가 흔들렸다.

태자의 병세가 짙어 다시 깨어나지 못할지도 모른다는 것을 당연히 모르지 않았다. 하여 그 말을 하면서 얼마나 억장이 무너지는 심정일지 알기에 황제는 아무 말도 하지 못하고 울음을 견디고 있는 황후를 지켜보기만 했다. 누구보다도 강하고 냉정해 보였던 여인이었는데 지금은 자식을 먼저 보낼까 봐 노심초사하는 작고 여린 여인으로만 보였다.

"그에 따른 의견이 있는 것이오?"

"……."

"태자의 후계를 정함에 있어 짐은 황후의 의견을 가장 중요시할 것이오. 그러니 원하는 것을 말하시오."

계수 황후는 잠시 생각에 잠겼다가 조심스럽게 말문을 열었다.

"신첩은 황자들 중 가장 천자로 적합한 황자가 태자의 뒤를 잇기를 바라옵니다."

"반드시 이 황자여야 할 필요는 없다는 말이군. 달리 눈여겨둔 황자가 있는 것이오?"

"아니옵니다. 태자가 아닌 이상 신첩에게는 누구든 같사옵니다. 다만 세 황자들의 장단점이 극명하게 다르니 황실과 백성들의 안녕을 위해 누가 가장 천자의 재목인지 따져 보시는 것이 좋으리라 사료되옵니다."

이 황자를 믿고 안하무인이 될 여지가 다분한 도 귀비와, 그녀에게 결코 야망이 뒤지지 않는 함 귀비의 세를 견제하려는 황후의 뜻을 알기에 황제는 쉽게 수긍했다.

"황후의 생각 또한 일리가 있소. 짐 역시 장자로 황위에 오른 것이 아니니 반드시 이 황자여야 한다는 생각은 갖지 않을 것이오."

"망극하옵니다."

"좋소. 황후의 말씀대로 만일의 사태를 위해 세 명의 황자들에게 동등한 기회를 주도록 하겠소. 그리고 그 기회는 지금부터 시작일 것이오. 황후 또한 누가 가장 황제감인지 냉정하게 판단해 보시오."

"황은이 망극하옵니다."

"다만 이 일은 황후와 짐만 아는 것으로 하는 게 좋겠소."
"명심하겠습니다."
"차후에 짐과 황후의 선택이 같을지 궁금하군."
 황제는 계수 황후의 어깨를 감싸 안으며 그녀를 다독였다. 황제의 넓은 품에 안긴 채 계수 황후는 서늘한 눈빛으로 어딘가를 응시했다.

제6장

동요 動搖

 차갑게 돌아서던 신유의 표정이 걸려 이담은 잠을 이루지 못하고 밖으로 나갔다. 뭘 먹고 체해 본 적이 없는데 명치끝이 꽉 막힌 듯 답답했다. 뒷마당을 걸으면서 그녀는 주먹으로 가슴을 통통 쳤다.
 무엄하다고 화를 내지도 않고 그냥 돌아서는 뒷모습이 자꾸만 생각나 죽을 맛이다. 절대로 신관 나부랭이가 지껄인 대로 되진 않으리라 독하게 마음먹었거늘 언제 그를 마음 자루에 담았단 말인가.
 '정말 어쩌자고 그러냐.'
 아무래도 그와 한 공간에 있는 것이 문제였다. 보지 않아도 신경이 쓰이는 존재인데 눈앞에서 아른거리니 잘라 내질 리가 없다. 삼장이 어떻게 되든 말든 공관으로 오지 말았어야 했다.

지난 행동을 곱씹다 이담은 멈칫했다. 그때 삼 황자의 제안을 끝끝내 거절할 수 있었다. 하지만 그러지 않은 건 그녀의 의지였다. 삼장의 핑계를 대며 어쩌면 그와 같은 공간에 있고 싶었던 건지도……

믿고 싶지 않지만 이미 그가 심장 언저리에 스며들어 있었던 것이다. 정말 미친 건가.

"답답한 모양이군."

담 위로 휘영청 떠 있는 만월을 얼빠진 눈으로 쳐다보던 이담이 고개를 힘없이 흔들었다.

'이젠 환청까지 들리는구나.'

그가 공관의 후미진 뒷마당까지 올 리가 없다는 생각에 이담은 한숨을 내쉬며 돌아섰다. 그러다 신유가 앞에 서 있자 놀라 눈이 달덩이처럼 커졌다.

"저, 전하! 어찌 이곳까지."

"그냥 걸음이 이리로 향하였다."

"……."

"이리 만날 운명이었던 게지."

그의 입에서 나오는 운명이라는 소리가 명치에 걸려 이담은 살짝 인상을 찌푸렸다.

"왜 나와 있는 것이냐?"

"그냥 좀 걷고 싶어서 나왔습니다."

"이곳에 매여 있는 것이 많이 답답해 보이는군. 나가고 싶은 것인가?"

 그렇다고 대답해야 하는데 갑자기 직접적으로 물으니 입이 열리지 않았다.

 "내 욕심으로 널 붙잡아 두는 것이 널 힘들게 하는 것이라면 그건 잘못된 것이겠지. 원한다면 공관을 나가도 좋다."

 "정말이십니까?"

 "한 입으로 두말하는 취미는 없다. 현장 대사도 찾아야 하고 혼인할 사내도 찾아야 하니 이곳에 있는 것보단 밖이 더 낫겠지."

 막상 멍석을 깔아 주면 하기 싫어진다고 하더니 그렇게 고대했던 말인데도 이상하게 마냥 기쁘지가 않았다. 혼인할 상대를 찾는다는 소리를 들은 후로 어쩐지 그가 자신을 잘라 내려는 것 같아 괜스레 서운한 마음도 들었다. 진짜 골고루 제정신이 아닌가 보다.

 "기왕 들어왔으니 삼장 할아버지가 사고 치신 값은 다 치르고 가겠습니다."

 "굳이 그러지 않아도 된다."

 "아닙니다. 제가 워낙 빚지고는 못 사는 성정이라서요. 나중에 또 트집을 잡으실지도 모르니까 깔끔하게 청산하고 나가겠습니다."

 "내가 그럴 것 같은가?"

 "아니십니까?"

 "장담할 수는 없다."

 당연히 아니라고 할 줄 알았는데 허를 찌르는 대답에 이담은 벙찐 표정이 됐다. 그녀의 반응을 지켜보던 신유가 피식 미소를 지었다.

"궁금한 것이 있다."

"그냥 묻지 않으시면 안 됩니까?"

또 대답할 수 없는 질문을 받을까 봐 이담이 먼저 선수를 쳤다.

"네가 원하는 사내는 어떤 사내냐?"

"예?"

"혼인 상대로 원하는 사내가 어떤 사내냐고 물었다."

얼굴을 빤히 보고 직설적으로 묻는 말에 이담은 당황했다. 역시나 대답할 수 없는 물음이었다. 에둘러 대답하고 싶었지만 다른 사내는 그려지지도 않았다.

"어, 어찌 그런 것을 물으십니까?"

"원한다면 내가 찾아 줄 수도 있다."

"됐습니다."

이담은 딱 잘라 대답했다. 그가 찾아 주겠다는 말이 묘하게 신경에 거슬렸다. 오지 않겠다는 사람을 기어이 공관으로 끌고 오더니 이제 와 가도 좋다고 하지를 않나 혼인할 상대를 찾아 주겠다니. 그에게 뒤통수를 한 대 얻어맞은 듯 배신감마저 들었다. 당연히 얼굴 표정이 좋을 리 없었다.

뚱해 있는 그녀의 표정을 보며 신유가 조용히 웃었다.

"그거 아느냐? 네가 당황해하는 모습을 보면 웃음이 나온다."

"못났다 놀리시는 거지요?"

"아니… 예뻐서."

그의 심해처럼 깊은 눈동자가 뚫어지게 보자 열기에 타 버릴 것 같아 이담은 그의 시선을 슬쩍 피했다.

"놀리지 마십시오."

"혼인할 상대를 찾아 주겠다는 말은 진심이다."

"……."

"내 눈에 통과가 되는 사내가 있을 리 모르겠지만."

어째서 그 말에 안도가 되고 물색없이 가슴이 설레는지 이유를 알고 있기에 이담은 살짝 볼을 붉혔다. 하지만 그런 속내를 그에게 들키고 싶지 않아 전혀 감흥 없는 척 굴었다.

"송구하오나 제 사내는 제가 직접 찾겠습니다. 한데 그러는 전하께선 혼인하지 않으십니까?"

"혼인이라……."

신유가 쓸쓸하게 되뇌었다. 어렸을 때부터 이 황자와 도 귀비의 표적이 되어 숱한 위기를 넘겼었다. 그래서 그들에게 또 하나의 표적을 더해 주지 않으려고 일부러 여인에게 눈길 한 번 주지 않았다. 당연히 혼인이란 말은 한 번도 생각해 보지 않은 단어였다.

신유는 복잡한 시선으로 이담을 응시했다. 혼인이라는 말이 뇌리에서 빙글빙글 돌았다.

'어쩌면, 너라면…….'

거기까지 생각하다 그는 생각을 털어 냈다. 아직은 해야 할 일도, 넘어야 할 산도 많았다. 크게 욕심이 나지만 자신 때문에 이담이 다치는 일은 없어야 한다. 귀족도 아닌 그녀는 더 위험하니까.

그럼에도 이담을 다른 사내에게 뺏기고 싶지 않다는 이기심이 생긴다. 참으로 모순적인 양가감정이었다.

"마음에 담아 둔 여인은 있다."

대답을 들은 순간 이담은 가슴이 철렁 내려앉았다. 혹시 그 상대가 자신일지 모른다는 어리석은 희망과 더불어 그의 마음을 차지하고 있는 여인에 대한 질투가 동시에 일어났다. 차마 그 여인이 누구냐 묻지도 못할 거면서 괜한 걸 물어서 마음만 상했다.

"바람이 차니 그만 들어가 보겠습니다."

심상한 마음을 들키기 싫어 이담은 그에게서 달아나듯 돌아섰다. 그때였다.

"전하, 피하십시오!"

시도의 외침과 동시에 신유가 이담을 안고 바닥으로 굴렀다.

"전하, 괜찮으십니까?"

시도의 다급한 목소리가 들렸다.

"나는 괜찮으니 그자를 쫓아라."

"알겠습니다."

신유의 무사를 확인한 시도가 활을 쏜 자를 쫓아간 세오를 도우려고 몸을 날렸다.

'대체 이게 무슨 일이지?'

순식간에 일어난 일이라 혼이 나갈 것처럼 놀라 이담은 입도 뻥긋하지 못했다.

그러다 거친 숨소리가 가까이에서 들린다 생각했을 때 자신이 신유의 몸을 누르고 있다는 사실을 깨닫고 그녀는 화들짝 놀라 몸을 일으키려 했다.

"그대로 있어."

 경고하듯 주의를 주는 소리에 그녀는 뻣뻣하게 굳은 채 움직이지 않았다.

 또르르 눈동자를 굴리며 고개를 들다 그녀는 나무에 깊숙이 박혀 있는 화살을 보고 경악했다. 공관에서 이런 말도 안 되는 일이 벌어진 것 자체가 너무 충격적이었다. 자신을 노렸을 리 없으니 분명 그를 죽이려 쏜 것이리라.

 '설마 도 귀비의 사주를 받은 자들의 짓인가? 아무리 그렇다고 어찌 공관에서 이런 짓을 저지른단 말인가.'

 상식 밖의 짓거리에 불같은 화가 끓어올랐다.

 그녀는 슬쩍 아래에 있는 신유의 안색을 살폈다. 무슨 생각을 하는지 눈을 감고 있었다. 차가운 바닥에 누워서 일어날 생각을 않는 걸 보면 분명 화를 참고 있을 것이다.

 지금까지 이런 일을 얼마나 많이 겪고 살아왔던 걸까. 마음이… 좋지 않았다. 당연히 그의 품에서 벗어나 일어서야 하는데 몸이, 또 마음이 움직여지지 않았다.

"괜찮으십니까?"

 조심스레 묻는 소리에 신유가 눈을 떴다. 가까이에서 본 그의 눈동자는 끝을 알 수 없는 밤바다처럼 깊고 어두워 보였다.

 그는 대답 대신 걱정이 가득 담긴 이담의 눈동자를 가만히 보기만 했다. 처음 그녀를 봤을 때부터 느낀 거지만 참 눈동자가 맑았다. 가지고 싶을 정도로.

"괜찮지 않다면 위로해 줄 것인가?"

"그러고 싶지만, 방법을 몰라서……."

뒷말을 어물거리는 그녀의 미간에 주름이 졌다.

"왜 그러는 거지?"

"좀 화가 납니다."

"내가 걱정이 되는 건가?"

"매번 화를 피할 수 있을지는 모르는 일이니까요. 언제까지 운이 좋을 수는 없는 거 아닙니까? 황자라는 자리가 이렇게나 위험한 거라면 저는 줘도 싫을 것 같습니다."

속상한 마음에 속마음을 털어놓고 이담은 그의 눈치를 봤다. 가타부타 말도 없이 그가 지그시 보기만 하니 시선을 어디에 둬야 할지 당황스러웠다.

새삼 그의 몸을 덮친 채라는 사실을 깨닫고 얼굴이 걷잡을 수 없이 달아올랐다. 유독 크게 전해지는 그의 심장 소리가 북소리처럼 울리고 있었다. 제 것인지 그의 것인지조차도 분간이 되지 않았다.

'미쳤어. 백이담.'

당장 시도와 세오가 돌아올 수 있고 안에서 누가 나올지도 모르는 상황인데 황자와 엉겨서 바닥에 뒹굴고 있는 꼴이라니 제정신이면 이럴 수 없다.

이담은 얼른 몸을 일으키려고 했다. 하지만 그가 놓아주지 않아 꼼짝할 수 없었다.

"저, 전하."

놀라 댕그랗게 뜬 눈동자를 사로잡으며 그가 커다란 손으로 이담의 뒤통수를 부드럽게 감쌌다.

"날 위로해 줄 수 있는 방법이 하나 있다."

"무슨……!"

신유가 뒤통수를 감싼 손에 힘을 주자 이담의 얼굴이 그의 얼굴로 내려갔다.

무슨 일이 벌어지는지 깨닫기도 전에 그와 입술이 포개졌다. 따스한 사내의 입술이 닿는 순간 이담의 눈동자가 충격으로 벌어졌다. 동시에 심장이 과부하가 걸린 것처럼 폭주하기 시작했다. 그의 혀가 부드럽게 입술을 쓸자 이담은 눈을 질끈 감아 버렸다.

신유는 눈을 반쯤 뜨고 이담을 쳐다봤다. 바짝 긴장해 있는 모습을 보니 이상하게도 그냥 놓아주고 싶지 않은 나쁜 마음이 들었다.

혀로 맛본 그녀의 입술은 하늘의 구름보다 더 부드럽고 감미로웠다. 그리고 뜨거웠다. 긴장해서 굳게 다물린 입술 안에 있을 젖은 혀를 상상하니 짐승과도 같은 사내의 본능이 존재감을 드러냈다.

여인의 유혹에서 자제력을 잃어 본 적은 단 한 번도 없었다. 더구나 이건 그가 벌인 판이었다. 이담은 자신을 유혹조차 하지 않는데도 당장이라도 무자비하게 혀를 그녀의 입 안으로 집어넣고 싶은 야만적인 충동이 일었다.

하지만 그는 불처럼 일어나는 본능을 꾸역꾸역 누르고 그녀를 놓아주었다. 기다렸다는 듯이 이담이 몸을 일으키자 그녀의 온기를 잃은 몸이 불만을 토해 냈다.

신유는 조용히 일어나 자신을 외면하고 서 있는 이담의 볼을 바라봤다. 홍조가 제대로 든 볼에서 식지 않은 열기가 느껴졌다. 침착한 척 서 있지만 채 정돈되지 않은 거친 숨소리가 미련을 잡아끌고 있었다.

신유가 말없이 보고만 있자 이담이 먼저 말문을 열었다. 확 트인 밖에 서 있는데도 좁은 밀실에 둘만 있는 것처럼 열기가 가시지 않았다.

"여인이 사내를 위로하는 방법이 꼭 이런 것만 있는 건 아닙니다."
"알고 있다. 다만… 내가 그리하고 싶었다."

누군지도 모를 적에게 화살을 맞을 뻔한 후에 하는 행동으로는 전혀 어울리지 않았지만, 사내와의 첫 접문에 이성을 상실했는지 따지고 싶은 의욕도 없었다.

아니, 더 솔직히는 조금씩 진정을 찾아가는 이성과 달리 진압이 전혀 되지 않은 심장 속의 불이 장기 전체로 번져 가는 기분이었다.

"이만 들어가겠습니다."

이담이 달아나듯 안으로 들어갔지만 신유는 그녀를 잡지 않았다.

그는 홀리듯 엄지로 입술을 만져 보았다. 입술이 기억하는 그녀의 온기가 잔열로 남아 있었다. 그 부드럽고 따뜻했던 촉감을 가두려 그는 혀로 입술을 쓸었다.

한 번은 시험해 보고 싶었는지도 모르겠다. 그저 맹목적으로 그녀에게 신경이 쏠리는 이유가 무엇인지 알고 싶기도 했다. 그래서 놀랄 것을 알면서도 볼 때마다 가지고 싶었던 입술을 탐하고 말았다.

하지만 그러지 않는 것이 좋았다. 성가신 일을 만들지 않으려 애서 부정하던 감정이었는데 결국은 그녀가 자신을 황자가 아닌 사내로 만들어 버리는 사실만 확인하게 되었으니까.

그는 이담이 들어간 곳을 응시하며 바람을 가두듯 천천히 주먹을 쥐었다. 그녀가 다른 사내와 혼인을 한다는 생각만으로도 뭉근하게 화가 뭉쳐졌다.

'처음부터 내 눈에 띄지 않는 것이 좋았을 것이다.'

신유는 조용히 걸음을 옮겼다. 그리고 나무에 깊숙이 박힌 화살을 뽑아냈다.

'하지만 이미 내게 각인된 이상 내게서 벗어날 수는 없을 것이다.'

화살을 든 채 그는 찬 바람을 맞으며 천천히 멀어져 갔다.

집무실로 들어와 신유는 화살을 살폈다. 그의 눈빛이 예리하게 빛났다. 화살 깃이 특이한 것이, 아국에서 흔히 볼 수 있는 화살은 아니었다.

때마침 시도와 세오가 안으로 들어오자 그는 눈빛으로 물었다. 두 사람 다 표정이 밝지 않았다.

"활을 쏜 자를 잡았으나 자진하는 걸 막지 못하였습니다. 황공하옵니다."

"결국 그렇군."

"하온데 전하, 그자가 서율국의 의복을 입고 있었습니다."

"서율국의 짓이란 말인가?"

"전하께서 이곳으로 오셔서 서율의 조정을 돕고 있는 것에 위협을 가하고자 반란군이 한 짓일 수도 있습니다."

"그럴 수도 있겠지."

대답을 하면서도 그의 눈빛은 무언가를 계속 의심하고 있었다.

"아닐 수도 있고."

"함정일 수도 있단 말씀이십니까?"

"이 활은 서율국 반란군 무리들이 가지고 다니는 화살이 맞을 것이다. 하나 화살을 쏜 자도 반란군인지는 확신할 수 없다. 떡 하니 서율국의 의복을 입고 공관에 잠입하다니 마치 일부러 봐 달라는 것 같지 않은가?"

"하면."

"그만큼 대범하거나 아니면 반란군으로 보이고 싶은 거겠지."

시도와 세오가 서로 눈빛을 주고받았다. 세오가 조심스럽게 물었다.

"도 귀비전에서 사주한 일이라 생각하십니까?"

"도 귀비의 짓이 아니라면 반란군의 짓이겠지. 그도 아니면 또 다른 누군가의 짓일 수도 있겠고. 범인을 잡지 못했으니 가능성을 모두 열어 놓고 보는 것이 맞을 것이다."

화살촉을 노려보다 신유의 눈빛이 날카롭게 허공을 베었다.

"이담이 봤다는 사내는 어떻게 된 거지?"

"그날 공관에 등청한 이들을 알아냈으나 공교롭게도 이담이 목격한 때가 모두 퇴청할 시각이라 의심 가는 자들의 범위를 좁히기가 쉽지 않습니다."

"어차피 이담이 다시 봐야 한다는 말이군."

"그렇습니다."

"좋다. 공관의 경계를 더 강화해라. 어느 쪽이든 공관에 함부로 드나들게 두어선 곤란하다."

"알겠습니다."

시도와 세오가 나가자 신유는 한동안 움직이지 않고 생각에 잠겼다. 자칫 조금만 늦었다면 이담이 다칠 뻔했기에 오래도록 기분이 좋지 않았다.

그러면서도 이담이 무얼 하고 있을지 궁금했다. 갑자기 공격을 받은 것만으로도 많이 놀랐을 텐데 입술까지 훔쳤으니 마음속이 어지럽진 않을까 걱정도 되었다.

하지만 그녀에게 한 행동이 후회되진 않았다. 아직도 몸에 남아 있는 그녀의 따스한 몸의 감촉이 날이 선 심기를 어루만져 주는 듯했다.

신유의 예상대로 이담은 한숨도 자지 못한 얼굴로 다음 날 밖으로 나왔다.

뒷마당에서 장세와 검술 연습을 하던 무윤이 푸석해 보이는 얼굴에 살짝 미간을 찌푸렸다.

"잠자리가 불편했던 것이냐?"

"그래 보이냐?"

"좀 곤해 보인다."

무윤이 걱정스런 표정으로 대답하자 옆에서 구경하고 있던 삼장이 쯧쯧 혀를 찼다.

"곤해 보이는 정도가 아니라 눈 아래가 퀭한 것이 십 년은 늙어 보이는구먼."

"뭐라고요!"

"핏대를 올리는 걸 보니 죽을 정도는 아닌 것 같고."

방금 전까지 피죽 한 그릇 못 먹은 것처럼 기운 없던 이담의 얼굴이 화르르 달아올랐다.

"아침부터 왜 시비예요?"

"시비라니? 걱정이 돼서 하는 소리구먼."

"흥! 영감님이 내 걱정을 퍽도 하시겠네요. 걱정은 무슨, 염장이나 지르지 마세요. 가뜩이나 힘들어 죽겠는데."

"그러게 힘든 일을 왜 하고 그래?"

"지금 뭐라는 거예요?"

"땅바닥에 오래 누워 있으면 입 돌아간단 소리야."

쌈닭처럼 덤비려다 이담은 그대로 굳었다. 뒤통수를 후려치고 떠오른 생각에 그녀는 눈을 댕그랗게 뜨고 삼장을 쳐다봤다. 한 건 잡았다는 표정으로 낄낄거리고 웃는 얼굴을 보니 틀림없이 어젯밤 자신이 삼 황자에게 안겨 있는 꼴을 봤다는 확신이 들었다.

'설마 그 뒤까지 전부 다 본 건 아니겠지?'

삼 황자에게 안겨서 접문까지 한 것을 삼장이 모두 봤을지 모른다는 생각에 이담은 얼굴에 불이 난 것처럼 뜨끈해졌다.

그녀는 나는 어젯밤 네가 한 짓을 알고 있다는 표정으로 짓궂게 웃는 삼장을 노려보다 슬그머니 돌아섰다. 그에게 약점이 잡힌 이상 오늘은 부딪히지 않는 것이 상책이었다.

"어딜 가는 것이냐?"

장세가 묻는 소리에 얼른 얼버무렸다.

"미류랑 청소하러 가야지."

"몸이 안 좋으면 쉬어라. 청소는 내가 하마."

"되었다. 가만히 있으면 더 병날 것 같으니 움직이는 것이 낫다."

그 말을 끝으로 이담이 쌩하니 가 버리자 무윤과 장세가 뒷모습을 지켜봤다.

"올 땐 느릿느릿하더니 갈 땐 뭐가 저리 바쁜 것이냐?"

"어쨌든, 생각보다 기력 없어 보이진 않으니 다행이다."

두 사람이 다시 대련을 시작하자 삼장은 이담이 줄행랑을 친 곳을 쳐다보며 껄껄거렸다.

미류를 찾아가면서 이담은 있는 대로 구시렁거렸다.

"하필 입 싼 영감님한테 들킬 건 뭐람. 어디까지 봤냐고 물어볼 수도 없고 죽겠네, 진짜."

미류가 입이 댓 발이나 나와 있는 이담을 보며 피식 웃었다.

"또 삼장 할아버지랑 한판 한 거냐?"

"티 나?"

"넌 솔직해서 다 티 난다. 할아버지랑은 왜 매번 다투는 것이냐?"

"그 영감님 때문에 이러고 있으니 그러지."

"근데 난 이곳에 있는 것이 다행이라고 여기는데 넌 그렇지 않냐? 객잔은 더 위험하잖아."

"그래도 여긴 자유가 없잖아."

이담이 투덜거렸지만 미류는 언니처럼 그녀를 달랬다.

"겉보기엔 삼장 할아버지가 제멋대로인 것 같지만 생각 없이 행동하시는 건 아닌 것 같아. 그리고 은근히 널 아끼시는 것도 같고."

"그 말 도로 넣어 줄래? 아끼긴 개뿔. 날 엿 먹이는 재미로 사시는 분이시거든."

"그럴지도 모르지. 근데도 나는 때때로 할아버지께서 널 보호하는 것 같은 기분이 들어."

"청소나 하러 가자."

받아들일 수 없다는 얼굴로 이담이 고개를 저으며 앞서가자 미류는 엷게 미소를 지으며 이담을 따라갔다.

신유에게 지난밤에 있었던 일을 들은 구자청이 깜짝 놀랐다.

"자객이 들었다니요!"

그는 재빨리 신유의 눈치를 살폈다.

"대체 어떤 간 큰 놈이 공관에서 감히 전하에게 활을 쏜단 말입니까?"

"구 장군은 누구의 짓인지 짚이는 곳이 없소?"

"당연히 반란군의 짓이겠지요. 그 무도한 놈들이 하다 하다 이젠 공관까지 들어오다니 눈에 뵈는 게 없는 모양입니다."

반란군 무리들이 한 번씩 백성들을 괴롭힌 적은 있었지만 관을 공격한 적은 없었다. 그런데 공관까지 쳐들어와 황자를 노렸단 사실에 구자청은 분개했다.

"내부 소행일 가능성은 없다 보는 것이오?"

"내부 소행이라니요? 어찌 그리 생각하십니까?"

"좀 개운치 않아서 말이오. 어젯밤 내게 활을 쏜 자는 분명 서율국의 의복을 입고 있었고 서율국의 활을 쏘았소."

"그러니 당연히 반란군의 짓이지요."

"한데 이상하단 말이야."

"예? 이상하다니요?"

구자청이 마른침을 꼴깍 삼키며 신유의 뒷말을 기다렸다.

"어제 내가 자객에게 공격을 받은 곳은 집무실 근처가 아니라 공관의 식솔들이 기거하는 공관 뒷마당이었소. 그곳은 구조상 집무실을 통과해야만 갈 수 있는 곳이고 집무실 근처에는 수십 명의 병사들이 경비를 서고 있는데 삼엄한 경비를 뚫고 자객이 나를 찾아 뒷마당까지 올 수 있다는 것이 이상하지 않소?"

"그, 그건!"

"그 많은 병사들이 눈을 뜨고도 활을 메고 숨어든 자를 보지 못했다는 사실을 어떻게 받아들여야 할지 모르겠군."

자칫 입을 잘못 놀렸다간 공관 경비가 허술한 것을 실토하는 꼴밖에 되지 않아 구자청이 조심스레 변명했다.

"다신 같은 일이 일어나지 않도록 경비를 더 엄하게 하겠습니다."

"곳간이 안에서 털리는 거라면 밖만 튼튼히 한다고 하여 무슨 소용이겠소?"

"예?"

"어젯밤 일이 정말 병사들의 경비가 허술해서 벌어진 일인지, 아닌지 확신할 수 없다는 소리요."

"그게 무슨 말씀이신지요?"

"자객을 정말 못 봤을 수도 있고 아니면… 못 본 척했을 수도 있겠지."

구자청이 놀라 눈을 동그랗게 떴다.

"지금 전하의 말씀은 누군가 일부러 전하를 공격하라고 길을 터 줬단 말입니까?"

"그럴 가능성도 배제할 수는 없소."

"대체 이곳에서 누가 전하를 공격한단 말입니까?"

놀란 구자청의 얼굴을 관찰하며 신유가 냉소했다.

"내 목숨을 노리는 자들은 황도에서도 늘 있었으니 새삼스러울 것도 없소."

해탈한 듯 담담한 대답에 구자청은 살짝 미간을 찌푸렸다. 태자가 오랜 투병 중이라 물밑에서 황자들 간의 기 싸움이 장난 아니라는 풍문은 들어서 알고 있었다. 그중 문무가 출중한 삼 황자가 단연 집중적으로 견제를 받고 있다는 소리도 들었다. 하나 황자들의 알력 싸움이 목숨을 위협받을 정도로 심할 줄은 몰랐다.

"하면 이제 어찌하실 생각이십니까?"

"내 추측이 기우이길 바라지만 만일의 상황에 대비해 숨어 있는 쥐부터 잡아야겠지."

"그 일은 소장에게 맡겨 주십시오. 소장이 누구의 짓인지 밝히겠습니다."

구자청이 패기 있게 나섰지만 신유는 곧바로 물렸다.

"아니요. 이건 내가 할 일이니 구 장군은 계속 서율국 반란의 무리들을 주시해 주시오."

"하오나."

"나로 인해 괜한 곳에 신경을 분산할 필요는 없소."

"알겠습니다."

"나가 봐도 좋소."

구자청이 밖으로 나가자 신유는 그가 나간 곳을 쳐다보며 눈을 가늘게 떴다.

신유의 집무실을 나온 구자청은 주변을 살피다 얼른 회의실로 들어갔다. 그는 종이를 꺼내 급하게 무언가를 적어 내려간 후 봉투에 담고 밀봉했다. 그리고 밖에서 대기하고 있던 수하를 안으로 불렀다.

"이 서찰을 극비리에 황도로 전하여라."

"알겠습니다."

수하가 밖으로 나가자 구자청은 심각하게 눈살을 찌푸린 채 손가락으로 탁자를 탁탁 쳤다.

구자청을 내보내고 화살을 만지고 있던 신유는 밖에서 이담이 왔다가 돌아가는 기척을 느끼고 곧바로 일어나 문을 열었다.

"무슨 일이지?"

그가 안에 있다는 시도의 말에 돌아서던 이담이 깜짝 놀라 고개를 숙였다.

"무슨 일이냐고 물었다."

"집무실 청소를 하러 왔습니다. 다음에 다시 오겠습니다."

다소 차가운 말투에 이담은 얼른 용건을 말하고 돌아섰다. 어젯밤 일로 날이 서 있는 것 같은데 때를 잘못 잡았다. 이 시각엔 늘 비어 있어서 당연히 아무도 없을 거라 생각하고 왔던 건데 그가 있을 줄 몰랐다.

"들어와라."

그냥 간다고 하려다가 이담은 단호한 그의 시선을 느끼고 미류와 함께 안으로 들어갔다. 이럴 때 혼자가 아니라 다행이었다.

"나는 신경 쓰지 말고 하던 일 해라."

"그리하겠습니다."

이담은 일부러 그에게서 가장 먼 곳에서부터 청소를 시작했다. 책장에 서책을 가지런히 꽂고 먼지를 털면서 그녀는 힐끔 뭔가를 읽고 있는 신유를 쳐다봤다.

갑자기 열병에 걸린 사람처럼 수시로 그에게 눈길이 가는 것이 미칠 지경이었다. 어젯밤 그에게 접문을 당한 후로 이상한 병에 걸린 것 같았다.

시선이 사내의 입술에 닿을 때마다 심장이 과하게 두근거리고 떨렸다. 그와 입술이 닿았던 감촉을 떠올릴 때마다 얼굴이 속수무책으로 달아올랐다.

그를 밀어냈어야 하는데 하지 못했다. 아니, 하지 않았다는 것이 맞을 것이다. 그렇게라도 참담할 그의 기분을 다독여 주고 싶었으니까.

무사히 위기를 넘겨 다행이다 싶으면서도 앞으로도 계속 그런 상황을 맞닥뜨려야 할 그가 너무 걱정이 됐다.

덤덤한 척하지만, 끊임없이 견제를 당하고 죽을 고비를 넘겼을 것을 생각하니 그가 안쓰러워 더 마음이 갔다. 자꾸 걱정되는 마음이 연민에서인지 연정에서인지도 헷갈렸다.

'이러다 들킨다. 제발 정신 좀 차리자.'

그녀는 고개를 털며 자꾸 흐트러지는 정신을 다잡으려 용을 썼다. 그러나 물색없는 시선은 또 탁자를 훔치다 말고 그를 찾고 있었다.

그러다 이담은 신유를 바라보는 미류의 시선을 발견하고 눈을 가늘게 떴다. 우연이겠지 싶어 고개를 돌리다 여전히 신유에게 시선이 박혀 있는 미류에게 이담은 눈살을 찌푸렸다.

뭔가 기분이 몹시 좋지 않았다. 이런 생각을 하는 자신이 우스웠지만 그래도 다른 여인이 그를 바라보는 것이 거슬렸다. 부인하고 싶지만 명백한 질투였다.

'가지가지 하는구나, 백이담.'

삼 황자가 제 사내도 아니고 감히 이루어질 수도 없는 사이건만 마치 제 사내를 다른 여인이 눈독 들인 것처럼 보는 것도 한심했다.

그를 다시 만나면서부터 모든 것이 뒤죽박죽되어 버렸다. 자아를 잃어버린 느낌이랄까. 원래의 백이담은 이러지 않았는데요 며칠은 사내 때문에 산 등신이 되어 버린 것 같다.

이렇게 마음이 흔들릴 줄 몰랐는데… 진짜 공관에 오지 말았어야 했다.

 저도 모르게 잔뜩 인상을 찌푸리고 있다 신유가 고개를 들자 눈빛이 마주쳤다. 미류를 의식해서인지 그가 눈빛으로 무슨 일이냐고 묻는 것 같았지만 이담은 대답하지 않았다. 그가 빤히 보기만 하자 그제야 자신이 그에게 인상을 쓰고 있는 걸 깨달았다.

 갑자기 가슴이 터질 것 같아 이담은 고개를 돌려 그의 시선을 외면했다. 그리고 곧바로 미류에게 다가갔다.

"나는 다른 곳으로 먼저 갈 것이니 마저 끝내고 와라."

"어, 그래."

 얼떨떨해하는 미류를 두고 이담은 뒤도 돌아보지 않고 밖으로 나가 버렸다. 뒤통수로 그의 시선이 느껴졌지만 돌아볼 수 없었다.

 삼장의 말대로 어젯밤 그와 차디찬 땅바닥에 누워 있었던 것이 화근이었다. 입이 돌아가는 것이 아니라 마음이 돌아가 버렸으니 그에게 이미 한껏 기울어 버린 마음 저울을 어찌 다시 돌려야 할지 막막하기만 했다.

 이담이 나간 곳을 쳐다보며 신유는 미간을 찌푸렸다. 자신을 복잡한 시선으로 보고 있던 표정이 마음에 걸렸다.

"되었으니 그만 나가라."

 그는 눈치를 보며 탁자 위를 닦고 있는 미류에게 조용히 명했다. 미류가 아쉬움이 가득한 눈초리로 고개를 숙이고 밖으로 나갔다.

답답해서 밖으로 나온 이담은 뒷마당으로 가려다 막 공관으로 들어오는 사내들을 발견했다. 처음 보는 사내들인데 행색이 이곳 사람들은 아닌 듯 보였다.
"잠깐 서라."
 속이 시끄러워 막 지나치려는 찰나 가운데 선 사내가 이담을 불러 세웠다.
"어찌 그러십니까?"
"삼 황자가 안에 있느냐?"
 삼 황자를 하대하는 말투에 이담은 순간 등골이 서늘해졌다. 설마 이 사내는…….
"삼 황자가 안에 있냐고 묻질 않느냐!"
"집무실에 계십니다."
"이 황자 전하가 아니십니까?"
 강유를 알아본 세오가 가까이 다가와 고개를 숙이자 이담은 제 추측이 맞았음을 짐작했다. 이 황자가 이곳까지 올 줄은 상상도 한 적이 없기에 당연히 몸이 뻣뻣하게 굳었다.
"안으로 드십시오, 전하."
 세오가 정중히 청하며 신유에게 아뢰자 강유가 안으로 들어가다 말고 이담을 돌아봤다.
"제법 반반하게 생겼구나. 이곳에서 일하는 계집이냐?"
"저는……."
"제 손녀이옵니다. 이곳에서 허드렛일을 맡아 하고 있습니다."
 이 황자와 부딪친 일로 잠시 얼이 나가 있던 이담이 얼른 정신을 차렸다. 유들유들한 목소리로 대신 대답하고 있는 사람은 삼장이었다.

"무얼 꾸물거리고 있는 게야? 할 일이 산더미인데."

"아, 예. 지금 가요."

삼장이 강유에게 굽실거리며 이담을 끌고 물러났다. 강유는 힐끗 이담을 쳐다보다 안으로 들어가려고 했다. 그러다 막 밖으로 나오는 미류를 보며 눈을 치켜떴다.

"공관에 반반한 계집이 많군."

강유의 시선을 느낀 미류가 얼른 고개를 숙였다.

"형님께서 이곳까지 어떻게 오신 겁니까?"

신유가 말을 건 틈을 타 미류가 재빨리 강유의 시선에서 벗어났다.

"괜찮은 것이냐?"

시도가 식은땀을 흘리는 미류에게 물었다.

"예, 예. 괜찮습니다."

미류가 대충 둘러대고 서둘러 집무실에서 멀어졌다. 하지만 그녀의 몸은 사시나무 떨듯 떨리고 있었다.

밖에서 대기하고 있던 강유의 호위 무사 혁치가 날카로운 시선으로 허둥대는 그녀를 주시했다.

뒷마당에선 이담과 삼장이 티격태격하고 있었다.

"손녀라니 왜 거짓말을 하고 그래요? 내가 언제 할아버지 손녀 한댔어요?"

"이게 기껏 도와주니까 왜 투덜대고 난리야?"

"누가 도와 달랬어요?"

"왜 이러셔? 너답지 않게 이 황자 앞에서 바짝 얼어 있었잖아. 그래서 내가 땡 해 준 건데 고마우면 그냥 고맙다고 해. 보따리 내놓으라고 안 할 테니."

따지려다 이담은 삼장을 지그시 쏘아봤다. 분명 아까는 삼장의 기지로 매끄럽게 자리를 피한 것이 맞았다. 새삼 삼장이 은근히 자신을 도와준다고 했던 미류의 말이 생각났다. 그녀는 한쪽 눈썹을 슬며시 들어 올리며 삼장을 살폈다. 따지고 보면 참 절묘하긴 했다.

그러다 그녀는 얼굴이 백지장처럼 하얗게 질려서 돌아오는 미류를 보며 깜짝 놀랐다.

"너 얼굴이 왜 그래? 무슨 일이야?"

"아니야, 아무것도."

그러면서 미류가 처소 안으로 쏘옥 들어가 버리자 이담은 삼장을 돌아봤다.

"왜 그렇게 봐?"

"용하다면서요? 이럴 때 맞혀야죠."

"다 때려 맞히면 이 꼴로 이러고 있겠어?"

"이것 봐. 아무래도 사기꾼 냄새가 난다니까."

"아니라니까!"

"알았으니까 사고 치지 말고 얌전히 계세요."

이담이 새된 눈으로 힐끗 쳐다보고 안으로 들어가자 삼장은 입술을 씰룩거렸다.

"저게 도와준 공도 모르고 퍽 하면 늙은이 타박이야."

그러면서 그는 구름이 서서히 몰려드는 하늘을 올려다보며 미간을 찌푸렸다.

시비가 내온 차에 시선도 주지 않고 강유는 집무실을 시선으로 훑었다.
"형님이 찾아오실 줄 몰랐습니다. 연통도 없이 갑자기 어인 걸음이십니까?"
"변방에서 네가 얼마나 고생하는지 걱정이 되어서 와 봤다. 혹여 집무에 방해가 될까 봐 연통도 없이 왔으니 개의치 마라."
뜨거운 차를 한 모금 마시며 신유는 서늘한 시선이 되었다.
"이곳 정세는 어떠하냐?"
"아직은 조용합니다. 소제가 온다는 소식을 저들도 들었을 테니 잠시 숨을 고르고 있는 듯합니다."
강유가 코웃음을 치며 분개했다.
"버러지 같은 놈들이 감히 아국의 백성들을 공격하다니 죽으려고 환장을 한 것이지. 서율국의 황실은 어떻게 생겨 먹었기에 반란군 하나 어쩌지 못하고 아국에게만 의지하는 것인지 참으로 한심한 일이 아니냐?"
"동맹에 의해서이기도 하지만 서율국이 반란군에게 넘어간다면 아국에게도 좋을 것이 없습니다."
"그래도 이건 너무 밑 빠진 독에 물만 붓는 격이 아니냐? 썩어 빠진 조정을 차라리 반란군에게 넘겨 버리고 차후에 반란군을 쳐서 서율국을 완전히 먹어 버리는 것이 나을 것이다."

자신의 생각과는 너무도 다른 의견에 신유는 정중하게 반박했다.

"형님, 그렇게 간단한 문제가 아닙니다. 그리고 소제가 알아본 바로는 서율국의 조정 역시 무조건적으로 아국에게 기대고만 있는 건 아닙니다. 스스로 반란군을 치고 국정을 바로잡으려는 노력도 하고 있습니다."

"그럼 뭘 할 것이냐? 당장 아국의 병력을 철수한다면 사흘 내로 반란군에게 넘어가고 말 것을."

"그래서 더더욱 우리의 힘이 필요한 것이지요. 저들의 조정이 부정부패로 회생이 불가한 지경이면 형님의 말씀도 숙고해 봐야겠지만 지금은 어떻게든 저들 조정에 힘을 실어 주어 바로 설 수 있게 도와주어야 합니다. 그렇지 않으면 백성들의 피해가 너무 큽니다."

"대업을 위해서 백성들의 희생은 어쩔 수 없이 감수해야 할 일이다."

"소제는 될 수 있는 한 백성들의 희생은 없어야 한다 생각합니다."

신유가 끝까지 지지 않고 제 의견을 피력하자 강유는 기분이 상했다. 그는 불쾌한 기분을 감추지 않고 드러냈다.

"너와는 번번이 의견이 갈리는구나."

"송구하옵니다."

"뭐, 이곳의 책임자는 너니까 오늘은 이쯤 해 두겠다. 하나 아바마마께서도 너와 같은 의견이실지는 모르겠구나. 어쨌든 이곳은 위험한 곳이니 항상 조심하는 것이 좋을 것이다. 살아서 황도로 돌아오고 싶으면 말이다."

의미심장한 소리에 신유의 눈빛이 차갑게 변했다.

"형님의 말씀 명심해서 꼭 살아서 황도로 돌아가도록 하겠습니다."

찬 소리로 맞받아치는 소리에 강유는 싸늘하게 신유를 쳐다봤다. 하나 이곳에 그를 자극하러 온 것이 아니기에 슬그머니 대화를 바꿨다.

"수 귀비께서는 잘 지내신다."

"소식을 전해 주셔서 고맙습니다. 그렇지 않아도 궁금하던 참이었습니다."

강유가 떠보듯이 물었다.

"수 귀비께 따로 연통을 받지 않은 것이냐?"

"아직까지는 연통을 받은 것이 없습니다."

"그래."

대답을 하면서 강유는 신유를 힐끗 쳐다봤다. 표정만으로는 백중현의 여식에 관한 소식은 전혀 모르고 있는 것 같았다. 우려했던 일은 없으니 안심이었다. 내려온 김에 은밀하게 행방을 수소문하면 될 것이다.

"온 김에 이곳에 며칠 머물다 갈 것이다."

"다른 곳은 위험할 수 있으니 공관에 머무르십시오."

"이곳은 답답하니 따로 지낼 곳을 구할 것이다. 감히 날 건드리는 놈들은 없을 것이니 신경 쓰지 마라."

"그래도 형님."

"되었으니 집무에나 집중하거라."

그 말을 끝으로 강유가 자리에서 일어났다. 그가 밖으로 나가자 신유는 그를 따라 나가 배웅했다.

"시도, 형님께서 머무시는 곳을 확인해라."

"알겠습니다."

시도가 조용히 사라지자 신유는 강유가 나간 곳을 길게 응시했다. 분명 다른 목적이 있어서 이곳까지 내려왔을 것이기에 마음이 편치 않았다. 그는 습관적으로 이담이 있는 곳을 돌아보다 안으로 들어갔다.

처소로 들어온 이담은 구석에 앉아 있는 미류에게 다가갔다. 신유와 함께 있는 걸 보고 나오는 길이라 갑자기 미류의 표정이 겁에 질려 보이는 것이 의아하고 궁금했다.

"삼 황자 전하와 무슨 일이 있었느냐?"

"아니다."

"한데 어찌 그리 질린 얼굴이냐? 너 지금 얼굴이 백분을 바른 것처럼 하얗다."

이담이 재차 물었지만 미류는 대답하지 않고 덜덜 떨기만 했다. 이담의 눈빛이 예리하게 미류를 훑었다.

"혹, 이 황자 전하 때문에 그런 것이냐?"

대답을 하진 않았지만, 이 황자라는 소리에 미류의 어깨가 눈에 띄게 움찔거리는 것으로 보아 답을 들은 거나 마찬가지였다.

이담은 의심 가득한 눈빛으로 미류의 반응을 살폈다. 지난번 우연히 수 귀비에 대해서 언급했을 때도 그녀가 무언가 감추고 있다는 느낌을 받았었다. 굳이 얘기하고 싶어 하지 않기에 강요하지 않았는데 이 황자를 보고 이렇게까지 격한 반응이라니 사연이 궁금해졌다.

"너 혹시 황궁에 있었느냐?"

정곡을 찔렀는지 미류가 저도 모르게 화들짝 놀라 쳐다봤다.

"표정을 보니 그런 모양이구나."

"왜 그렇게 묻는 것이냐?"

"지난번 수 귀비 마마를 아는 것도 그렇고 이 황자 전하를 보고 놀라는 것도 그렇고 달리 생각이 되지 않아서 말이다. 혹 황궁의 궁녀였느냐?"

"아니다. 난 황궁에 있었던 적 없다."

"그래?"

미류가 대번에 부인하고 나오자 계속 추궁하기 뭐해 이담은 더 묻지 않았다.

"무슨 사연인지 억지로 묻고 싶진 않지만 지금 너 너무 불안해 보여서 걱정이 된다. 만일 이 황자 전하를 만나서 그런 거라면 당분간 피해 다니는 것이 좋겠다. 그리 불안해 하다간 필경 의심을 살 거야."

이담이 더 묻지 않고 걱정을 해 주자 미류는 밖으로 나가려는 이담의 등에 대고 말했다.

"내가 아니다."

"뭐가 말이냐?"

"황궁에 있었던 건 내가 아니라 우리 언니였다."

"언니가 궁녀였단 말이냐?"

"…그래."

그리고 미류가 다시 입을 다물어 버리자 이담은 더 묻지 않고 밖으로 나왔다. 언니가 궁녀였다고 과거형으로 말하는 것으로 보아 지금은 아니라는 말이다. 또 표정이 어두워지는 것으로 보아 좋지 않은 일이 있었던 것이 분명했기에 더 캐물을 수 없었다.

어쨌거나 이유는 다르지만, 그녀 또한 이 황자의 존재가 몹시 불편한 것은 같은 마음이라 동질감이 생겼다.

그러면서도 신유에 대한 생각은 어떤지 궁금했다. 지난번 스치듯 수 귀비에 대한 이야기를 꺼냈을 때 분명 적의는 느껴지지 않았다. 그리고 오늘 집무실에서 신유를 보는 눈빛 또한 적의라곤 찾아볼 수 없었다. 오히려 그 반대의…….

'그만하자. 없어 보인다.'

확실하지도 않은 일로 미리 조급해하고 마음 끓이지 말자는 건 신념과도 같은 생활신조였는데 당연하게 그와 엮이면서부터 예외가 되고 있었다.

그것이 짜증 났다. 제 맘인데 제 맘대로 되지 않는 심장 주머니를 꺼내 정신 차리라고 꿀밤이라도 한 대 치고 싶었다.

'이제 어떡한다?'

이 황자가 무슨 일로 오지인 이곳까지 찾아왔는지 모르지만 부딪쳐서 좋을 것이 없었다. 그동안은 신유 혼자만 있었기에 함께 있어도 괜찮겠지 하며 합리화를 시켰었다.

그런데 떡하니 이 황자가 나타나 버렸으니 신관 나부랭이가 떠든 꼴대로 되기 전에 뭔가 결정을 내려야 했다.

짐승인지 사람인지 확인도 하지 않고 화살을 쏘려고 했던 이 황자의 만행에 아직도 사지가 부들부들 떨려 이담은 이를 갈았다. 그때 이후로 학을 떼서 죽었다 깨나도 이 황자를 사내로 볼일은 없겠지만 재수 없이 얼쩡거렸다간 무슨 꼴을 당할지 모르니 피하는 것이 좋을 것이다.

"똥이 무서워서 피하나? 더러워서 피하지. 내 더러워서 피해 준다."

"누가 똥이라는 것이지?"

생각에 잠겨 걷는 통에 뒤에서 신유가 다가온 줄도 모르다 이담은 경기하듯 놀랐다. 그 모습에 신유의 한쪽 눈썹이 비스듬히 올라갔다.

"혹 그 똥이 나인가?"

"예에? 그럴 리가요. 절대 아닙니다."

이담이 단호하게 부인하자 신유의 눈빛이 조금 풀렸다.

"한데 예까진 어찌 오신 겁니까? 이 황자 전하께서 오신 것이 아닙니까?"

"형님께선 볼일이 있으셔서 나가셨다. 하여 널 보러 왔다."

"제게 무슨."

"아까 왜 날 그렇게 본 것이냐?"

"예? 제가 언제……."

"집무실에서 눈이 마주쳤을 때 분명 무언가 묻고 싶은 표정이었다. 아니라고 할 건가?"

 스리슬쩍 넘어가려고 했건만 어림없다는 투로 몰아세우는 통에 이담은 난처했다. 미류가 보는 눈빛에 골이 나서 쳐다보다 들킨 거였는데 사실대로 밝힐 수도 없으니 난감할 노릇이었다.

 "별거 아니니 그냥 좀 넘어가 주시면 안 되겠습니까? 잠깐 생각이 복잡해서 그랬습니다."

 가타부타 말도 없이 신유는 이담을 보기만 했다. 좀 전에 이담이 혼잣말로 피한다고 했던 말이 가시처럼 걸렸다. 그녀에게 묻고 싶은 것도 많고 알고 싶은 것도 많은데 번번이 차단을 당하니 은근히 화도 났다.

 "나는 네게서 벽이 느껴질 때마다 깨부수고 싶은 충동을 느낀다."

 "……"

 "내가 언제까지 참을 수 있는지는 나도 알 수 없다. 그러니 내게 벽을 쌓지 마라."

 살벌하면서도 그의 마음이 어느 때보다 강하게 느껴져 이담은 심장이 아팠다. 위험한 걸 알면서도 자꾸만 마시게 되는 치명적인 독처럼 그에게 중독되는 기분이었다.

 가지 말자면서도 속수무책으로 그에게 달려가고 있는 감정에도 지치고, 그 와중에 가당치도 않은 질투까지 버무려져 가슴이 터질 것 같았다. 저도 어쩔 줄 모르는 제 마음에 골이 나 심기가 비틀렸다.

 "다른 여인들에게도 이렇게 말씀하십니까?"

저도 모르게 툭 튀어나온 진심에 신유가 미간을 찌푸렸다.

"내가 아무 여인에게 감정을 흘리고 다니는 사내로 보이나?"

"전하의 말씀을 어찌 받아들여야 할지 모르겠습니다. 설령 진심이라고 하셔도 받아들일 수 없는 입장임을 잘 아시지 않습니까?"

이담이 진지한 표정으로 반박하자 신유는 가만히 그녀를 응시했다.

"높으신 황자 전하께서 관심을 주신다고 하여 제 일생을 걸고 싶진 않습니다. 전하와 저는 너무도 다른 곳에 서 있는 걸 전하께서도 잘 아시지 않습니까? 그러니 책임지지 못할 말로 저를 흔들지 말아 주십시오."

조금은 감정을 실어 나무라는 소리에 신유는 그녀의 눈빛을 똑바로 응시했다. 타박이 담긴 눈빛이 흔들리는 걸 읽고 그는 낮게 한숨을 내쉬었다.

손만 내밀면 기다렸다는 듯이 손을 잡는 여인들이 부지기수인데 그리 쉬운 여인이 아니라 더 애가 타면서도 더 빠져들었다. 그리고 더 욕심이 났다.

"한순간의 감정으로 널 잡으려는 게 아니다. 쉽게 본 것도 물론 아니다. 나는 다만 네가 내 앞에 없는 것이 싫다."

"저는……."

"내가 가진 권위를 이용해 널 억지로 하지 않겠다고 하였다. 나는 지금 삼 황자로 네 앞에 서 있는 것이 아니다. 그러니 쉬이 털어 내지 마라."

말을 할수록 그에게 더 잡히는 것 같아 이담은 답답함을 느꼈다. 하지만 그 답답함에는 좀 더 적극적으로 벗어나려 하지 않는 모순된 감정도 포함되어 있었다.

"네 말대로 순간적인 감정인지는 좀 더 두고 보면 알겠지. 그러니 나는 내 마음 가는 대로 너를 계속 흔들 것이다. 내가 싫다면 네가 흔들리지 말고 버텨라. 단, 피하는 건 용납하지 않을 것이다."

'그걸 말이라고.'

따져 묻고 싶었지만, 그가 이글거리는 눈빛으로 보기만 해 이담은 결국 시선을 피했다.

신유의 눈빛이 도톰하게 살이 오른 이담의 아랫입술에 내려앉았다. 순간 어젯밤에 맛봤던 그 달콤한 감촉이 떠올라 그는 마른침을 삼켰다. 다시 점잖지 못하게 허리를 확 낚아채 입술을 맛보고 싶다는 충동을 누르며 그는 이담에게서 돌아섰다.

그녀만 보면 짐승처럼 깨어나는 수컷의 본능이 스스로도 당황스러웠다. 그리고 확실히 알 수 있었다. 그녀에 대한 감정이 이미 의지로 제어할 수 있는 선을 넘었다는 것을.

그는 빠른 걸음으로 이담에게서 멀어지면서 오른손으로 심장을 만져 봤다.

심상하게 마음을 흔들어 놓고 바람처럼 멀어져 가는 야속한 그의 뒷모습을 보며 이담 역시 거칠어진 숨을 내뱉으며 심장을 설득했다.

'제발 나대지 좀 마.'

저를 달래듯 심장을 달랬지만 이미 제 것이 아닌 것처럼 심장은 속도 모르고 엇박자를 냈다.

볕이 잘 드는 툇마루에 앉아 이담은 하나둘씩 떨어지는 잎을 보고 있었다.

몸이 안 좋아 보이는 미류 몫까지 더해 하루 종일 공관의 허드렛일을 찾아 하면서 몸을 굴렸지만, 잡생각은 여전히 사라지지 않았다.

그때 언제 돌아왔는지 무윤이 조용히 곁에 앉았다. 그는 요즘 장세와 함께 시도에게서 공관의 일을 배우는 중이었다.

"머릿속이 복잡한 것이냐?"

"넌 매번 어찌 그리 잘 아느냐? 삼장 할아버지 대신 자리 깔아도 되겠다."

"네 얼굴에 그리 쓰여 있다. 무엇이 고민인 거냐?"

이담은 잠시 진지하게 고민했던 문제를 무윤에게 털어놓았다. 유모의 아들이지만 어릴 적부터 자신을 위해 사찰에서 함께 자랐고 입도 무거워 누구보다 믿고 의지하는 벗이었다.

"아무래도 이곳을 떠나야 할 것 같다."

"이 황자 전하 때문이냐?"

"그래. 황자들 사이에 껴 있고 싶지 않아. 게다가 이 황자는 좋은 성정도 아닌 것 같으니 더 엮이고 싶지 않다."

"하면 어디로 갈 생각이냐? 사찰로 돌아갈 것이냐?"

"사찰로는 가지 않을 생각이다. 집으로도 돌아가지 않을 생각이야. 나는 귀족으로 사는 것보다 그냥 살던 대로 사는 것이 더 좋다."

무윤이 조용히 고개를 저었다.

"그건 아닐 말이다. 당연히 네 자리를 찾아가야지. 어찌 귀한 신분으로 태어났으면서 끝까지 이리 산단 말이냐? 언젠가는 네 자리를 찾는 것이 마땅하다."

"그런 날이 정말 오기는 할지 모르겠다."

세상 다 산 노인처럼 허탈한 표정에 무윤은 가만히 이담을 살폈다.

"혹 이곳을 떠나려는 이유가 이 황자 전하가 다가 아닌 거냐?"

"무슨 소리를 하고 싶은 거냐?"

"삼 황자 전하 때문이냐고 묻고 있는 거다."

무윤이 평소 그답지 않게 직설적으로 날카롭게 파고들자 이담은 속마음을 들킨 것처럼 당황했다.

"황자들이 다 이유가 되니 삼 황자 전하도 당연히 포함이지."

"삼 황자 전하께서 널 보는 눈빛이 다르다는 걸 안다."

"말도 안 되는 소리 하지 마. 전하께서 어디 여인이 없어서 나 같은 것을 달리 보시겠냐?"

"사내의 눈빛은 사내가 더 잘 안다. 널 보는 전하의 눈빛은 여인을 보는 것이었고 또 진심이었다. 하여 운명이 무섭다 새삼 느꼈다."

거의 확신하다시피 하는 말에 이담은 더 부인하지 않았다.

"그래서 더 떠나려는 것이다. 나는 사실 운명 따위 믿지 않았다. 황자들과 만날 일이 없을 것이니 예언대로 될 일은 없을 것이라 여겼다. 한데 자꾸 만나지 말아야 할 사람들을 만나게 되니 불안하고 화가 난다."

늘 밝은 척만 하던 이담이 진지하게 속내를 털어놓자 무윤은 가만히 경청했다.

"내가 잘못되는 건 상관없어. 그보다는… 나 때문에 삼 황자 전하께서 잘못되실까 봐 불안하고 초조해져. 그러니 내가 사라지는 것이 더 낫지 않을까 싶어."

삼 황자에 대한 마음을 처음으로 솔직하게 드러내는 이담의 표정에서 정인을 생각하는 여인이 보였다. 늘 선머슴처럼 굴던 그녀가 어느 순간 사내를 마음에 담기 시작했는지 모를 일이다.

"전하께선 원치 않으실 것이다."

"사정을 아시고 나면 이해하실 것이다. 내가 떠나는 것이 모두를 위해서 좋을 거야."

"좋긴 개뿔, 뭐가 좋다는 거냐? 괜히 일 만들지 말고 엎어져 있으라니까 더럽게 말 안 듣네."

갑자기 튀어나온 소리에 이담은 잘못을 하다 들킨 것처럼 깜짝 놀라 자리에서 일어났다. 그리고 삼장에게 버럭했다.

"왜 남의 말은 엿듣고 그래요!"

"엿듣긴 누가 엿들었다고 그래? 지가 동네방네 듣게 크게 떠들어 놓고는."

"제가 언제 크게 떠들었어요? 할아버지 귀가 개처럼 밝으신가 보죠."

"이게 꼭 비유를 해도. 됐고, 괜히 쏘다니다 욕보지 말고 얌전히 삼 황자 전하 옆에 붙어 있어. 그게 남는 거니까."

"어차피 할아버지가 사고 치신 거 다 변제하면 떠나야 해요. 공관은 객잔이 아니거든요."

"갈 때 가더라도 지금은 죽은 듯이 있어. 원래 폭풍우 칠 땐 쏘다니는 거 아니야. 벼락 맞는 수가 있거든."

삼장이 제법 강하게 만류하고 나오자 이담은 뚱한 얼굴로 쏘아봤다.

"이곳에서 공짜 밥 먹는 것이 좋아서 그러는 거죠?"

"이게, 기껏 저를 위해서 알려 주니까 뭐래? 늙은이 말 들어서 손해 볼 거 없으니 말 들어."

"할아버지 때문에 손해 본 거 아주 많거든요."

"거참, 안 믿네. 내가 이래 봬도 많이 용하다니까!"

"사기에 많이 용하시겠죠."

'저걸 진짜 확!'

이담이 픽하니 안으로 들어가 버리자 삼장이 주먹으로 한 대 치는 시늉을 하며 구시렁거렸다.

두 사람이 투덕대는 모습을 지켜보며 미소를 짓던 무윤이 재빨리 어딘가로 고개를 돌렸다.

"왜 그러느냐?"

"아니에요, 아무것도."

삼장을 안심시키면서도 무윤은 시선을 쉬이 거둬들이지 않았다. 분명 누군가 지켜보는 기척을 느꼈었다. 그는 날카로운 눈빛으로 의심이 가는 곳을 노려봤다.

제7장 예언 豫言

 허름한 민가와 대비되는 귀족들의 저택 중에서도 한눈에 들어오는 으리으리한 저택 앞에 강유의 일행이 섰다. 혁치가 연통을 넣자 안에서 부리나케 달려 나오는 움직임이 느껴졌다.
 "이 황자 전하께서 누추한 곳까지 오시다니 가문의 광영이옵니다."
 "어머니께 현 대감의 공을 많이 들었소. 신세를 지기 싫어 객잔으로 갈까 하였으나 요즘 이곳이 하도 시끄럽다고 하여 어려운 발걸음을 하였소."
 "신세라니요. 당연히 신이 모셔야지요. 어서 안으로 드십시오."
 도 귀비의 위세를 등에 업고 떵떵거리며 지내 온 터라 현세기는 납작 엎드려 강유를 맞았다.

흡족한 얼굴로 별채를 차지하고 앉은 강유는 현세기와 독대를 했다.

"삼 황자가 이곳에 온 지 수일이 지났는데 아직 기대했던 소식은 없는 것 같소이다."

무얼 뜻하는 건지 알기에 현세기는 조심스럽게 말을 골랐다.

"황공하옵니다. 삼 황자께서 원체 틈을 보이지 않으신 탓에 마땅한 기회를 잡기가 쉽지 않았습니다. 성급하게 처리하다 실패했다간 크게 낭패이기에 좀 더 확실한 기회를 엿보고 있습니다."

"대감께서 그리 말씀하시니 조금 더 기다려 보도록 하겠소."

"송구하옵니다."

고개를 조아리면서 현세기는 이 황자의 눈치를 봤다. 사실 어젯밤 서율국 반란군의 짓인 척 꾸며 삼 황자를 노렸다가 실패했다는 이야기는 하지 않았다. 성정이 급하고 불같은 도 귀비와 이 황자에게 문책을 당하고 눈 밖에 나기 싫었기 때문이었다.

행여 이 황자가 눈치를 챌까 전전긍긍하였는데 다행히 이 황자는 다른 데 정신이 팔린 것 같았다.

"대감께 묻고 싶은 것이 있소."

"하문하십시오."

"혹 근자에 젊은 사내 둘과 계집이 함께 다니는 걸 본 적이 있소? 이곳 사람들이 아니라 눈에 띄었을 수도 있소."

"이곳은 변방이라 뜨내기들이 많아 이방인들의 왕래가 잦은 곳입니다. 구체적으로 찾고자 하는 사람의 인상착의를 알려 주십시오. 신이 백방으로 수소문해 보겠습니다."

"내가 직접 본 적이 없어 인상착의를 알려 줄 수는 없소. 시온사에서 온 젊은 계집과 젊은 사내 둘이 함께 다닐 것이오. 아마 계집 또한 사내 복장을 하고 있을 가능성이 클 것이오."

현세기가 강유의 눈치를 보며 넌지시 물었다.

"혹 세 명 중 전하께서 찾고자 하시는 사람이 계집입니까?"

"맞소. 계집이오."

예상이 들어맞자 현세기는 이 황자가 친히 이곳까지 내려와 찾는 계집의 정체가 몹시 궁금했다. 하지만 감히 물어볼 수 없어 눈알만 굴렸다.

"신이 시온사에서 온 젊은 계집에 대해서 찾아보겠습니다."

"삼 황자가 눈치채지 못하게 은밀히 해야 할 것이오."

"알겠습니다."

"그리고 혹 삼 황자 주변에 의심이 갈 만한 이방인들은 없는 것이오?"

현세기가 미간을 접으며 생각에 잠겼다.

"이방인이라면 삼 황자 전하께서 공관으로 부임하신 후 얼마 되지 않아 공관의 식솔들을 보강하시긴 하셨습니다. 노인과 사내 둘, 계집 둘이온데 기존에 일하던 시비들이 병들고 다쳐 더 일을 할 수 없게 되자 대신 보강하신 듯 보입니다. 얼핏 봤는데 계집들 얼굴이 둘 다 제법 반반합니다."

현세기가 입맛을 다시며 얘기를 건네자 강유는 잠시 이담을 떠올렸다가 이내 털어 버렸다. 그 늙은이가 자신의 손녀라고 했으니 그녀가 백중현의 여식일 리 없었다.

"이 일은 절대 삼 황자가 알아선 아니 될 것이오. 찾아야 할 계집의 이름은 백가 이담이오. 은밀히 사람을 풀어 그 계집을 찾으시오. 반드시 찾아야 하오."

거듭 강조하는 소리에 현세기는 궁금증이 더 커졌다. 도대체 어떤 계집이기에 이 황자가 이리 목을 맨단 말인가. 거기다 삼 황자에게는 극구 비밀로 해야 한다니 이유를 알고 싶어 좀이 쑤실 지경이었다.

하지만 일단 호기심은 접어 두고 계집을 찾는 데 총력을 기울여야 했다. 태자가 병석에서 일어나지 못할 것이라는 풍문이 사실처럼 번지고 있는 실정이었다. 그러니 큰 이변이 없는 한 태자 자리를 차지할 이 황자의 눈에 들려면 계집을 꼭 찾아 대령해야 했다.

그는 별채를 나오자마자 수하들을 불러 현서에 있는 객잔과 상단 등을 모두 뒤져 이담이라는 계집과 사내들이 있는지 확인하라고 명했다.

함 귀비가 찾아왔다는 소리에 도 귀비는 눈살을 찌푸렸다. 하지만 함 귀비가 들어오자 웃는 얼굴로 맞았다.

"무슨 용무로 찾아온 건가?"
"요즘 황후께서 좀 이상하지 않습니까?"
"이상하다니?"

"아침 문후를 드리러 가도 영 반기는 내색이 아니잖습니까?"

"황후께서 본디 살가운 성정이 아니지 않은가? 하루 이틀 일도 아니니 예민하게 굴지 말게. 태자가 전혀 깨어날 기미를 보이지 않으니 속이 좋을 리 없겠지."

"그런 속내를 내색하는 분이 아니시니 그러지요."

"강한 척하지만 황후도 사람이고 어미일세. 자식이 저리 사경을 헤매는데 어찌 꼿꼿하기만 하겠는가."

도 귀비가 타이르듯 말하자 함 귀비는 석연치 않으면서도 더 따지지 않았다.

"한데 며칠 이 황자께서 보이지 않습니다."

"급한 용무가 있어 잠시 출타 중이네."

"꽤 중한 용무인가 봅니다."

'이게 뭘 알고 묻는 거야, 뭐야?'

도 귀비가 눈을 가늘게 뜨고 차를 마시는 함 귀비를 쳐다봤다.

"그러고 보니 사 황자도 보이지 않는 것 같은데."

"사 황자도 다른 용무가 있어 잠시 자리를 비웠습니다."

"사 황자는 어지럼증이 그새 나은 모양일세."

"염려해 주신 덕분에 많이 좋아졌습니다."

함 귀비가 유들거리며 대답하자 도 귀비는 속으로 코웃음을 쳤다.

'흥! 행궁으로 피접까지 나갈 정도로 상태가 안 좋다더니 얼마 되지도 않아 황궁으로 돌아온 것도 어이없는 일이건만 또 어딘가로 나갔다니, 무슨 꿍꿍이인지 너무 훤히 보이지 않는가?

몸이 안 좋다는 것도 거짓이었겠지. 필경 백중현의 여식이 살아 있다는 소식을 들은 것이야. 교활한 것 같으니.'

'급한 용무 좋아하시네. 이 황자가 백중현의 여식을 찾으러 현서로 간 걸 내가 모를 줄 알고 어디서 개수작이야?'

속마음을 숨기면서 두 사람은 찻잔을 들고 가식적인 미소를 주고받았다. 싫든 좋은 당분간은 함께 가야했기에 눈으로는 욕을 하면서도 입으로는 훈련된 미소를 잃지 않았다.

"요즘 수 귀비전이 너무 조용하다 생각지 않습니까?"

"삼 황자가 현서로 내려간 후로 몸져누웠다고 하더군."

"쯧쯧, 그러게 성질 좀 죽일 것이지. 그 일로 황후전으로 따지러 가 황후 폐하의 진노만 샀다고 하더니 성질을 못 이기고 기어이 앓아누운 모양입니다."

"생병이 나고도 남겠지. 어쨌든 우리에겐 나쁠 것이 없지 않은가?"

"뭐, 그렇긴 하지요."

어차피 태자가 일어나지 못한다면 그 자리를 차지하기 위해서 가장 껄끄러운 삼 황자부터 치워야 하기에 수 귀비가 황후에게 미움을 사는 것이 좋았다. 각자의 자식들을 태자로 만들고자 하는 꿍꿍이는 다르지만 수 귀비와 삼 황자를 쳐내야 하는 공동의 목표 앞에선 의기투합이 잘되는 여인들이었다.

"삼 황자가 현서에서 무사히 돌아오지 못한다면 수 귀비 꼴도 더는 볼 필요 없겠지."

"설마 무슨 수라도 대비해 두신 겁니까?"

"수는 무슨, 말이 그렇다는 것일세."

도 귀비가 에둘러 대답을 회피했지만 함 귀비는 도 귀비의 속내를 눈치챘다. 삼 황자를 극구 현서로 내려보내자고 판을 짠 것도 그녀니 삼 황자가 다시 황궁으로 돌아오지 못하게 조치를 취할 것이 분명했다. 삼 황자를 처리하고 나면 그다음은 사 황자를 노릴 것이라는 건 명약관화한 일이었다.

'그래도 우선은 도 귀비가 삼 황자를 처리해 주는 것이 좋겠지.'

손 하나 까딱하지 않아도 알아서 가장 걸림돌인 삼 황자를 처리해 준다는데 마다할 이유는 없었다. 그 후에 그 일을 황제에게 고해 이 황자를 처리하면 어부지리를 얻을 수 있을 테니까.

찻잔을 내려놓으며 함 귀비는 도 귀비를 향해 그윽한 눈웃음을 날려 주었다.

"형님께선 어디에서 기거하고 계시지?"

"현세기 대감 댁에 계십니다."

서책의 책장을 넘기다 말고 신유는 잠시 생각에 잠겼다. 아무리 생각해도 강유가 이곳에 온 목적이 무엇인지 궁금했다. 분명 자신을 보러 왔다는 건 핑계일 것이다.

"세오, 형님께서 이곳에 오신 이유를 은밀히 알아봐라."

"알겠습니다."

"들키지 말아야 할 것이다. 혁치가 보통이 아니니 각별히 조심해라."

"명심하겠습니다."

세오가 밖으로 나가자 현장 대사에 대해서 알아보라는 명을 받고 나갔던 시도가 돌아왔다.

"소식을 찾았나?"

"아직 찾고 있는 중입니다. 그보다는 급히 아뢸 것이 있습니다."

"무슨 일이지?"

"사 황자 전하께서 이곳에 계십니다."

"뭐? 행궁에 있어야 할 사 황자가 어찌 이곳에 있단 말이냐? 잘못 본 것이겠지."

"아닙니다. 분명 사 황자 전하셨습니다. 돌아오는 길에 우연히 사 황자 전하의 호위 무사를 봤습니다. 소신도 처음에 잘못 본 것이라 생각했는데 분명 아는 얼굴이었습니다. 하여 이상한 생각에 뒤를 밟았습니다. 그런데 정말 사 황자 전하가 계셨습니다."

신유의 미간에 주름이 깊게 팼다.

"형님도 재유도, 갑자기 이곳에 무슨 일이지?"

"두 분 황자들께서 친히 오신 것으로 보아 뭔가 심상치 않은 일인 것 같습니다."

"지금 즉시 어머니께 연통을 넣어 황궁에 무슨 일이 있는지 알아봐라."

"알겠습니다."

서책을 덮고 신유는 밖으로 나와 마당을 거닐었다. 찬 바람을 맞으며 그는 두 사람이 갑자기 이곳에 와야 할 일이 무언지 생각했다.

하지만 아무리 생각해도 짚이는 일이 없었다. 이곳에 올 용무라면 서율국과의 일 외엔 없을 텐데, 그랬다면 자신에게 이야기를 했을 것이다.

그러고 보면 연통도 없이 온 것이 이상했다. 평소의 이 황자라면 어딜 행차해도 미리 알려 대접받는 것을 좋아했다. 그런데 소리 소문도 없이 조용히 나타났다. 마치 누구에게 들키면 안 되는 것처럼.

'거기다 행궁에 있어야 할 사 황자까지 올 일이 뭐란 말인가.'

어지간한 일에는 나서지 않고 관망하는 재유가 친히 내려올 정도면 분명 중요한 일일 것이다.

심각하게 생각에 잠겨서 정처 없이 걷다 문득 정신을 차리고 그는 헛웃음을 지었다. 어느새 자신도 모르게 이담이 있는 곳으로 걷고 있었다.

'중증이군.'

헛웃음을 머금고 다시 발길을 돌리려다 수상한 기척을 느끼고 그는 매섭게 눈을 치켜떴다. 누군가 공관에 침입한 것이 분명했다. 움직임이 몹시 조심스러우면서도 빠른 것으로 보아 보통 실력자가 아니었다.

신유의 눈빛이 어둠 속에서 더 날카롭게 벼려졌다. 혹 자신을 노리는 자들인가 싶어 검에 손을 대다 그는 기척이 어디론가 향하는 것을 깨닫고 주저할 틈도 없이 몸을 날렸다. 믿기지 않았지만, 침입자가 향한 곳은 이담이 있는 곳이었다.

이유를 생각할 새도 없이 그는 온몸의 기를 끌어올려 이담이 있는 곳으로 미친 듯이 뛰어갔다. 그리고 마침 밖에 나와 있는 이담을 발견하고 다급하게 몸을 날려 그녀의 앞을 막아섰다.

"전하?"

갑자기 검을 들고 달려온 신유를 보고 이담은 너무 놀랐다. 무슨 일인지 물으려고 하였지만 검을 세우며 어딘가를 주시하는 모습이 심상치 않아 아무 말도 하지 못했다.

신유는 이담에게 등을 보인 채 서서 어둠 속을 노려봤다.

"누구냐! 모습을 보여라!"

그가 북풍한설보다 차가운 목소리로 경고했다. 하지만 방금 전까지 이곳을 노렸던 기운은 어둠 속에서 침묵했다. 갑작스런 삼 황자의 등장에 주저하는 듯 보였다.

분명 아무도 몰래 침투했는데 자신의 기를 잡아내다니 삼 황자의 신출귀몰한 실력에 놀라울 뿐이었다. 삼 황자가 계집을 비호하고 선 마당에 나설 수도 없는 노릇이라 그는 어둠 속에서 삼 황자와 잠시 대치하다 이내 돌아서서 모습을 감췄다.

사내의 기가 완전히 사라질 때까지 신유는 그가 사라진 곳을 노려보고 있었다. 뒤를 쫓아 어떤 놈인지 잡고 싶었지만 혹 일행이 있을지 몰라 섣불리 이담을 혼자 둘 수는 없었다.

"저, 저기, 전하?"

이담이 조심스럽게 부르자 신유는 뒤를 돌아섰다. 동그랗고 순수한 눈망울이 토끼처럼 놀란 눈으로 이유를 묻고 있었다.

그녀가 무사한 것을 눈으로 확인하고 신유는 그제야 긴장을 풀었다. 하지만 조금만 늦었어도 이담이 잘못됐을지도 모른다는 생각에 그는 끓어오르는 감정을 주체하지 못하고 이담을 있는 힘껏 끌어안았다.

"전하!"

이담이 놀라 빠져나가려고 바르작거렸으나 그는 놓아주지 않았다. 오히려 그녀가 달아나려는 것이 심기를 건드려 이성을 날려 버렸다. 그는 이담의 허리를 감은 팔에 힘껏 힘을 주며 그녀를 끌어당겼다.

'헉!'

그와 한 치의 틈도 없이 몸이 맞닿자 이담은 정신을 잃을 것처럼 아찔해졌다. 사내의 단단한 몸이 적나라하게 온몸으로 느껴지자 숨을 쉴 수도 없었다. 온몸의 피가 왕성하게 날뛰기 시작하면서 심장이 극도로 흥분하고 있었다. 그에게서 빠져나가야 한다는 마음과 더 깊숙이 숨고 싶다는 마음이 서로 부둥켜안고 싸우고 있었다.

이담은 짧은 순간 긴박하게 머리를 굴렸다. 거친 그의 심장 소리가 진정할 줄을 모르니 그를 더 자극했다간 쉬이 놓여 날 것 같지 않았다. 결국 그녀는 몸에서 조금 힘을 뺐다. 그를 안심시키고 진정시키려는 의도였다.

하지만 그건 그녀의 착오였다. 이담이 가만히 있자 신유는 잔뜩 흐트러진 시선으로 그녀의 눈을 들여다봤다. 그의 시선에 사로잡히자 이담은 홀린 것처럼 꼼짝하지 못하고 그의 뜨거운 시선을 그대로 받았다.

신유가 잠시 인상을 쓰는 것 같더니 이담의 뒤통수를 잡았다.

무슨 일이 벌어지는지 깨닫기도 전에 입술이 그에게 잡혀 버렸다.

'이게 아닌데.'

이담이 저항하자 자극을 받은 신유의 행동이 거칠어졌다. 그는 바르작거리며 밀어내려는 그녀의 저항을 가볍게 제지하며 혀로 이담의 입술을 열고 안으로 들어갔다.

무자비하게 침략한 사내의 혀가 놀라 달아나는 이담의 혀를 잡아챘다. 그리고 벌을 주듯 있는 힘껏 빨아 당겼다.

사내의 거친 도발에 이담은 속수무책이었다. 입 속을 마음껏 유린하고 구석구석 샅샅이 핥으며 맛보는 혀의 자극에 이담은 그의 옷자락을 힘껏 잡아 쥐었다.

"훗!"

제 입에서 나오는 소리라고는 믿기지 않은 신음 소리가 흘러나오자 그녀는 충격을 받았다.

허락하지 않은 사내의 무도한 행동에 화가 나야 하는데 엇박을 내는 몸의 반응에 그녀는 속으로 크게 당황했다. 그가 혀를 얽어매고 깨물 때마다 심장에서 왈칵왈칵 피를 쏟아 내며 몸속 어딘가에 바짝 힘이 들어갔다.

사내와 혀를 섞는 일이 이다지도 원색적이고 자극적인 일인지 몰랐는데 제 몸에서 나타나는 반응이 낯설고 무서워 이담은 울고 싶은 심정이 되었다.

그러는 와중 아랫배를 압박하는 무언가를 느끼고 이담은 그대로 굳었다. 사내와의 애정 행각에 대해서 따로 들은 바는 없지만 본능적으로 그가 자신을 원하고 있다는 것을 알 수 있었다. 그것이 심장이 터지게 좋으면서도 두려웠다.

이성을 통째로 날려 버리는 행동에 이담이 정신을 차리지 못하고 있을 때 신유가 어렵게 그녀를 놓아주었다.

제게서 떨어져서 쌕쌕 거친 숨을 몰아쉬는 이담을 지켜보는 그의 눈엔 아직도 다 해소되지 못한 갈증이 가득했다. 순간 감정을 누르지 못하고 짐승처럼 그녀를 탐했던 자신에게 환멸을 느끼면서도 눈은 자신의 입술에 핍박받아 부어오른 그녀의 젖은 입술을 탐하고 있었다.

금방이라도 다시 낚아채고 싶은 짐승 같은 충동을 누르고 그는 이담이 숨을 고를 때까지 지켜봤다.

역시나 이담이 차가운 눈빛으로 쏘아봤다.

"이게 무슨 짓입니까?"

"널 갖고 싶다."

기세 좋게 큰소리를 쳤던 이담은 순간 뒤통수를 얻어맞은 것처럼 할 말을 잃었다. 방금 무슨 소리를 들은 건지도 헷갈렸다. 지금 뭐라고 한 거지?

"왜 갑자기."

"갑자기가 아니다. 처음부터 널 원했다. 네가 사내였을 때도 곁에 두고 싶었고 네가 여인임을 알았을 땐 더 간절해졌다."

하늘처럼 높은 신분인 황자가 자신을 원한다는 소리가 곧이들리지 않았다. 그러면서도 몸은 건드리면 금방 터져 버릴 것처럼 예민하게 달아올랐다. 그와 더 서 있다간 안 될 것 같다는 이성이 몸부림을 치기 시작했다.

그제야 누구든 올 수 있는 뒷마당에 서 있다는 사실을 깨닫고 이담은 일단 그에게서 떨어지려고 했다.

"듣지 않은 것으로 하겠습니다. 진정된 후에 다시 뵙는 것이 좋겠습니다."

"내 말에 떨리는 것인가?"

도망가려는 제 속내를 정확히 짚는 소리에 이담은 그의 앞에 발가벗겨진 것처럼 얼굴이 달아올랐다.

"저는……."

"아니라고 해도 믿지 않을 것이다. 네 눈이 이미 답을 하고 있으니까."

"아닙니다."

"네 몸도 눈빛만큼이나 솔직하다."

작정한 듯 달아날 곳을 모두 막아 버리는 소리에 이담은 당황해서 미간을 찌푸렸다.

"진짜 어쩌시려고 그러십니까?"

나무라며 보는 시선이 살짝 젖어 드는 것 같아 신유는 말없이 그녀를 보기만 했다. 탓하는 그녀의 눈빛에 들어 있는 다른 감정이 분명히 보였다. 그걸 놓칠 생각이 없었다. 자신을 밀어내는 그녀의 입장을 알지만 그녀의 뜻대로 해 주기엔 너무 절박하게 그녀를 원했다.

누군가 그녀를 노린다는 사실을 알았을 때 꾸역꾸역 눌러 놓았던 감정이 산산이 터져 버렸다. 그녀를 잃고는 심장이 살아 숨 쉴 것 같지 않다는 사실을 알아 버렸다.

"너, 혹시 누군가에게 쫓기는 중인가?"

"왜 갑자기 그런 것을 물으십니까?"

"아닌가?"

"아닙니다. 누구에게도 쫓길 일을 한 적이 없습니다."

"하나 분명 널 노렸다."

"예?"

이담이 정직하게 놀라는 표정으로 보자 신유의 미간에 주름이 살짝 잡혔다.

"짚이는 데가 전혀 없나?"

"없습니다. 더군다나 이곳엔 아는 이도 없습니다."

이담은 인상을 짙게 찌푸린 채 생각에 잠겼다. 누군가 자신을 죽이려고 했다는 소리에 소름이 끼쳤다. 정말 자신을 죽이려고 했다면 그건 자신의 정체를 안다는 결론이기에 더 등골이 오싹해졌다.

"내가 지켜 주겠다. 그러니 내게 하고 싶은 말이 있으면 언제든 주저하지 마라."

"…없습니다."

이담이 무언가 비밀을 가지고 있는 것이 보이는데도 끝내 털어놓지 않자 신유는 답답한 심정으로 그녀를 응시했다.

"이거 하난 분명하게 말하겠다. 난 누구에게도 널 잃지 않을 것이다. 그러니 내게서 멀리 가지 마라."

신유는 혼란스러워하는 이담을 두고 돌아섰다. 그녀가 자신에게 감추는 일이 무엇인지 궁금해 가슴이 답답하고 누군가 그녀를 노린다는 사실에 분노가 치밀었다.

이담을 노린 자가 지난번 자신을 노렸던 자와는 비교할 수도 없는 무공을 가진 자였기에 그는 더 신경이 날카로워졌다. 무슨 연유로 그런 고수가 이담을 노린단 말인가. 그자를 부리는 이는 또 누구인가. 해결되지 않은 의문이 꼬리에 꼬리를 물었다.

이담이 귀족 여인들이 지니는 물건을 가지고 있는 것도 의아한 일이었고 사찰에서 자란 것도 다 의문투성이였다. 대체 이담에게 무슨 사연이 있는 것이란 말인가.

'누구든 상관없다. 다시 한번 그녀를 노린다면 그땐 내 손에 죽을 것이다.'

그는 허공을 노려보며 싸늘한 시선을 치켜떴다.

검은색 무복을 입고 창밖을 보고 서 있던 사내가 돌아섰다. 그는 은밀히 이담을 찾아 없애라는 황제의 명을 받고 현서로 내려온 대전 무사 한조였다. 한조는 검은 복면을 벗는 수하 락현을 못마땅한 시선으로 쳐다봤다.

"실패했단 말이냐?"

"면목 없습니다. 근처까지 접근하였으나 삼 황자 전하께서 눈치를 채시는 바람에 손을 쓸 수 없었습니다."

"삼 황자 전하? 전하께 들켰나?"

"아닙니다. 전하께서 순식간에 나타나 여인의 앞을 막아서는 바람에 아예 나서지도 못하였습니다."

"잘했다. 어차피 삼 황자 전하의 실력을 이길 수도 없을뿐더러 자칫 잡혔다가 정체가 발각되면 크게 낭패해진다. 폐하께서 은밀히 처리하라 명하셨으니 일을 시끄럽게 만들 필요는 없다."

그리 말하면서도 어렵게 잡은 절호의 기회였는데 허무하게 날려 버린 것이 못내 아쉬웠다. 그러다 그는 무언가가 찜찜하게 걸려 살짝 인상을 찌푸렸다.

"한데 전하께서 여인의 앞을 막아섰다고 하였나?"

"그리 말씀드렸습니다."

"하면 전하께서 여인의 정체를 알고 계신단 말인가?"

"그건 아닐 겁니다. 신이 알아본 바로는 삼 황자 전하께서는 백중현 대감의 여식이 살아 있는 사실조차도 모르고 있는 것이 분명합니다."

한조의 미간이 심각하게 좁혀졌다.

"하면 여인이 누군지도 모르는데 전하께서 보호하셨단 말인가? 선뜻 이해가 가지 않는군. 기껏해야 공관에서 허드렛일을 하는 여인을 위해 전하께서 그런 수고를 하시다니. 어째서 그렇게까지 하신 것이지?"

그 답을 알 리 없는 락현을 쳐다보며 한조의 고개가 모로 돌아갔다.

"그보다 이곳에 이 황자 전하와 사 황자 전하께서 내려와 계십니다."

"두 분 전하께서 이곳까지 내려오셨다면 백중현의 여식을 찾으러 오신 것인가?"

"그런 듯 보입니다."

"난감한 일이군. 폐하께서 극비로 처리하라 명하셨는데 어디서 말이 샜단 말인가."

자신들이 내려온 시점에 맞게 두 황자가 내려온 것으로 보아 황궁에서부터 비밀이 새어 나간 것이 분명하다.

"아무래도 대전에 후궁전의 쥐들이 판을 치는 모양이군."

한조의 눈초리가 매섭게 변하자 락현이 그의 눈치를 봤다.

"아직은 두 분 황자님 모두 백중현의 여식이 공관에 있다는 사실은 모르는 것 같습니다."

"여인을 찾으려고 혈안이 된 두 분은 찾지를 못하는데, 정작 그 여인은 자신의 정체도 모르는 삼 황자 곁에 있다니 참 묘한 일이군."

"이제 어떻게 할까요?"

"다른 명이 떨어질 때까지 명을 받들어야 하니 다시 좋은 기회를 노려야겠지. 다음에는 실패하는 일이 없어야 하니 보다 신중해야 한다. 여인이 공관에서 벗어나는 때를 노려야 할 것이다."

"알겠습니다."

"그리고 두 분 황자들의 동태도 놓쳐선 아니 될 것이다."

"예, 명심하겠습니다."

수하가 밖으로 나가자 한조는 다시 창문을 보며 돌아섰다.

집무실에서 신유는 오랫동안 꼼짝도 하지 않고 생각에 잠겼다. 강유와 재유가 현서에 내려온 사실도 신경 쓰이는데, 이담이 정체도 모르는 자에게 공격을 당한 일로 머릿속이 복잡했다.

황궁에서 자신이 모르는 무슨 일이 벌어진 것 같은데 사정을 알 수 없으니 답답했다. 두 사람이 현서까지 올 정도면 분명 자신의 안위와 관련이 있을 것이다.

무엇보다 공관까지 쳐들어와 이담을 노린 자가 누군지 궁금했다. 이담이 이곳에서 찾는 사람이 있다고 했지만, 정작은 누군가에게 쫓겨서 이곳까지 온 것인가 하는 의문도 들었다.

하지만 이담은 분명 그럴 일이 없다고 하였다. 거짓을 말하는 것 같진 않은데 다만 뭔가 감추는 것이 있어 보이니 답답했다. 대체 무슨 사연이기에 이곳까지 쫓아와 목숨을 노린단 말인가.

"시도!"

다급하게 부르는 소리에 시도가 지체 없이 들어와 섰다.

"무윤을 데리고 와라."

"알겠습니다."

시도가 나간 후, 심각한 표정으로 미동도 없이 앉아 있던 그는 밖에서 무윤이 왔다는 소리에 고개를 들었다.

안으로 들어온 무윤이 정중하게 그에게 예를 갖췄다.

"찾으셨습니까?"

"묻고 싶은 것이 있어서 불렀다. 너는 이담에게 어떤 존재냐?"

무슨 의도로 묻는지 몰라 무윤은 신중하게 대답했다.

"오래된 동무이옵니다."

"그 말은, 이담에 대해서 모르는 것이 없다는 말로 들어도 되는 것이냐?"

"그렇습니다."

"하지만 이담에 대해서 내가 묻는다고 하여도 대답할 수 없다는 뜻이기도 한가?"

"황공하오나 그렇습니다."

"눈물 나는 우정이군."

신유는 고지식해 보이는 무윤을 차갑게 쏘아봤다. 어차피 그에게 답을 얻을 수 있으리라 생각하지는 않았다.

"내가 너를 부른 건 몰래 이담에 대해서 물으려는 것이 아니다."

"하오시면?"

"이담의 곁을 비우지 말란 말을 하려고 불렀다."

"예?"

"오늘 누군가 이담을 죽이려고 했었다."

"그게 사실입니까!"

좀처럼 큰 반응을 보이지 않던 무윤이 처음으로 크게 동요하자 신유의 눈초리가 날카롭게 변했다. 기분 탓인가. 동무를 걱정하는 표정치곤 좀 과해 보였다. 자신이 너무 예민하게 구는 것인가 싶었지만 이상하게 기분이 썩 유쾌하지 않았다.

"어차피 물어도 대답하지 않을 것임을 알기에 무슨 일로 이담을 노리는 자가 있는지 굳이 캐묻지 않겠다. 하지만 두 번 다시 같은 일이 반복되어선 안 될 것이니 만일을 위해 네게 경고하는 것이다."

"알겠습니다. 이담을 구해 주셔서 감사합니다, 전하."

"당연한 일이니 네게 인사를 받을 일이 아니다. 하나 동무로서 인사를 하는 거라면 받겠다."

황자가 무슨 뜻으로 하는 말인지 알기에 무윤은 아무 말도 하지 못했다.

"난 이담을 내 곁에 둘 것이다."

생각했던 것보다 훨씬 직설적이고 솔직한 소리에 무윤은 속으로 놀랐다. 그러는 동시에 안타까웠다.

삼 황자가 이담을 생각하는 마음은 진실로 보였다. 그리고 이담 역시 그를 마음에 두고 있다. 둘만 두고 봤을 땐 무척 어울리는 한 쌍이었다. 이담이 귀족가의 여식이니 그와 이루어질 수도 있었을 것이다.

하지만 다른 이들과 엮이지 않고 둘만 이어질 수 있다면 좋을 텐데 현실은 그렇지 못하니 안타깝기만 했다.

"그러니 무슨 일이 있어도 이담이 다쳐선 안 된다."

"명심하겠습니다."

다시 다짐을 주는 삼 황자에게 무윤은 강한 어조로 그에게 확신을 심어 주었다.

"좋다, 무윤 널 믿어 보겠다. 나가도 좋다."

밖으로 나오면서 무윤은 느릿하게 고개를 끄덕였다. 삼장의 말은 맞았다. 이담이 이곳에서 가장 안전한 곳은 삼 황자의 곁일 것이다.

이담이 이곳을 떠날 생각을 하고 있지만 아마 성공하지 못할 것이다. 그가 허락하지 않을 거니까. 삼 황자를 가까이서 보니 더 짙은 확신이 생겼다.

맹 여관이 들어오자 계수 황후는 읽고 있던 서책을 옆으로 치웠다.

"미향이라는 나인이 수 귀비전으로 가기 전에 침선방에 있었다고 하는데 그때 유설이라는 나인과 가까이 지냈다고 합니다."

"유설이라는 아이는 지금 어디에 있지?"

"도 귀비전에 있습니다."

계수 황후의 한쪽 눈썹이 꿈틀거렸다.

"도 귀비전이라 하였는가?"

"그렇사옵니다."

"미향인 죽은 것이 확실한가?"

"수 귀비께서 오랫동안 찾고 있지만 아직까지 찾지 못한 것으로 보아 그럴 가능성이 커 보입니다. 한데 조금 이상한 일이 있습니다."

"이상한 일이라니?

"미향이가 황궁에서 사라진 지 얼마 지나지 않아 미향의 집안 식솔들이 모두 죽임을 당하였다고 합니다."

계수 황후의 고운 이마에 주름이 살짝 모였다.

"하면 태자를 저주한 사실을 덮으려고 미향일 죽인 것으로도 모자라 그 아이의 식솔들까지 모두 죽였다 이 말인가?"

"그런 듯 보입니다."

"이해가 가지 않는군. 궁녀인 아이가 사가에 떠들었을 리 없거늘 굳이 죄 없는 식솔들까지 죽일 이유가 무엇인가?"

"소인 또한 그 부분이 이해가 가지 않습니다. 하나 그리해야 할 연유가 있었지 않겠습니까?"

"그렇게 잔인하게 일가를 도륙한 연유라는 게 대체 뭘까."

캐낼수록 의문이 꼬리를 물어 계수 황후의 표정이 딱딱하게 굳었다. 그녀는 흰머리가 희끗희끗 보이는 맹 여관을 똑바로 봤다.

"자넨 수 귀비의 짓이라 생각되는가?"

맹 여관은 신중하게 상량한 후 아뢰었다.

"확신할 수는 없지만 만일 수 귀비께서 한 짓이라면 지금 미향을 찾고 있는 행동과 맞지 않습니다."

"둘 중 하나일 테지. 수 귀비가 정말로 미향이와 그 일가를 죽였으면서 탈을 쓰고 찾는 시늉을 하고 있을 수도 있고, 아니면 정말 수 귀비가 아닌 범인이 따로 있고 수 귀비에게 누명을 씌웠을 수도 있다는 소리지. 자넨 어느 쪽이 맞는 것 같은가?"

"소인의 아둔한 생각으로는 후자이옵니다."

"그리 생각하는 이유는 무엇인가?"

"소인이 수해 동안 후궁 마마들을 봐 왔지만, 소인이 보기에 속과 겉이 크게 다르지 않은 분은 수 귀비께서 유일하셨습니다."

자신이 수 귀비를 어찌 생각하는지 뻔히 알면서도 수 귀비를 두둔하는 소리에 계수 황후의 시선에 살짝 한기가 내렸다.

하지만 맹 여관이 오랫동안 자신의 곁을 지켜 왔고 다른 후궁들의 세에 휘둘리지 않는 성정임을 알기에 그녀의 의견을 무시할 수만은 없었다. 대쪽 같은 성정으로 후궁들의 회유에 넘어갈 리도 없기에 그녀가 수 귀비의 사주를 받았을 리도 없었다.

"자네의 말대로라면 삼 년 전 태자를 저주하라 사주한 이가 수 귀비가 아닐 수도 있다는 것이군."

"황공하옵니다."

"하나 태자를 저주하고 달아난 미향이란 계집은 수 귀비를 모시는 나인이었네. 그 일을 수 귀비가 몰랐다는 건 말이 되질 않아."

"정황은 그렇습니다만 미향이 사라진 이상 수 귀비 마마의 명을 받았다고 입증할 수는 없습니다. 만일 다른 누군가가 일을 도모했다면 그 부분을 가장 노리지 않았겠습니까?"

늙은 여관이 조곤조곤 아뢰는 소리에 계수 황후는 마뜩잖은 표정으로 입을 다물었다.

심증으로는 아직도 수 귀비를 용서할 수 없지만 만에 하나 수 귀비가 아닌 다른 인물이 태자를 저주했다면 그대로 넘어갈 수는 없는 일이다.

"그때 황궁 밖으로 나간 궁녀가 없다고 하였는가?"

"그렇습니다."

"그렇다면 살아서 나가지 못했을 수 있겠군."

"하나 여인의 시신 또한 궁 밖으로 나간 적이 없습니다."

"보통의 방법으로야 그렇겠지. 하나 만일 미향이 황궁 내에서 살해된 것이라면 분명 시신을 밖으로 빼돌렸을 것이야."

계수 황후가 눈을 가늘게 뜨고 생각에 잠기자 맹 여관도 지난날의 기억을 세세하게 되짚었다. 그러다 그녀는 꺼림칙한 표정으로 살짝 고개를 기울였다.

"미향이 사라진 그 무렵 대전의 어르신이었던 조 여관께서 황궁 밖으로 나가셨습니다."

"조 여관이라면 늙고 병까지 있어 그전부터 나갈 준비를 하지 않았는가?"

"맞습니다. 그때 조 여관께서 거동이 불편하셔서 마차를 타고 황궁 밖으로 나가셨습니다. 황궁에서 가장 연로하셨고 오랫동안 폐하를 모셨기에 가능한 일이었지요."

"그 마차를 의심하는 것인가?"

"만일 미향이 죽었다면 시신을 옮기기에 그보다 좋은 방법은 없었을 겁니다. 검문도 따로 받지 않았을 테니까요. 하나 이 또한 어리석은 소인의 가정일 뿐이옵니다."

맹 여관의 추측이 꽤 그럴싸해 계수 황후는 검지로 엄지에 원을 그리며 생각했다.

"조 여관은 아직 살아 있나?"

"병증이 심하지만 아직까지 살아 있다고 하였습니다."

"그럼 조 여관에게 직접 확인해 보면 되겠군."

"소인이 다녀오겠습니다."

맹 여관이 나섰지만, 계수 황후는 대답 없이 무언가에 집중했다. 그동안 당연히 진실이라고 여겨 왔던 일들이 통째로 흔들리는 것이 달갑지 않았지만 반대로 새로운 진실을 캐내는 것이 묘한 희열을 불러왔다.

"수 귀비는 아직도 그대로인가?"

"그렇다고 하였습니다. 아예 귀비전 밖으로 나오시지도 않는다고 합니다."

"삼 황자를 현서로 보낸 사실로 날 꽤나 원망하고 있겠군."

계수 황후가 차가운 눈빛을 치켜뜨며 냉소했다.

강유와 재유가 동시에 현서에 온 이유가 무얼지 생각하다 시도가 돌아오자 신유는 생각을 멈추고 그를 쳐다봤다.

"현세기 대감이 은밀하게 여인을 찾고 있다고 합니다."

"여인?"

"예, 전하. 아무래도 이 황자 전하의 명을 받은 것 같은데 극비리에 움직이고 있다고 합니다."

"형님이 이곳까지 와서 찾는 여인이 대체 누구지?"

"이곳의 여인은 아니고 외지에서 온 여인을 찾고 있다고 하였습니다."

들을수록 미궁에 빠지는 기분이라 신유는 인상을 썼다.

"혹시 재유도 같은 용무인가?"

"사 황자께서도 수하들을 풀어 누군가를 찾는 눈친데 아무래도 같은 사람을 찾는 것 같습니다."

"정말 알 수 없는 일이군. 몸이 아프다는 재유가 직접 내려올 정도면 분명 중요한 일일 텐데 여인을 찾다니, 대체 어떤 여인이란 말인가?"

답답해 잔뜩 미간이 굳어 있는 때에 밖에서 세오의 기척이 느껴졌다.

"전하, 지금 바로 은밀히 움직이셔야 할 것 같습니다."

"무슨 일인가?"

"방금 연통을 받았습니다."

세오는 대답 대신 간결한 글자가 쓰인 종이를 건넸다. 종이를 펼쳐 본 신유의 눈동자가 크게 열렸다. 그는 주저 없이 자리에서 일어섰다. 그리고 따라나서려는 시도에게 명했다.

"시도는 이곳에 남아라. 내가 자리를 비웠다는 사실을 알려서는 아니 될 것이다."

"알겠습니다."

영문을 모르는 시도가 세오를 쳐다보자 세오가 입 모양으로 대답했다. 세오의 입 모양을 알아보고 시도 역시 놀란 눈을 떴다.

세오와 함께 아무도 모르게 공관을 빠져나온 신유는 곧바로 서찰에 적힌 장소로 달려갔다.

세오가 신호를 보내자 기다렸다는 듯이 문이 열리고 무사 하나가 나와 고개를 숙였다.

"기다리고 계십니다."

신유는 지체하지 않고 그를 지나쳐 안으로 들어갔다. 그리고 저택의 맨 끝에 위치한 밀실의 문을 열었다. 중앙에 자리를 잡고 앉아 있는 여인을 확인하고 그는 얼른 들어가 문을 닫았다.

"어머니!"

"어서 오너라."

뜻밖에도 귀비전에 있어야 할 수 귀비가 그를 맞았다.

"미령하시다 들었사온데 예까지 어떻게 오신 겁니까? 몸은 괜찮으신 겁니까?"

"난 괜찮다. 급히 네게 알려 주어야 할 일이 있어서 온 것이다."

"무슨 일이기에 어머니께서 이리 위험한 곳까지 친히 오신단 말입니까? 황후 폐하께서도 알고 계십니까?"

"아무도 내가 황궁을 나온 사실을 모른다."

"이게 대체……."

황궁에서 예사롭지 않은 일이 벌어진 것은 분명해 보였다. 필시 두 황자가 온 것과도 무관하지 않을 것이다.

용건을 꺼내기 전에 수 귀비는 먼저 신유의 안색을 살폈다. 다행히 크게 상해 보인 곳이 없었지만 황자인 그를 이곳까지 내려 보낸 황후와 도 귀비 무리들을 생각하면 피가 거꾸로 솟았다.

"어머니, 대체 무슨 일입니까?"

"이곳에 이 황자와 사 황자가 내려왔을 것이다."

"어떻게 아십니까?"

"역시 알고 있구나. 하면 두 사람이 누군가를 찾고 있다는 것도 아느냐?"

"거기까지는 소자도 파악하였습니다. 하지만 형님과 재유가 정확히 누구를 찾고 있는지는 파악하지 못했습니다."

"백중현의 여식이다."

"백중현의 여식이라니요?"

신유의 고개가 살짝 옆으로 돌아갔다. 그는 바쁘게 백중현이라는 이름을 기억 속에서 뒤지기 시작했다. 그러고는 더 의아한 표정이 되었다.

"설마 이십 년 전에 채 신관이 예언했다던 그 백중현 대감을 말씀하시는 겁니까?"

"맞다. 그 백중현의 여식을 찾고 있다."

"소자가 알기로 백중현 대감께는 여식이 없습니다. 이십 년 전 백가에서 분명 사내아이가 태어났다고 하지 않았습니까?"

"그때 사내아이가 태어난 건 맞다. 하지만 여식 역시 함께 태어났다."

"하면 쌍생이 태어났단 말입니까?"

"그렇다는구나."

"어떻게 그런 일이."

"당시 채 신관의 예언을 믿고 폐하께서 백중현의 여식을 죽이겠다고 선언하셨다. 하여 백중현이 여식을 살리려고 쌍생으로 태어난 점을 이용하여 폐하께서 보낸 수하들의 눈을 따돌리고 여식을 빼돌렸다는구나."

갑작스럽게 알게 된 사실이 놀랍긴 했지만 신유는 크게 동요하지 않았다.

"백가의 여식이 살아 있다는 사실은 어찌 알게 된 겁니까?"

"최근에 채 신관이 돌아와 폐하께 여식이 살아 있다는 사실을 알리자 폐하께서 노하셔서 그 아이를 찾아 없애라 명하셨다고 하는구나. 한데 극비리에 처리하라고 한 사실이 대전에 심어 둔 쥐들을 통해 도 귀비와 함 귀비전까지 전해진 모양이다."

그렇다고 하여도 이 황자와 사 황자가 이곳으로 온 것은 납득이 되지 않는다. 아직 풀리지 않은 의문에 신유의 표정이 딱딱했다.

수 귀비가 넌지시 신유에게 운을 띄웠다.

"너는 백중현의 여식이 궁금하지 않느냐?"

"소자는 채 신관의 예언을 믿지 않습니다."

"어째서이냐?"

"채 신관 역시 한낱 사람일 뿐입니다. 아무리 신력이 강하다고 하나 어찌 사람의 운세를 모두 알 수 있겠습니까? 그리고 그 운세는 이미 맞지 않습니다."

"어째서 그리 단언하는 것이냐?"

"태자 전하께서 살아 계시기 때문입니다."

수 귀비는 조심스럽게 예측했다.

"채 신관이 거기까지는 말하지 않았지만 이미 태자가 일어나지 못할 것이라 보고 있는 것이 아니겠느냐? 다들 황후의 눈치를 보느라 말은 못 하지만 태자가 일어날 가망이 없다고 생각하는 눈치다."

"그것이 가장 큰 불충이 아니겠습니까? 큰형님께서 어찌 되실지는 하늘만이 아시는 겁니다."

"네 말도 일리가 있다. 하나 만일 채 신관의 예언이 정확하다면 너는 백중현의 여식을 찾을 것이냐?"

"소자는 이미 채 신관의 예언을 믿지 않는다 하였습니다. 그러니 백중현의 여식을 찾을 일도 없습니다."

"백가의 여식을 얻는 자가 천하를 얻는다고 하여도 말이냐?"

"소자는 천하를 얻기 위해 여인을 얻는 일은 하지 않을 겁니다."

"그래도 예언대로라면 백가의 여식을 만나게 될 것이다."

"설령 만난다고 하여도 마음 주는 일은 없을 겁니다. 마음 주지 않은 여인을 얻는 일은 더더욱 없을 것이고요. 하오니 어머니께서도 예언 따윈 믿지 마십시오. 황후 폐하를 자극하지 마시란 말입니다. 황후 폐하는 무서운 사람입니다."

신유는 단호하게 대답했다. 이미 마음을 줘 버린 여인이 있기에 다른 여인에게 빼앗길 여분의 마음은 단 한 자락도 없었다.

"그 결심은 앞으로도 변하지 않을 자신이 있느냐?"

"물론입니다. 소자는 신관의 예언 때문에 평생 제 자리를 찾지 못하고 목숨의 위협을 받아야 하는 백가의 여식이 가엾습니다. 이 무슨 가혹한 짓입니까? 제아무리 신력이 있다고 하여도 한 사람의 인생을 이렇게 망칠 권리는 없습니다."

얼굴도 알지 못하는 백가의 여식에 대한 안타까움과 채 신관에 대한 분노로 신유의 표정이 싸늘하게 굳었다.

아들의 성정을 알기에 수 귀비는 신유를 지그시 응시했다.

"네 뜻이 그렇다면 나 역시 강요하지 않겠다. 내가 이곳에 친히 온 것은 널 보기 위함이기도 하지만 이 황자와 사 황자가 이곳에 있는 이유를 너도 알아야 대비할 수 있기 때문이었다."

"하지만 너무 위험한 걸음을 하셨습니다, 어머니."

"자식을 볼 수 있는데 어미가 이보다 더한 곳을 못 가겠느냐? 불구덩이라도 마다하지 않을 것이다."

수 귀비의 깊은 모정에 신유의 표정이 잠시 부드럽게 풀렸다.

"한데 어머니, 형님과 재유가 어째서 이곳으로 온 겁니까? 설마 그 살아 있다는 백중현의 여식이 현서에 있는 겁니까?"

"그렇다고 하는구나. 본디 백중현이 여식을 시온사라는 사찰에 숨겨 키웠다는데 얼마 전에 여식이 사찰을 떠났다고 하는구나. 그 사실을 접한 도 귀비와 함 귀비가 눈에 불을 켜고 찾아서 그 아이가 현서로 온 사실을 알아낸 모양이다."

신유의 눈동자가 허공에서 정지됐다. 그는 확인하듯 수 귀비에게 물었다.

"지금 시온사라고 하셨습니까?"

"그래, 백가의 여식이 사 황자가 피접을 나갔던 행궁과 가까운 사찰에서 자랐다고 하였다."

뒤통수를 거하게 한 방 얻어맞은 것처럼 머리가 백지가 되면서 신유는 할 말을 잃었다.

"어찌 그러느냐?"

한눈에도 아들의 표정이 굳은 것을 보고 수 귀비가 의아해 물었다.

"아, 아닙니다, 어머니."

신유는 얼른 표정을 바꿔 걱정스런 눈빛으로 살피는 수 귀비를 안심시켰다. 하지만 머릿속은 분주하게 이담에 대한 기억들을 떠올리고 있었다.

"공관에 도 귀비와 함 귀비의 추종 세력들이 있을 것이니 항상 조심해야 할 것이다."

"알고 있습니다."

"황후께서 폐하께 널 이곳에 내려보내라 주청하였지만 진짜 원흉이 따로 있다는 걸 너 역시 모르지 않을 것이다. 저들이 널 이곳으로 보낸 건 다분히 황도에서 내쫓기 위함이 아닐 것이야."

"소자가 다시 황궁으로 돌아오지 않기를 바라겠지요."

"적을 빌미로 무슨 짓이든 하고도 남을 것이다. 그러니 누구도 믿지 마라."

"소자 걱정은 마십시오, 어머니. 숱하게 목숨의 위협을 받아 왔지만 아직까지 잘 버티고 있습니다."

"한 번이 무서운 것이 아니겠느냐? 저들의 모사는 단 한 번도 성공하지 못해야 한다."

아들을 믿으면서도 수 귀비는 거듭 강조했다.

"소자를 믿으십시오. 저들은 결코 성공하지 못할 겁니다. 소자 역시 가만히 당하고만 있진 않을 거니까요."

"좋다. 이 어미를 위해서도 넌 저들에게 당해선 안 된다."

수 귀비는 오랜만에 본 아들과 오랫동안 대화를 나눴다. 변방으로 보내 놓고 걱정이 끊이지 않았는데 이렇게라도 무탈한 것을 눈으로 확인하고 나니 살 것 같았다.

"황궁을 오래 비울 수 없으니 그만 돌아가야겠다."

"세오에게 호위를 명하겠습니다."

"그럴 필요 없다. 목숨을 맡길 만한 실력자들과 함께 왔으니 내 걱정은 할 필요 없다. 이 황자와 사 황자가 이곳에 있으니 경계를 느슨하게 하지 마라."

"알겠습니다. 하면 부디 살펴 가십시오."

"알았다."

신유는 수 귀비가 너울을 쓰고 얼굴을 가린 채 마차에 오르는 것을 지켜봤다. 마차를 호위하는 무사들을 가늠해 보며 그는 부디 어머니가 무사히 황궁으로 돌아가기를 기원했다.

어둠 속으로 마차가 완전히 모습을 감추자 그는 세오와 함께 공관으로 소리 없이 돌아왔다.

하지만 아무것도 할 수 없었다. 가슴이 터질 것 같아 그는 양손으로 창문을 힘껏 밀어젖혔다. 밖에서 호시탐탐 안을 노리고 있던 찬 바람이 해일처럼 몰려 들어왔다. 얼음과 같은 한기가 온몸을 싸늘하게 식혔지만, 심장만은 용광로처럼 여전히 끓어오르기만 했다.

그는 이담이 있는 곳으로 길게 시선을 던졌다.

'백중현의 여식이었나?'

그리 단정 짓고 보니 그동안의 의혹들이 일거에 풀렸다. 양친이 없는 것도 아니면서 여인의 몸으로 사찰에서 자랐던 것도, 귀족가의 여인들만 지닐 수 있는 옥패를 지니고 있는 것도 다 설명이 됐다.

굳게 벽을 치고 자신에 대해서 함구한 것도, 또 자신을 껄끄러워하고 피했던 것까지도 다 납득이 됐다. 운명처럼 될까 봐 엮이고 싶지 않았던 것이다.

'한데 이를 어쩐다. 이미 널 놓아줄 수가 없게 됐는데.'

처음 그녀의 정체를 알았더라면 억지로라도 멀리했을지도 모르겠다. 피하려는 그녀를 도와 같이 피했을지도.

하지만 지금은 그럴 수가 없다. 이미 마음이 돌아올 수 없는 강을 건너 버렸으니까. 너무 늦게 알아서 손을 쓸 수가 없다. 이 황자와 사 황자가 노리고 있으니 더더욱 보낼 수가 없다.

'뺏기지 않을 것이다.'

밑바닥에서부터 치고 올라오는 깊은 소유욕이 그의 눈매를 차갑게 만들었다. 자신의 암컷을 지키려는 수컷처럼 그는 금방이라도 다가오기만 하면 목덜미를 물어뜯어 버릴 것처럼 무서운 표정이 되었다.

그러다 그는 채 신관의 예언을 떠올리며 허공을 노려봤다.

'황위를 차지하기 위한 것이 아니다. 연모가 먼저다. 그러니 채 신관 그대의 예언은 틀렸다. 나는 오롯이 이담만 욕심낼 것이다.'

그렇게 생각해 보니 이담을 죽이려고 했던 자들이 누구인지도 알 것 같았다. 분명 아바마마께서 보내신 수하들일 것이다. 한조가 왔을 가능성이 크다. 어쩐지 실력이 보통이 아니라 생각했었다.

이담을 노리는 자들이 많다는 사실이 마음에 들지 않았다. 그녀를 죽이려는 자들과 가지려는 자들이 가까이에 있다는 사실도 숨통을 조였다.

'손끝 하나 대지 못할 것이다.'

뼛속까지 시린 바람을 온몸으로 느끼며 신유는 허공에 대고 경고했다. 이담을 부당하게 뺏으려는 자들에 대한 선전포고이며 스스로 경각심을 일깨우기 위한 경고이기도 했다.

"으, 으… 안 돼……."
'이게 무슨 소리지?'

잠결에 이담은 누군가 끙끙 앓는 소리에 잠이 깼다. 상체를 일으켜 옆 침상에서 잠이 든 미류를 살피다 깜짝 놀라 그녀를 깨웠다.

"미류야, 미류야!"

어깨를 잡아 흔들었지만 미류는 깨어나지 못했다. 그러면서 계속 무언가 중얼거렸다.

"얘가 왜 이래. 힉! 식은땀 좀 봐!"

악몽에 시달리는지 미류가 잔뜩 얼굴을 일그러뜨리며 고개를 심하게 저었다.

"안 돼. 어머니, 아버지… 아악!"

미류가 급기야 비명을 지르며 깨더니 넋이 나간 표정으로 앉았다.

"너 괜찮아? 악몽을 꾼 거야?"

입술을 비죽거리며 울먹이던 미류가 겁에 질린 눈빛으로 이담을 확인했다.

"나다. 나쁜 꿈을 꾼 모양인데 아무 일 없으니 염려 마라."

언니처럼 다독이는 소리에 미류가 이담을 끌어안고 엉엉 울기 시작했다.

"얘가 진짜 왜 이러누."

이담은 미류의 등을 쓰다듬으며 그녀를 위로했다. 이 황자가 나타난 후로 계속 불안해하더니 잠까지 설치는 것이 보기 안쓰러웠다. 대체 무슨 안 좋은 사연이기에 이렇게까지 무서워하는 걸까. 묻고 싶지만, 지금은 때가 좋지 않았다.

한참을 아이처럼 이담의 어깨에 얼굴을 묻고 있던 미류가 슬며시 떨어졌다.

"너 정말 괜찮은 거냐? 대체 무슨 흉몽을 꿨기에 그렇게 놀란 거야? 꿈속에서 죽을 고비라도 넘긴 거냐? 잠시만 있어라."

이담이 밖으로 나가려고 하자 미류가 얼른 그녀를 붙잡았다.

"가지 마라."

"영견을 가져오려고 그런다. 너 땀을 너무 많이 흘렸어."

"괜찮다. 그냥 가지 마라."

어찌나 꽉 붙잡는지 움직일 수 없어 이담은 도로 자리에 앉았다. 그리고 여전히 반쯤 얼이 나가 보이는 미류를 살폈다.

"불이 났다."

홀리듯이 입을 여는 그녀를 보며 이담은 아무 말도 하지 않았다.

"누군가 집에 불을 질렀어."

"너희 집에 말이냐?"

미류가 울먹이며 고개를 끄덕거렸다.

"어머니가 아프셔서 밤에 의원을 데려오려고 나갔었다. 자고 있는 의원에게 사정해서 약을 타 왔는데⋯ 멀리서 보니 집이 온통 시뻘겋게 타고 있었어."

생각했던 것보다 더 참담한 이야기에 이담은 손으로 입을 막고 인상을 찌푸렸다.

"아버지도 어머니도 그리고 어린 동생까지… 아무도 살릴 수 없었어."

"어쩔 수 없는 일이니, 자책하지 마라."

"아니, 아니다. 내가 뛰어갔으면 다 죽지 않았을지도 모른다. 그런데 나는 나서지 못했다."

"미류야."

"불을 지른 자들이 있었어."

"그자들을 봤어?"

"그래, 그자들의 칼에 피가 묻어 있는 걸 보고 몸이 굳었다. 그래서 가까이 갈 수 없었어. 들킬까 봐. 나도 죽일까 봐… 너무 무서워서… 으흐흑."

이담은 괴로워하는 미류의 양어깨를 붙잡고 위로했다.

"자책하지 마라. 누구든 그랬을 것이다. 잘한 일이다. 네가 나갔어도 가족들은 살릴 수 없었을 것이다. 아니, 너까지 죽었을 거야. 그러니 자책하지 마."

그런 참담한 사연을 가슴에 품고 그동안 얼마나 괴로웠을지 그대로 전해져 이담의 눈에서도 눈물이 흘렀다. 그녀는 아픈 사연을 제게 털어놓고 비 맞은 새처럼 떨고 있는 미류가 안정될 때까지 그녀를 다독였다.

한참의 시간이 흐른 후 미류가 진정이 되자 이담이 조심스럽게 물었다.

"한데 무슨 원한이라도 진 거냐? 왜 그자들이 그런 무서운 짓을 저지른 것이냐?"

미류는 잠시 침묵을 지켰다. 그러다 어렵게 입을 열었다.

"언니 때문일 것이다."

"언니라면 그 황궁의 궁녀였다던 그 언니를 말하는 것이냐?"

미류가 대답 대신 고개를 끄덕였다.

"언니가 혹 누군가에게 원한을 산 적이 있었던 거냐?"

"아니, 그럴 리 없다."

일개 궁녀 때문에 일가를 몰살한다는 것이 이해가 안 되기도 했다. 이담은 미류의 안색을 살피며 전부터 궁금했던 일을 물었다.

"언니는 어찌 되었어?"

"죽었다… 그랬을 것이다."

설마 했던 추측이 맞아떨어지자 마음이 훨씬 더 안 좋았다. 그동안 미류가 어떤 심정으로 살았을지 가늠도 되지 않았다. 하루아침에 가족들을 모두 잃었으니 그 공포와 두려움을 어떻게 상상이나 할 수 있을까.

"혹시, 혹시 말이다. 네 언니의 죽음이 이 황자와 관련이 있는 것이냐?"

이 황자라는 말에 미류의 어깨가 눈에 띄게 움찔거렸다. 다시 바들바들 떠는 미류를 다독이며 이담은 더 캐묻지 못했다.

"그래, 더 묻지 않을 것이니 진정해라."

이 황자를 보고 미류가 얼굴이 하얗게 질린 채 두려움에 떨던 일에 대한 의문이 풀렸다.

"그동안 너도 참 몹시도 고단했겠구나."

그래서 이런 곳까지 쫓겨 온 것인가 생각하니 미류가 안타깝고 마음이 아팠다. 그날 미류를 구하지 않았다면 어땠을까 생각하니 소름이 끼쳤다.

"이제 넌 혼자가 아니니 무서워하지 마라."

미류가 확인하듯 보는 시선에 이담은 부드럽게 미소로 화답했다.

"나랑 동무하기로 하였잖아. 무르자고 하여도 소용없다."

고향을 등지고 떠돌면서 처음으로 듣는 따스한 말에 미류는 코끝이 찡해지며 다시 눈시울이 젖었다. 입을 열었다간 금방이라도 울음을 터뜨릴 것만 같아 미류는 입을 앙다물고 이담을 보기만 했다.

굳이 말을 듣지 않아도 미류의 마음을 읽을 수 있기에 이담은 고개를 끄덕여 주었다.

제8장

폭침
爆沈

공관으로 향하는 현세기의 표정이 잔뜩 굳어 있었다. 반대쪽에서 걸어오던 표박주가 현세기를 발견하고 얼른 다가왔다.

"어찌 그리 안색이 어두우십니까?"

"아무 일도 아닐세."

"무슨 근심거리라도 있으십니까?"

"아니라니까 그러는구먼."

짜증이 섞인 투에 표박주는 눈치껏 더 말을 걸지 않았다.

극비로 하라는 하명이 있었기에 입 밖으로 하소연을 하지도 못하고 현세기는 이래저래 죽을 맛이었다.

'성정이 급해도 어지간해야지. 찾으란 지 얼마나 지났다고 하루가 멀다 하고 그리 볶아 대느냔 말이야. 이 오지에서 사람 찾

기가 쉬운 일도 아닌데 정말 피곤해 죽겠구나.'

 도 귀비와 이 황자에게 잘 보여야 하기에 별채를 선뜻 내주었지만 이 황자가 집에 있는 내내 가시방석이 따로 없었다. 이곳이 변방임을 감안해야 할 황자가 마치 황궁에 있는 것처럼 똑같은 대접을 받으려고 하니 당연히 허리가 휠 정도였다.

 하루가 멀다 하고 시비들을 쥐 잡듯이 잡는 건 둘째 치고 자신에게도 아직까지 이담이라는 여인을 찾지 못한다고 싫은 소리를 서슴지 않았다.

 '삼 황자와 비교를 안 하려고 해도 너무 비교가 된단 말이지. 현서를 이 잡듯이 뒤져서라도 이담인지 삼담인지 하는 여인을 찾아 황도로 돌려보내야지 더 지체했다가는 볶여서 내가 먼저 죽을 판이지 않은가.'

 그러면서 현세기는 한숨을 포옥 내쉬었다.

 '대체 여인을 어디 가서 찾는단 말이냐. 인상착의도 없이 달랑 이름만 던져 주고 찾으라니, 흙바닥에서 바늘을 찾는 것과 뭐가 다르냔 말이야.'

 생각할수록 속이 부글거려 다시 면상이 찌그러졌다. 아까부터 그의 기분을 살피던 표박주가 다시 힐끔거리며 고개를 저었.

 두 사람은 막 공관 안으로 들어가 작은 소란이 이는 곳으로 동시에 고개를 돌렸다. 사내 둘이서 계집아이 하나를 닦달하고 서 있었다. 사내 하나가 계집의 손목을 틀어쥐며 희롱을 하고 있었다.

 "이년이 왜 이렇게 뻣뻣하게 버티는 거야? 냉큼 따라오지 않고."

 표박주가 손목을 쥔 사내를 보며 인상을 찌푸렸다.

"노병록과 맹차반이 아닙니까? 저 계집은 얼마 전에 새로 온 계집인 거 같은데 쯧쯧, 맹차반에게 잘못 걸린 듯합니다."

"이름값 하느라 또 개차반 같은 짓거리를 하는 모양이군."

현세기가 한심하다는 투로 혀를 찼다. 평소 계집이라면 환장하는 맹차반이 얼굴이 반반한 시비들을 건드려 문제를 일으킨 적이 빈번하였기에 그를 보는 시선이 썩 곱지 않았다.

함 귀비와 먼 친척이라는 이유로 패악을 행하고도 한 번도 그에 합당한 벌을 받은 적이 없기에 더 기고만장했다. 그래서 다들 엮이기 싫어서 똥이 더러워서 피한다는 말을 시전하고 있는 중이었다.

"그만 가세."

현세기가 더 볼 것 없다는 듯이 먼저 돌아섰다.

"그 손 놓으십시오."

낯선 여인의 소리에 그는 다시 고개를 돌렸다. 계집 하나가 맹차반에게 성큼 걸어가고 있었다.

"아이고, 나서지 말지. 저 아이도 욕을 보겠네요."

표박주가 안타까운 표정으로 인상을 찌푸렸다. 두 사람은 약속이나 한 듯 그대로 섰다.

맹차반이 이담에게 험악하게 입술을 비틀어 올렸다.

"너 지금 뭐라 하였느냐?"

이담은 맹차반에게 손목이 잡힌 채 떨고 있는 미류를 살피다 찬 시선을 치켜뜨고 맹차반에게 똑바른 소리로 대답했다.

"그 아이의 손을 놓아주시라 청하였습니다."

"뭐라?"

"공관에서 부리는 시비를 함부로 하실 수는 없습니다."

잡아먹을 듯이 보던 맹차반이 이담의 얼굴을 보며 음흉하게 웃었다.

"그러고 보니 너 또한 얼굴이 반반하구나. 이 아이를 놓아주면 대신 네가 따라갈 것이냐?"

"송구하오나 저희들은 공관의 일손을 도우라는 명을 받고 이곳에 있습니다. 사내를 따라가는 일을 명 받은 적은 없습니다."

또박또박한 말투로 나무라는 소리에 맹차반의 얼굴이 붉으락 푸르락 변했다. 지켜보는 사람들도 있는 곳에서 천한 시비에게 가르침을 당하는 수모를 겪는 것이 믿기지 않았다. 노기를 참지 못한 그의 눈썹이 험악하게 경사를 그리며 올라갔다.

"제법 반반하게 생겨 내 품에 안기는 광영을 줄까 하였더니 천한 년이 제법 입이 거칠구나. 너 지금 내가 누군 줄 알고 함부로 주둥이를 놀리는 것이냐? 정녕 단매에 죽고 싶은 것이냐? 어디 더 떠들어 보아라."

"송구하옵니다. 허락된 시간 내에 집무실 청소를 마쳐야 하오니 그만 그 아이의 손을 놓아주십시오."

"이년이 진짜 죽고 싶어 환장한 것이냐!"

끝내 굽히지 않는 이담에게 맹차반의 화가 폭발했다. 그는 미류의 손을 팽개치고 곧바로 이담에게 달려들었다. 그의 커다란 손이 올라가자 이담은 맞을 걸 예상했다. 하지만 부당한 폭력에 굴하고 싶지 않아 그녀는 이를 악물고 피하지 않았다.

그것이 맹차반의 화를 더 부추겼다. 당연히 울면서 납작 엎드려 빌 것이라 생각했던 계집이 끝까지 뻣뻣하게 나오자 무시를 당한 것처럼 분했다. 그래서 상대가 여인임에도 힘 조절을 하지 않고 있는 힘껏 뺨을 향해 휘둘렀다.

멀리서 지켜보던 현세기와 표박주가 오만 인상을 쓰며 속으로 욕을 했다. 그리고 동무를 구하려다 대신 큰 화를 당하게 된 이담을 동정했다. 맹차반의 거지 같은 성정을 건드렸으니 아마도 살아남지 못할 것이 확실했다. 차마 연약한 여인이 맞고 쓰러지는 꼴은 보고 싶지 않아 두 사람은 동시에 고개를 돌려 버렸다.

순간 공관을 뜬는 비명 소리가 처절하게 울렸다.

"으아아악! 내 팔!"

예상했던 여인의 비명 소리가 아닌 맹차반의 비명 소리에 두 사람은 다시 고개를 돌렸다. 그들은 누군가 맹차반의 손이 이담의 얼굴에 닿기 전에 뒤에서 팔을 잡고 꺾어 버린 것을 보고 놀라 눈을 동그랗게 떴다.

정말 순식간에 일어난 일이라 눈으로 보고도 믿기지 않았다. 맹차반의 팔을 가차 없이 꺾어 버린 사내를 확인하고 두 사람이 동시에 눈빛을 주고받았다.

팔이 강제로 꺾이는 고통에 맹차반은 비명을 고래고래 지르며 발광을 했다. 하찮은 계집에게 우세를 당해 자존심이 상한 몫까지 혼신의 힘을 실어 분풀이를 하려고 했는데 도리어 팔이 꺾이자 그는 극심한 고통에 괴로워하며 눈에 쌍심지를 켰다. 누군지 기어이 죽여 버릴 것이라 노려보는 눈빛에 핏발이 섰다.

"어떤 놈……!"

있는 대로 성질을 내던 맹차반의 눈이 댕그랗게 커졌다. 무서운 얼굴로 제 앞에 서 있는 사람은 놀랍게도 삼 황자였다.

"저, 전하!"

금방이라도 칼이 되어 찌를 것 같은 무서운 눈빛에 맹차반은 순간 살기를 느끼며 오싹해졌다. 좀 전의 독기는 오간 데 없이 그는 신유의 기에 눌려 눈치를 보기 시작했다. 살면서 단 한 번도 본 적 없는 무서운 눈빛이었다. 마치 지옥에서 온 사신처럼 보였다. 팔의 통증보다 무서운 한기에 더 주눅이 들었다.

신유는 슬쩍 놀라 서 있는 이담을 쳐다봤다.

"그만 물러가라."

낮게 깔리는 위엄 있는 명에 이담이 얼른 고개를 숙였다. 미류의 손을 잡고 돌아서려는 순간 이담의 눈빛이 예리하게 맹차반의 옆에 선 자를 살폈다. 그리고 주저 없이 자리를 떴다. 하마터면 큰 변을 당할 뻔했는데 삼 황자 덕분에 살았다.

이담과 함께 처소로 돌아오자 미류가 그제야 인사를 건넸다.

"차라리 나서지 말지 그랬냐. 너까지 큰일 날 뻔했잖아."

"그럼 저 개만도 못한 귀족 놈에게 끌려가려고?"

"미안하다. 나 때문에."

"둘 다 무사하니 됐어. 내가 말했잖아. 내가 좀 운이 좋다고. 위험할 뻔했는데 전하께서 따악 나타나 주셨으니 됐지, 뭐."

못 말린다는 표정으로 미류가 작게 고개를 저으면서 물었다.

"정말 궁금한데, 넌 무섭지 않으냐?"

"나는 저런 인간 버러지들을 보면 무섭다기보다 더럽다는 생각이 먼저 들어. 그리고 아까는 생각하고 자시고 할 겨를이 없었어. 널 구해야 했으니까."

미류는 이담을 애정 어린 시선으로 지그시 응시했다. 삼 황자가 제때 나타나지 않았다면 그녀는 아마 온전하지 못했을 것이다. 그럼에도 불구하고 자신을 구하기 위해 나서 준 이담이 고마웠다.

벌써 두 번이나 생명을 구해 준 은인이면서 기댈 수 있는 동무가 되어 준 그녀에게 가족과도 같은 정과 믿음이 생겼다.

"고맙다, 이담아."

미류는 진심 어린 인사를 건넸다.

"동무끼리 그런 인사는 넣어 둬."

이담이 쑥스러워하며 손사래를 쳤다. 그러면서도 자신 때문에 신유가 난처해지진 않을지 걱정이 되어 마음이 불편했다.

이담이 완전히 자리를 뜨자 신유는 본격적으로 맹차반을 추궁했다.

"정말 구역질이 나는군. 국가의 녹을 먹는 자가 대낮에 공관에서 감히 여인을 희롱하다니, 대체 관의 기강이 얼마나 엉망이란 말인가!"

"오, 오해십니다. 신이 희롱을 한 것이 아니라 그 계집이 먼저 제게 꼬리를 쳤습니다."

팔의 통증 때문에 안면 근육이 일그러진 채 맹차반이 어쭙잖은 변명을 했다.

발뺌하는 그에게 신유는 싸늘하게 냉소했다.

"이제 보니 비겁하기까지 하군. 진상 짓을 목격한 이들이 나를 비롯해 한둘이 아니거늘 도리어 피해자들에게 책임을 전가하다니 사내 자격도 없음이야."

대놓고 모욕을 주는 소리에 맹차반은 속이 부글부글 끓었다. 이런 모욕은 살다 살다 처음이었다.

"황공하옵니다, 전하. 신이 잠시 작은 실수를 범하였으니 부디 너그럽게 혜량하여 주시옵소서."

"내가 왜 그래야 하지?"

"예?"

"선처할 생각이 없단 소리다."

"하오시면 저를 벌하시겠단 말씀입니까? 전하께서 이미 제 팔을 비트셨고 또 저는 함 귀비 마마의……."

"그 입 닥쳐라!"

신유가 맹차반의 말을 차갑게 끊었다.

"신성한 관에서 천박하고 야비한 짓을 저질러 놓고, 어디 귀비 마마의 이름을 입에 담는 것인가? 진정 네가 함 귀비 마마를 욕보이려는 것인가?"

"그… 그럴 리가요."

보통은 함 귀비의 이름을 꺼내기만 하면 통하지 않은 적이 없었기에 맹차반은 크게 당황했다. 역시나 삼 황자는 소문처럼 깐깐하고 바늘귀 하나 들어갈 틈 없이 퍽퍽했다.

"이곳은 변방이다. 하여 나는 시시각각으로 위험해질 수 있는 백성들을 지켜야 할 관의 기강이 해이해지는 것을 용납할 수 없다. 그리고 죄를 벌함에 예외 또한 두지 않는다. 구 장군, 내 말이 틀렸소?"

처음부터 자신과 함께 서 있던 구자청이 맹차반을 눈으로 응징하며 대답했다.

"지당하십니다."

구자청이 자신의 편을 들어주지 않고 삼 황자의 편에 서자 맹차반은 속으로 오만 욕을 해 댔다.

"좋소, 이자에게 스무 대의 장을 치고 달포 동안 그 직을 면하게 할 것을 명하오."

다소 무거운 벌에 지켜보던 사람들이 모두 놀랐지만 삼 황자의 서슬에 아무도 반박하고 나서지 못했다.

오히려 그동안 개차반 같은 짓을 하고도 처벌을 받지 않던 맹차반이 굴욕적인 벌을 받는 것이 통쾌해 속으로 쾌재를 불렀다.

"전하, 신에게 이러실 수는 없습니다. 신의 아비를 생각하소서."

"끌고 가라!"

신유의 명에 병사들이 맹차반을 끌고 갔다. 맹차반이 병사들에게 팔이 아프다고 고래고래 소리를 지르며 물러나자 신유는 찬바람을 내고 돌아섰다.

"역시 소문대로 삼 황자는 냉철하군요. 맹차반이 금일 제대로 임자를 만났습니다."

표주박이 조용히 상황을 평가했다.

"아까 그 계집 또한 대단한 아이군."

동무를 구하려고 맹차반에게 맞서던 이담을 떠올리며 현세기는 집무실로 들어가는 신유의 뒷모습을 길게 쳐다봤다.

석반을 마치고 처소에 누워 있다 이담은 미류가 잠든 틈을 타 조용히 밖으로 나왔다. 그녀는 신유가 있는 집무실 쪽으로 걸음을 몇 보 옮겼다가 다시 돌아섰다.

미류를 희롱했던 맹차반이 굴욕적인 벌을 받았다는 소리는 장세를 통해 들었다. 맹차반의 인물됨에 대해서 나중에 듣고 등골에 소름이 쫘악 흘렀다. 진짜 삼 황자가 아니었다면 제대로 화를 당할 뻔했다.

백번 멍석에 말아서 황도에서 현서까지 굴려도 시원찮을 인간이지만 함 귀비의 세를 믿고 현서에서는 손꼽히는 유지라는데 나중에 삼 황자에게 원한이라도 가질까 걱정이 됐다.

'지금 네가 전하를 걱정할 처지냐? 제발 주제 파악 좀 하자.'

이담은 일부러 자신을 신랄하게 비판했다.

슬금슬금 한 걸음씩 옮기다 보니 어느새 그의 집무실 근처까지 왔다. 집무실 불빛이 밝혀져 있고 시도가 밖에 서 있자 이담은 조용히 돌아섰다. 그러다 서너 걸음 떨어진 곳에서 신유가 서 있는 것을 발견하고 화들짝 놀랐다.

이미 전부터 자신을 보고 있었는지 그의 시선이 이유를 묻고 있었다. 이담은 그가 앞으로 다가올 때까지 발이 땅에 붙은 것처럼 서 있었다.

"날 찾아온 건가?"

"예, 아뢸 말씀이 있어서……."

"할 말이 무엇이지?"

"맹차반 공자의 옆에 서 있던 사내를 기억하십니까?"

신유의 미간이 좁혀지며 아까의 일을 기억해 냈다.

"노병록을 말하는 것인가?"

"이름은 모르지만 맹 공자의 곁에 서 있었습니다. 키가 크고 마른 몸에 오른쪽 얼굴에 흉터가 있었습니다."

"그자가 노병록이 맞다. 한데 왜 그러지?"

"지난번 객잔에서 봤던 사내입니다."

노병록은 평소 조용하고 말이 없는 데다 나서지 않아 눈에 들어오지 않은 인물이었다. 조금 의외의 인물이었기에 신유는 인상을 찌푸렸다.

"확실한가?"

"확실합니다. 그자의 뒷모습을 똑똑히 기억합니다."

"알았다. 따로 조사해 보도록 하지. 더 할 말이 남았나?"

"오늘 도와주셔서 감사합니다."

신유는 아무런 반응도 하지 않고 이담을 보기만 했다.

"썩 마음에 들진 않았다."

"무슨 말씀이신지?"

"동무를 구해야 하니 어쩔 수 없다 하겠지만, 그럼에도 나는 네가 맹차반에게 맞선 것이 마뜩잖았다."

"……."

"불공평하다 여기겠지만, 타인에게 의로움을 베풀 수 있는 것도 그만한 자리에 있는 자들만 가능하다. 네 의로움이 귀족들 모두에게 통하진 않는다는 말이다. 대부분의 귀족들은 네 의로움보다 네 하극상을 우선으로 볼 것이다."

마음에 들지 않았지만, 현실이 그러하니 반박할 수 없었다. 그가 자신을 생각해서 하는 말임을 알기에 더욱 그러했다.

이담이 입을 다물고 말이 없자 신유는 이담의 머리부터 발끝까지 새롭게 눈에 담았다. 그녀가 운명적으로 만나게 될 백중현의 여식이라는 사실이 혼란스러웠다.

맹차반 같은 사내들이 감히 함부로 수작을 부릴 수도 없는 가문에서 태어났으면서 제 자리를 찾지도 못하고 그런 수모를 당해야만 하는 상황이 화가 났다.

"내게 할 말이 더 남았나?"

"맹 공자가 이곳의 유서 깊은 가문의 자제라 들었습니다. 괜히 저 때문에 전하께서 곤란해지시는 일이 생길까 걱정이 됩니다."

"네가 그런 걱정까지 할 필요는 없다."

"주제넘었습니다. 송구하옵니다."

주제도 모르고 나선 걸 탓하는 소리로 듣고 이담은 무안해 얼굴이 달아올랐다.

"가 보겠습니다."

그녀는 예의를 차리고 신유에게 인사를 건넨 후 곧바로 돌아섰다. 그러나 신유가 팔을 붙잡자 한 발자국도 내디딜 수 없었다. 이담이 살짝 놀란 얼굴로 돌아봤다.

"맹차반을 죽일 수도 있었다."

차갑게 뱉어 내는 말투에 이담은 놀라 눈을 동그랗게 떴다.

"그자가 널 때리려고 했을 때 내게 이성은 없었다. 만일 널 때렸다면 그자는 오늘 내 손에 죽었을 것이다."

"……."

"알겠나, 이담? 누구든 네게 함부로 손을 대는 자는 무사하지 못할 것이다. 신분의 고하를 막론하고 예외는 없다."

금방이라도 집어삼킬 듯이 보는 눈빛이 너무도 강렬해 이담은 숨을 쉬는 것도 잊었다.

신유는 이담을 보며 내적으로 갈등했다. 그녀가 백중현의 여식임을 알고 있다고 밝히고 싶지만 그랬다간 분명 달아나려고 할 것이다.

공관 밖에는 이 황자와 사 황자가 눈에 불을 켜고 그녀를 찾고 있으니 눈치를 채는 건 시간문제다. 두 황자와 여인을 두고 대립하리란 생각은 해 본 적도 없건만 결국 채 신관의 예언대로 되고야 마는 건가.

"보는 눈이 많으니 팔을 놓아주십시오."

이담의 청에 신유는 팔을 잡은 손에 힘을 주었다가 놓아주었다. 온기를 잃은 손이 금세 허했다.

"오늘 많이 놀랐을 것이다."

"괜찮습니다."

"사내의 횡포에 괜찮았을 리가 없다."

마음을 꿰뚫어 보는 눈빛에 이담은 솔직하게 속내를 털어놨다.

"그저 화가 났습니다. 저는 사찰에서 자유분방하게 자라서 부당하다 싶은 건 참지 않았고 이치에 맞지 않는 건 꼭 따졌습니다. 한데 속세로 내려오다 보니 제가 옳다고 행했던 일들을 모두 참아야 한다는 것이 답답했습니다. 미류를 희롱하고도 큰소리를 치는 파렴치한 자에게 고개를 숙여야 한다는 것도 싫고 그자의 횡포에 맞서서도 안 된다는 현실에 화가 났습니다."

화를 내는 이담의 마음이 이해가 되어 신유는 미간을 접고 그녀를 보기만 했다.

"신분이 다르니 어쩔 수 없는 현실이지."

"송구하오나 저는 귀족이 별거라고 생각하지 않습니다. 귀족이든 아니든 모두 붉은 피를 가지고 있고 목숨의 무게는 모두 같다고 생각합니다."

그 또한 그녀가 귀족의 신분이기에 할 수 있는 말일 것이다.

"목숨의 무게가 같다는 말은 동의한다. 하나 신분제가 나라의 근간에 박힌 이상 방금 했던 말은 그냥 마음속에 담아 두는 것이 좋을 것이다. 그 문제는 너와 내가 원한다고 하여 쉬이 바뀔 수 있는 것이 아니니까. 나는 네가 다치는 것도 싫고 귀족 사내에게 부당한 처우를 받는 것도 원하지 않는다."

그였기에 감히 입 밖으로 낼 수 있는 소리였다. 다른 이였으면 경을 치고도 남을 소리에도 크게 꾸짖지 않는 것이 이담의 마음을 더 흔들었다. 귀족보다도 높은 신분의 황자면서 어떻게 하찮은 자신의 투정을 이리 이해하고 받아 줄 수가 있을까.

'이 사내는 대체 왜 이렇게 날 흔드는 걸까.'

머릿속이 뒤죽박죽이 되어 버렸다. 그를 멀리해야 한다는 마음은 변함이 없는데 실제로 그를 떠날 생각은 하지 않고 있다.

도대체 뭐 하자는 건지 모르겠다. 마음이 노를 잃어버린 쪽배처럼 혼란의 강을 부유하는 기분이다.

만일 귀족가의 여식으로 자랐다면 그와 어떤 모습으로 만났을까. 신관이란 자가 쓸데없는 소리를 지껄이지 않았더라면 어쩌면 더 좋은 상황에서 서로를 마주 볼 수 있지 않았을까.

갑자기 든 생각에 당황해 이담은 얼른 고개를 돌렸다.

"내가 널 이곳으로 데려왔으니 넌 내 책임하에 있다. 내가 지켜야 할 사람이란 뜻이다. 그러니 널 함부로 하는 자들은 가만두지 않을 것이다."

"수하들에게 모두 이렇게 살뜰하십니까?"

"내 사람들에겐 그렇다."

"황자님 좀 멋지십니다."

"잊지 마라. 너 역시 내 사람이다."

그 말이 얼마나 여심을 흔드는지 이 사내는 알까. 잘도 심장을 저격하는 말만 쏟아 낸다. 여인으로서 아낀다는 말을 들은 것도 아닌데 심장이 또 멋대로 폭주하려고 한다. 다 이 사내 탓이다.

"이젠 정말 돌아가 보겠습니다."

더 같이 있다간 위험할 것 같아 이담은 힘겹게 그에게서 돌아섰다.

"이담."

나지막이 부르는 중저음의 소리에 이담이 홀린 듯 돌아봤다.

"난 널 반드시 내 곁에 둘 것이다."

그의 진지한 눈빛이 겨우 진정시킨 마음에 다시 너울을 만들었다. 심장 한쪽이 저려 와 이담은 눈을 찡그렸다.

"그러니 내 허락 없이 사라지지 마라. 이건 명이고 또 청이다."

이담이 멍한 얼굴로 서 있는 동안 신유가 먼저 멀어졌다. 이담은 느릿하게 걸음을 옮기며 오른손으로 심장을 진정시켰다.

그의 마음이 두려우면서도 심장이 떨리게 좋았다. 이런 모순이 또 있을까. 처소로 돌아가면서 그녀는 운명이 참으로 무섭다는 생각을 거듭했다.

"아이고, 나 죽네!"

맹차반의 처절한 비명 소리가 담 밖까지 흘러나왔다. 장을 맞고 터진 엉덩이 때문에 똑바로 눕지도 못하고 엎드려 소리를 고래고래 지르는 아들을 보다 못해 맹사천이 밖으로 나왔.

그는 공관에서 맹차반을 데리고 온 노병록에게 참다못한 화를 터뜨렸다.

"대체 삼 황자께선 어떻게 저 지경이 되도록 장을 칠 수가 있단 말인가!"

"기강을 잡으려 하신 것 같은데 좀 과하신 것 같습니다."

"과하다 뿐인가! 그런 천한 계집들 때문에 내 아들을 저리 욕보이다니, 잘못돼도 한참 잘못된 것이 아닌가! 공관에 있는 천한 계집 손목 좀 잡은 게 저리 죽게 장을 맞을 일이란 말인가!"

끓어오르는 화를 삭이지 못하고 맹사천은 그 화를 노병록에게 쏟아 냈다.

"제 생각에도 함 귀비 마마를 봐서라도 삼 황자께서 이렇게까지 하시는 건 좀 넘치시는 것 같습니다."

"이대로는 넘어갈 수 없으니 내일 당장 공관으로 따지러 갈 것이네."

"참으십시오, 대감."

"참다니! 사대 손인 귀한 아들이 저 지경이 됐는데 내가 어찌 참겠는가! 기강이고 나발이고 간에 그것도 사람과 위치를 보고 적용해야지. 삼 황자께서 뭘 몰라도 한참을 모르시는구먼!"

노병록은 맹사천이 격하게 불만을 토해 내는 소리를 가만히 들어 주었다. 어차피 목적이 있어서 온 걸음이었기에 쏟아 내는 분노를 막을 이유가 없었다.

맹차반은 개망나니 같은 짓을 저질러도 관의 위에 군림하는 아비 때문에 한 번도 그에 맞는 벌이라고는 받아 본 적이 없었다. 그의 아비는 아들이 밖에서 무슨 난잡한 짓거리를 하고 다녀도 무조건 아들을 두둔하고 지위를 이용해 쉽게 덮었다.

성역처럼 면책특권을 누리고 다니던 그들을 삼 황자가 정면으로 제지하고 나섰으니 반발하는 것은 당연했다. 그리고 그것이 바로 자신이 바라는 것이었다.

"삼 황자와 정면으로 맞서는 것은 좋은 방법이 아닙니다, 대감."

"흥! 내가 삼 황자를 무서워할 것 같나?"

"삼 황자는 원칙적인 사람입니다. 정면으로 맞서 봤자 득보다는 실이 더 많을 겁니다. 자칫 맹차반의 지난 일들까지 모두 끄

집어낼 수 있습니다."

"그래서 지금 삼 황자에게 죽은 척이라도 하라 이 말인가!"

"당연히 아니지요. 다만 때를 보시란 말씀을 드리는 겁니다."

"때라니?"

맹사천이 그제야 조금 흥분을 누그러뜨리고 노병록에게 집중했다. 노병록이 바로 가지 않고 있는 것이 뭔가 할 말이 있는 모양새였다.

"내게 하고 싶은 말이 뭔가?"

원하던 대로 분위기가 잡히자 노병록의 입가에 희미하게 미소가 걸렸다.

"삼 황자 전하께서 이곳까지 오게 된 뒷배경을 대감께서도 아실 겁니다."

"황후 폐하께서 주청하신 것으로 알고 있네. 하나 다른 귀비들께서도 모두 힘을 보탰을 테지."

"맞습니다. 도 귀비께서는 눈엣가시인 삼 황자가 황도로 돌아가시는 것을 원치 않으십니다. 그건 함 귀비께서도 마찬가지이실 겁니다."

맹사천이 주변을 힐끔거리다 조금 작은 소리로 물었다.

"하여 함께 삼 황자를 치자는 말인가?"

"역시 뜻이 통하시는군요."

노병록이 유들유들한 표정으로 대답했다. 하나 그의 눈빛만큼은 유들유들하지 않았다.

맹사천은 바로 답을 하지 못하고 침을 꼴깍 삼켰다. 노병록이

도 귀비와 꽤 가깝게 연결된 사이라는 것을 아는 사람은 많지 않았다. 나는 새도 떨어뜨린다는 도 귀비와 조금만 친분이 있어도 시끄럽게 떠들고 다니는 자들과 달리 그는 제 입으로 도 귀비와의 관계성에 대해서 한 번도 떠든 적이 없었기 때문이었다. 그래서 더 무서운 자이기도 했다.

"어찌할 생각인가?"

"귀비 마마께서 원하시는 소식을 드려야지요."

"하여 내게 힘을 실어 달라는 건가?"

"그것이 함 귀비 마마와 사 황자 전하를 위하는 일이 아니겠습니까?"

"하나 일이 잘못되면 폐하께서는 우릴 살려 두지 않을 것이네. 두 분 귀비께서도 무사할 수 없어."

"실패를 미리 생각하시면 큰일을 도모할 수 없지요. 대감께서 염려하시는 일은 없을 것이니 안심하십시오."

"그 말을 믿어도 되는가?"

좀 전까지 금방이라도 삼 황자에게 따지러 갈 것처럼 굴더니 막상 삼 황자를 치자는 말엔 발을 넣기를 주저하는 맹사천을 노병록은 속으로 냉소했다. 하지만 그의 됨됨이를 알기에 그는 조용하게 맹사천을 설득했다.

"실패할 일도 없고 설혹 실패한다고 하여도 삼 황자께서 우리가 한 일이라는 사실은 알 수가 없을 겁니다."

"어떻게 그런단 말인가?"

"이이제이의 수를 쓸 작정이거든요."

확신에 차서 설명하는 노병록에게 조금 더 신뢰가 가 맹사천은 귀가 솔깃했다. 당장은 눈에 넣어도 아깝지 않을 귀한 아들을 저 지경으로 만든 삼 황자에게 받은 수모를 어떻게든 돌려주고 싶은 마음이 컸다.

비록 함 귀비에게 별도의 명을 받은 건 아니지만 함 귀비와 사 황자 입장에서도 삼 황자를 치워 주는 것이 나쁠 리 없다. 삼 황자를 없애는 일로 기고만장해질 도 귀비를 견제하기 위해서라도 함 귀비에게 공을 조금 덜어 오는 것이 좋다.

노병록은 맹사천의 눈빛이 조금씩 변해 가는 것을 읽고 속으로 회심의 미소를 지었다.

"어찌하시겠습니까? 함께하시겠습니까?"

"하겠네."

계산을 끝낸 맹사천이 거침없이 대답했다.

"잘 생각하셨습니다, 대감."

뜻대로 맹사천이 손아귀에 들어오자 노병록은 흡족한 미소를 지었다.

병석에 누워 있던 조 여관을 시비가 부축해 일으켰다.

"탕약을 드실 시각이십니다."

"구천이 보이는데 약은 이리 부지런히 마셔서 뭐 하누. 황천 가는 길만 고생스럽게."

"그런 말씀 마시어요."

시비가 정성스럽게 달여 온 탕약을 깨끗이 비우고 조 여관은 다시 자리에 누우려고 했다.

그때 빈 사발을 들고 밖으로 나간 시비가 다시 들어왔다.

"황궁에서 어떤 마마님께서 찾아오셨습니다."

"황궁에서 날 찾아올 이가 없을 텐데."

의아해하다 조 여관은 문을 열고 들어오는 맹 여관을 보고 놀란 눈을 떴다.

"맹 여관이 아닌가? 자네가 여기까지 무슨 일인가?"

"마마님을 뵙고자 하시는 분이 계십니다."

"날 뵙고자 하는 분이라니 대체 누구인가?"

대답 대신 맹 여관이 돌아서서 문을 마저 열자 얼굴을 가린 누군가가 들어왔다. 얼굴을 가린 너울을 벗자 상대를 알아본 조 여관이 화급히 불편한 몸을 일으키려 했다.

"화, 황후 폐하께서 이 누추한 곳까지 어찌!"

"예는 되었으니 그대로 있게."

황후가 황궁 밖까지 자신을 찾아온 사실에 조 여관은 크게 당황했다.

"내 자네에게 물을 것이 있어서 왔네."

"하문하십시오."

"삼 년 전 황궁을 완전히 떠나올 때 폐하께서 마차를 내어 주신 걸 알고 있네."

문득 뇌리를 스치는 생각에 조 여관은 등줄기로 한기가 서렸다.

"혹 그날 마차에 누군가를 태웠나?"

"오래전의 기억이라 잘……."

"내게 기억이 안 난다고 할 참인가?"

빠져나갈 구멍을 미리 차단하고 몰아세우는 통에 조 여관은 진퇴양난에 빠졌다. 황후께서 이제 와 무슨 생각으로 그런 걸 묻는지 불안하기 짝이 없었다. 하지만 섣불리 대답할 수도 없는 일이라 그녀는 입을 다물고 버텼다.

"침묵을 지키는 건 시인을 한다는 뜻인가?"

"그것이 아니오라……."

"자네를 탓하려고 묻는 것이 아니니 사실대로 대답하게. 그래야 자네도 홀가분한 마음으로 생을 정리할 수 있지 않겠는가? 내 마지막으로 자네에게 기회를 주려는 것이니 생각을 잘해야 할 것이네. 자네만 죽는다고 끝날 일이 아니란 말일세. 폐하께서 친히 하사하신 마차에 죄인을 빼돌린 사실을 폐하께서 아신다면 몹시 진노하실 것이네."

황후가 알고서 묻는 것을 깨닫는 순간 조 여관은 더 물러설 곳이 없음을 직감했다. 나지막한 소리로 설득을 하고 있었지만, 흡사 무서운 경고처럼 들려 오금이 저렸다.

그러는 한편으로 사실대로 털어놓고 싶은 마음도 굴뚝같았다. 황후의 말대로 생이 얼마 남지 않았으니 저승까지 괜한 멍에를 짊어지고 갈 필요는 없었다. 황후가 친히 이곳까지 나온 이상 거짓을 아뢸 수도 없었다.

"끝내 대답하지 않을 참인가?"

최후통첩과도 같은 황후의 낮은 물음에 조 여관은 체념하듯 담담하게 대답했다.

"황후 폐하께서 추측하신 대로 소인 혼자 나오지 않았습니다."

"하면 산 자를 태운 것인가 아니면 죽은 자를 태운 것인가?"

이미 그 답까지 알고 확인하는 소리에 조 여관은 솔직하게 털어놨다.

"죽은 나인 아이였습니다."

"그 아이가 누구인가?"

"수 귀비전의 미향이라는 나인이었습니다."

추측했던 일이 사실로 밝혀지자 계수 황후의 안색이 차갑게 굳었다.

"미향을 자네가 죽인 건가?"

"절대 아니옵니다. 소인은 그저 명만 받았습니다."

"미향의 시신을 황궁 밖으로 데리고 가라고 명한 이가 누구인가?"

"그것은"

"수 귀비인가?"

"…아니옵니다."

"수 귀비가 아니다? 하면 누구인가?"

차마 거기까지 밝힐 용기가 나지 않는지 조 여관은 쉽게 입을 열지 못했다.

"지금 내 인내심을 시험하려는 것인가?"

"황공하옵니다."

"자네가 그렇게 지키려는 이가 누구인가? 도 귀비인가? 아니면 함 귀비인가? 그도 아니면 다른 누구인가?"

"그, 그것이… 이년을 죽여 주시옵소서."

"얼마 남지 않은 자네 목숨을 거두는 것이 무에 그리 어렵겠는가? 하나 남아 있는 식솔들의 목숨은 지켜야 하지 않겠는가?"

"화, 황후 폐하, 부디 자비를 베풀어 주십시오."

"내가 왜 그래야 하지?"

"……."

"감히 태자를 저주하라 사주하고 살인멸구까지 한 자를 도운 자네에게 내가 자비를 베풀어야 할 이유가 무엇인가?"

저승사자처럼 차갑게 내뱉는 소리에 조 여관은 오들오들 떨었다. 황후가 얼마나 냉정하고 무서운 사람인지 익히 알고 있었지만 이리 앞에서 대면하는 것은 처음이기에 위압감에 기가 눌렸다.

"마지막으로 묻겠네. 누군가? 미향의 시신을 비밀리에 빼돌리라 한 자가?"

"…도 귀비 마마십니다."

"어김없는 사실이렷다?"

"어느 안전이라고 거짓을 고하겠습니까? 도 귀비 마마께서 소인을 은밀히 부르셔서 청하셨습니다. 소인이 거절할 수 없게 겁박을 하시는 바람에 어쩔 수 없었습니다. 소인이 죽을죄를 지었습니다."

"그런 짓을 저지르고 하늘이 무섭지도 않던가!"

계수 황후는 노기 띤 음성으로 바닥에 엎드려 죄를 청하는 조 여관의 정수리를 노려봤다.

"정말 죽을죄를 지었다 생각한다면 지금 내게 한 말을 폐하께도 그대로 말씀드려야 할 것이네. 도 귀비의 죄를 입증할 수 있겠는가?"

"그리하겠습니다."

"좋네. 내 자네의 말을 믿어 보지. 바로 황궁으로 부를 것이니 기다리고 있게."

계수 황후는 화가 난 얼굴로 조 여관을 쏘아보다 자리에서 일어섰다. 황후와 맹 여관이 밖으로 나가자 조 여관은 바닥으로 풀썩 쓰러졌다.

"마마님, 괜찮으십니까?"

급하게 들어온 시비 아이가 울먹거리며 조 여관을 부축했다.

"내가 너무 오래 살았구나. 이 일을 또 어찌할꼬."

시비 아이에게 의지해 자리에 누우면서 조 여관은 후회와 두려움에 눈물을 흘렸다.

시비 아이는 조용히 조 여관의 곁을 지켰다. 그러나 조 여관이 뒤척이다가 잠에 빠져들자 조용히 밖으로 나가 어딘가로 사라졌다.

황궁으로 돌아온 계수 황후는 한동안 눈을 감은 채 꼼짝도 하지 않았다.

맹 여관은 옆에서 황후의 눈썹이 잘게 떨리는 것을 봤다. 아마도 화를 삭이느라 무진 애를 쓰는 중일 것이다. 일을 처리하는 데 냉철하고 때때로 감정이 없는 사람처럼 모질고 잔인한 구석이 있어 과연 황후가 이 일을 어찌 처리할지 궁금했다.

이윽고 눈을 뜬 황후의 시선에 살짝 살기가 비쳤다.

"내가 어리석어, 도 귀비의 장난에 놀아났군."

"망극하옵니다. 그리 생각하지 마십시오."

"감히 수 귀비의 나인을 매수해 태자를 저주하고 그 죄를 수 귀비에게 뒤집어씌우다니, 참으로 교활한 계집이 아닌가?"

계수 황후의 분노가 터져 나오자 맹 여관은 머리를 조아리며 숨을 죽였다. 좀처럼 흥분하지 않는 황후인지라 더 몸을 낮췄다.

"조 여관의 병세가 언제 악화될지 모르는 상황이니 최대한 빨리 일을 처리하시는 것이 좋겠습니다."

"지체할 필요 없겠지. 조 여관이 증언하면 도 귀비도 발뺌할 수 없을 거야. 그 전에 지금 당장 병사들을 보내 조 여관의 집을 감시하도록 하게."

"알겠습니다."

맹 여관은 지체 없이 밖으로 나가 황후전을 지키는 무사에게 조용히 황후의 명을 전달했다. 명을 받은 무사들이 곧바로 황후전을 빠져나가자 맹 여관은 다시 안으로 들어왔다.

"수 귀비 마마께서도 혐의를 벗게 되시니 기뻐하실 겁니다."

맹 여관이 넌지시 이르는 소리에도 계수 황후는 별 반응이 없었다. 그동안 수 귀비를 오해해 악화일로의 사이로 전락한 것은 유감이었지만 평소에도 굽히지 않고 뻣뻣하게 구는 그녀가 썩

양에 차진 않았다.

 사실 도 귀비와 함 귀비의 속내를 다 알기에 그녀들이 마음에 차서 봐주는 것도 아니었다. 다만 그녀들은 자신의 앞에서 굽실거리며 정치를 할 줄 알았다.

 하나 수 귀비는 그런 면이 없었다. 그래서 더 마음에 들지 않으면서 또 타협하지 않는 그런 면이 자신의 모습과 겹쳐 보이기도 했다.

 어쨌거나 그녀를 오해해 증오하고 삼 황자까지 미워했던 일들은 결국 도 귀비를 응징하면서 풀리겠지만 그렇다고 수 귀비와 살갑게 지낼 수 있을 것 같진 않았다.

 "아뢰옵기 황공하오나, 황후 폐하."

 "무슨 말을 하려고 그러는가?"

 "태자 전하의 저주 사건이 도 귀비 마마의 사주임이 밝혀진다면 삼 황자 전하를 다시 황도로 부르셔야 하지 않겠습니까?"

 계수 황후는 잠시 생각을 골랐다.

 "삼 황자에겐 이곳보다 그곳이 더 나을지도 모르지."

 "하나 현서는 위험한 곳입니다. 이곳에서도 삼 황자 전하의 목숨을 위협하는 일들이 왕왕 있었다고 하온데 그곳에선 더 심할 겁니다."

 "그 또한 삼 황자의 운이겠지. 내가 삼 황자를 현서로 보낸 것은 수 귀비를 응징하기 위해 알면서도 도 귀비와 함 귀비의 꼭두각시가 되어 준 것도 있지만 꼭 그것만이 다는 아닐세."

 "다른 이유가 있으십니까?"

"삼 황자의 자질을 시험해 보고 싶어서이네. 그러니 그곳에서 당하든지 아니면 금의환향할지는 삼 황자의 몫이야."

맹 여관은 계수 황후가 수 귀비와 삼 황자에 대해 애증의 감정을 가지고 있는 것을 눈치채고 침묵을 지켰다.

오랫동안 황후를 모셔 왔기에 황후전에 드나드는 후궁들의 됨됨이들을 모두 간파하고 있었다. 두 귀비는 입 안의 혀처럼 굴지만, 그 혀에 독이 발려 있는 걸 알기에 좋게 보이지 않았다.

하나 수 귀비는 달랐다. 그녀는 두 귀비와는 비교가 될 정도로 황후에게 잘하지 않았지만 그렇다고 예와 법도에 어긋난 짓을 한 적도 없었다. 황후와는 저주 건의 오해가 풀린다고 하여도 데면데면하게 지낼 것이 예측되지만 그렇다고 황후를 배신할 이는 아니었다. 그래서 더 마음이 갔다.

'어쩌면 두 분께서 가장 통하는 사이가 될지도.'

어쨌든 도 귀비의 짓이 곧 밝혀지면 수 귀비 역시 태자를 저주했다는 오해에서 풀려나게 되니 다행이었다. 맹 여관은 다시 골똘히 생각에 집중하는 황후를 힐끗 보다 엷게 미소를 삼켰다.

집무실로 청소를 하러 가야 할 시각이 되자 이담은 괜히 미적거렸다. 그의 시선 속에 아무렇지 않게 있을 자신이 없기 때문이었다.

서둘러 밖으로 나가려다 미류가 움직이지 않는 이담을 돌아봤다.

"어찌 서두르지 않는 것이냐?"

"그게 말이다. 오늘은 너 혼자 하면 안 되겠냐?"

"왜? 전하께 혼날 짓이라도 한 거냐?"

"그런 건 아닌데 그냥 몸이 찌뿌둥해서 말이다."

미류가 눈을 가늘게 뜨며 보자 이담은 그녀의 눈을 피했다.

"피한다고 될 일이냐?"

"무, 무슨 소리냐?"

"그러지 말고 얼른 가자. 끝까지 피할 수 있는 게 아니라면 차라리 자꾸 부딪쳐야 익숙해지는 법이다."

알 수 없는 말을 남기고 미류가 밖으로 나가자 이담은 얼굴이 붉어져서 몸을 일으켰다.

"아니, 말을 똑바로 하고 가야지."

그녀는 마지못해 미류를 따라가면서 속으로 구시렁거렸다.

'뭐야, 뭘 알고 있는 거야?'

집무실에 다가가면서 이담은 시도와 세오가 있는지부터 확인했다. 시도가 서 있는 것을 확인하고 그녀는 숨을 크게 쉬며 마음의 준비부터 했다.

"다음에 오는 것이 좋겠지요?"

혹시나 싶은 마음에 이담이 시도에게 먼저 선수를 쳤다. 하지만 그 답은 안에서 흘러나왔다.

"괜찮으니 들어와라."

"들어가 봐라."

시도가 고개로 가리키자 이담은 앙다문 입술을 요리조리 움직이며 안으로 들어갔다.

들어가자마자 미류와 함께 꾸벅 고개를 숙였다가 고개를 들자 빤히 보고 있는 신유의 시선과 마주쳤다. 그가 보고 있을지도 모른다 생각은 했지만, 막상 눈이 마주치자 눈동자가 갈 길을 잃었다.

최대한 어색하지 않게 시선을 돌렸지만, 그가 소리 없이 웃는 것이 보였다. 망했다.

"전하, 구해 주셔서 감사합니다."

내내 벼르고 있었는지 미류가 용기를 내서 인사를 했다. 저 아이 목소리가 저리 고왔던가?

"손목은 괜찮은 것이냐?"

"예, 괜찮습니다."

"많이 놀랐을 것이다. 널 구한 건 내가 아니라 저 아이니 내게 고마워할 필요 없다."

다소 부드럽게 들리는 소리에 먼지를 터는 이담의 손에 힘이 살짝 들어갔다. 이담은 그의 앞에서 수줍어하는 미류를 슬쩍 훔쳐보다 신유를 흘깃거렸다. 그가 미류를 어떤 눈빛으로 보고 있는지 궁금해서 무의식중에 한 행동이었다.

그러다 신유와 눈이 마주치자 나쁜 짓을 하다 들킨 것처럼 화들짝 놀랐다. 그녀는 얼른 헛기침을 하며 탁탁 소리가 나게 먼지를 털었다. 그러면서도 속으로는 바보같이 구는 자신에게 욕을 한 사발 퍼부었다. 마치 삼 황자를 제 남자처럼 질투하다니 미쳤다. 미친 것이다.

신경이 쓰였지만, 자꾸 돌아보다가 또 들킬까 봐서 이담은 아예 그가 보이지 않는 구석의 책장 쪽으로 숨어들었다. 책장 사이로 쏘옥 숨으니 그가 보이지 않아 살 것 같았다.

손으로는 아무렇게나 널브러져 있는 책들을 차곡차곡 정리하면서도 머릿속은 딴생각을 하느라 바빴다. 언제까지 이곳에 있을 수도 없는 노릇이고 그렇다고 달리 갈 곳도 없으니 어떻게 해야 할지 막막했다.

사라지지 말라는 그의 말을 핑계 삼아 조금 더 눌러 있고 싶은 마음과 동시에 지금 달아나지 않으면 기회가 없을지 모른다는 마음이 팽팽하게 줄을 당기고 있었다.

먼지가 날리는 줄도 모르고 멍청하게 서 있다가 그녀는 책장 사이로 난 창문을 열어젖혔다.

찬 기운이 쑤욱 들어오자 저도 모르게 눈을 감았다. 싸늘한 공기가 복잡한 머리를 정화시켜 주는 것처럼 시원했다.

그러다 뒤에서 커다란 손이 스윽 이마를 짚자 기절할 듯이 놀라 돌아섰다. 정신이 팔린 탓에 그가 다가온 줄도 모르고 있다 제대로 놀랐다.

"바람이 찬데 감모 걸리면 어쩌려고."

"제가 좀 강골이라 괜찮습니다."

스스로 생각해도 어색하기 짝이 없는 표정으로 대답이 나갔다. 좁은 공간을 막고 선 사내와 마주 서자 이담은 얼른 자리를 빠져나가려고 했다.

하지만 그의 오른쪽으로 비켜 가려다 신유가 앞을 막자 그녀는 다시 왼쪽으로 빠져나가려고 했다. 하나 역시 왼쪽도 가로막아 버리자 당황한 얼굴로 고개를 들었다.

"어찌 그러십니까?"

"같이 있고 싶어서."

이 와중에도 제 심장을 가지고 노는 사내에게 꼼짝할 수 없어 이담은 입을 앙다물고 그를 쏘아봤다.

"미류가 이상하게 여길 겁니다."

"난 상관없는데."

"농은 그만하시고 비켜 주십시오."

이담이 다시 오른쪽으로 빠져나가려고 하자 신유가 슬쩍 틈을 내주었다. 그러나 이담이 완전히 빠져나가기 전에 곧바로 이담의 양어깨 위를 짚고 그녀를 가두어 버렸다. 양쪽으로 책장을 두고 그와 마주 섰던 것과 달리 책장을 앞뒤로 두고 그와 서 있는 것은 훨씬 공간이 없었다.

조금만 더 움직였다간 그대로 몸이 맞닿을 정도로 좁은 공간에 사내와 서 있으려니 혼이 나갈 것 같았다. 제 심장 소리인지 그의 것인지 모를 소리가 귓가를 어지럽혔다.

"대체 왜 그러십니까?"

이담이 미류의 눈치를 보며 작은 소리로 나무랐다.

"나도 모르겠다. 네게 왜 이리 미친놈처럼 구는 건지."

"전하."

"그냥 널 보면 만지고 싶고 괴롭히고 싶어진다."

"고약하십니다."

"그 말이 맞는 건지도."

그는 뒷말 대신 손가락으로 이담의 머리카락 하나를 감았다. 그가 일부러 손가락으로 슬쩍 귓가를 스치고 지나가자 이담의 얼굴이 불이 붙은 것처럼 달아올랐다. 그를 밀어내야 하는데 그의 손길이 너무 좋고 떨려서 정신을 차리고 싶지 않았다. 금방이라도 미류가 찾아올지도 모르는데 아무래도 미쳤지 싶었다.

잔뜩 긴장한 탓에 이담은 마른침을 꿀꺽 삼켰다. 그의 눈빛이 그녀의 목이 움직이는 것을 놓치지 않았다. 그의 눈빛에 한층 더 뜨거운 열기가 이글거렸다.

"이리하면 소리를 지를 건가?"

무슨 말인지 알아차리기도 전에 그가 허리를 팔로 감아 당겼다.

'헉!'

물러날 곳 없는 좁은 공간에 그와 몸이 겹쳐지자 놀란 이담의 입술이 절로 벌어졌다. 그걸 기다렸다는 듯이 신유가 곧바로 그녀의 입술을 삼켰다.

이담이 깜짝 놀라서 그를 밀어내려 하였으나 그의 혀가 깊숙이 들어오자 아무 말도 할 수 없었다.

고개가 살짝 옆으로 기운 틈을 타 그의 혀가 더 깊이 들어와 구석구석을 배회하며 타액을 핥았다. 처음보다도 훨씬 원색적인 자극에 이담의 허리가 저절로 움찔거리며 움직였다.

그러나 그럴수록 그와 한 치의 틈도 없이 몸이 밀착되자 더 깊은 수렁으로 빠진 기분이었다.

미류가 올지 모른다는 이성의 외침은 이미 만리타향으로 날려 버리고 그의 가슴을 밀어내던 손이 대범하게 그의 옷자락을 잡아 쥐었다.

'미쳤다, 백이담. 미친 것이다.'

미미하게 남아 있는 이성이 만류하고 있었으나 완벽하게 그에게 갇힌 몸은 빠져나가기를 거부하고 있었다.

신유가 놓아주자 이담은 쌔액쌔액 숨을 토해 냈다. 숨을 내쉴 때마다 그녀의 가슴이 들썩거리자 신유의 눈빛도 같이 들썩거렸다.

숨이 정상으로 돌아오면서 집 나간 이성도 같이 돌아왔다. 집무실에서 그에게 매달려 있었던 일이 믿기지가 않았다.

"이제 비켜 주십시오. 미류가 오기 전에 나가야 합니다."

모기만 한 소리로 이담이 청했다.

"괜찮다."

"저는 괜찮지 않습니다. 비켜 주십시오."

얼굴을 제대로 보지도 못하면서 비켜 달라 청하는 소리에 신유는 그녀가 빠져나갈 수 있게 틈을 내주었다.

아직 홍조기가 채 가시지도 않은 얼굴로 이담이 달아나듯 가 버리자 그는 책장에 기대 헛웃음을 삼켰다. 공무를 봐야 하는 집무실에서 그런 짓을 하다니 제대로 미친 것이 맞았다.

자신에게 흔들리는 것이 보이는데도 완전히 마음을 내어 주지 않는 그녀에게 조바심이 나서 안달 난 사내처럼 구는 것이 어이가 없었다. 하루라도 빨리 그녀를 자신의 여인으로 만들고 싶은 욕심과 아무도 넘볼 수 없게 숨겨 두고 싶은 소유욕이 안에서 쑥쑥 자라고 있었다.

그러지 말자고 하면서도 이 황자와 사 황자가 이곳까지 내려와 그녀를 찾고 있다는 사실이 바짝 예민하게 만들었다.

 자신의 정체를 알고 난 후 피하려고 했던 것으로 보아, 이담 또한 채 신관의 예언을 알고 있을 것이다. 그래서 더 불안했다. 만일 이 황자와 사 황자가 그녀를 찾으려고 이곳까지 와 있다는 사실을 알면 분명 달아나려 할 것이다. 물론 그렇게 둘 생각은 없다.

 그녀가 다른 황자들의 표적이 되는 것도 싫고 노리는 것은 더더욱 싫다. 결국 운명이 채 신관의 예언대로 흘러갈지는 알 수 없지만 분명한 건, 그녀를 원하는 것은 그녀를 연모하기 때문이다. 그래서 다른 황자들에게 뺏길 수 없다.

 그는 열린 창문을 통해 이담이 바삐 돌아가는 것을 지켜봤다. 작은 뒤통수를 보면서도 어떤 표정을 하고 있을지가 궁금했다. 이미 병이 깊었다.

 그에게서 풀려 나온 이담은 미류를 보면 뭐라고 둘러댈까 머리를 굴렸다. 하지만 걱정과 달리 미류는 보이지 않았다.

 이담은 화급히 처소로 돌아갔다. 그러고는 처소 바닥을 걸레로 닦고 있는 미류에게 선수를 쳤다.

"너 언제 나온 거냐? 나만 두고 혼자 오면 어떡해?"

"전하께서 그만 나가 보라고 해서 나왔다. 둘만 있어서 더 좋은 거 아니었냐?"

"뭐? 얘가 지금 뭐라고 하는 거야?"

"너 지금 얼굴 홍시다."

"그, 그건 뛰어왔으니까 그런 거고!"

"집무실에서 익은 건 아니고?"

미류가 평소 그녀답지 않게 유들거리며 놀리는데도 이담은 다른 때처럼 넉살 좋게 빠져나가지 못했다. 그만큼 신유가 혼을 빼놨기 때문이기도 했고 미류가 알고 있는 것이 놀라워서이기도 했다.

미류가 이담을 힐끔 보더니 툭 던졌다.

"전하께서는 좋은 사내이신 것 같더라."

"그, 그래?"

"바람기도 없어 보이시고 한 여인만 연모하실 것 같더라."

어떻게 대답해야 할지 몰라 이담은 바로 반응하지 못했다. 미류가 이담을 똑바로 쳐다봤다.

"나는 전하가 좋다."

"뭐?"

무방비 상태로 있다 기습적인 고백에 놀라 이담은 물을 급히 마시다 사레가 들린 사람처럼 기침했다. 이담이 진정할 때까지 지켜보더니 미류가 조용히 웃었다.

"전하를 연모한다는 말이 아니니 그리 격하게 반응할 것 없다."

"아니, 그냥 기침이 나와서 그런 것이다."

"어쨌든 나중에 사내를 만난다면 전하와 같은 사내였으면 좋겠다."

"그래."

미류는 이담을 부러운 눈빛으로 바라봤다.

"전하께서 널 보는 눈빛이 다르다는 것을 알고 있었다."

"……"

"솔직히 처음엔 말이 안 된다고 생각했다. 두 사람이 서 있는 자리가 달라도 너무 다르니까. 걱정이 되는 건 지금도 마찬가지다. 고귀한 사내를 마음에 담고 설령 두 사람의 마음이 통한다고 하여도 그 끝이 어떨지는 너무 뻔히 보이니까 말이다."

진지하게 털어놓는 미류에게 이담은 솔직하게 고개를 끄덕였다.

"그런데 말이다. 개차반 같은 귀족에게서 널 구해 주셨을 때 좀 놀랐다. 그때 전하의 눈빛은 널 건드린 사내를 죽일 것처럼 무서웠거든. 그래서 진심으로 널 마음에 두고 있다는 걸 깨달았다. 그리고 전하시라면 그 뻔히 보이는 끝을 달리할 수 있지 않을까 그런 생각도 들었다. 그래서 네게 무작정 피하지만 말라고 말해 주고 싶었다."

"쉬운 일이 아니다."

"당연히 그럴 것이다. 하지만 너니까 그 어려운 걸 해낼 수 있지 않겠냐? 네 마음이 아니라면 몰라도 전하와 같은 마음이라면 미리 포기하지 않았으면 해. 도망가는 건 네게 어울리지 않거든."

"오늘따라 언니처럼 구네, 이게."

"오늘만 언니 하지, 뭐."

"그래, 오늘 하루 맘껏 해 봐라."

이담이 시원스럽게 웃었다. 내심 속으로는 미류가 신유를 어찌 생각하고 있는지 궁금했는데 먼저 허심탄회하게 얘기를 꺼내 주어서 다행이었다.

이곳까지 와서 그녀를 만난 것은 참으로 다행이었다. 무윤이

나 장세처럼 투박한 사내들과는 차마 나누지 못하는 속사정까지 나눌 수 있으니 두 사내놈들만큼이나 소중한 동무였다.

이담은 신유와의 사이가 들통난 것이 괜히 멋쩍어서 저를 보고 있는 미류에게 가지런한 이를 드러내며 씨익 웃어 주었다.

제9장 초야 初夜

 황제에게 갈 채비를 하는 계수 황후의 표정이 얼음처럼 차가웠다.
 "폐하께서는 어디에 계시는가?"
 "조회를 마치시고 대전으로 납시셨다 합니다."
 "잘 되었군."
 막 자리에서 일어서려는 그때, 밖에서 소란이 들렸다. 황후가 인상을 쓰자 맹 여관이 얼른 밖으로 나갔다. 그러나 그녀는 곧 안으로 들어왔다.
 "황후 폐하, 큰일 났습니다."
 "무슨 일이기에 이리 호들갑인가?"
 "조 여관이 죽었다고 합니다."
 계수 황후의 가지런한 눈썹이 크게 경사를 그리며 올라갔다.

"멀쩡하던 조 여관이 죽다니 그게 무슨 소린가!"

"명을 받고 조 여관의 사가를 지키러 나간 무사들이 직접 알려 온 소식이랍니다. 이상할 정도로 안에서 아무런 기척이 없어 처소로 들어가 보니 피를 토하고 죽어 있었답니다."

"사인이 무엇이라고 하든가?"

"정확히 알 수는 없으나 조 여관의 옆에 빈 사발이 놓여 있었다고 합니다."

"조 여관을 모시던 시비에게 지난밤 무슨 일이 있었는지 확인해 보게."

"하온데 그 시비도 보이지 않는다고 합니다."

"뭐야!"

아까부터 화를 참고 있던 계수 황후가 결국 버럭 화를 내자 맹 여관은 양쪽 어깨가 움츠러들었다.

"하면 그 계집이 조 여관을 죽여 입막음했단 말인가!"

"아무래도 그런 것 같습니다."

계수 황후의 고운 아미가 분기를 이기지 못하고 좁혀졌다.

"간병을 구실로 계집을 심어 조 여관을 감시하고 있었다니, 내가 도 귀비를 너무 가볍게 봤군."

황제의 앞에서 그날의 진실을 증언해야 할 증인이 죽었으니 도 귀비가 범인임을 증명할 길이 요원해졌다. 시비가 도 귀비의 계집일지도 모른다는 생각을 하지 못한 것이 실수였다.

"지금 즉시 조 여관의 처소에 있는 사발을 검사하여 조 여관이 자연사인지 독살인지 확인해 보게. 그리고 사라진 시비를 찾게."

"알겠습니다."

"도 귀비전의 움직임 또한 살펴야 할 것이야."

"속히 움직이겠습니다."

맹 여관이 서둘러 밖으로 나가자 계수 황후는 서탁 위로 주먹을 움켜쥐었다.

"꽤 앙큼한 짓을 하는구나. 그리 발악한다고 네가 한 짓을 영원히 덮을 수 있을 줄 아느냐? 손바닥으로 하늘을 가릴 수는 없는 법. 내 반드시 네년의 가면을 벗겨 줄 것이다. 그리고 감히 태자를 저주한 대가를 배로 돌려 줄 것이다."

계수 황후는 아랫입술을 깨물며 주먹에 힘을 주었다.

같은 시각, 도 귀비 역시 황 여관과 은밀히 머리를 맞대고 있었다.

"확실히 조 여관의 명을 끊은 것이지?"

"염려 마십시오. 아마 황후전에도 그 소식이 전해졌을 겁니다."

"흥! 황후께서 꽤나 놀랐겠군. 그러게 혼자 조용히 황천 갈 준비를 하는 노인에겐 왜 찾아가서 명만 당겨 주는 건지, 쯧쯧."

붉은 입술을 비죽거리며 도 귀비는 황후를 비웃었다.

"황후 폐하께서 친히 조 여관을 찾아가신 것으로 보아 분명 태자 전하의 저주 사건에 대해 뭔가 확인하시기 위함이 아니겠습니까?"

"그 이유가 아니라면 황후가 친히 황궁 밖까지 나갈 필요가 없겠지. 그 시비 아이는 뭐 들은 바가 없다 하던가?"

"맹 여관이 물러나라 하여서 안에서 나누는 대화는 듣지 못하였다고 합니다. 한데 황후 폐하께서 돌아가시고 조 여관이 두려움에 질린 채 몸을 바들바들 떨었다고 하였습니다."

"늙은 주둥이가 어디까지 열렸는지 알 수 없지만, 어차피 세상을 떴으니 다 부질없는 짓이지."

가볍게 던지는 도 귀비와 달리 황 여관은 조심스러운 표정이었다.

"만일 조 여관이 그날의 진실을 황후 폐하께 실토하였다면 황후 폐하의 성정상 그냥 넘어가지는 않으실 겁니다."

"그냥 넘어가지 않으면 어쩔 건가? 증인도 없고, 금방 저승에 가도 이상하지 않을 노인이 횡설수설한 이야기로 날 어찌할 수 있을 것 같은가?"

도 귀비가 잔뜩 비꼬았지만, 황 여관은 조심스럽게 주의를 주었다.

"하나 만일을 위해 대비는 하셔야 합니다. 상대는 황후 폐하십니다."

"황후전에 내 직접 확인해 보도록 하지. 그나저나 그 시비 아이는 지금 어디에 있는가?"

"집으로 도피해 명을 기다리라 하였습니다."

도 귀비의 눈빛이 처소 안을 차갑게 훑었다.

"소용이 끝났으니 굳이 살려 둘 필요는 없겠지."

"죽이란 말씀이십니까?"

"조 여관이 죽고 계집이 사라진 걸 알면 황후께서 계집을 찾으려 하지 않겠는가? 화근은 미리 없애는 게 좋아."

"알겠습니다."

"잡음 없이 처리해야 할 것이네."

"맡겨 주십시오."

 조 여관이 황후에게 사실대로 얘기를 했는지 알 수 없어서 도 귀비는 조금 초조해졌다. 혹시 몰라 조 여관이 죽을 때까지 그녀를 감시하라 사람을 심어 두길 잘했다.

 도 귀비는 눈을 가늘게 뜨며 생각에 집중했다. 황후가 갑자기 무슨 바람이 불어 조 여관을 찾아갔는지가 궁금했다.

 '대체 무엇을 확인하려고······.'

 수 귀비의 짓이라 확신하고 수 귀비를 증오하며 살아온 황후의 엇나간 행보가 심기를 긁었다. 조 여관이 죽었으니 태자를 저주하고 미향을 죽인 사람이 자신이라는 사실을 황후가 안다고 하여도 입증하지 못할 것이다. 모함이라고 우기면 그만이니까 크게 걱정할 일은 없다. 정작 걸리는 것은 따로 있다.

 '미향이, 그 맹랑한 계집년.'

 미향을 떠올리며 도 귀비는 눈살을 찌푸렸다. 조 여관이 죽음으로써 그 일과 관련된 자들은 모두 죽었으니 거리낄 것이 없었다.

 그런데도 단 한 가지가 걸렸다. 미향이 자신을 믿지 못해 믿음의 증표로 극구 써 달라 청하는 바람에 형식적으로 써 준 수결서가 문제였다. 일이 끝나면 바로 미향을 죽이고 수결서 역시 뺏어 없앨 생각으로 써 준 것이었는데 도통 어디다 숨겼는지 찾을 수가 없었다.

"수결서는 아직도 찾지 못한 것인가?"

"송구하옵니다. 미향이 숨길 만한 곳은 모두 뒤졌으나 찾지 못하였습니다."

황 여관이 언제 화를 터뜨릴지 모를 도 귀비의 눈치를 살피며 대답했다.

"그년이 대체 어디다 숨겼단 말인가!"

미향의 집까지 샅샅이 뒤졌으나 끝내 찾지 못한 수결서가 늘 종양처럼 걸렸다. 자신의 치부가 오롯이 담긴 수결서이기에 그 수결서가 밖으로 새는 날엔 자신의 앞날도 장담할 수가 없다.

다른 이들이 수결서의 존재를 알 리 없기에 찾으려 할 리 없지만, 체기처럼 명치끝이 항상 답답했다. 아무도 찾지 못한 곳에 고이 숨겨 둔 것이라면 그대로 영원히 묻혀 버려야 한다.

도 귀비는 금방이라도 벨 것처럼 날카로운 눈초리로 어딘가를 노려봤다.

"이 황자는 아직이라고 하던가?"

"그러신가 봅니다."

"너무 황궁을 오래 비워도 아니 되는데 여식을 찾기가 쉽지 않은 모양이군."

"그곳의 유지들이 백방으로 수소문하고 있으니 곧 찾을 수 있을 겁니다."

"그래야지."

멀쩡하게 여식을 생산해 놓고 감쪽같이 황제를 속인 백중현에게 도 귀비는 헛웃음이 나왔다. 어쨌거나 여식을 찾는 이가 곧 승자가 될 것이니 이 황자가 잘 해낼 것이라 믿었다.

헛간에 물건을 가져다 놓다 이담은 공관 밖에 서 있는 여인을 발견하고 걸음을 멈췄다. 중년의 부인이 안을 기웃거리며 눈으로 누군가를 찾고 있었다. 어디선가 한 번 본 것 같은 인상이라 이담은 고개를 갸웃거리며 머릿속을 뒤져 봤다. 그러다 궁금증을 못 참고 부인에게 다가갔다.

"누굴 찾으십니까?"

"이곳에 용하신 스님이 한 분 계시지 않느냐?"

"용하신지는 모르겠지만 놀고먹는 늙은 스님이 한 분 계시긴 합니다. 한데 무슨 용건이신지요? 혹 스님께 돈을 뺏기셨습니까?"

"이게 누굴 도둑 취급하고 난리야!"

호랑이도 제 말을 하면 나타난다더니 뒤에서 삼장이 튀어나오자 이담은 딴 데를 보며 딴청을 피웠다.

삼장이 이담을 새된 눈으로 째려보며 부인에게 다가갔다.

이담은 삼장이 또 사기를 칠까 봐 일부러 가지 않고 얼쩡거리며 서 있었다.

"소승께 무슨 용무이십니까?"

"스님! 호호흑!"

부인이 갑자기 눈물을 쏟자 이담이 놀란 눈으로 돌아봤다.

"스님의 말씀을 듣지 않았다가 귀한 아들이 홀아비가 되었습니다. 자부 될 아이가 요절할 상이라 말리셨는데 그때 어떤 아이가 사기꾼이라고 하는 바람에 믿지 않고 덜컥 혼인을 시켰습니다. 그런데 첫날밤에 갑자기 급사를 하였지 뭡니까? 하도 황망하고 놀라워 이리 수소문하여 스님을 찾아왔답니다."

'이게 다 뭔 소리래?'

이담은 삼장을 찾았을 때 그가 어떤 부인에게 점괘를 봐 주고 있던 일을 기억해 냈다. 그러고 보니 그때 그 부인이 맞았다.

'뭐야, 그럼 그 말이 맞았단 말이야?'

믿기지가 않아 그녀는 삼장이 부인에게 조곤조곤 뭐라고 하는 모습을 지켜봤다. 아무리 봐도 사기 치는 모습으로밖엔 보이지 않았다. 실눈을 뜨고 삼장을 쳐다보다 이담은 고개를 젓고 돌아섰다. 몇 발자국 떼기도 전에 삼장이 따라오는 것이 느껴졌다.

"봤지? 나 용한 거? 내가 이 정도란 말이야."

우쭐대는 그에게 이담은 심드렁하게 대답했다.

"장님이 어쩌다 문고리 잡았겠죠."

"이게 끝까지 안 믿네. 내가 얼마나 법력이 높은! 아이고, 깜짝이야."

앞서가던 이담이 갑자기 홱 돌아서자 삼장이 화들짝 놀라 섰다.

"그럼 한 가지만 물을게요. 신력이 있는 사람들은 정말 사람들의 운명이 다 보이는 건가요?"

"보이는 사람도 있겠지."

"그럼 안 좋은 운세를 타고난 사람은 푸닥거리를 하면 운세를 바꿀 수도 있어요?"

"정해진 운명을 바꿀 수는 없겠지만 화를 피할 수는 있겠지."

"그 말은 화를 피한다고 하여도 나쁜 운세를 바꿀 수는 없다는 거잖아요?"

"뭐, 그런 셈이지."

"됐어요!"

괜히 물어봤다는 생각에 이담은 팽하니 돌아서 가 버렸다. 삼장이 그녀에게 따라붙으며 물었다.

"누가 운세가 나쁘다고 그랬어?"

"네, 어떤 놈이 악담을 퍼부었어요."

"뭐라고 했는데 그래? 나한테 털어놔 봐."

"됐어요. 말하자면 복잡하니까 알려고 하지 마세요."

"어떤 놈이 일찍 뒈진대?"

이담이 갑자기 또 멈춰 섰다.

"나 일찍 죽어요?"

"일찍 죽긴. 벽에 똥칠할 때까지 살 팔자야."

"벽에 똥칠까지 하면서 살고 싶진 않지만 어쨌든 오래 산다는 건 맞죠?"

"그래, 그래."

삼장의 대답에 괜스레 기분이 좋아져 이담의 입술 꼬리가 조금씩 움찔거렸다.

"그럼 혹 내 관상이 경국지색 뭐 그런 거예요?"

"뭔 색? 경국지색이 뭔 뜻인 줄이나 알고 하는 말이야?"

"나라 말아먹는 미색 뭐 그런 거 아니에요?"

"꿈이 너무 야무진 거 아니냐? 뭘 말아먹든 일단 미색이 받쳐 줘야 되는 거잖아. 그거."

"아, 진짜!"

화를 내다 말고 이담은 삼장에게 확인하듯 거듭 물었다.

"그럼 내가 나라를 말아먹을 일은 없단 거죠?"

"나라가 장국도 아니고 뭘 자꾸 말아먹는데? 꿈 너무 야무지게 꾸지 말고 정신 차려. 보아하니 어느 미친놈이 사기를 쳤나 본데, 너 때문에 이 나라 안 무너져."

대놓고 무시하는 소리에 기분이 썩 유쾌하진 않았지만 채 신관이 떠들었다는 말과 전혀 다른 이야기를 들으니 숨을 못 쉬고 있다 산소를 만난 것처럼 반갑고 기뻤다.

그러나 저도 모르게 씨익 웃다가 이담은 다시 정색했다. 그가 사기를 치며 밥을 벌어먹고 있던 노인인 걸 망각했었다.

"도통 믿을 수가 있어야지."

"저게 끝까지 날 물로 보고 가네."

삼장은 찬바람을 일으키며 팽 가 버리는 이담의 뒤통수를 노려보며 잔뜩 구시렁댔다.

도 귀비와 함 귀비가 들었다는 소리에 계수 황후는 들고 있던 찻잔을 내려놨다.

예의 그 미소를 지으며 안으로 들어오던 두 귀비가 자리에 앉아 있는 수 귀비를 보고 깜짝 놀랐다.

"수 귀비가 이곳엔 어인 일인가?"

"내가 불렀네. 폐하께서 후궁들과 두루 잘 지내냐고 또 물으셔서 말이야."

계수 황후가 감정을 알 수 없는 얼굴로 대답했다. 계수 황후가 대신 대답을 하자 수 귀비는 두 귀비 쪽으로 고개를 돌리지도 않으면서 차를 마셨다.

자리에 앉으면서 도 귀비는 황후의 기분부터 살폈다. 조 여관이 죽었다는 소식을 들었을 텐데 표정으로만 봐선 속이 어떤지 알 수가 없었다. 역시 쉬운 상대가 아니다. 그렇다면 먼저 건드린 후 반응을 보는 수밖에.

"조 여관이 죽었다고 합니다. 들으셨습니까?"

"들었네. 내 엊그제 볼 때만 해도 멀쩡했는데 갑자기 죽었다니 좀 의아하더군."

황후의 의문에 도 귀비는 얼른 대답했다.

"워낙 나이가 많은 데다 전부터 지병이 있었으니 갑자기는 아니겠지요."

"조 여관을 모시던 시비 아이가 자취를 감췄다고 하니 그것도 좀 의아한 일이야."

"시비 아이가 사라졌단 말입니까? 그런 일이 있는 줄은 몰랐습니다."

도 귀비가 딱 잡아뗐지만, 계수 황후는 개의치 않았다.

"뭐, 조 여관이 죽었으니 집으로 돌아간 것인지도 모르지."

계수 황후가 대수롭지 않다는 투로 답을 내놓으며 찻잔을 들자 도 귀비는 차를 마시는 척하며 황후의 표정을 살폈다. 조 여관을 만난 적 없다 할 줄 알았는데 먼저 실토하는 것도 고도의 머리 수였다. 사라진 시비 아이에 대해 더 따지지 않고 조 여관의 죽음에 대해서도 크게 아쉬워하거나 별 반응이 없는 것으로 보아 자신의 걱정이 기우인가 싶기도 했다.

"하온데 황후 폐하, 황궁을 나간 지 삼 년이 넘은 조 여관을 무슨 일로 찾으셨는지요?"

도 귀비가 결국 참지 못하고 묻자 계수 황후는 속으로 냉소를 머금었다.

"조 여관에게 묻고 싶은 것이 있어서 찾았네. 하지만 이젠 물을 수 없게 됐군."

그것이 무엇이냐고 묻고 싶은 마음이 굴뚝이었지만 차마 눈치를 챌까 봐 더 물을 수 없었다.

"도 귀비는 조 여관과 친분이 있었는가?"

"아니옵니다. 소첩이 대전의 여관과 부딪칠 일이 없지요."

빠르게 둘러대면서 도 귀비는 차를 마셨다. 그러나 눈은 바쁘게 함 귀비와 얘기를 나누는 황후를 살폈다.

'아는 거야? 모르는 거야?'

뭔가를 알고 있다고 보기엔 너무 건조해 보였고 아무것도 모른다고 보기엔 뭔가 께름칙했다. 그녀는 혼자만의 생각에 빠져 있느라 함 귀비가 묻는 소리를 듣지 못하였다.

"무슨 생각을 그리하십니까?"

"아, 아닐세."

"도 귀비는 무슨 근심이라도 있는가?"

"아니옵니다, 황후 폐하."

도 귀비가 태연하게 부인했지만 함 귀비는 집중하지 못하고 따로 노는 도 귀비를 수상하게 봤다. 분명 황후와의 사이에 뭔가 있는 눈친데 둘 다 패를 감추고 상대의 패를 먼저 보려고 하는 느낌이었다.
　'대체 무슨 일이지? 혹 조 여관과 관련이 있는 일인가?'
　함 귀비의 머리가 비상하게 돌아갔다.
　"요즘 들어 이 황자와 사 황자가 보이지 않는군."
　황후가 무심코 던진 소리에 두 귀비가 동시에 뜨끔하며 서로를 봤다.
　"이 황자는 급한 용무가 있어 잠시 타지로 나가있사온데 곧 돌아올 겁니다."
　"사 황자 역시 몸이 좋지 않아 잠시 공기 좋은 곳으로 나가 있사옵니다."
　약속이나 한 듯 차례대로 대답했지만, 황후는 크게 신경 쓰지 않았다. 어차피 어디서 뭘 하고 있는지 다 알고 있었기에 일부러 찔러 본 것이었다.
　"폐하께서 언제 찾으실지 모르니 황자들이 너무 오래 황궁을 비우는 것은 좋지 않은 것 같군. 물론 삼 황자는 예외지만."
　계수 황후가 말없이 앉아 있는 수 귀비를 쳐다봤다. 늘 그렇듯 수 귀비는 아무런 반응도 하지 않았다. 예전 같았으면 그 모습조차도 건방지고 괘씸해 보였겠지만 본디 성정이 그런 것을 알기에 한결같은 모습이 거슬리지 않았다.
　"귀비들이 이리 다 모이니 좋군."

의미심장한 말을 던져 놓고 계수 황후는 말간 빛이 우러나는 차를 한 모금 삼켰다. 자신의 속내를 읽으려는 도 귀비의 눈빛이 따갑게 전해졌지만, 그저 속으로 비웃을 뿐이었다.

 심증만 가지고 뭘 어쩌지 못하는 것은 도 귀비 역시 마찬가지일 것이다. 자신이 조 여관을 왜 찾아갔는지, 조 여관이 무슨 말을 털어놨는지 의심은 가지만 확인할 길이 없으니 조바심으로 속이 끓을 것이다. 그래서 같잖은 수를 쓰면서 떠보려고 하는 것이겠지.

 조 여관을 죽여 입을 막았으니 제가 한 짓을 밝힐 수 없을 거라 자신하겠지만 그건 오산이다. 진실을 알게 된 이상 무슨 수를 써서라도 그 죄를 입증하고야 말 것이다.

 '그때까지만 그 자만과 여유를 즐기게 둘 것이니 마음껏 누려라.'

 계수 황후는 찻잔을 차갑게 노려보다 내려놨다.

 서고의 책들을 정리하고 처소로 돌아가던 이담은 미류가 밖으로 나가는 것을 보고 쪼르르 따라갔다.

 "어디 가냐?"

 "저자에 가서 물품을 구해 오라는 명을 받고 가는 길이다. 같이 갈 테냐?"

 "그럴까?"

 마침 할 일도 없고 미류를 혼자 보내기도 걱정이 되어 이담은 흔쾌히 따라나섰다. 정말 오랜만에 공관 밖으로 나가는 거라 걸음걸이가 가벼웠다.

"낮엔 이곳도 어느 지방과 다를 바 없어 보인다."

"그래, 어차피 여기도 사람 사는 곳이니까. 그래도 날이 어두워지기 시작하면 확 분위기가 바뀌는 것 같아."

"얼른 볼일 마치고 돌아가자."

친자매처럼 사이좋게 사야 할 물품을 사 들고 두 사람은 나란히 공관으로 길을 잡았다.

그때 기녀에게 팔이 붙들린 채 기방으로 막 들어가려던 맹차반이 먼발치에서 이담을 알아보고 눈에 불을 켰다.

"아니, 이게 누구야? 그 발칙한 계집년이잖아?"

공관에서 부리는 천한 계집년 손목 좀 잡았다고 삼 황자에게 장까지 맞고 근신 처분까지 받은 것이 두고두고 분해 참을 수 없었다.

맹랑한 계집을 어떻게 요절을 내줄까 머리를 굴렸지만, 공관 밖으로 나오지 않아 애만 태우던 참이었는데 제 발로 기어 나왔으니 드디어 원을 풀게 됐다.

"아이, 공자님 어찌 머뭇거리시어요? 어서 들어가시어요."

"오늘은 내 급한 일이 있으니 내일 다시 오마."

붉은 입술을 비죽 내밀며 서운타 앙탈을 부리는 기녀의 팔을 떼어 내고 맹차반은 이담과 미류의 뒤를 급히 따라갔다.

아무것도 모르고 얘기를 주고받으며 걷던 두 사람은 갑자기 맹차반과 그 수하가 앞에서 길을 가로막고 서자 깜짝 놀랐다.

"잘 걸렸다, 이년들. 내 네년들을 만나려고 얼마나 벼르고 있었는지 모른다. 지난번엔 전하 때문에 그냥 넘어갔지만, 귀족에게 함부로 대들면 어찌 되는지 버릇을 고쳐 주마."

"이러지 마십시오."

이담이 겁에 질려 있는 미류를 뒤로 돌리며 나서자 맹차반의 눈에 핏발이 섰다.

"그래, 그때도 네년이 나서지만 않았으면 그런 수모를 당하진 않았을 거야."

"저 때문이 아니라 공자께서 자초하신 일이었습니다."

"뭐야! 이년이 뭘 믿고 그리 건방을 떠는 것이냐! 오늘도 전하께서 도와주실 것이라 착각하는 것이냐? 내 오늘 네년의 그 버르장머리를 기필코 고쳐 주마. 저년들을 끌고 와라."

맹차반이 눈짓을 하자 덩치가 큰 수하가 금방이라도 잡을 듯이 다가왔다.

이담은 난감했다. 하필 급히 미류를 따라나서느라 검을 들고 오지 않았다. 그녀는 뒤를 돌아보지 않은 채 미류에게 말했다.

"내가 막을 테니 도망가."

"어찌 혼자 도망간단 말이냐?"

"공관에 가서 무윤이랑 장세를 불러와. 뒤도 돌아보지 말고 달려야 해. 할 수 있지?"

미류가 금방이라도 울 것처럼 굴자 이담이 그녀를 채근했다.

"이대로 있다간 둘 다 죽어. 네가 성공해야 내가 무사해. 그것만 생각하고 뛰어."

수하가 미류에게 손을 뻗자 이담이 두 손으로 수하의 팔을 붙잡고 순식간에 반대로 꺾어 버렸다.

"아악!"

계집이라고 얕잡아보며 검도 꺼내지 않고 나서다 크게 허를 찔린 수하가 고통에 비명을 질렀다. 그때 이담이 소리쳤다.

"뛰어!"

"어딜! 계집을 잡아!"

미류가 죽을힘을 다해 공관으로 뛰어가자 수하가 미류를 쫓아가려고 했다. 이담은 저자에서 산 물품으로 수하의 뒷다리를 쳐 넘어뜨린 후 반대쪽으로 도망갔다. 맹차반이 이담을 잡으려고 손을 뻗었으나 이담이 빠르게 빠져나가자 고래고래 소리를 질렀다.

"그 계집은 두고 이, 이 계집을 잡아!"

이담에게 연거푸 당한 수하가 험악한 얼굴로 검을 빼 들고 이담의 뒤를 쫓았다. 맹차반 역시 맹렬하게 이담을 쫓았다.

이담은 죽을힘을 다해 공관의 반대쪽으로 달렸다. 제발 늦지 않게 미류가 무윤과 장세를 불러오길 바랐다.

그녀는 달리면서도 몸을 숨길 만한 곳을 눈으로 훑었으나 마땅한 곳이 보이지 않았다. 숨이 턱까지 차올라 더 달릴 수가 없어 그녀는 아무 민가로 들어가 몸을 숨겼다.

죽을 것처럼 차오르는 숨을 조심스레 고르고 있으려니 맹차반 일행이 거의 지척까지 다가온 것이 느껴졌다.

이담은 눈으로 달아날 곳을 살폈다. 하지만 민가에 달아날 곳은 들어온 문 외에는 마땅히 없었다. 그들에게 포위가 되면 꼼짝없이 잡힐지도 모른다는 생각에 등골이 오싹해졌다.

　무윤은 서고에서 장세와 함께 머리를 맞대고 시도가 보라고 준 서책을 읽고 있었다. 그러다 그는 무심코 창문 밖을 내다보다 자리에서 벌떡 일어났다.
"어찌 그러냐?"
　놀라서 묻던 장세가 공관 안으로 숨을 헐떡이며 뛰어 들어오는 미류를 보고 얼른 무윤을 따라 나갔다.
"무슨 일이냐!"
"이, 이담이 위험해. 그… 우욱!"
　얼마나 쉬지 않고 뛰어왔는지 미류는 헛구역질을 해 대면서도 말을 하려고 애썼다.
"그 맹… 헉헉, 지난번 혼이 났던 그 귀족……."
"맹차반 공자를 말하는 것이냐?"
"맞다. 그 사람에게 이담이 쫓기고 있어."
"어느 쪽이냐!"
"고, 공관 반대쪽으로 갔어!"
　미류가 채 말을 끝맺기도 전에 무윤과 장세가 밖으로 뛰어나갔다. 그와 동시에 누군가 빛의 속도로 공관을 빠져나갔다.
　얼굴이 시뻘겋게 달아오른 미류는 진정되지 않은 숨을 내쉬며 바닥에 주저앉았다. 자신을 위해 일부러 공관 반대쪽으로 달아난 이담이 쓰레기 같은 사내에게 잡히지 않기를 그녀는 천지신명께 간절히 빌었다.

민가에 숨어 숨을 고르던 이담은 맹차반과 수하가 민가 안으로 들어오려고 하자 그 전에 밖으로 달아났다. 자칫 민가에 있던 애먼 사람들이 화를 당할까 봐 그대로 있을 수가 없었다.

 하지만 운이 나쁘게도 그녀는 막다른 골목에 갇히고 말았다. 맹차반과 수하가 쥐를 몰듯 간격을 좁히며 다가왔다.

 "가까이 오지 마십시오."

 "네년이 도망가 봤자지. 뭐, 반반한 것이 성질도 있고 앙탈도 있으니 꺾는 재미가 남다르겠구나."

 저속한 소리에 이담은 있는 대로 인상을 찌푸렸다. 그것이 맹차반의 자존심을 긁었다.

 "지금이라도 잘못했다고 싹싹 빌면 내 지난날을 잊고 기꺼이 품어 줄 생각이 있다."

 "송구하오나 공자께선 저를 품을 자격이 없으십니다."

 "뭐라? 내가 지금 네년이 안기기에 부족하다는 말이냐?"

 "맞습니다."

 "뭐! 내가 뭐가 부족하단 말이냐? 너 내가 누군 줄이나 알고 그 입을 놀리는 것이냐?"

 "공자께서 뉘신지는 알 바 아닙니다. 공자의 외모도 마음에 들지 않고 성정은 더 마음에 들지 않으니 억만금을 가지고 오신다고 하여도 싫습니다."

 "하! 이년 봐라. 제법 맹랑하다 했더니 네년이 지금 나를 희롱하려는 것이 아니냐? 오냐, 너 오늘 귀족에게 함부로 하면 무슨 꼴을 당하는지 똑똑히 보여 주마."

이담에게 놀림을 받고 분기를 못 이긴 맹차반이 수하의 검을 뺏어 이담에게 다가섰다.

"반반한 얼굴만 믿고 네년이 분수를 모르는 모양인데 어디 그 얼굴이 벌집이 되어도 그럴 수 있을지 보자."

검으로 얼굴을 그으려 하는 맹차반에게 이담은 이를 악물고 버텼다. 이 자리에서 무슨 짓을 당할지 모르지만 죽을지언정 굴복하고 싶지 않았다.

이런 짐승만도 못한 인간이 귀족이라는 이름 하나 믿고 온갖 악행을 당연하게 저지르는 것이 분하고 화가 났다. 귀족의 모습이 아니라는 이유만으로 부당하게 당하고 서 있어야 한다는 사실이 억울해 화병이 날 것 같았다.

이담이 검 앞에서도 끝내 겁을 먹지 않고 버티자 맹차반은 기어이 꼭지가 돌았다. 그는 분을 풀듯 이담에게 사정을 두지 않고 검을 휘둘렀다.

이담이 몇 번 피하였지만 좁은 공간에서 검을 피하기란 쉽지 않았다. 미친 망나니처럼 검을 휘두르는 것을 막으려다 급기야 팔을 베이고야 말았다. 날카로운 통증이 파고들었지만 느낄 겨를이 없었다.

소매를 적신 피를 보고 눈이 돌아간 맹차반이 다시 검을 휘두르려 했다. 하지만 갑자기 날아온 검에 등이 타들어 가는 고통을 느끼고 비명 소리와 함께 앞으로 고꾸라졌다.

"끄아아아악!"

바닥을 뒹굴며 괴로워하는 그의 앞으로 신유가 섰다.

"사, 삼 황자 전하께서 어찌……."

 신유의 표정을 확인하던 맹차반은 차마 입을 열지 못했다. 마치 저승에서 온 사신과 같은 모습에 그는 숨조차 크게 쉴 수 없었다. 그러다 극심한 등의 통증을 이기지 못하고 그대로 의식을 잃었다.

 맹차반에게 시선도 주지 않은 채 신유는 이담의 앞에 섰다. 그의 시선이 점점 붉게 젖어 가는 팔을 보며 무섭게 변했다.

"저자를 내 눈앞에서 치워라."

"예, 전하."

 폐부까지 얼려 버릴 정도로 싸늘한 소리에 세오가 얼른 맹차반을 끌고 갔다. 옆에서 광경을 지켜보던 수하가 부리나케 도망갔지만 내버려 두었다.

 무윤과 장세가 이담에게 다가가려고 했지만, 시도가 두 사람을 데리고 물러났다.

 신유는 이담에게 바짝 가까이 다가섰다. 부들부들 떨고 있는 이담의 상태가 걱정이 되어서였다. 팔의 상처보다는 마음을 더 심하게 다친 것 같은 얼굴에 그는 미간을 찌푸렸다.

"팔을 치료해야 한다."

 신유가 팔을 잡으려 하자 이담이 그의 손길을 뿌리쳤다. 그는 이담의 얼굴을 가만히 바라봤다. 울음을 참으려 이를 악물고 있는 모습이 시리게 박혔다.

"화가 나 있군."

 귀족의 신분인 그녀가 이런 일을 당해야만 하는 현실이 끔찍했을 것이다. 밖으로 토해 내지 못하는 그 마음을 알기에 가슴이 아팠다. 혼자서 얼마나 무섭고 힘들었을까. 생각할수록 피가 거꾸로 솟았다.

하지만 그녀를 이대로 둘 수는 없었다. 금방이라도 쓰러질 듯한 얼굴로 버티고 있는 것이 안쓰러워 미칠 것 같았다.

그는 상의의 안감을 찢어 다시 이담에게 손을 뻗었다. 이담이 또다시 뿌리치려고 하자 그는 이담을 품으로 끌어안았다.

"놓으십시오."

이담이 크게 버둥거리며 빠져나가려고 하였지만 놓아주지 않았다.

"절대 놓지 않을 것이다. 그러니 힘 빼지 마라."

바짝 날이 선 그녀의 마음을 다독이듯 그가 부드럽게 달랬다. 그러고는 잠잠해진 이담의 팔을 묶어 지혈시켰다. 그러자 거짓말처럼 이담이 그대로 의식을 잃었다.

신유는 쓰러지는 그녀를 안아 들었다. 핏기 하나 없이 의식을 잃은 얼굴을 보니 그녀를 이렇게 만든 인간들에게 분노가 치밀어 올라 가슴이 터질 것 같았다.

신유가 이담을 안고 나오자 무윤이 앞으로 나섰다. 의식을 잃은 이담을 보고 그는 살짝 미간을 찌푸렸다.

"보는 눈이 있으니 제가 업고 가겠습니다."

신유의 눈빛이 무윤에게 차갑게 꽂혔다.

"손끝 하나 건드리지 마라. 물러나라."

단호한 명에 무윤은 물러날 수밖에 없었다. 하지만 삼 황자가 이담을 안고 가는 것이 호사가들에게 좋은 먹이가 될 수 있기에 걱정이 컸다. 그런 생각을 삼 황자가 하지 않았을 리 없을 것이다.

무윤의 걱정에도 신유는 이담을 꼭 안은 채 공관으로 걸음을 옮겼다.

신유가 이담을 안고 공관으로 들어오자 초조하게 기다리고 있던 미류가 한달음에 달려왔다. 의식을 잃고 늘어진 이담을 보고 미류가 놀라서 소리쳤다. 행여 화라도 당한 건가 싶어 정신이 나갈 것 같았다.

"이담아!"

"괜찮으니 소란 피울 것 없다."

"정말 괜찮은 건가요?"

"잠시 잠들었다."

신유가 이담을 안고 처소로 들어가자 미류는 말리지도 못하고 그를 보기만 했다.

"시도, 새 의복과 금창약을 가지고 와라."

"예, 전하."

시도가 나가자 신유는 이담을 자신의 침상에 눕혔다. 파리해진 입술을 보니 맹차반에 대한 분노가 다시 들끓었다. 조금만 더 일찍 찾았더라면 이담이 다치는 일이 없었을 것이기에 스스로에 대한 책망도 앞섰다.

잠시 후 시도가 새 의복과 금창약을 가지고 들어오자 그 뒤로 미류가 물을 담은 대야와 영견을 가지고 왔다.

"모두 나가라."

삼 황자의 축객령에 시도가 미류와 함께 밖으로 나간 뒤 문을 닫았다.

둘만 남게 되자 신유는 잠시 머뭇거리다 이내 이담을 조심스럽게 안고 상의의 매듭을 풀었다. 상의를 벗겨 내자 지혈하려고 묶어 둔 천이 피로 물들어 있었다.

그는 조심스럽게 천을 풀어 상처를 살폈다. 다행히도 깊이 베이진 않았다. 그는 영견을 물로 적셔 팔에 묻은 피를 닦았다. 그리고 금창약으로 상처를 바른 후 깨끗한 천으로 상처를 감아 매듭을 지었다.

그러는 동안도 훅 들어오는 여인의 살 내음에 정신이 흐릿해졌지만, 의식을 잃은 그녀를 탐하는 파렴치한이 되고 싶진 않아 죽을힘을 다해 참았다. 그는 최대한 조심스럽게 이담을 부축해 안은 채 다시 새 의복을 입히려고 했다.

다친 팔을 넣고 매듭을 다시 묶어 주려고 할 때 이담의 고개가 그에게로 스르르 기울었다. 그녀의 입술이 목덜미를 스치자 그는 이담을 껴안은 채 그대로 굳었다.

귓가를 간질이는 그녀의 규칙적인 숨소리에 신유의 숨이 불규칙적으로 거칠어져 갔다. 그녀를 눕혀야 하는데 그녀의 숨결이 멀어지는 것이 싫어 이담의 등을 손바닥으로 잡으며 오랫동안 온기를 느꼈다.

의식을 잃은 여인을 두고 안고 싶다는 생각을 하는 자신에게 환멸이 일었지만, 이성과 달리 몸은 그녀를 놓아주기를 거부하고 있었다.

그는 죽을힘을 다해 그녀를 조심스럽게 침상에 눕혔다. 그러면서도 몸을 일으키지 않고 이담의 이마에 입술을 눌렀다. 그리고 다시 까칠해진 입술을 혀로 쓸었다. 위로받은 입술이 보드랍게 풀리자 그는 살포시 입술을 포갰다. 그러고는 상체를 일으키고 여전히 의식이 없는 이담을 내려다봤다.

"상처만 치료하고 보내 줄 생각이었는데 그러기 싫어졌다. 오늘 밤은 이곳에 있어라."

그는 잠이 든 그녀를 한참 지켜보다 조용히 밖으로 나갔다.

무거운 눈꺼풀을 들어 올려 천장을 보던 이담은 낯선 장소에 자신이 누워 있는 것을 확인하고 눈을 깜빡거렸다. 그녀는 눈동자를 굴리며 자신이 있는 곳을 간파하려고 애썼다. 허름한 제 처소와는 비교할 수 없을 정도로 귀한 침상과 가구들이 그녀를 불안하게 했다.

'설마, 설마.'

답을 구하듯 돌아보다 의자에 기대앉은 채 눈을 감고 있는 사내를 보고 그녀는 하마터면 소리를 지를 뻔했다.

'아니, 어째서 전하의 침소에 있는 거야!'

정신이 나갈 듯이 놀라 그녀는 신유가 잠든 사이 몰래 밖으로 나가려고 상체를 일으켰다. 조금씩 날이 밝아 오는 것 같으니 그 전에 나가야만 했다.

"윽!"

 팔을 다친 걸 생각하지 않고 움직이다 날카로운 통증이 뇌까지 전해지자 저도 모르게 곡소리가 나왔다. 눈물이 쏙 빠지게 매서운 통증을 느끼니 저절로 인상이 찌푸려졌다.

 창문 틈으로 들어오는 희미한 불빛 속에서 그가 깨는 것이 보였다. 이담은 정지된 상태로 그가 다가오는 것을 지켜봤다.

"무리하면 상처가 덧날 것이다."

"제, 제가 왜 여기에 있는 건가요?"

"내가 데리고 왔다."

"보는 눈이 있을 텐데 어쩌자고 그러신 겁니까?"

 이담은 괜스레 그를 책망했다. 대체 어쩌자고 자신을 그의 침소로 데리고 온단 말인가.

"그러고 싶었다."

"사람들이 보기 전에 나가야겠습니다."

"서두를 것 없다."

"아니요, 서둘러야지요. 저 때문에 전하께서 구설에 오르는 것을 원치 않습니다. 그렇지 않아도 물어뜯으려는 자들이 많은데 저까지 더할 수는 없습니다."

 이담은 기어이 밖으로 나가려고 몸을 일으켰다. 그러다 자신의 의복이 달라진 걸 발견하고 잠시 멍한 상태가 되었다. 팔의 상처가 치료되어 있고 새 의복으로 갈아 입혀진 것이 정신을 어수선하게 어지럽혔다.

 설마 삼 황자가 손수 치료를 한 것인가? 설마 의복을 직접 갈

아입힌 것인가? 의문들이 꼬리를 물고 머릿속을 맴돌았지만 차마 입 밖으로 내뱉지는 못했다.

"입고 있던 의복은 버렸다."

차라리 말을 말지. 그의 입으로 확인을 받으니 속이 시원하면서도 부끄러워 그의 얼굴을 똑바로 볼 수가 없었다.

신유는 석류처럼 붉어진 얼굴을 어쩌지 못하고 자신을 외면하는 그녀를 가만히 응시했다. 그의 시선이 다친 팔에 머물렀다.

"많이 아픈가?"

"참을 만합니다."

"내가 좀 더 빨리 찾았어야 했다."

"덕분에 얼굴이 이리 무사한걸요. 전하께는 거듭 은혜만 입습니다. 구해 주셔서 감사합니다."

"네가 내 목숨을 구해 준 것이 먼저였다."

"그건 정말 오래전의 일이지요."

"그날이 없었다면 지금도 없다."

그의 말 한마디 한마디가 심장을 무차별하게 저격했다. 동이 어스름하게 밝아 오는 사이로 그의 얼굴과 마주하고 있으려니 심장이 물렁해지며 야릇한 기분이 들었다. 위험하다. 위험해.

밖으로 나가라는 머리의 신호를 마지못해 가슴이 받으며 이담은 그에게 고개를 숙이며 그를 지나치려고 했다.

하지만 그가 오른손으로 그녀를 붙잡고 끌어안아 버리자 커다란 사내의 품에 파묻혀 이담은 숨을 죽였다. 그에게 폭격당한 심장이 정직하게 반응을 내뱉고 있었다.

"가야 합니다."

이담이 우물거렸지만 신유는 그녀를 끌어안고 어깨에 고개를 묻었다. 그러는 와중에도 다친 팔을 건드리지 않게 세심하게 배려했다.

"네가 다친 걸 보는 순간 심장이 멎는 줄 알았다."

바르작대며 빠져나가려던 이담은 그의 고백에 스르르 힘이 풀렸다. 애써 묶어 두었던 마음의 둑이 기어이 홍수가 되어 터져 버렸다. 그가 고개를 들고 살짝 힘을 풀자 이담은 그의 얼굴을 똑바로 쳐다봤다.

"정말 어쩌시려고 그러십니까?"

"……."

"왜 이렇게 저를 흔드시냔 말입니다. 정말 저더러 어쩌라고……."

그가 갑자기 입술을 덮어 버리자 이담은 더 말하지 못했다. 그의 혀가 입술을 가르고 들어오자 이담은 달아나지 않고 그의 혀를 맞았다. 두 개의 혀가 격정적으로 얽히며 한 덩이가 되었다. 이담의 고개가 살짝 옆으로 기울자 신유가 허리를 받치며 더 깊숙이 들어왔다.

이담은 그에게서 물러나지 않고 적극적으로 그와 혀를 주고받았다. 고삐가 풀린 망아지처럼 그를 향한 소유욕이 물밀듯이 터져 나왔다. 나중에 어찌 된다고 하여도 지금은 그를 오롯이 가지고 싶었다.

신유가 거친 숨을 내쉬며 한 손으로 앞섶의 매듭을 풀었다. 단숨에 침의 안까지 파고든 커다랗고 따뜻한 손이 수줍게 고개를 들고 있는 순백의 살덩이를 꽉 잡아 쥐었다.

"으흣!"

이담의 고개가 살짝 뒤로 꺾인 틈을 타 그의 입술이 이담의 목을 물었다. 생전 처음 느끼는 원색적인 자극에 이담의 몸이 뒤틀렸다. 목에서 쇄골로 내려온 입술이 한기에 반항하듯 꼿꼿하게 선 봉우리를 삼키자 이담의 입에서 저도 모르는 신음 소리가 연신 흘러나왔다.

사내와 딱 붙어서 원색적인 행위를 하고 있는 것이 자신인지 타인인지도 헷갈렸다. 굳이 따지고 싶지 않을 정도로 그에게 미치고 싶었다.

"전하, 전하."

뜨거운 숨을 내뱉으며 귓가에 속삭이자 신유는 더 참지 못하고 그녀를 안아 침상에 내려놓았다. 그리고 눈빛으로 그녀에게 허락을 구했다.

이담이 양팔로 그의 목을 감자 기다렸다는 듯이 그의 고개가 내려왔다. 다시 입술이 겹쳐지며 신유는 두 손을 바삐 움직여 이담의 의복을 벗겨 냈다. 혹여 다친 팔을 건드릴까 봐 조심하는 것도 잊지 않았다.

이성을 통째 날려 버린 것처럼 저돌적으로 굴면서도 중요한 부분에서 자제력을 잃지 않는 것도 그다웠다.

실오라기 하나 걸치지 않은 이담의 상체가 드러나자 그는 감상하듯 그녀의 목선에서부터 유려하게 뻗은 곡선과 소담하게 부풀어 오른 언덕을 눈으로 쓸었다. 이미 몸은 정직하게 날것 그대로의 수컷으로 변한 지 오래지만 성급하게 그녀를 안고 싶지 않아 최대한의 인내심을 발휘하는 중이었다.

그는 처음으로 사내에게 몸을 열어 주는 그녀가 놀라지 않도록 혀로 다독이듯 달래며 긴장을 풀어 주었다. 뜨거운 혀가 몸의 곡선을 따라 부드럽게 흘러내리며 길을 만들었다. 그녀의 살 내음에서 짙은 향이 흘러나와 한 입 베어 물고 싶은 충동을 느꼈다. 금방이라도 물이 흐를 것만 같은 달콤한 과즙처럼 사내의 욕정을 유혹했다.

난생처음 사내의 혀가 닿고 손길이 닿은 몸이 구석구석에서 불이 나기 시작했다. 부드럽게 어루만지는 손길에 나른하게 풀렸다가 이로 잘근잘근 깨무는 자극에 움찔움찔 놀라 몸을 비틀었다. 그럴 때마다 몸이 정직하게 반응을 토해 내고 있었다.

납작한 배에서 원을 그리던 혀가 더 아래로 내려가자 이담은 숨이 쉬어지지 않았다. 그의 손길에 하의가 사라지고 속의마저 벗겨지자 그녀는 차라리 고개를 돌려 버렸다.

그가 잠시 감상하듯 보는 것이 느껴지자 이담은 불이 붙은 듯 얼굴이 화끈거렸다. 본능적으로 뒤로 물러나려는 다리를 그가 붙들고 살짝 옆으로 벌렸다. 그의 열감 어린 시선 아래에 무방비 상태로 있다는 사실만으로도 이담의 몸은 속절없이 젖어 들었다.

막 이불을 집어 가리려고 하는 찰나 다리 사이로 뜨거운 숨결이 느껴지자 이담의 눈이 번쩍 뜨였다. 놀라 상체를 일으키려고 하였으나 아래를 쓸어올리는 뜨거운 감촉에 그녀는 불에 덴 듯 깜짝 놀랐다. 그를 말리려고 하였으나 뜨거운 살덩이가 불시에 안으로 파고들자 등이 활처럼 휘었다.

"흐읏!"

 말로는 표현할 수 없는 원색적인 자극에 이담은 속수무책으로 그에게 점령당했다. 온몸의 힘이 하나도 없이 다 빠져나가는 느낌이었다. 처음인 그녀를 배려해 정성스럽게 몸을 적시는 그 덕분에 몸이 자연스럽게 그를 받아들일 준비를 마쳤다.

 그가 서둘러 자신의 의복을 모두 벗어 버리고 완전한 수컷이 되자 이담은 처음 보는 사내의 몸을 감탄하며 눈에 담았다.

 신유가 이담의 손을 잡아 자신의 심장에 가지고 가자 손바닥 밑으로 작은 돌기가 존재감을 과시했다. 이담은 손바닥으로 원을 그리듯 그의 가슴을 자극했다. 그러자 아까부터 한계에 도달했던 그가 거친 숨을 토해 내며 이를 악무는 것이 느껴졌다. 그녀의 손이 대담하게 아래로 내려가 그의 엉덩이를 만지자 그의 몸이 크게 꿈틀거렸다.

 더 이상은 참는 것이 무리였는지 신유가 그녀의 다리를 양팔 위로 올리고 천천히 이담의 몸을 열었다.

 한 번도 열린 적 없는 곳에 뜨겁고 단단한 살덩이가 비집고 길을 내는 것이 느껴지자 이담은 그와 함께 숨을 죽였다. 처음으로 느끼는 생경한 감각과 통증에 온 신경이 집중되었다.

 조심스럽게 몸속으로 들어와 그와 연리지처럼 완벽한 한 덩이가 되었을 때 두 사람은 동시에 더할 나위 없는 충만함을 느꼈다.

"넌 내게 유일한 여인이다."

 그가 이담에게 주지시키듯 뜨거운 고백을 속삭이며 그녀의 입술을 찾았다. 서로를 갈망하는 두 개의 입술이 뜨겁게 열리고 혀가 얽혔다. 그와 동시에 아래 역시 뜨겁게 얽혔다.

그가 들어올 때마다 이담은 기꺼이 그에게 몸을 열어 주며 그와 하나가 되었다. 뜨겁게 혀가 섞이고 몸이 섞이면서 그녀는 완벽하게 그의 여인이 됨을 느꼈다.

"너 정말 괜찮은 것이냐?"

미류가 걱정스럽게 묻는 소리에 이담은 일부러 큰소리로 대답했다.

"당연히 괜찮지. 그냥 팔을 조금 다쳤을 뿐이다."

"그게 어디 조금이냐? 전하께서 가지 않으셨다면 큰일을 당할 뻔했단 사실을 들었다."

"그 미친 귀족 놈이 눈이 돌아가서 검까지 휘두를 줄은 몰랐어. 검을 들고 나갔다면 그리 당하지만은 않았을 텐데."

"당하지 않으면 우리가 귀족을 벨 수라도 있겠냐?"

회의적인 미류의 말에 맹차반이 했던 짓거리가 떠올라 눈살을 찌푸렸다. 미류가 이담의 눈치를 보며 그녀를 돌려세우더니 손으로 등을 밀었다.

"오늘 일은 내가 할 것이니 너는 들어가 쉬어라. 제대로 잠도 못 잤을 것이 아니냐?"

신유와 초야를 치르고 몰래 처소로 돌아온 전적이 있기에 괜스레 제 발이 저려 이담은 손사래를 쳤다.

"어? 아, 아니다. 푹 잤다."

"그랬을 리가 없겠지. 눈 떠 보니 전하의 침소였을 텐데 얼마나 놀랐겠냐? 나 같아도 기절했을 것이다."

"노, 놀라긴 했지. 하하."

어색하기 짝이 없는 웃음으로 위기를 넘기려니 입가에 경련이 일어나는 것 같았다. 미류가 힐끔 이담을 살피듯 쳐다봤다.

"그 팔은 전하께서 직접 치료를 해 주신 것이냐?"

"그, 그러신 것 같더라."

"근데 얘가 아까부터 왜 말을 더듬고 그러냐?"

"내, 내가 언제?"

"지금도 그러잖느냐? 간밤에 혹 전하랑 무슨 일이라도 있었냐?"

"일은 무슨! 생사람 잡지 마라."

이담이 과도하게 놀라며 부인하자 미류가 눈을 가늘게 뜨며 얼굴을 가까이 들이밀었다.

"좀 이상한 것 같기도 하고."

"생각해 보니 팔이 좀 아파서 일은 무리일 것 같다. 나는 아무래도 들어가는 것이 좋겠다. 그만 들어가 쉬마."

이담이 빠른 속도로 말을 뱉고 곧바로 돌아서자 미류는 풉 실소를 했다. 평소의 그녀답지 않게 얼굴을 붉히며 펄쩍 뛰는 것을 보니 놀려 주는 재미가 쏠쏠했다.

그래도 그런 험한 일을 당하고도 크게 위축되어 보이지 않아 다행이었다. 이담이 잘못될까 봐 미칠 것 같았는데 귀신처럼 빠르게 달려 나간 삼 황자 덕분에 겨우 위기를 모면했다. 아무나 가질 수 없는 행운이지만 늘 남을 위해 앞장서는 이담은 그런 운을 누릴 자격이 충분했다.

미류에게서 달아나다시피 걸음을 옮기던 이담은 막 집무실 밖으로 나오는 신유와 눈이 마주쳤다.

그와 정신없이 몸을 섞고 그가 잠든 사이 몰래 빠져나온 후로 처음 보는 것이라 그의 얼굴을 똑바로 보기 민망했다. 새벽 내내 안겨 있었던 그와의 정사가 훅 떠오르며 이담의 볼이 발그레하게 물들었다. 그와 가까이 있지 않아서 다행이었다.

수줍어 막 돌아서려는 그녀에게 그가 눈빛으로 물었다.

'아프지 않으냐?'

'괜찮습니다.'

이담은 수줍게 웃으며 대답을 전했다. 사내에게 몸이 열린 통증에 비하면 팔의 통증은 이미 비할 바가 아니었다. 그를 품었던 곳이 아직도 그대로 그를 품고 있는 기분이었다.

사내와 살을 섞는 생경하고 이질적인 감각이 어색하면서도 들뜨게 만들었다. 참으로 황홀하고 신기한 경험이었다.

이담이 조용히 돌아서서 멀어지자 신유는 뜨거운 시선으로 그녀를 지켜봤다. 함께했던 밤이 너무 짧아 아쉽기만 했다.

처음 그녀를 침소로 데리고 왔을 때는 다친 그녀를 안을 생각이 아니었다. 하지만 자신을 위해 처소로 돌아가려는 이담을 붙잡은 순간 이성은 이미 돌아오지 못할 선을 넘어 버렸다.

그 뒤로는 황자는 없고 오롯이 그녀를 갖고 싶어 안달이 난 사내만 있었다. 그녀를 안아도 자꾸만 더 안고 싶은 짐승과도 같은 욕심이 피를 달궜다.

 그는 마치 넋이 나간 사람처럼 이담이 사라진 곳을 응시하다 시도가 가까이 오는 걸 보고서야 눈길을 돌렸다.

 이담을 찾는 일이 지지부진한 것이 못마땅해 짜증이 가득 찬 강유는 현세기에게 전날 일어났던 사건에 대해 듣고 조금 놀란 눈을 떴다.
 "삼 황자가 공관에서 부리는 계집 때문에 이곳의 유지인 맹사천의 아들을 초주검으로 만들었단 말이오?"
 "그렇다고 합니다. 맹차반이 송장처럼 겨우 숨만 붙어 있는 모양인데 그 때문에 맹사천 대감이 눈이 뒤집혀 이를 갈고 있다고 합니다."
 "삼 황자가 계집 때문에 그런 일을 벌이다니 의외군. 대체 어떤 계집이기에 그런 무모한 짓을 한단 말인가."
 한심하다는 말투로 혀를 차면서도 무슨 사연인지 궁금했다. 신유의 성정상 여인에게 홀릴 리 없고 더군다나 공관에서 부리는 계집 때문에 귀족가의 자제를 그리 만들었다는 것이 그답지 않았다.
 강유는 지난번 공관에서 봤던 이담과 미류를 떠올렸다.
 "둘 다 제법 반반하게 생기긴 했던데."

그러면서도 신유의 처사가 이해가 안 돼 고개를 저었다.

"일전에 신이 목격하였는데 두 아이 중 한 아이가 제법 야무집니다. 맹차반이 다른 계집아이의 손목을 잡고 끌고 가려고 했는데 그 아이가 나서서 손을 놓으라고 당돌하게 맞섰습니다. 화가 난 맹차반이 그 아이를 때리려고 했는데 삼 황자께서 아이들을 물리고 맹차반을 크게 벌하셨습니다. 아마 그 일로 맹차반이 복수를 하려다 되레 당한 것 같습니다."

"재미있군. 황자가 되어 그딴 소소한 일에 나서다니. 그런 하찮은 계집들이 뭐라고 귀족들과 적을 쌓는단 말인가. 쯧쯧."

강유는 혀를 차며 인상을 찌푸렸다.

그를 지켜보며 현세기는 속으로 다른 의도로 혀를 찼다. 그때 맹차반의 행동은 엄연히 공관의 기강을 더럽히는 잘못된 행동이었고 삼 황자가 그를 처벌한 것은 합당했다. 만일 이 황자가 그 자리에 있었다면 두 아이는 맹차반에게 크게 욕을 당했을 것이고 맹차반은 더 기고만장하여 제멋대로 날뛰었을 것이다.

아비의 권세를 믿고 망나니처럼 날뛰는 것도 정도껏이어야지. 늘 그 정도가 과하여 넘치니 같은 귀족들 사이에서도 그를 손가락질하는 자들이 많은 것이 아닌가.

"어쨌든 삼 황자께서는 부리는 아랫것들을 살뜰하게 챙기시는 것 같습니다."

현세기가 신유를 칭찬하자 강유는 배알이 뒤틀려 인상을 찌푸렸다.

"그 계집에게 삼 황자가 마음이 동했는지도 모르지. 대체 계집의 어떤 점에 정신을 못 차리고 삼 황자가 그리 무리수를 둔 건지 궁금하군."

"공관에서 듣기로는 삼 황자께서 현서로 내려오신 후 며칠 되지 않아 직접 그들을 공관으로 데리고 오셨다고 합니다."

"하면 그 계집이 삼 황자와 그전부터 일면식이 있었다는 것이오?"

"확신할 수는 없지만 그럴 수도 있을 것 같습니다."

시큰둥하게 비웃던 강유의 표정이 제법 진지해졌다. 그는 중지로 탁자를 톡톡 쳤다. 현서로 내려온 지 얼마 지나지 않았으니 이곳에 오기 전에 인연이 있었다는 말이다. 그것이 걸렸다.

신유가 그전부터 알던 계집, 그리고 그 계집을 구하려고 귀족의 자제를 초주검으로 만들었다는 사실이 아까와는 달리 신경을 긁었다.

여인이라면 길가의 돌멩이보다도 더 관심 없어 하던 그가 상식적으로 이해하기 힘든 일까지 할 정도라면 아무 의미 없는 상대는 아니라는 결론이 나온다. 뭐지. 이 기분 나쁜 예감은?

"그 계집의 이름이 무엇이오?"

"계집의 이름까지는 알아보지 않았습니다. 한데 어찌 그러십니까?"

"아무래도 꺼림칙해."

"무엇이 말입니까?"

"삼 황자를 홀린 계집이 어떤 계집인지 내가 자세히 봐야겠소."

급한 성정답게 강유가 바로 자리에서 일어서자 현세기는 그를 말리려다 말았다.

그길로 강유는 예고도 없이 공관으로 바로 쳐들어갔다. 실체를 알 수 없는 뭔가 께름칙한 기분이 계속 신경을 긁었다. 백중현의 여식이 살아 있다는 사실도 모르는 신유가 혹 다른 여인에게 빠진 건지 직접 눈으로 확인을 해야 했다.

공관으로 성큼 들어온 강유는 눈으로 이담과 미류를 찾았다. 그러다 마침 장세와 함께 걸어가는 이담을 발견하고 곧바로 앞을 가로막았다.

"잠깐 서라."

갑작스런 이 황자의 출현에 이담이 깜짝 놀라 그대로 굳었다. 장세 또한 놀란 것은 마찬가지였다.

강유는 이담의 얼굴을 노골적으로 뜯어봤다. 제법 반반하다 여겼는데 가까이서 보니 그 이상이었다.

그는 실눈을 뜨고 이담을 품평하듯 살폈다. 제 앞에서도 위축되지 않고 총명하고 당당해 보이는 것이, 분명 맹차반에게 맞섰다던 계집이 맞을 것이다. 뜯어볼수록 참으로 묘한 느낌을 가진 아이였다. 그는 이담에게 단도직입적으로 물었다.

"네 이름이 무엇이냐?"

다짜고짜 앞을 가로막고 이름을 묻는 그에게 이담은 크게 당황했다. 이 황자에게 솔직하게 이름을 말해야 하나 망설이면서도 달리 빠져나갈 방도가 떠오르지 않아 불편했다.

"제 이름은……."

"형님, 오셨습니까?"

이담이 막 대답하려고 할 때 뒤에서 신유의 목소리가 끼어들었다.

신유가 나타나자 강유는 속으로 짜증 섞인 욕설을 내뱉었다.

신유는 이담을 보호하듯 그녀의 앞에 서서 강유의 시선을 막았다.
"이 아이에게 무슨 볼일이 있으십니까?"
"아, 별일 아니다. 네가 이 아이 때문에 맹사천 대감과 불편한 사이가 되었다는 소리에 조금 궁금했을 뿐이다."

마음 같아선 그녀에 대해서 묻고 싶지만, 그에게 백중현의 여식이 살아 있다는 사실을 알려 줄 수는 없기에 대충 둘러댔다.

"이 아이는 그저 공관의 일을 하는 아이일 뿐입니다. 소제가 맹차반을 처벌한 건 이 아이 때문이라기보다 그가 공관의 기강을 어지럽혔기 때문입니다. 형님도 아시다시피 지금은 어느 때보다 조심해야 하는 시기가 아닙니까? 차후 같은 일이 재발하지 않게 하려고 일벌백계로 맹차반을 강하게 처벌하였습니다."

유수와 같은 언변에 강유는 딱히 할 말을 잃었다. 한편으로는 너무 예민하게 생각한 건가 싶기도 했다. 황자인 그가 귀족도 아닌 계집을 마음에 둘 리 없을 것이다.

"그런 의도였다니 할 말은 없지만 그래도 함 귀비를 생각해서라도 이곳의 유지들과 굳이 척지지 않는 것이 좋을 것이다."

"형님의 말씀 새겨듣겠습니다. 다만 맹차반은 그동안 악행이 너무 많아 그를 단죄하지 않을 수 없었습니다. 바람이 차니 안으로 드십시오. 너는 처소로 물러가라."

신유가 이담에게 서늘한 투로 명하자 강유는 두 사람의 분위기를 살폈다. 이담을 대하는 신유의 태도에 별다른 감정은 보이지 않았다. 역시 괜한 생각을 한 것인가. 그런데도 완전히 깔끔해지지 않은 마음이 거슬렸다.

"드시지요."

신유가 거듭 청하자 강유는 더 버티지 못하고 집무실로 걸음을 옮겼다.

신유가 제 쪽으로는 돌아보지도 않은 채 이 황자와 함께 집무실로 사라지자 이담은 크게 한숨을 내쉬었다.

"휘유우."

옆에서 길게 바람 빠지는 소리가 들렸다. 장세가 어울리지 않게 가슴을 쓸어내리고 있었다. 참 곰 같은 덩치와 안 맞게 간은 콩알만 한 놈이다.

"나 완전 심장 멎을 뻔했지 뭐냐. 삼 황자 전하가 아니셨으면 큰일 날 뻔했다."

"큰일은 무슨. 가자."

말은 그렇게 했지만, 이 황자가 갑자기 앞을 가로막았을 땐 심장이 철렁 내려앉았었다.

"근데 황자가 이리 오래 황궁을 떠나 있어도 되나?"

의아한 생각에 이담이 고개를 갸웃거렸다. 삼 황자야 황명을 받고 이곳에 부임해 온 것이지만 이 황자가 무슨 일로 변방에 오래 머무는지 조금 이상한 생각이 들었다. 이곳에서 처리할 일이 있다면 삼 황자에게 시키면 될 것을 이 황자가 굳이 남들이 다 피하는 변방까지 내려와 있는 것이 납득이 되지 않았다.

어쩐지 이 황자와 더 마주쳐선 좋을 것이 없을 것 같아 이담은 서둘러 처소로 넘어갔다.

신유에게 보고할 것이 있어 집무실로 들어가려던 구자청이 강유를 발견하고 예를 갖췄다.

"이 황자 전하를 뵙습니다."

"누구인가?"

"소제를 도와 공관의 책임을 맡고 있는 구자청 장군입니다."

신유의 소개에 강유가 그에게 인사를 건넸다.

"수고가 많소, 구 장군."

"응당 해야 할 일이니 수고는 당치 않사옵니다. 급한 용무가 아니니 소장은 다시 오겠습니다."

구자청이 물러나자 강유는 신유를 따라 집무실로 들어갔다. 들어가면서 그는 구자청이 누구와 연줄이 닿아 있는지 궁금해 했다. 어머니에게 구자청이란 이름을 들었던 기억이 없기에 그의 내력이 궁금했다.

집무실 문이 닫히자 저만치 걸어가던 구자청이 돌아봤다.

"이 황자의 출타가 너무 길어지는군."

그는 혼잣말로 중얼거리며 찬 시선을 치켜떴다.

제10장 증좌 證左

 시비가 차를 내려놓자 신유는 강유에게 차를 권했다.
 "드십시오."
 강유는 차를 마시며 이담에 대해 생각했다. 신유는 차를 마시며 그런 강유를 살폈다.
 "이곳에서의 일은 아직 다 마치지 않으신 겁니까?"
 "그게 아직이다."
 "소제가 도와 드릴 것은 없습니까?"
 "이곳 일로도 머리가 아플 텐데 나한테까지 신경 쓸 거 없다."
 강유가 바로 털었지만, 답을 미리 알고 있었기에 신유는 별 반응을 보이지 않았다.
 "재유도 이곳에 와 있는 것을 아십니까?"

"뭐? 재유가 이곳에 있다고? 그게 사실이냐?"

"형님께선 모르셨나 봅니다. 실은 형님께서 이곳으로 내려오신 지 얼마 지나지 않아 시도가 우연히 재유를 봤다고 하였습니다. 그래서 형님과 재유가 이곳으로 동시에 내려온 이유가 무엇인지 궁금해하던 참이었습니다."

"다른 목적이 있었겠지. 재유가 이곳에 내려온 이유를 나도 알고 싶다."

모르쇠로 딱 잡아떼면서 강유는 속으로 재유에게 욕설을 내뱉었다. 재유가 이곳으로 내려온 이유라면 한 가지뿐이다. 자신과 같은 이유, 백중현의 여식을 찾는 것.

그리 조심했건만 여우 같은 함 귀비가 언제 눈치를 챘단 말인가. 몸이 좋지 않다고 피접까지 갔던 놈이 위험하기 짝이 없는 변방으로 친히 내려오다니 백중현의 여식을 반드시 찾겠다는 의지의 발로가 아닌가?

'괘씸한 놈. 네가 감히 백중현의 여식을 노리고 있었단 말이냐?'

백중현의 여식을 노린다는 건 태자가 잘못되었을 때 그 자리를 노린다는 것과 같은 일이므로 강유는 재유에게 깊은 배신감과 불쾌함을 느꼈다. 감히 사 황자 주제에 깜냥도 되지 않는 놈이 제 어미를 믿고 뒤통수를 치려고 한 것에 분노가 치밀었다.

"황궁엔 언제 돌아가실 예정이십니까?"

"내가 이곳에 있으니 불편한 것이냐?"

"불편하다기보다는 걱정이 됩니다. 형님도 아시다시피 이곳은 내전 중인 서율국과 국경을 맞대고 있는 곳이니까요. 형님이 이곳에 있다는 사실이 반란군에게 알려지면 저들의 표적이 될 수도 있습니다."

"내 안전은 내가 알아서 할 것이니 걱정하지 마라."

강유는 신유의 걱정을 일거에 잘랐다.

"한데 아까 그 계집을 네가 데리고 왔다고 하던데 본디 알았던 것이냐?"

"이곳에 오기 전에 인연이 있었습니다."

"인연이라니?"

무언가 의미가 담긴 소리에 강유가 한쪽 눈썹을 들어 올렸다.

"오래전부터 우연히 몇 번 만났는데 이곳에서 다시 만나게 됐습니다."

"황자인 네가 신분도 다른 저런 아이와 자주 부딪치다니 참으로 기이한 인연이구나. 혹 계집을 일부러 이곳으로 데리고 온 것이냐?"

"맞습니다. 위험한 곳에 있는 것이 신경이 쓰여 공관으로 데리고 왔습니다."

"너답지 않은 짓을 했구나. 그 계집 면상이 반반하고 태가 제법 곱던데 회가 동하기라도 한 것이냐?"

일부러 자신을 자극하려고 저속한 표현을 던지는 것을 알기에 신유는 엷게 미소를 지으며 대답했다.

"그보다는 다른 마음으로 그 아이를 아끼고 있습니다. 그 아이뿐 아니라 함께 온 동무들 모두 의롭고 곧은 성정을 가지고 있습니다. 하여 곁에 두고 제 사람으로 만들어 볼 생각입니다."

"시도와 세오 외에는 사람 욕심을 내지 않던 네가 그리 말하는 것을 보니 꽤 괜찮은 아이들인가 보구나."

"그렇습니다."

"나는 아까 본 그 아이가 마음에 든다. 내가 달라고 하면 내어 줄 것이냐?"

"송구하오나 그것은 곤란합니다."

신유가 생각도 하지 않고 바로 거절하자 강유는 불통한 표정으로 그를 쏘아봤다.

"내게 그깟 계집 하나가 아까워 곤란하다는 것이냐?"

"형님의 사람을 소제가 욕심낸 적 없으니 형님께서도 그저 해 보신 말씀이라 생각합니다. 그 아이는 소제가 지켜야 할 소제의 사람입니다. 그러니 형님의 청은 들어 드릴 수 없습니다."

썩 기분은 좋지 않았지만 하찮은 계집 때문에 굳이 이곳에서 반목할 필요는 없으니 적당하게 물러나야 했다.

"네가 어찌 나오나 그냥 해 본 소리였으니 마음에 담아 두지 마라. 설마 내가 천한 계집을 원하겠느냐?"

"그러실 줄 알고 있었습니다."

"근데 생각보다 이곳은 조용하구나."

"잠시 서로의 바뀐 상황을 탐색하느라 소강상태로 있지만, 곧 심상찮은 움직임이 있을 것 같습니다."

"그래? 모쪼록 다치지 않게 조심하여라. 이웃국의 반군 따위에게 황자가 당한다면 아국의 위신이 크게 깎이는 일이니 말이다."

비아냥대는 말투에도 신유는 동요하지 않고 정중하게 받아쳤다.

"명심하겠습니다. 형님의 말씀대로 소제 꼭 이곳에서 큰 공을 세워 황도로 돌아가도록 하겠습니다."

'과연 그리할 수가 있겠느냐?'

속으론 그를 비웃으면서도 강유는 겉으로 내색하지 않았다.

"더 시간을 뺏을 수 없으니 이만 돌아가겠다."

"살펴 가십시오."

강유가 밖으로 나가자 신유는 그를 따라 나갔다. 다행히 이담의 모습은 보이지 않았다.

강유가 눈으로 누군가를 찾는 듯하더니 아쉬운 표정으로 공관 밖으로 나갔다. 그를 배웅하고 들어오면서 신유는 이담이 있는 곳으로 고개를 돌렸다.

별 수확 없이 현세기의 집으로 돌아온 강유를 현세기가 서둘러 맞았다.

"수확이 있으셨습니까?"

강유가 대답 없이 인상을 찌푸리며 안으로 들어가자 현세기는 더 묻지 못했다.

'뭐가 또 뜻대로 안된 모양이군.'

막 강유의 비위를 맞추러 안으로 들어가려고 할 때 수하 하나가 다급하게 다가왔다.

"무슨 일이냐?"

"삼 황자 전하가 데리고 온 사람들 중 삼장이라는 노인은 이곳에서 오래전부터 지내 왔고 나머지는 타지인으로 이곳으로 온 지 얼마 되지 않는다고 합니다. 그리고 공관에 있는 두 명의 여인 중 한 명의 이름이 이담이라고 합니다."

현세기가 놀라 되묻기도 전에 문이 벌컥 열리면서 강유가 나왔다.

"방금 뭐라 하였느냐? 분명 이담이라 하였느냐?"

"그렇습니다."

"한 치의 착오 없는 사실이렷다?"

"틀림없습니다. 여인의 이름이 이담과 미류라 하였고 서로 지기라 하였습니다."

"이럴 수가!"

강유는 너무 어이가 없어 한 대 얻어맞은 표정이 되었다. 뭔가 께름칙하다 생각했는데 정말 그 아이가 백중현의 여식이었다니 이런 기막힌 일이 또 있을까?

"전하, 방금 그 여인을 보고 오지 않으셨습니까? 이름을 물어보지 않으셨습니까?"

"삼 황자가 갑자기 나타나는 바람에 미처 이름을 듣지 못하였소."

"등잔 밑이 어둡다고 하더니 현서를 이 잡듯이 뒤져도 흔적도 찾지 못한 여인이 공관에 있을 줄은 신도 상상하지 못했습니다."

"어쩐지 처음 봤을 때부터 눈에 걸리더라니. 그 늙은이가 손녀라고 거짓말을 하는 바람에 아예 신경도 쓰지 않은 것이 화근이었어. 그 죽일 놈의 늙은이!"

강유는 유들거리며 이담을 빼돌린 삼장을 떠올리며 이를 갈았다.

"한데 삼 황자 전하께서는 그 여인을 알고 곁에 두고 있는 겁니까?"

아까부터 가장 심기를 긁고 있던 의문을 현세기가 지적하자 강유의 표정이 몹시 언짢아졌다. 그는 신유의 태도를 곱씹으며 인상을 썼다.

분명 그녀의 정체를 알고 있는 눈치는 아니었다. 하지만 농으로 이담을 달라고 했던 소리를 정색하며 일거에 자를 정도면 그저 공관에서 부리는 사람으로만 보고 있지는 않을 것이다.

백중현의 여식이라는 정체를 모르면서 그녀를 자기 사람이라 말하는 사실 자체가 심하게 거슬렸다. 예전부터 인연이 있었다고 하는 말도 가시처럼 걸렸다. 이담이 누군지 알지도 못하면서 둘이 함께 있는 것이 불길하고 불쾌했다.

백중현의 여식을 찾으려 오지까지 내려와 이 불편함을 감수하고 있건만 정작 당사자는 다른 이도 아닌 가장 경계했던 신유와 함께 있었다니. 생각할수록 짜증이 치밀어 올랐다.

신유를 이곳으로 내몬 사람이 다른 이도 아닌 자신의 어머니였기에 더 답답하고 화가 났다. 시온사에서 만났던 인연이 거짓말처럼 이곳에서 이어졌다는 사실을 믿고 싶지 않았다.

자신이 죽어라 애썼던 일을 그는 별 노력도 없이 거저 얻는 것 같아 다시 패배감이 고개를 들었다. 일이 꼬여도 어찌 이리 더럽게 꼬인단 말인가.

백중현의 여식을 찾으려고 재유까지 내려와 심기를 긁고 있는 마당에 정작 자신이 찾아야 할 여인을 삼 황자가 제 사람이라고 하니 속에서 열불이 났다.

"빌어먹을!"

참지 못한 욕설이 밖으로 흘러나오자 현세기는 차마 말도 걸지 못하고 눈치만 봤다.

강유가 분을 참지 못하고 탁 소리가 나게 문을 닫고 들어가 버리자 현세기가 눈살을 찌푸리며 고개를 가로로 저었다.

현세기가 차마 안으로 들어가지 못하고 서 있다 자리를 뜨자 혁치가 안으로 들었다.

"이제 어찌하실 생각이십니까?"

"당연히 빼 내와야지."

"삼 황자 전하께서 순순히 내어 주지 않으실 겁니다. 자칫 잘못하다가 삼 황자께서 여인의 정체를 알게 된다면 더 내어 주지 않으실 겁니다."

"그러니 삼 황자 몰래 여인을 밖으로 불러내야지. 공관 밖으로만 나오면 그 뒤로는 삼 황자가 어찌 나오든 상관없다. 내 손에 들어오기만 하면 끝이니까."

"하면 어찌 계책을 세우실 겁니까?"

"백중현의 여식이 공관에 있다는 사실을 알았으니 단 하루도 더 그곳에 둘 수 없어. 일은 명일이라도 당장 처리해야 할 것이다. 공관의 허드렛일을 한다고 하였으니 밖으로 빼돌릴 구실은 많다."

다소 성급하게 나서는 것이 걸렸지만 그렇게도 찾던 여인이 삼 황자와 함께 있다는 사실을 못 견뎌 하는 주인의 심정을 알기에 혁치는 아무 말 없이 그의 명을 기다렸다.

"내일 당장 빼돌려야 해."

방법을 강구하다 좋은 생각이 떠올라 막 혁치에게 이야기하려는데 밖에서 수하가 다급히 부르는 소리가 들렸다.

"무슨 일이냐!"

방해를 받아 짜증 섞인 소리에 수하가 얼른 들어와 소식을 전했다.

"도 귀비전에서 급히 연통을 보내셨습니다."

"어머니께서 갑자기 무슨 일이시냐?"

"폐하께서 찾으시니 당장 황궁으로 돌아오시라고 하십니다."

"이런 젠장할! 왜 하필 지금이란 말이냐!"

마음은 급해 죽겠는데 자꾸 꼬이니 강유는 참지 못하고 기어이 화를 폭발했다.

"대전의 분위기가 심상치 않으니 지체하지 말고 서두르라 하셨습니다."

"갑자기 무슨 일이란 말인가?"

"일단 황궁으로 돌아가시는 것이 좋겠습니다."

혁치가 조심스럽게 그를 설득하자 강유의 미간에 골이 깊게 졌다. 현서에서 황도까지 갔다가 다시 기회를 봐서 내려오려면 족히 수일은 걸리기에 이대로 신유의 곁에 이담을 두고 가는 것이 가시처럼 걸렸다.

재유 또한 같은 입장일 테니 다행이지만 신유는 정당한 명을 받고 이곳에 있으니 끌고 갈 명분도 없다는 것이 답답했다.

'왜 하필 신유의 곁이란 말인가.'

백중현의 여식을 얻는 자가 천하를 얻는다고 했던 채 신관의 예언이 뇌리에 맴돌면서 불안함을 고조시키고 있었다.

'절대 그렇게 두지 않아. 태자가 죽는다면 그 자리는 내 것이야. 그러니 백이담도 내가 가져야 해. 신관의 예언이 사실이든 아니든 신유에게는 작은 가능성의 여지도 줄 수 없어.'

하지만 지금은 황제의 눈 밖에 날 수 없으니 싫더라도 황궁으로 돌아가야 했다.

"돌아갈 채비를 해라."

"알겠습니다."

혁치가 수하와 함께 밖으로 나가자 강유는 분을 못 이기고 주먹으로 탁자를 내리쳤다. 움켜쥔 주먹으로 통증이 전해져 그의 표정이 일그러졌다.

'반드시 곧 다시 온다. 그리고 기어이 그 여인을 네게서 뺏을 것이다. 그 여인은 처음부터 네 여인이 아니었다. 그러니 주제넘게 내 것을 넘보지 마라. 용서하지 않을 것이다.'

불안함과 걱정이 한 덩이로 엉겨 붙어 강유는 맵찬 시선으로 허공을 노려봤다.

늦은 밤 시도의 보고에 신유가 고개를 들었다.

"형님께서 황궁으로 돌아가셨다고?"

"예, 사 황자 전하께서도 급히 돌아가셨다고 합니다."

"갑자기 무슨 일이지?"

"두 분 다 귀비전의 연통을 받으셨다고 합니다."

"어쨌든 둘 다 떠났으니 당분간은 별일이 없겠군."

신유가 별 반응 없이 읽고 있던 서책에 집중하자 시도가 조심스럽게 물었다.

"다시 오실까요?"

"당연히 둘 다 다시 올 것이다. 이곳에 중요한 목적이 있으니까."

어차피 강유가 이담에 대해 아는 건 시간문제일 거고 이담이 이곳에 있는 한 결코 포기하지 않을 것임을 안다. 바야흐로 본격적인 반목의 시간이 다가오고 있었다.

가슴이 답답해지자 이담이 보고 싶어 그는 서책을 덮고 자리에서 일어났다.

"따르지 마라."

시도가 고개를 숙이며 자리를 지키자 그는 밖으로 나가 이담이 있는 곳으로 천천히 걸었다. 혹 운이 좋으면 그녀를 볼 수 있지 않을까 하는 희망을 품어 봤다.

예언을 믿고 이담을 노리는 강유의 집착이 좀처럼 사그라들지 않을 것임을 알기에 기분이 가라앉았다. 때로는 뜻대로 되지 않으면 광기에 가까운 성정으로 돌변하는 강유라, 혹 이담이 다칠까 염려도 됐다.

착잡한 심정으로 발길을 옮기다 신유는 그 자리에 섰다. 이담의 처소가 보이는 곳까지 왔으나 그는 무윤이 서 있는 것을 발견하고 조용히 돌아서려 했다.

그때 문이 열리고 이담이 밖으로 나오자 신유는 무윤에게 다가가는 그녀를 지켜봤다.

이담은 무윤이 어디론가 전서구를 보내는 것을 목격하고 가까이 다가가 섰다.

"오라버니에게 보내는 것이냐?"

"어? 어, 그게 말이다."

"놀랄 것 없다. 네가 오라버니 사람이라는 건 벌써부터 알고 있었으니까. 내 소식을 전하는 것이 당연하겠지. 걱정을 많이 하고 계실 거니까 오라버니께 나는 무탈하게 잘 있다고 꼭 강조해라."

"그래, 알겠다. 한데 어찌 나온 것이냐? 미류는?"

"그냥 바람 좀 쐬려고 나왔다. 미류는 잠들었어."

"그냥 맞기엔 바람이 차다. 그런 차림으로 오래 있다간 감모 걸린다."

"또 오라버니처럼 군다. 너는 내가 그리 미덥지 않은 것이냐?"

"미덥지 않은 것이 아니라 걱정이 되어서 그러는 것이다."

"그것이 그것이지."

이담이 투덜거리다 푸시시 웃었다. 무윤 역시 그녀를 보며 조용히 웃었다.

무윤의 앞에서 아이처럼 해맑게 웃는 이담의 얼굴에 신유의 시선이 가늘게 꽂혔다. 두 사람의 다정한 모습에 그는 살짝 미간을 접었다.

두 사람이 어려서부터 동무로 동고동락을 해 온 사이라 각별하다는 것을 알면서도 그 각별함이 부럽고 질투가 났다. 장세와는 또 다르게 무윤이 이담을 보는 눈빛이 거슬리기도 했다. 무윤이 이담을 그윽하게 보자 신유의 눈에서 불이 일었다.

"오늘 이 황자께서 갑자기 나타나셔서 많이 놀랐지?"

"솔직히 그랬다. 이름을 묻는데 머릿속이 하얘지더라. 삼 황자 전하와 달리 이 황자는 어쩐지 무섭고 불편하다. 시온사 숲에서 날 활로 쏘려고 했던 일이 잊히지 않아."

"나라도 그럴 것이다. 사냥을 방해했다고 하여 사람인지 짐승인지 확인도 하지 않고 쏘려고 했던 건 이 황자가 귀족이 아닌 백성들을 어찌 생각하고 있는지를 보여 주는 단면이기도 하니까."

무윤이 편을 들어 주자 이담은 씨익 웃었다. 친오라비와는 가까이할 수 없지만, 오라비의 성정을 그대로 닮은 무윤과 이야기를 나눌 때면 때때로 오라비와 함께 있는 것 같았다. 그래서 동무지만 마음으로는 참 그에게 많이 기대고 있었다.

"떠나는 건 아직도 생각 중인 것이냐?"

"이 황자까지 나타난 마당에 그러는 것이 맞는 것 같은데 쉽게 결정이 되지 않는다. 삼장 할아버지가 자꾸 펄쩍 뛰면서 말리기도 하고 말이야."

제 눈을 똑바로 보지 않고 대답하는 이담에게 무윤이 피식 웃었.

"삼장 할아버지는 그냥 핑계 같은데? 너 원래 할아버지가 하는 말 안 듣잖아."

"그건 맞는데 자기가 하도 용하다고 자랑질을 해 대서 말이다. 저번에 점괘를 봐 준 부인이 찾아와서 어찌나 용하다고 추켜세우던지 아주 목이 뻣뻣해져서 눈 뜨고는 못 봐 주겠더라."

"넌 어찌하고 싶은데?"

"그건… 잘 모르겠다."

"네 솔직한 마음이 어떤지를 먼저 들여다보는 것이 좋을 것이다."
다정하게 이르는 소리에 이담은 고개를 끄덕였다.
"그래야지."
"전하를 떠나고 싶지 않은 거지?"
"……."
"네 마음이 그렇다면 남으면 되잖아."
"하지만 그럴 수도 없다는 거 알잖아."
"예언 따위 믿지 않는다면서 결국 무시가 안 되는 것이냐?"
"물론 난 예언 따윈 믿지 않아. 하지만 지금까지 예언처럼 됐잖아. 솔직히 내가 황자 전하를 이렇게 만난다는 것 자체가 너무 거짓말 같은 일이잖아. 그래서 불안해. 만에 하나라도 나 때문에 전하께서 다치시는 건 볼 수 없어."
"나 역시 예언 따윈 믿지 않는다."

신유가 어둠 속에서 모습을 드러내자 두 사람은 화들짝 놀라 눈빛을 주고받았다. 신유가 다가오자 이담은 크게 당황했다. 그가 무슨 뜻으로 그런 말을 하는지 생각하느라 머릿속이 분주하게 돌아갔다. 설마… 아니다. 그럴 리 없다.

신유가 바로 앞에 서자 이담은 잔뜩 경계하는 눈빛으로 그를 올려다봤다.

신유는 이담에게서 눈빛을 떼지 않은 채 무윤에게 명했다.

"그만 들어가도 좋다."

무윤이 걱정스런 눈빛으로 이담을 쳐다보다 안으로 들어갔다. 무언가 알고 있는 듯한 삼 황자의 표정에 이담이 더 걱정이 되었다.

신유는 슬쩍 시선을 내리까는 이담을 쳐다봤다. 빗살처럼 풍성하고 길게 뻗어 있는 검은 속눈썹이 달빛을 받아 고혹적으로 보였다. 그 안에 숨겨진 까만 보석 같은 눈동자를 보고 싶지만, 이담은 고개를 들 생각이 없어 보였다. 아무래도 경계를 하는 것이기 때문이리라.

"너 때문에 내가 다치는 일은 없을 것이다. 그러니 내게서 떠날 생각은 접어라."

"무슨 말씀을 하시는지 모르겠습니다."

"네가 누군지 알고 있다."

아래쪽으로 펼쳐져 있던 속눈썹이 일거에 확 올라오며 놀란 눈동자가 충격으로 커졌다. 여러 가지 의문점이 동시에 뇌를 파고들며 이담은 혼란스러웠다. 그녀는 끝까지 경계를 풀지 않았다.

"저를 어찌 아신단 말입니까?"

"네 아비가 귀족인 백중현 대감이며 채 신관의 예언 때문에 귀족으로 살지 못하고 숨어 지내는 것을 알고 있다. 네가 귀족 여인들이나 지니는 옥패를 가지고 있는 이유와 처음부터 나를 피했던 이유까지도 모두 알고 있다."

설마 했던 일이 그의 입에서 모두 사실로 드러나자 이담의 눈빛이 차갑게 변했다.

"하면 제가 누군지 알아서 절 원하신 겁니까?"

냉기와 경계심이 가득한 눈빛을 보며 신유는 그녀가 무슨 오해를 하고 있는지 짐작했다.

"그럴 거라고 생각하나?"

"……."

이담은 빤히 보는 그의 시선을 외면했다. 행여 그의 연정이 예언 때문에 비롯된 것일까 싶어 심장이 울렁거렸다.

"피하지 말고 날 똑바로 봐."

그가 단호하게 얘기했지만, 이담은 그를 보지 않았다. 금방이라도 눈물이 쏟아질 것 같아 볼 수가 없었다.

요지부동인 그녀를 신유가 한 손으로 허리를 끌어당겼다. 고개가 들리고 강한 힘에 놀란 눈동자를 그가 꿰뚫듯이 바라봤다.

"연모가 먼저다."

"……."

"그리고 그것 외엔 없다. 그러니 내 마음을 오해하지 마라. 내게는 네가 백중현의 여식이라는 사실이 아무 의미 없다."

어쩌면 이런 대답을 기다렸는지 모르겠다. 단호한 부인에 이담은 속으로 크게 안도했다.

"언제 아신 겁니까?"

"형님께서 이곳으로 내려왔고 사 황자까지도 이곳에 내려왔단 소리를 듣고도 그 이유를 알 수 없었다. 하나 얼마 전 은밀하게 어머니께서 내려오셔서 그 이유를 알게 되었다. 이십 년 전에 황궁을 떠났던 채 신관이 돌아왔고 네가 살아 있다는 사실을 알렸다. 하여 아바마마께서 널 은밀히 찾아 죽이라 명하셨고, 예언을 좇아 이 황자와 사 황자가 널 찾으러 이곳까지 내려온 것이다."

너무 충격적이라 이담은 입을 벌린 채 아무 말도 하지 못했다. 황제가 자신을 죽이려 하고 황자들이 자신을 찾아 이곳까지 왔다는 말이 거짓말처럼 귓가에 웅웅거렸다.

"이 황자께서 이곳에 오신 것이 저 때문이라는 말씀입니까?"

"그렇다."

"하면 지난번 저를 노렸던 자객도."

"형님이 널 해할 이유는 없다. 내 앞에 얼굴을 보이지 않는 것으로 보아 아마도 아바마마께서 보내신 자일 것이다."

다리에 힘이 풀린 이담은 그대로 주저앉을 뻔했다. 하지만 그가 꽉 붙잡고 있어서 버틸 수 있었다. 그의 팔을 잡은 손에 힘이 들어갔다.

"태어나자마자 어미젖도 물어 보지 못하고 사찰로 쫓겨 가 평생을 없는 사람처럼 살아야 했습니다. 한데 이제 또다시 쫓기는 신세가 되었네요. 그 사실을 지금까지 모르고 있었던 것이 끔찍합니다."

"안다."

"그 신관이 저희 가문과 무슨 악연이 있기에 이리도 끈질기게 괴롭힌단 말입니까? 신관 역시 하찮은 인간일 뿐인데 무슨 억하심정으로 그런 무서운 예언을 한단 말입니까? 저는 도저히 받아들일 수 없습니다."

분개하는 그녀의 억울한 심정이 백번 이해되고도 남아 신유는 이담을 품으로 끌어안고 등을 부드럽게 쓸어내렸다. 늘 당당하고 밝던 그녀의 몸이 가늘게 떨리는 것이 전해지자 피가 거꾸로 솟는 것 같았다.

"나 역시 신관의 예언을 믿지 않아. 하여 그가 틀렸다는 것을 반드시 입증해 보일 것이다. 그리고 네 인생을 송두리째 망쳐 버린 그의 죗값을 꼭 치르게 할 것이다."

이담의 어깨가 잘게 떨렸다. 그동안 꾹꾹 눌러 참았던 눈물이 터진 것이리라. 가슴이 터질 것 같아 신유는 그녀를 세상으로부터 단절시키듯 품으로 꽉 끌어안았다.

"약조한다. 너로 인해 황자의 난 따위 일어나지 않아. 너는 그냥 내 여인이야. 그냥 그것만이 운명일 뿐이야. 다른 일은 일어나지 않아. 내가 반드시 그리 만들 것이다. 그러니 내 곁에 있어."

불안해하는 그녀를 안심시켜 주는 소리에 이담이 고개를 들고 그를 바라봤다. 눈물에 젖은 까만 눈동자가 처연하게 아름다웠다.

"난 널 절대 잃지 않아."

대답 대신 이담의 눈에서 뜨거운 눈물이 흘러내렸다.

신유는 그녀의 볼을 붙잡고 뜨겁게 입술을 덮었다. 이담이 두 팔로 그를 끌어안자 그의 혀가 화답하듯 입술을 가르고 안으로 들어왔다. 서로를 갈망하는 뜨거운 살덩이들이 애처롭게 끌어안고 얽혔다.

차가운 바람이 불었지만 두 사람은 하나가 되어 떨어질 줄 몰랐다.

황궁으로 돌아오자마자 강유는 도 귀비를 찾아갔다.

"어서 오너라, 이 황자."

"어머니, 아바마마께서 무슨 일로 갑작스럽게 찾으시는 겁니까?"

"그동안 폐하께 이 어미가 적당한 이유를 둘러댔는데 어제 황후가 폐하를 뵙고 온 후로 갑자기 황자들을 불러들이라 명하셨다는구나."

"하면 황후께서 저를 불러들였단 말입니까?"

"아무래도 그런 것 같다."

"대체 황후께선 무슨 생각이시랍니까!"

오는 내내 짜증이 가라앉지 않아 강유는 황후에 대한 불만을 토해 냈다.

"혹 황후께서 소자가 현서에 내려간 사실을 알고 계십니까?"

"황후가 그것까지는 모르지 않겠느냐?"

"황후 폐하를 과소평가하지 마십시오, 어머니. 어머니께서 아시는 일을 황후께서 모른다 생각하지 마시란 말입니다. 현서에 재유가 내려온 사실을 아십니까?"

도 귀비의 눈가가 표독스럽게 올라갔다.

"뭐? 사 황자가 현서에 갔단 말이냐!"

"그렇습니다. 아프다는 놈이 현서에 떡하니 내려와 백중현의 여식을 찾고 있었습니다. 그것이 무얼 뜻하겠습니까? 함 귀비께서도 이미 다 알고 있다는 것 아니겠습니까?"

"그 여우 같은 년이 기어이 정신을 못 차리고 주제넘은 짓을 하는구나. 감히 백중현의 여식을 노리다니. 사 황자를 태자로 만들고 싶은 속내를 기어이 드러내는구나. 진짜 미친 것이 아니냐?"

"황후 폐하도, 함 귀비도 누구 하나도 허투루 보셔선 아니 될 겁니다."

"당연한 말이다. 한데 현서에 내려간 일은 어찌 되었느냐? 꽤

시일이 지났는데 백중현의 여식은 찾은 것이냐?"

"찾았습니다."

시큰둥하게 묻던 도 귀비의 눈이 기쁨으로 반짝거렸다.

"찾았어? 참이냐?"

"찾았습니다. 한데 문제가 생겼습니다."

"문제라니? 무슨 문제가 생겼단 말이냐?"

"백중현의 여식을 공관에서 찾았습니다."

도 귀비의 미간에 주름이 깊게 졌다.

"그게 무슨 소리냐? 공관이라면 삼 황자가 있는 곳이 아니냐? 하면 삼 황자도 백가의 여식에 대해서 알고 있다는 소리냐? 삼 황자가 먼저 찾은 것이었어?"

"신유는 백가의 여식에 대해서 아는 눈치가 아니었습니다. 다만 그 여식과 전부터 일면식이 있던 사이였고 우연히 현서에서 만나 공관으로 데리고 왔다고 합니다."

"허! 참. 이런 공교로운 일이 있나! 하필 삼 황자와 같이 있다니. 삼 황자를 치우려고 현서로 보냈는데 백가의 여식을 만나게 오히려 도와준 꼴이라니. 이 무슨 해괴한 일이 다 있단 말인가."

불안한 예감에 도 귀비는 광기 비슷하게 날카롭게 반응했다.

"어쨌든 삼 황자는 그 여식이 누군지 모르고 있으니 반드시 공관 밖으로 빼돌려야 할 것이다."

"그렇지 않아도 그 사실을 알고 바로 빼돌리려고 하였는데, 어머니의 전갈을 받고 급히 올라오는 길입니다."

"참으로 아쉽게 되었구나. 대체 황후께선 무슨 생각으로 폐하를 움직여 황자들을 다 불러들였단 말이냐!"

그제야 강유가 황후에 대해 격하게 화를 내는 것이 이해되어 도 귀비도 계수 황후를 원망했다.

"명일 아바마마를 뵙고 난 후 기회를 봐서 바로 현서로 다시 내려갈 생각입니다."

"그래야지. 반드시 백가의 여식을 공관 밖으로 유인해 잡아야 할 것이다. 괘씸한 사 황자 따위에게 뺏겨선 절대 안 된다. 알겠느냐?"

"물론입니다. 재유가 계속 정신을 못 차린다면 소자의 것을 함부로 노릴 시 어찌 되는지 직접 보여 줄 참입니다. 백가의 여식이 어디에 있는지 안 이상 손에 쥐는 건 시간문제입니다."

"당연히 그래야지."

도 귀비가 흡족한 얼굴로 미소를 지었다.

하지만 강유는 도 귀비를 따라 웃지 못했다. 도 귀비에겐 말하지 않았지만 신유가 걸렸기 때문이었다. 여인의 정체와 상관없이 워낙 제 사람이라면 아랫것들을 위해서도 물불을 가리지 않는 성정이라 여인을 빼내 오기가 쉽진 않을 것이다.

그저 농으로 이담을 달라고 했을 때도 정색하며 잘랐었다. 그에게는 그저 천한 신분의 계집일 뿐일 텐데도 말이다.

강유는 미간을 찌푸리며 고개를 살짝 기울였다. 거절을 할 때 그의 표정이 새삼 걸렸다. 갑자기 기분이 몹시 나빠지며 불안감이 차오르자 그의 표정이 더 일그러졌다.

아까부터 그를 지켜보고 있던 도 귀비가 의아한 얼굴로 물었다.

"어찌 그러느냐? 언짢은 일이라도 있는 것이냐?"

"아무것도 아닙니다. 중요한 시기에 이리 올라온 것이 생각할수록 아쉬워서 그렇습니다."

강유는 다른 대답으로 둘러댔다. 신유라면 발작을 일으키는 도화선처럼 펄쩍 뛸 것이 뻔하기에 도 귀비에게 사실대로 말하기 싫었다.

"어머니, 저는 백가의 여식을 반드시 차지하고 말 겁니다."

"이 어미는 이 황자를 믿는다."

도 귀비가 힘을 실어 주자 강유는 속으로 다시 다짐했다. 반드시 신유의 비호 아래에 있는 이담을 손에 넣어서 이번에야말로 어머니에게 신유보다 자신이 한 수 위라는 것을 입증하고 말 것이다.

언제 제 목숨이 어찌 될지도 모르는 신유가 끝까지 이담을 지키지는 못할 것이기에 여인을 손에 쥐는 것은 어차피 시간문제였다. 그는 제 앞에 섰던 이담의 얼굴을 떠올리며 입술 꼬리를 말아 올렸다.

다음 날 황제의 부름을 받고 대전으로 향하던 강유는 역시 대전으로 가고 있는 재유와 마주쳤다. 보는 눈이 고울 리 없었다.

"아프다는 말이 거짓말이었던 것처럼 건강해 보이는구나."

"형님의 염려 덕분이지요."

"며칠 동안 황도에서 꽤 먼 곳으로 나가 있었다고 들었다."

"급히 알아볼 일이 있어서 잠시 황도를 떠나 있었습니다. 그러는 형님께서도 황도를 떠나 있으셨다지요?"

다 알면서 모른 척 떠보는 것이 괘씸해 강유의 눈빛이 싸늘해졌다.

"그 급한 일이 무슨 일인지는 모르겠다만 우리가 같은 곳에서 부딪치는 일은 없었으면 싶구나. 서로 많이 불편해질 테니 말이다."

자신이 현서에 다녀온 사실을 아는 것 같은 말투에 재유는 뜨끔했지만 늘 그렇듯 유들유들하게 대처했다.

"소제 역시 형님과 불편해지는 것을 바라지 않습니다."

"네가 허황된 욕심을 부리지 않는다면 그럴 수 있을 것이다."

"허황된 욕심이라면 뭘 말씀하시는 겁니까?"

"네가 더 잘 알고 있을 것이 아니냐? 분란을 일으키고 싶지 않다면 네 것이 아닌 것을 탐하지 않는 것이 좋을 것이다."

강유가 차갑게 경고하며 돌아섰다.

"제 것인지 아닌지는 두고 보면 알겠지요."

등에 대고 명확하게 반박하는 소리에 강유가 휙 돌아섰다.

"네 지금 내게 맞서려는 것이냐?"

"맞서다니요. 그저 소제의 입장을 말씀드리는 겁니다. 물론 소제는 형님의 것을 탐하지 않습니다. 하지만 주인이 없는 것을 탐하는 건 그것과는 다른 문제지요."

이담이 자신의 것이 아니라는 말을 에둘러 하는 것임을 알기에 강유의 눈빛에 칼날이 서렸다. 전과 달리 제 앞에서 송곳니를 감추지 않는 재유에게 강유가 차갑게 웃었다.

"그 말을 기억해 두겠다. 하나 황도를 떠나 나와 마주친다면 내 것을 노리는 것으로 간주할 것이니 이 또한 명심해라."

매섭게 쏘아붙이고 강유가 돌아서자 재유는 그의 뒤통수를 보며 냉소했다.

두 황자가 들었다는 소리에 황제는 두 사람을 굳은 얼굴로 쳐다봤다.

"태자가 병석에 누워 있는 때에 황자들이 오랫동안 황궁을 비우다니, 정신들이 있는 것이냐."

낮게 나무라는 음성에 화가 묻어 있어 두 사람은 약속이나 한 듯 고개를 숙였다.

"황공하옵니다, 아바마마."

아직 태자가 잘못된 것도 아닌데 이 황자와 사 황자의 행보가 벌써부터 수상하다는 황후의 간언을 들은 후라 그들을 보는 시선이 더 곱지 않았다.

"짐이 너희들을 들라 한 건 급히 수행해야 할 일이 있기 때문이다."

"하명하시옵소서, 아바마마."

"최근 광서 지역에서 올라온 장계에 의하면 그곳에 의적이라고 자칭하는 도적들의 횡포가 갈수록 심해져 백성들의 피해 또한 크다고 하였다. 관에서 소탕하려 하였지만, 그 안에 도적의 끄나풀이 있어 되레 번번이 당하기만 한 모양이다. 하여 조정에 도움을 청하여 왔으니 이 황자가 내려가 주제를 모르고 설치는 도적들을 진압하도록 하라."

난데없이 광서로 가라는 명에 강유는 크게 당황했다. 이담을 막 찾았으니 바로 현서로 내려가야 하는데, 광서로 가라니 이보다 낭패가 없었다. 더군다나 광서는 황도를 중심으로 현서와는 정반대로 먼 거리였기에 더 기가 막혔다.

그에 반해 골치 아픈 강유를 먼 곳으로 떼어 낼 수 있게 된 재유는 속으로 쾌재를 불렀다. 황제께서 알아서 그를 멀리 치워 주시니 손도 안 대고 코를 풀 수 있게 되었다.

"아뢰옵기 황공하오나 아바마마, 형님께서 병석에 있는 상황이라 이 황자인 소자가 황궁을 비우는 것이 적절하지 않으니 소자보다는 사 황자를 광서로 보내는 것이 어떠하신지요?"

가만히 지켜보다 된서리를 맞은 재유가 눈에 불을 켜고 막 반박하려 했지만, 황제가 더 빨랐다.

"사 황자는 온주 지역으로 보낼 것이니 광서는 이 황자가 다녀오도록 하여라."

온주라는 소리에 느긋하게 강유를 동정하던 재유가 화들짝 놀랐다. 온주 역시 광서에 못지않게 현서와는 먼 곳이었다.

"아바마마, 온주에 무슨 일로 소자를 보내시려는 겁니까?"

"그곳 관리들의 부정부패에 대한 장계가 연일 올라오니 사실 파악을 위해 다녀오도록 하여라."

차마 거절하지는 못하고 재유는 썩은 감을 씹은 표정이 되었다. 강유가 코웃음을 치는 것이 느껴지자 속으로 이를 갈았다.

두 황자들의 표정이 썩 좋아 보이지 않자 황제의 눈빛이 차갑게 식었다.

"표정들이 어찌 그리 딱딱한 것이냐? 삼 황자에 비하면 크게 어려운 일들도 아닐 것이다. 황후께서 특별히 너희들에게 자질을 발휘할 기회를 준 것이니 이 아비를 실망시켜선 아니 될 것이다. 내 이번 기회에 너희들의 능력을 볼 것이니 차질 없이 일을 수행하도록 하여라."

"명심하겠습니다, 아바마마."

"하면 더 지체하지 말고 당장 출발하도록 하여라."

황제가 단호하게 명하고 외면하자 두 사람은 그대로 물러날 수밖에 없었다.

대전 밖으로 나온 두 사람은 다시 차가운 표정으로 마주 섰다. 강유가 먼저 건들고 나왔다.

"제법 곤란한 표정이구나. 온주로 가는 것에 문제라도 있는 것이냐?"

"황명을 받드는 것인데 문제가 있을 리 없지요. 그러는 형님께선 광서까지 가셔야 하니 서두르셔야겠습니다. 부디 도적 떼를 소탕하고 무탈하게 돌아오시기를 바라겠습니다."

"그 말, 진심이기를 바라겠다."

강유가 찬 시선을 치켜뜬 채 먼저 자리를 떴다. 그의 뒷모습을 노려보며 재유 역시 급히 함 귀비전으로 건너갔다.

두 황자들이 귀비전으로 돌아간 지 얼마 지나지 않아 도 귀비와 함 귀비가 황후전으로 찾아왔다. 황후전 앞에서 만난 두 귀비는 서로를 견제하면서도 이번 일에는 뜻을 같이했다.

맹 여관이 조용히 아뢰었다.

"황후 폐하, 두 분 귀비께서 드셨습니다."

"들라 하게."

이미 올 것을 기다리고 있었다는 듯 계수 황후가 두 사람을 맞았다.

"무슨 일들인가?"

"황후 폐하께서 폐하께 이 황자를 광서 지역으로 보내라 청하셨단 말이 사실이옵니까?"

"사 황자를 온주로 보내라 청하신 것도 사실이옵니까?"

앵무새처럼 같은 말을 내뱉는 그들을 계수 황후는 아무런 감정 없이 쳐다봤다.

"그리하였네. 무슨 문제라도 있는가?"

"이 황자를 광서로 보내시다니요? 그곳이 황도에서 얼마나 떨어진 곳인데 그런 곳으로 보내십니까? 더군다나 도적 떼가 창궐하여 그쪽 관에서도 어찌하지 못하는데 자칫 이 황자가 잘못되기라도 하면 어쩌려고 그런 청을 올리신 겁니까?"

도 귀비가 열변을 토하며 불만을 드러내자 계수 황후는 함 귀비를 쳐다봤다.

"자네도 같은 마음인가?"

도 귀비가 성질을 못 이기고 불쾌한 티를 내자 황후의 눈빛이 싸늘하게 변하는 것을 간파한 함 귀비는 그녀의 동정심을 자극하는 방향으로 전략을 바꿨다.

"아뢰옵기 황공하오나, 사 황자가 몸이 약해 피접을 다녀온 지 얼마 되지도 않은지라 온주까지 가는 것은 무리이옵니다. 그러다 사 황자가 쓰러지기라도 할까 봐 소첩은 그것이 염려되옵니다. 하오니 폐하께 다른 이를 보내라 청하여 주시면 아니 되겠습니까?"

'흥! 금방 쓰러질 것 같은 사 황자가 어찌 현서까지 가서 백중현의 여식을 찾고 있었누?'

도 귀비가 가증스러운 눈빛으로 함 귀비를 쏘아봤지만 함 귀비는 그녀를 돌아보지 않았다.

"재미있군."

계수 황후의 입에서 냉소가 흘러나오자 두 귀비는 눈빛을 주고받았다.

"무엇이 재미있다는 말씀이십니까?"

"삼 황자를 현서로 내려보낼 때 내게 와서 따지는 수 귀비에게 두 귀비가 했던 말이 생각나서 말일세. 그때 뭐라 하였는가? 황명은 무조건 따라야 하고 폐하께서 오히려 공을 세울 기회를 주신 것이니 감사해야 한다고 하지 않았던가?"

"그, 그건, 삼 황자와 이 황자는 엄연히 다르지 않습니까?"

볼멘소리로 따지는 도 귀비에게 계수 황후가 단도직입적으로 물었다.

"이 황자와 삼 황자가 무엇이 다른가?"

"이 황자는 태자의 바로 손아래 황자이고 또 수 귀비가 지은 죄가 있으니 삼 황자와는 입장이 다르지요. 이 황자를 광서로 보내는 것은 기회를 준다기보다 벌을 주는 것이 더 맞습니다."

"하면 삼 황자와 바꾸겠는가?"

"지금 무슨 말씀을 하시는 겁니까? 삼 황자와 바꾸다니요!"

도 귀비가 버럭 화를 내자 함 귀비는 두 사람의 분위기를 살폈다. 백중현의 여식만 찾으면 현서 같은 변방에서 썩어야 할 이유는 없다.

"파르르하는 걸 보니 현서로 가는 걸 원치는 않는 모양이군."

"그걸 말씀이라고 하십니까?"

"현서로 가기 싫으면 입 다물고 광서로 가면 될 일이 아닌가?"

"황후 폐하!"

"착각하는 모양인데 내게 황자들은 모두 같네. 하여 필요한 곳에서 똑같이 공을 세울 기회를 주려고 한 것이네. 광서와 온주가 좀 멀다고 하나 어디 변방인 현서에 비할 것이며 위험한 것 또한 현서를 넘을 것인가? 내 나름 이 황자와 사 황자를 생각하여 안배를 한 것인데 이리 펄쩍 뛸 줄은 몰랐군그래."

"황후 폐하, 소첩들의 얘기는 그것이 아니오라……."

함 귀비가 중재를 하려고 나섰지만 계수 황후는 그녀의 말을 들어 주지 않았다.

"이 황자와 사 황자는 궂은일은 아무것도 하지 않을 참이었는가? 하면 뭘 보고 두 사람의 자질을 판단할 것이며 장차 중요한 시기에 큰일을 맡길 수 있겠는가? 그러다 삼 황자가 변방에서 큰 공이라도 세우고 돌아온다면 폐하의 성심이 당연히 삼 황자에게 기울 수밖에 없을 텐데 그때 가서 후회하지 않을 자신이 있는가?"

"그것은……."

"이렇게 얘길 했는데도 정 싫다면 내가 원대로 폐하께 고해 주겠네. 어찌하겠는가? 일을 해 보지도 않고 폐하께 실망을 안겨 드릴 참인가?"

황후가 단호하게 나오자 도 귀비와 함 귀비는 침묵했다. 따지고 싶은 마음은 굴뚝이지만 황후의 말도 일리가 있었고 지금 황후와 반목하는 것은 잃을 것이 더 많기 때문이었다.

삼 황자와 다른 황자들을 똑같이 생각한다는 황후의 말이 거슬렸지만 그 역시도 따질 수 없었다. 황후의 눈 밖에 나서 나중에 이 황자가 아닌 사 황자의 손을 들어 주면 그보다 낭패는 없다.

"소첩이 이 황자에 대한 걱정이 앞서 어리석었습니다. 황후 폐하께서 그런 깊은 마음이셨는데 우매한 소첩이 곡해하여 황공하옵니다."

"소첩 역시 같은 생각이옵니다."

도 귀비가 빠르게 태세를 전환하자 함 귀비 역시 뒤질세라 바로 반응했다.

"지금이라도 그리 생각해 주니 다행이군. 부디 두 황자들이 황명을 잘 수행하여 폐하와 나를 흡족하게 해 주길 바라겠네. 곤하니 그만 물러들 가게."

할 말을 마치고 황후가 고개를 돌려 외면하자 도 귀비와 함 귀비는 조용히 물러났다.

밖으로 나온 함 귀비가 조용히 속삭였다.

"황후 폐하의 말씀을 믿어도 되겠지요?"

"믿지 않으면 어쩔 셈인가?"

도 귀비가 짜증 섞인 투로 내뱉고 곧바로 돌아서서 가 버리자 함 귀비는 그녀의 등에 대고 욕을 해 댔다.

'안에서 말도 못 하고 왜 나한테 성질을 부리고 지랄이야. 흥! 이 황자가 현서로 내려가야 하는데 반대 방향인 광서로 가라고 하니 미칠 노릇이겠지. 그 속을 내가 모를 줄 알고.'

함 귀비는 도 귀비에게 턱을 치켜세우며 돌아섰다.

귀비전으로 돌아온 도 귀비는 서탁 위에 주먹을 쥐며 생각에 잠겼다.

"조 여관의 일로 황후가 일부러 그런 것은 아니겠지?"

그렇다면 사 황자까지 타지로 보낼 이유가 없다. 하지만 뭔가 미미하게 바뀐 듯한 황후의 태도에 찜찜함이 컸다. 본디 살갑게 지내는 사이는 아니었기에 크게 달라진 것은 없지만 조 여관의 죽음 이후로 미묘하게 차가워진 느낌이 든다.

"기분 탓인가. 뭐가 이리 개운치 않은 것이지."

도 귀비는 아무도 들이지 말라 명하고 근래 자신을 대하는 황후의 태도에 대해서 곱씹었다.

구자청과 함께 볼일을 보고 공관으로 돌아온 신유는 창문으로 이담이 툇마루 끝에 앉아 있는 걸 보며 미소를 지었다. 무슨 생각을 골똘히 하는지 고개를 살짝 기울이며 입을 앙다물고 있는 모습이 해사해 보였다.

찬 기운이 스며드는 날이었지만 이담의 자리만은 따사로운 햇살이 내리쬐고 있는 것이 신비로웠다. 태양이 아낌없이 뿌려 주는 금빛 가루 속에서 그녀의 얼굴이 화사하게 빛났다. 꿀이 뚝뚝 떨어지는 눈빛으로 그는 그녀에게서 눈을 떼지 못했다.

그때 삼장이 이담에게 다가가는 것이 보였다. 신유의 눈빛이 서늘해졌다. 그는 다 해진 옷을 입고 사고뭉치 노인처럼 굴지만 눈빛만은 형형한 삼장을 주시했다. 그가 정말로 용한 대사인지는 알 수 없지만 적어도 이담을 특별히 생각하는 건 알 수 있었다.

가만히 보면 늘 이담의 주변에 있으면서 마치 친손녀를 대하듯 이담을 걱정하는 것이 보였다. 그래서 늘 티격태격하면서도 이담 역시 그를 싫어하거나 밀어내지 않는 것이 보인다.

곰곰이 생각해 보니 삼장의 내력이 궁금해져 신유의 눈빛이 가늘어졌다. 그는 조용히 창가에서 돌아섰다.

삼장이 털썩 소리를 내고 옆에 앉자 깜짝 놀란 이담이 도끼눈을 떴다.

"깜짝이야! 애 떨어질 뻔했잖아요!"

"너 애 가졌어?"

"말을 말아야지."

눈을 감고 도리도리 고개를 젓다 이담은 삼장이 빤히 쳐다보는 시선을 느끼고 고개를 돌렸다.

"또 왜요!"

"무슨 고민을 그렇게 해?"

"그래 보여요?"

"응. 찌푸리니까 못난이 같아. 그나마 웃을 때가 살짝 더 봐줄 만하거든."

"싸울 힘 없으니까 곱게 가세요."

"그러지 말고 얘기해 봐. 똥이 마려우면 끙끙대지 말고 싸면 되잖아. 늙은이라 기억력이 가물가물하니까 들어도 오늘이 지나면 기억도 못 할 거야. 그러니까 그냥 똥 싼다 생각하고 털어놔 봐."

다른 때 같았으면 말꼬리를 물고 늘어졌을 텐데 이담은 조용하게 생각에 잠겼다.

"진짜 싸도 돼요?"

"싸."

"할아버지 진짜 대사 맞죠?"

"그래, 맞아. 내가 선의의 사기는 치지만 악한 짓은 안 해. 도둑질도 너한테 처음이었어."

이담은 잠시 고민하다 그에게 털어놓기로 결심하고 입을 열었다.

"이건 절대, 절대 내 이야기는 아니고 아는 동무의 이야긴데 어떤 신관이 동무가 태어나기도 전에 그 아이로 인해 피바람이 일 거라고 악담을 퍼부었대요. 하여 태어나기 전부터 죽을 뻔했고 아직까지도 쫓기는 신세라고 한탄을 하더라고요."

웬일로 삼장이 진지한 표정으로 듣기만 하자 이담이 넌지시 물었다.

"혹 이런 경우 법력이 높은 스님이 살풀이를 하면 액운이 사라지고 뭐 그런 거 없을까요?"

"가만히 좀 있어 봐, 생각 좀 하게."

삼장이 인상을 쓰며 생각을 하더니 대뜸 이담을 쳐다봤다.

"혹시 네 아비가 신관이랑 원한 진 일이 있어?"

"아니, 내 이야기가 아니라니까 그러시네. 그러니까 내 동무가……."

"됐고! 그 신관이라는 작자랑 네 부모가 은원이 얽혔는지나 알아봐."

"원한이요?"

"신관도 한낱 인간일 뿐인데 저 뒈질 날도 모르는 놈이 무슨 그런 악담을 하고 지랄이야! 필시 사사로운 원한이 있을 거니까 네 아비한테 솔직하게 불라고 해."

삼장이 단언하고 나오자 이담은 그의 말에 집중했다. 그가 정말 용한 대사인지는 알 수 없지만 시원하게 신관에게 욕을 해 주고 자신의 편에서 방안을 강구해 주는 것이 든든했다.

"세상에 태어나지도 않은 아이의 미래를 점칠 정도로 신묘한 능력을 가진 사람은 없어."

"어찌 그리 확신하세요?"

"장담하건대 거짓말 조금 보태서 이 나라에서 나보다 더 신력이 높은 사람은 없거든."

"아, 예, 예."

도가 넘는 자화자찬에 갑자기 집중도가 확 떨어져 이담은 시큰둥하게 대답했다. 노인네가 잘 나가다가 꼭 이 모양이다.

"그러니까 개소리 믿지 말고 그냥 너는 전하랑 하던 것이나 계속해."

넋 놓고 있다 이담이 화들짝 놀라 펄쩍 뛰었다.

"뭘 해요! 이 할아버지가 진짜!"

"내 나이쯤 되면 속에 능구렁이가 들어앉아 있어서 세상사가 다 보이는 법이거든. 너 지금 얼굴에 불났어."

"아니라니까 왜 그래요!"

"일리가 있는 말이군."

삼장에게 버럭 소리를 치다 신유가 나타나자 이담은 당황해서 어쩔 줄 몰랐다. 당연하게 얼굴이 활활 타올랐다.

그 모습을 보고 삼장이 혀를 끌끌 찼다.

"이리 티가 나는데 뭘 그리 아니라고 뛰누? 전하께서 오셨으니 소인은 이만 퇴장하겠습니다. 높은 분과 있으면 오금이 저려서요."

삼장이 달아나듯 냅다 사라져 버리자 신유는 손으로 부채질을 하는 이담을 보며 미소를 지었다.

"정말 제대로 익었다."

"놀리지 마십시오."

처음 그녀를 봤을 때는 상상도 하지 못했던 수줍어하는 모습을 보니 당장 끌어안고 싶었다. 이로 살짝 누르면 과육이 터질 것만 같은 향긋한 입술과 따스한 몸을 알기에 늘 마음은 그녀를 어루만지고 있었다.

하지만 지금은 시기도 장소도 적당하지 않아 참아야 했다. 그리고 그보다는 삼장이 했던 말에 주목해야 했다. 늘 허허거리며 툭 던지는 실언 같지만 허투루 들을 소리는 없었기에 더 의미심장하게 느껴졌다. 무엇보다 채 신관 역시 한낱 인간에 불과하다는 말에 격하게 공감했다.

"백중현 대감과 채 신관 사이에 무슨 사연이 있는지 알아보는 것이 좋겠다."

"설마 국운을 책임지는 신관이라는 자가 개인적인 원한으로 거짓된 점괘를 황제께 고할 수 있을까요?"

"그 역시 사람이고 사람은 감정에 휘둘리는 존재이기에 완벽하게 아니라고 장담할 수는 없다. 나 역시도 삼장처럼 채 신관의 예언 따위 믿지 않는다. 내가 예언에서 믿는 건 네가 내 운명의 상대라는 것뿐이다. 그 외에는 아무것도 믿지 않아."

단호한 부정에 이담은 평생 명치끝을 괴롭혔던 체기가 밀려 내려가는 기분을 느꼈다. 이담은 저도 모르게 해사한 미소를 지으며 그를 바라봤다.

"왜 그렇게 보는 것이냐?"

"좋아서요."

"……"

"전하가 좋습니다. 신관의 예언 중 저도 그 하나만 믿습니다. 전하께서 제 운명의 사내라는 사실이 좋습니다."

"여기서 이러면 제어할 수 없을지 모른다."

"상관없습니다. 전하가 제 사내여서 좋습니다."

이담이 세상에서 가장 아름다운 미소를 지어 주며 돌아서자 신유는 그녀를 잡으려다 말았다. 사내의 마음에 춘풍만 가득 살랑거려 놓고 쏘옥 빠져나가는 것이 야속했지만 개방된 곳에서 어찌할 수 없었다.

"미치겠군."

그는 긴 머리를 찰랑거리며 멀어지는 이담의 뒷모습을 지켜보다 깊게 미소를 지었다. 그녀가 제대로 주물러 놓고 간 심장이 연두부처럼 말랑말랑해졌다.

"다음엔 절대 그냥 안 보낼 것이니 각오하는 것이 좋을 것이다."

그는 봄바람처럼 유혹하듯 살랑거리는 걸음걸이를 홀린 듯 바라보다 미소 띤 얼굴로 돌아섰다.

이담이 들어오자 처소 바닥을 닦고 있던 미류가 피식 웃었다.
"전하를 보고 온 모양이다?"
"어떻게 알았냐?"
"네 얼굴에 복사꽃이 피었거든."
굳이 숨길 필요가 없어 이담은 혀를 슬쩍 내밀고 웃었다.
"전하의 곁에 있는 것이 네겐 가장 좋아 보인다."
"아까부터 삼장 할아버지랑 똑같은 말만 하고 있네. 둘이 짰냐?"
"사실을 말하는 거야. 너 지금 내가 봐도 예쁘거든."
수줍게 웃던 이담이 코를 찡긋거리며 투덜거렸다.
"나도 그러고 싶지만 이 황자가 자꾸 들락거리니 좀 걸린다."
"당분간 못 온다고 하던데 또 올 것 같지?"
"아마도 그럴 것이다."
'그것도 나를 찾아서.'
신유에게 이 황자가 내려온 이유를 모두 들었기에 더 소름이 끼쳤다. 마음을 얻는 것도 아니고 무작정 뭘 어쩌자는 건지. 귀족으로 살진 못하지만 명색이 귀족인 자신을 함부로 취하면 그만이라고 생각하는 것도 불쾌하고 끔찍했다.
"이 황자와 도 귀비께서는 어째서 삼 황자 전하를 저리 괴롭히시는지 모르겠다. 벌써 두 번이나 전하의 생명을 위협한 것을 목격하고 나니 정말 싫어져. 둘 다 진짜 망해 버렸으면 좋겠다."
이담이 거르지 않고 악담을 퍼붓고는 대꾸가 없는 미류를 돌아봤다.
"내가 좀 심했냐?"

"아니, 전혀."

"우리끼린데 높은 분들 욕 좀 한다고 잡혀가겠냐? 진짜 나쁜 사람들이니까 벌 좀 받았으면 싶은 거지. 나쁜 사람들은 하늘이 알아서 벌 좀 내려 줬으면 좋겠단 말이다."

이담이 맘껏 투덜대며 침상에 벌러덩 누웠다.

"방법이 없는 건 아니다."

"응? 뭐라 하는 것이냐?"

양팔을 머리 뒤로 베고 고개를 삐딱하게 돌리자 미류가 심각한 얼굴로 마주 봤다. 표정이 사뭇 어두웠다.

"도 귀비를 그 자리에서 끌어내릴 방법이 있다고 하였다."

"뭐? 너 그게 무슨 소리냐?"

이담이 벌떡 자리에서 일어나 미류 앞에 앉았다.

미류는 잠시 머뭇거리더니 힘겹게 입을 열었다.

"언니가 그랬었다. 자신이 죽으면 수결서를 찾으라고."

"수결서? 무슨 수결서를 찾으라는 것이냐? 혹 도 귀비와 관련이 있는 것이냐?"

"그래, 사가로 잠시 나왔을 때 언니가 분명 그랬다. 자신이 만약 죽는다면 그건 도 귀비의 짓이라고. 하여 도 귀비가 언니에게 시킨 일을 증좌로 남기기 위해 기어이 수결서를 받았다고 하였어. 언니가 위험에 처하면 수결서를 아무도 찾지 못할 곳에 숨기겠다고 하였어. 그걸 찾아야 해. 그러면 도 귀비를 무너뜨릴 수 있어."

"하지만 수결서를 어디에 숨겼는지도 모르는데 무슨 수로 찾는단 말이냐?"

 밖에서 혹 듣는 이가 있을까 봐 이담의 목소리가 저절로 작아졌다. 미류에게 이런 기가 막힌 소리를 듣게 될 줄은 생각지도 않았기에 심각한 표정으로 집중했다.

"어디에 있는지 알아. 하지만 가지러 갈 수는 없어."

"어째서 갈 수가 없다는 거야? 어디에 있는지 알면 당연히 찾으러 가야지."

"아니, 우린 갈 수 없는 곳이야. 또 너무 위험해."

 미류가 고개를 저었지만 이담은 포기하지 않고 그녀를 재촉했다.

"내가 찾으러 갈 테니까 나한테 말해 봐. 삼 황자 전하를 위해서도 반드시 그 수결서를 찾아야 해."

 이담이 설득했지만 미류는 쉽게 입을 열지 않았다.

"절대 너 위험하게 안 해. 그러니 말해 봐. 네 언니가 도 귀비의 수결서를 어디에 숨긴 거야?"

 이담이 절대 포기하지 않을 것 같은 표정으로 부탁하자 미류는 미간을 찌푸리며 힘겹게 입을 열었다.

"도 귀비전에 있어."

2권에 계속

MARONG ROMANCE STORY

여름의 캐럴

박 영 장편소설

"여름의 어떤 날을 가장 좋아해?"
"캐럴 나올 때."

한철이고 한순간일 이 계절을
추억으로 남기려는 여자와
영원으로 끌고 가려는 남자의 이야기

마야마루 스토어 한정 판매!
〈여름의 캐럴〉 양장본 + 엽서 3종 + 시크릿 특전 세트